Martin Arz

Die Knochennäherin

Kriminalroman

Querverlag

Handlung, Personen, der Heilige Zachäus von Palmyra und der Ort Zacherlkirchen sind frei erfunden. Jede Ähnlichkeit mit tatsächlichen Ereignissen oder Personen wäre rein zufällig.

Erste Auflage September 2009

Umschlag und grafische Realisierung von Sergio Vitale
unter Verwendung eines Fotos von Matthias Nordmeyer (fotolia.de).
Gesamtherstellung: Finidr s.r.o.
ISBN 978-3-89656-167-1
Printed in the Czech Republic.

Bitte fordern Sie unser Gesamtverzeichnis an:
Querverlag GmbH, Akazienstraße 25, D-10823 Berlin
http://www.querverlag.de

1

Sie zitterte am ganzen Leib. Immer noch. Wie konnte sie es nur so weit kommen lassen? Es war ihre Schuld, ganz eindeutig, einzig und allein ihre Schuld. Sie wuchtete sich vom Bett auf und schlurfte schwer atmend ins Bad. Alles tat ihr weh. Sie verfluchte sich dafür, dass sie ihn immer noch liebte. Sie liebte ihn. Liebte sie ihn? Irgendwie jedenfalls. Sie blieb kurz stehen. Eigentlich hatte sie sich in der letzten Zeit nicht wirklich mit dieser Frage beschäftigt: Liebte sie ihn überhaupt noch?

Sie zog den gelben Nylonvorhang zur Seite und stieg in die Wanne, um sich zu duschen. Als sie den Vorhang zuzog und das Wasser aufdrehte, klebte sich der Vorhang sofort an ihre Beinen und der Hüfte. Sie seufzte und ließ das Wasser an sich herunterprasseln. Sich gegen den anschmiegsamen Vorhang zu wehren, war sinnlos. Auch ohne die Sogwirkung des heißen Dampfs würde der Vorhang an ihr pappen – einfach weil sie so enorm viel Körper hatte.

Fritz schaffte es immer wieder, dass sie in seinem Kosmos lebte, seine Spielchen mitmachte. Aber sie wollte keine Spielchen mehr spielen – raus aus seinem Kosmos.

Als Fritz das erste Mal diesen Namen, als er das erste Mal „Viola" gekeucht hatte, da hatte sie blanke Wut überkommen. Sie hatte sich aufgebäumt wie ein bockendes Pferd, ihn von sich geschubst und sich dann auf ihn gewälzt. Da hatte sie ihn das erste Mal gewürgt. Ganz spontan. Er nannte es später eine „Offenbarung". Nives war anfangs erschrocken darüber, dass es ihr Spaß gemacht hatte. Herrin über Leben und Tod sein. Seit damals stöhnte er immer wieder „Viola", wenn er ES brauchte. Er benannte es nie, es war immer ES. Nives hatte allerdings einige Zeit gebraucht, um zu durchschauen, dass er nicht deshalb den Namen ihrer Nebenbuhlerin keuchte, weil er in Wirklichkeit Viola begehrte, während er mit Nives schlief. Für Fritz war es nur ein Spiel, sein Signal für den Wunschorgasmus mit Sauerstoffmangel.

Sie wusch sich die Haare und spülte das Shampoo gründlich aus. Dabei sah sie an sich hinunter. Wie widerlich fett sie war.

Wütend drückte sie den klebenden Vorhang weg. Sie hasste diesen Körper. Alles ausschließlich für ihn. Nur weil er sie so üppig wollte. Sie hatte sich für ihn so fettgefressen. Wie schön sie einmal gewesen war … Männer, echte Männer hatten sich nach ihr verzehrt, hatten sich in Unkosten gestürzt, um sie zu beeindrucken … Nun, immerhin stürzte auch er sich immer noch in Unkosten, um sie zu beeindrucken. Das musste sie zugeben.

Nives drehte das Wasser ab und trocknete sich ab. Sie wickelte das große Badetuch um ihren Körper und verknotete es über der Brust. Auf dem Weg zurück ins Zimmer bürstete sie sich die nassen, blondierten Haare. Wie strohig sie waren, Spülung vergessen. Egal.

Ihr Blick fiel zufällig auf den Radiowecker. Ohne Kontaktlinsen konnte sie die Ziffern nicht deutlich erkennen. Mit zusammengekniffenen Augen erahnte sie, dass es kurz vor acht Uhr sein musste. Sie trat auf den Balkon hinaus und genoss die frühmorgendliche Hitze. Zwischen den Palmen und den üppig grünen Bäumen, deren Namen sie nicht kannte, sah sie hinunter auf den Strand. Wenig los in aller Herrgottsfrühe.

Das Hotel, das er für sie ausgesucht hatte, um dem Weihnachtstrubel zu entgehen, gefiel ihr. Es war ein tropisches Paradies, eine luxuriöse Anlage aus Pfahlhütten auf einer kleinen Halbinsel. Die Hütten erreichte man über Holzstege, die hoch über dem Boden liefen. Unten samtiges Grün, dichte Vegetation. Dazwischen Palmen und riesige Bäume, die angenehm Schatten spendeten. Ständig wuselten Gärtner durch die Anlage und sorgten für wohlgeordneten Wildwuchs. Nachts, wenn tausende von Lichterketten in den Bäumen die Anlage in einen glitzernden Märchenwald verwandelten, wollte sie am liebsten die ganze Zeit nur über die Holzstege laufen und Atmosphäre tanken. Sie freute sich auch an diesem Morgen, dass sie noch eine der wenigen Hütten in Strandnähe mit direktem Meerblick bekommen hatten. Ihr Bungalow lag hoch über dem Erdboden, etliche Meter von den Felsen und dem Meer entfernt, und war vom Wasser durch einen üppigen Grüngürtel getrennt.

Nives atmete tief ein. Ihr Blick fiel auf den Mann, der unten am Strand stand und in die Ferne starrte. Das musste er sein.

Er wollte vor dem Frühstück ein wenig schwimmen gehen. Sie erkannte zwar, dass der Mann wie Fritz eine blaue Badehose trug, auch die Statur stimmte – klein, untersetzt. Doch sie war sich nicht sicher. Nives ging zurück ins Zimmer und holte die Digitalvideokamera. Nicht ihr Weihnachtsgeschenk, sein jüngstes und liebstes Spielzeug, geballte Hightech sogar für Profiansprüche – nein, das Luxusgerät war für sie tabu. Sie hatte ihm hoch und heilig schwören müssen, dass sie die neue Kamera nicht anfassen würde. Sie nahm also die alte, die mit der niedrigen Auflösung und den seiner Meinung nach lächerlichen Pixeln. Auf dem Balkon klappte sie das Display zur Seite, hielt auf den Mann am Strand, der nun in Richtung Meer blickte. Nives kannte die wichtigsten Funktionen und zoomte so stark heran, wie es die Kamera zuließ. Ihre Hand zitterte, das Bild wackelte. Wo war noch mal der Knopf, der das Wackeln ausgleichen konnte?

Der Zoom half nicht wirklich. Vielleicht stand da Fritz, vielleicht auch nicht. Sie rief seinen Namen, obwohl sie wusste, dass er zu weit weg war, um sie zu hören. Sie rief und winkte. Keine Reaktion.

Dann ließ sie etwas aufhorchen. Sie konnte es nicht benennen und sah sich suchend um. Ein Tier? Ein Vogel?

Es war kein Geräusch, wie ihr plötzlich klar wurde. Es war das Fehlen von Geräuschen. Kein Tier, kein Vogel. Nichts. Absolute, fast greifbare Stille, sogar die Wellen schwiegen. Die Wellen!

Sie sah hinunter auf den Strand. Das war ihr so seltsam vorgekommen. Es gab keine Wellen. Es gab kein Wasser, es gab überhaupt kein Meer. Nur Sand, vom Strand bis zum Ende der Halbinsel, auf der ihr Hotel sich befand. Nives rieb sich ungläubig die Augen. Kein Zweifel, das Meer war weg, die komplette Bucht war leergelaufen. Sie drehte sich um und versuchte durch die Bäume zu spähen, die den Blick auf den weiten Horizont gegenüber der Bucht verdeckten. Ganz weit hinten vermeinte sie das Glitzern des Wassers zu erkennen. Erneut richtete sie die Kamera auf den Mann, der vermutlich Fritz war, und drückte auf den Record-Knopf. Sie wollte es festhalten: Er am endlosen

Strand ohne Wasser. Wie bizarr. Es würde ihm gefallen, wenn er später den Film sah.

Dann hörte sie es. Die Stille fand urplötzlich ein Ende. Ein dumpfes Grollen rollte aus der Ferne heran. Es steigerte sich von Sekunde zu Sekunde, eskalierte zu einem tosenden Crescendo. Nives sah vom Kameradisplay auf und blickte sich um. Für einen Moment fürchtete sie ein Erdbeben, doch der Hüttenbungalow stand still. Sie drehte den Kopf, als zwei dünnere Bäume krachend gegen die Brüstung ihrer Terrasse geschleudert wurden. Die Palmen und die größeren Bäume bogen sich bedrohlich, Zweige berührten den Holzboden der Terrasse.

Das Meer kam zurück.

Die Gischt spritzte zwischen den Holzbohlen des Terrassenbodens zu ihr hinauf, als sich das Wasser an den Felsen unter der Hütte rieb. Die Pfahlkonstruktion erhielt einen Stoß, der Nives schwanken ließ.

Eine gigantische Welle schob sich in die Bucht. Nives starrte auf das Display der Videokamera und sah den Mann, der wohl Fritz war, im schäumenden Wasser verschwinden. Die Monsterwelle peitschte über den Strand, fraß sich in die beiden benachbarten Strandhotels und spülte über die Straße, bis sie an dem Hügel dahinter brach. Für einen kurzen Moment stoppte die Bewegung, die Oberfläche schien stillzustehen. Dann begann die Gegenbewegung. Das Wasser strömte zurück und riss alles mit sich, was nicht fest verankert war.

Nives stand breitbeinig da, hielt sich mit der Linken am Geländer fest und blieb mit dem rechten Zeigefinger wie festbetoniert auf dem Auslöser. Autos, Möbel, Bäume, Menschen – der Wassersog auf ihrem Display nahm sich alles. Sie sah nur das Geschehen im kleinen Monitor, es hätte ein Film sein können, die Realität um sie herum schien so unendlich weit entfernt.

Erst als das Wasser komplett zurückgegangen war, hörte sie auf zu filmen. Sie ließ die Kamera sinken und stand da, unfähig zu begreifen, was eben passiert war. Langsam gaben ihre Knie nach. Sie sackte zusammen und stierte zwischen die Bohlen unter ihr. Sie erkannte die Fundamente der Bentonsäulen, auf denen der Bungalow ruhte. Sie erkannte das Bootswrack, das sich um einen der Pfeiler gewickelt hatte, sie erkannte die Plastik- und Stoffplanen, die sich zwischen den abgerissenen Bäumen verfangen hatten, die zertrümmerten Strandliegen aus Holz oder Metall und sie erkannte den leblosen Körper eines kleinen blonden Mädchens, das mit weit aufgerissenen Augen und seltsam verdrehten Kopf direkt unter ihren Füßen auf dem Felsen lag.

Nives öffnete den Mund, um zu schreien. Doch ihr Schrei blieb tonlos.

Das erneute Krachen, das Splittern von Holz riss sie aus ihrer Starre. Gerade noch rechtzeitig, um mühsam ihren Leib hochzustemmen und einer Palme auszuweichen, die von der zweiten gewaltigen Welle gegen die Terrassenbrüstung gedrückt wurde. Die Hütte erbebte, die Holzbrüstung splitterte.

Was, wenn die ganze Terrassenkonstruktion nachgab? Was, wenn der ganze Bungalow nachgab? Schließlich waren die Hütten nur Pfahlbauten, die sich an den Steilhang der Halbinsel kuschelten. Nives versuchte zur Tür zu hechten, doch ihr ungeheures Körpergewicht sorgte dafür, dass es ein Versuch blieb. Sie fiel der Länge nach hin. So schnell sie konnte, rappelte sie sich auf und krabbelte zur Tür. Sie erreichte die Tür in dem Moment, als das Tosen auch schon wieder aufhörte. Nives drehte sich um und sah, wie die zweite Welle über den Strand fegte. Da das Gehölz vor ihrer Terrasse nun gelichtet war, konnte Nives die ganze Bucht überblicken. Die Straße, die hinter den benachbarten Strandhotels hervorkam und als eine Art Strandpromenade den Sand von den Hotelkomplexen am Fuß der Hügelkette trennte, konnte sie nicht mehr ausmachen. Gurgelnde Strudel bohrten sich zwischen die Häuser. Wieder gab es einen ungeheuren Sog, als sich das Wasser zurückzog. Autos, Möbel, Bäume, Menschen, Boote, ganze Hütten schossen auf das offene Meer hinaus.

Fritz!, schoss es ihr durch den Kopf. Hatte sie ihn wirklich am Strand gesehen? Für einen Moment wünschte sie sich, dass er es gewesen war. Dann wäre er nun mit Sicherheit tot oder zumindest schwer verletzt. Keine der beiden Möglichkeiten erschreckte sie, wie sie feststellen musste. Im Gegenteil. Es würde vieles lösen und sie erlösen. Nives lächelte versonnen. Raus aus seinem Kosmos. Endgültig.

Die dritte, vergleichsweise harmlose Welle, die das Zerstörungswerk der Natur vollendete, riss sie aus ihren Gedanken. Nives bemerkte nun, dass die Klimaanlage nicht mehr funktionierte. Die Luft in der Hütte begann allmählich stickig und feucht zu dampfen. Nives entknotete das Badetuch und verfiel in hektische Betriebsamkeit, um ihre Panik herunterzuspielen. Sie schlüpfte schnell in ihren Badeanzug und wickelte sich das bunte Batiktuch, das sie erst vorgestern auf dem Nachtmarkt in Patong gekauft hatte, um die Hüften. Zuletzt setzte sie den Sonnenhut aus Stroh auf. Sie musste etwas tun, da draußen war eben das Unglaublichste passiert, das Schlimmste, Grauenhafteste … Etwas, wofür sie keine Worte fand und das sie nicht begreifen konnte.

Nives ließ sich schwer auf das Bett plumpsen und starrte ins Leere. Sie konnte nichts tun. Ob Fritz tot war, schien ihr plötzlich völlig unwichtig. Wie lange sie dasaß, wusste sie nicht. Es passierte häufiger, dass sie einfach so dasaß und vor sich hinstarrte.

Eine Stimme riss sie aus der Lethargie.

„Mann, hast du diesen Wahnsinn mitbekommen?!“

Fritz.

Er stand vor ihr, wie sie ihn vermeinte, am Strand gesehen zu haben: ein kleiner, untersetzter, stark behaarter Mann mit blauer Badehose und ungepflegtem Fusselbart. Nives' Herz machte einen kleinen Hüpfer, ob vor Freude oder Enttäuschung konnte sie nicht sagen.

„Die sagen, das war ein Tsunami. So eine Monsterwelle. Wusch, alles mitgenommen, das Scheißding!“

„Du … ich dachte, du …“, stammelte Nives tonlos.

„Was? Keine Sorge, mir ist nichts passiert.“ Fritz kam zu ihr ans Bett, beugte sich hinunter und gab ihr einen Kuss auf den Mund. „Mich bringt so leicht nichts um.“

„Aber ich habe diesen Mann am Strand gesehen und gefilmt, der aussah wie du, und dann die Welle …“

„Ich war gerade auf dem Weg nach oben, weißt schon, mitten auf der Holztreppe, die vom Strand zu den Hütten hochführt.

Was für ein Wahnsinn! Ein Tsunami! Wow." Fritz setzte sich neben sie aufs Bett. „Hey, ich könnte tatsächlich tot sein. Die Treppe hat es halb weggerissen." Er grinste, als hätte er eine sensationelle Entdeckung gemacht. Dann sprang er auf. „Du hast den Tsunami gefilmt? Lass mich sehen." Er schnappte sich aufgeregt die alte Kamera und sah sich ihre Aufnahme an. „Wow. Der sieht wirklich fast aus wie ich. Wahnsinn, das Wasser!"

Sie hasste es, wenn er „wow" sagte, als wären sie noch Teenager. Ein Mann, der bald sechzig wurde und „wow" – lächerlich. Ebenso lächerlich fand sie, dass er, nachdem er sein Double auf dem kleinen Display im Inferno hatte verschwinden sehen, sofort mit ihr schlafen wollte.

Das tote Mädchen! Nives schreckte vom Bett hoch. Und was, wenn noch mehr Wellen kämen, Wellen, die am Ende ihre Hütte mitreißen würden? Sie rappelte sich auf und ging auf die Terrasse. Vorsichtig spähte sie zwischen den Lücken im Holzboden hinunter. Sie sah jede Menge Schrott, Holz, Planen, Kanister und Kleidung – aber kein Mädchen. Auch keine andere Leiche. Schnell richtete sie sich wieder auf. Nur nicht zu genau hinsehen, am Ende würde sie doch etwas entdecken, was sie nicht endecken wollte.

Der Boden unter ihren Füßen knarrte, als sie das Gewicht verlagerte. Panik überkam sie. Nichts wie zurück ins sichere Zimmer.

Der kleine Elefant stand regungslos und mutterseelenallein am Strand, als wäre er eine Statue. Nur das Wedeln seiner Ohren verriet, dass das Tier noch lebte. Nives erkannte es. Ein alter Mann war mit dem Elefäntchen, dessen Rückenhöhe ihr gerade bis zur Schulter reichte, nachts durch die Lokale der Umgebung gezogen. Touristen konnten sich mit dem Tier fotografieren lassen, es mit Bananen füttern, streicheln, bedauern und versuchen, ihm die drahtigen Haare auf dem Kopf auszureißen, die auf den ersten Blick wie Flausch aussahen. Nun schenkte niemand dem Elefanten Beachtung. Dabei war das Tier rot, ziegelrot.

Fritz spielte schon die ganze Zeit mit der Videokamera herum. Es nervte Nives endlos, gleichzeitig wunderte sie sich, dass er nicht die neue Luxuskamera mitgenommen hatte, sondern das alte Ding.

Wie die anderen Überlebenden waren sie stundenlang am Strand herumgeirrt. Stunde um Stunde, auf und ab. Nives, fassungslos und unfähig zu sprechen, allen Blicken ausweichend, jede Begegnung mit anderen Menschen panisch meidend. Fritz, aufgeregt wie ein kleines Kind, alles filmend. Er fasste jeden Müll an und las (in seinen Augen) interessante Teile auf, betrachtete diese eingehend und warf sie anschließend wieder weg. Das Ausmaß der Zerstörung schien ihn völlig kalt zu lassen. Nives fand keine Worte, um ihre Gefühle auszudrücken. Das viele Laufen, ihr eigenes Gewicht so ungewohnt lange auf den Beinen zu halten, hatte sie komplett ermüdet. Dennoch steuerte sie auf den kleinen roten Elefanten zu, der zwischen den Trümmern zahlloser Strandliegen stand.

„Komm her, kleiner Racker", sagte sie leise und streckte die Hand aus. Sie betastete seine rote Haut. Es war Farbe, vermutlich Wandfarbe. Er war nicht vollkommen rot, eher wie eine buntscheckige Kuh gefärbt. Nives vermutete, dass das Tier von einem oder mehreren Eimern Farbe getroffen worden war. Vielleicht hatte es vor der Welle in einem Schuppen Zuflucht gesucht, in dem jemand Farbe aufbewahrt hatte. Sicher konnte man es mit Wasser abschrubben. Das Elefäntchen löste sich aus seiner Starre und machte ein paar unsichere Schritte auf Nives zu. Es hob den Rüssel und schlang die Spitze um ihre ausgestreckte Hand. Sie führte das Tier ins flache Wasser. Rings um sie herum fischten Menschen Trümmer aus dem Meer. Thailändische Soldaten und ein paar Mönche in orangen Wickelgewändern hatten begonnen, Leichen aus dem Wasser zu bergen. Einige Touristen in quietschbunten Shorts halfen ihnen wortlos. Da, wo vorher die Strandpromenade entlang geführt hatte, warteten nun zwei Pritschenwagen, auf denen Helfer die Toten stapelten.

Im seichten Wasser stand Nives Marell, die die Umgebung ausblendete und mit bloßen Händen an einem roten Elefäntchen herumschrubbte. Die Farbschicht warf Falten und bekam mit jeder Bewegung des Tiers mehr und mehr Risse, sie ließ sich jedoch nicht richtig abwaschen. Nives hielt inne, weil ihr der Gedanke, der sich in ihr Hirn schlich, so absurd und doch so real vorkam: Alles eine Inszenierung. Hollywood drehte den Katastrophenfilm des Jahrhunderts mit gigantischen Spezialeffekten. Sie hob den Kopf und sah sich um.

Und Action!

Plötzlich kam ihr die Szenerie erträglicher vor.

Irgendwann gab Nives auf, packte das Elefäntchen am Rüssel und zog es zurück zum Strand. Sie sah sich nach Fritz um, der auf einem umgestürzten Palmstrunk saß und ins Display starrte. Er filmte sie, sie hasste ihn dafür und zeigte es ihm, indem sie die Kamera gewaltsam wegdrehte, bevor sie sich erschöpft neben ihm niederließ.

Unvermittelt sagte Fritz: „Wow, was für ein grandioses Schauspiel! Was für eine Inszenierung!"

Nives schlug ihm wortlos ins Gesicht. Einmal, zweimal. Der Elefant nickte mit dem Kopf.

„Du verstehst wieder mal gar nichts!", schrie er sie an und rieb sich die Wange. „Weißt du, was Stockhausen gesagt hat, als er die Bilder vom 11. September im Fernsehen gesehen hatte? ‚Was da geschehen ist, ist natürlich – jetzt müssen Sie alle Ihr Gehirn umstellen – das größte Kunstwerk, was es je gegeben hat.'"

„Diesen bodenlosen Unsinn kannst du auswendig referieren?" Nives konnte und wollte diese Art des Denkens nicht begreifen. Nur Fritz, der hatte sich schon damals mit Verve auf die Seite des zeitgenössischen Komponisten gestellt. Zum Glück geschah dies in einer Zeit, als die Medien sich für Fritz Roloff kaum noch interessiert hatten, als seine Karriere nach zwei grandiosen, millionenschweren Flops am Ende schien.

„Das ist kein Unsinn! Nur, weil die Welt aus lauter Debilen besteht, die nichts kapieren, die keinen Sinn für die Schönheit der Katastrophe haben, ist es noch lange kein Unsinn. Der Anschlag auf das World Trade Center war das größte Kunstwerk aller Zeiten – bis das hier passierte!" Er machte eine weit ausholende Geste. „Und ich bin dabei! Was für eine Inszenierung!"

„Ich möchte mit dir diesen hanebüchenen Blödsinn nicht ernsthaft diskutieren", sagte Nives leise und bestimmt. „Ein Ton mehr und ich bin weg. Für immer." Sie schrubbte dem Elefäntchen kräftig über den Rüssel und pulte mit den Fingernägeln etwas Farbe ab.

Zu ihrer Überraschung schwieg er tatsächlich und sah sich zum x-ten Mal die Welle an, die seinen Doppelgänger verschlungen hatte. Stop, rewind, play, stop, rewind, play ...

„Was, wenn ich das da wäre?", fragte er dann wie nebenbei und kratzte sich am Bart. „Was, wenn ich tot wäre?"

„Du bist es aber nicht." Nives seufzte.

„Man würde es glauben, wenn man diese Bilder hier sehen würde. Stell dir mal vor, ich könnte abtauchen. Untertauchen. Eine neue Existenz aufbauen. Den Beweis für meinen Tod könnte man ..."

„Hör auf!", rief sie. „Bist du so krank? Warst du schon immer so krank?!"

„Nur so als Spaß, verstehst du nicht, Maus? Für eine Woche oder zwei. Du zeigst den Film. Lass mich tot sein. Und dann tauche ich wieder auf. Was für eine Publicity für unseren nächsten Film! Wahnsinn, das ist überhaupt die Idee! Wenn im März die Dreharbeiten beginnen, haben wir im Vorfeld jede Menge Medienpräsenz. Du machst den Anfang und trauerst öffentlichkeitswirksam um mich ..." Er brach ab und setzte sich seine Sonnenbrille auf. „Was ist das denn für ein Elefant?"

Nives starrte ihn an. Die Frage, ob sie ihn liebte, fiel ihr wieder ein. Nun wusste sie die Antwort.

„Das öffentliche Trauern für die Kameras kann Viola sicher besser als ich", sagte sie dann kühl. Sein neuer Film! Sie könnte wieder die Wände hochgehen. Nach Jahren hatte er endlich einen Produzenten gefunden, der das Wagnis eingehen wollte, einen neuen Fritz-Roloff-Film zu finanzieren. Nach den letzten Roloff-Flops grenzte das an ein Wunder. Und Nives Marell sollte wie in guten alten Zeiten die Hauptrolle spielen. Und ganz wie in alten Zeiten sollte sie auch mindestens eine Nacktszene sowie eine Bettszene haben. Sie, als fette alte Frau. Ihre Proteste waren ungehört verhallt.

„Schau dir Altmanns ‚Prêt-à-porter' an", hatte Fritz sie angeschnauzt. „Da haben Sophia Loren und Marcello Mastroianni eine zischendheiße Bettszene. Okay, Marcello schläft dabei ein, aber Sophia ist sensationell. Sie ist sechzig, und es ist keine Sekunde lächerlich!"

„Sophia Loren ist auch kein Wal!", hatte sie zurückgegiftet.

„Vielleicht sollte ich Sophia fragen, ob sie die Rolle spielen will."

„Bitte! Nur zu."

Seit Fritz den Produzenten gefunden hatte – eben erst zwei Monate her –, hatte Nives mit einer heimlichen Abmagerungskur begonnen. Sie wollte nicht als nackter Freak auftreten, also hungerte sie so, dass er es nicht merkte, denn er wollte die Freakshow. Ein schwieriges Unterfangen, aber immerhin hatte sie schon fünf Kilo geschafft. Noch fiel es niemandem außer ihr auf.

Ein älterer Mann mit beiger Short und labbrigem weißen Unterhemd, das am Bauch spannte und gleichzeitig die schlaffe Brust freiließ, blieb stehen und starrte Nives an. Dann schwirrte sein Blick zu dem ziegelroten Elefäntchen und wieder zurück. Er näherte sich zögernd und lächelte. An der linken Hand zerrte er einen kleinen Thaijungen hinter sich her. Das Kind, das höchsten zehn Jahre alt sein mochte, blickte mit toten Augen auf seine Füße, dann in Nives' Augen, dann wieder auf die Füße.

„*You are Nives Marell, right?*", fragte der Mann mit leiser Stimme. Er sagte „Näivis Märell".

Nives nickte.

„*I'm Geoff from Boston. I recognized your eyes! Your beautiful eyes.*" Der Mann strahlte und schüttelte ihre Hand mit beiden Händen, dabei ließ er den Thaiboy nicht los. Er zerdrückte fast die Hand des Knaben zwischen seiner und Nives'. Nives spürte die zarte Kinderhaut auf ihrem Handrücken und fühlte sich unangenehm berührt.

Ihre Augen. Die berühmten türkisen Katzenaugen der Nives Marell – früher hatte man sie deswegen mit der jungen Simone Signoret verglichen.

„*I'm your biggest fan! Really, believe me.*" Geoff aus Boston strahlte sie an. „*I've seen all your movies, all of them. All, all. Even those old German ones. I'm your biggest fan. Never dared to dream meeting you ... specially in this ... under these dramatic circumstances ...*"

„Ja, danke, äh, *thank you so much, Geoff. Yes, it's a catastrophy! I'm shattered.*" Wie lange sie schon keinen Smalltalk mehr mit Fans hatte machen müssen, noch dazu auf Englisch. Es war so ewig lange her, dass sie völlig aus der Übung war. Sie starrte auf den Jungen und versuchte sich nicht auszumalen, durch welche Hölle er ging. Sie blickte zu dem Mann auf und unterdrückte ein kleines Schluchzen. Sie nahm ihre Sonnenbrille und setzte sie so demonstrativ auf, dass der Mann die kleine Träne, die sie zustande brachte, noch erkennen konnte. „Ich bin ... fassungslos, *I am stunned, speechless.*" Sie spielte gut. Als wäre ein Schalter umgelegt worden, fand sie in ihre Rolle. Sie konnte es immer noch. „*Excuse me, Geoff, but I ...*" Sie machte eine unbestimmte Handbewegung und biss sich auf die bebende Unterlippe.

„*I see.*" Der Mann schüttelte ihr noch einmal die Hand. „*I'm so sorry. I didn't mean to disturb you. I'm so sorry. If I can do anything for you, let me know. You've still got your hotel room?*"

Nives Marell nickte mit zusammengekniffenen Lippen, brachte ein schiefes Lächeln zustande und ließ ihre Hand zu Fritz wandern. Sie tätschelte seinen Oberschenkel. Fritz nahm ihre Hand und drückte sie fest. Geoff aus Boston grinste unsicher, verabschiedete sich und zog schließlich den Thaijungen hinter sich her.

„*Those old German ones*. Der Arsch. Die sind von mir, *those old German ones*. Du bist aber immer noch scheißgut, Nives Marell. Ich sage doch, unser nächster Film wird wieder ein Knaller", sagte Fritz Roloff grinsend. „Er hat mich übrigens nicht erkannt."

„Da kannst du dir bei einem Amerikaner was drauf einbilden. Mit diesem Fusselbart und der riesen Sonnenbrille erkennt dich sowieso keiner. Mich hingegen erkennt man seit Jahren nur noch an meinen Augen! Ich war mal schön."

„Du bist noch schön, Maus. Für mich."

„Ich will für niemanden schön sein, der Katastrophen schön findet!"

Fritz brach in schallendes Gelächter aus.

Nives Marell stand von dem Palmstrunk auf, zog das Elefäntchen am rechten Ohr und sagte im Weggehen: „Fick dich, Fritz Roloff, fick dich doch einfach."

„Bleib hier, du blöde Kuh." Fritz sprang auf und lief hinter ihr her. Er packte ihr Handgelenk.

„Lass mich los. Ich rufe jetzt Rocco an. In Deutschland müsste jetzt Tag sein. Vielleicht hat er auch schon versucht mich zu erreichen", sagte Nives und legte ihre Handtasche auf den Rücken des kleinen Elefanten. Sie wühlte umständlich darin herum, bis sie das gesuchte Mobiltelefon endlich zu Tage förderte. Es war noch ausgeschaltet.

„Nix wirst du!" Fritz entriss ihr das Handy.

„Gib es her. Rocco wird sich Sorgen machen. Alle werden sich Sorgen machen! Das ist bestimmt längst auch in Deutschland in den Nachrichten. Die Toten hier, das wird auch bei uns eine Nachricht sein! Wenn es stimmt, dass nicht nur die Bucht hier, sondern die ganze Insel betroffen ist …"

„Sollen sie sich doch Sorgen machen! Lass sie ein wenig zappeln." Fritz schleuderte ihr Mobiltelefon in weitem Bogen quer über den Strand ins Meer.

Nives bebte vor Zorn und krallte ihre Finger in den Nacken des kleinen Elefanten. „Du bist ein Schwein, Fritz Roloff, ein erbärmliches Schwein."

„Und? Deshalb liebst du mich doch, oder?"

Als sie den Mund aufmachte, um ihm zu antworten, kam ein Klingeln dazwischen. Ein Klingeln aus ihrer Tasche. Sie wühlte erneut und zog nach einer Weile ein zweites Handy hervor. Fritz' Handy. Er warf gerne seine Sachen in ihre Handtasche: Schlüssel, Papiere, Telefone, Drehbücher, Post, MP3-Player, Filofax et cetera, damit er Platz für seine Hände in den Hosentaschen hatte. Einmal hatte sie sich über das Gewicht ihrer Tasche gewundert und festgestellt, dass er sein Notebook hinein gesteckt hatte. Sie hatte es herausgeholt und vor seine Füße geschleudert. Zu ihrer beider Überraschung war es heil geblieben.

Das Display des Mobiltelefons zeigte „Viola privat" an. Natürlich, sie hatte es immer gewusst. Die Geschichte mit Viola war entgegen seiner Beteuerungen keineswegs beendet. Nives fixierte Fritz, der sie abschätzig ansah. Sein Blick sagte „Trau dich!".

„Gib her", sagte er dann und griff nach dem Telefon.

Nives drehte sich abrupt weg, drückte die grüne Taste, hielt sich das Telefon ans Ohr und sagte laut: „Hallo?“

Am anderen Ende der Leitung herrschte kurz irritiertes Schweigen. Dann sagte die Frauenstimme: „Hallo, hier ist Viola. Nives, Liebes, bist du das? Was für eine Frage, natürlich bist du das. Du, ich habe eben in den Morgennachrichten … nun, bei euch scheint etwas passiert zu sein … diese Monsterwelle …“

„Richtig“, unterbrach Nives. „Eine Monsterwelle. Eine Katastrophe. Angeblich soll es ganz Phuket erwischt haben.“

„Phuket? Nives, Liebes, die Welle ist bis nach Afrika geschwappt! Halb Thailand, Indien, Sri Lanka – angeblich alles zerstört! Die Seychellen sollen komplett unter Wasser sein! Es gibt aber noch kaum Bilder.“

Nives brauchte einen Moment, um die Neuigkeiten zu verdauen. „Alles zerstört“, wiederholte sie tonlos und ihr Hirn spielte Karussell. Langsam kristallisierte sich ein Gedanke aus dem Strudel. Fritz wollte seine Inszenierung, sie würde wieder seine Spielchen mitmachen. Auch wegen dieser Viola.

„Hallo, Nives?“, kam es aus dem Hörer.

„Ja, alles kaputt hier, so viele Leichen.“ Nives schluchzte kurz und sah dabei mit kalten Augen zu Fritz hinüber, der schmunzelte. Nives Marell begann zu spielen. „Du kannst es dir nicht vorstellen, Viola, Liebes. Es ist so … so … grauenvoll …“ Sie brach in Schluchzen aus. Fritz applaudierte ihr pantomimisch. „All die Toten, all das Leid! Und dann der arme kleine Elefant …“, stammelte sie stakkatoartig.

„Nives, Schätzchen.“ Viola schien deutlich mitgenommen und vor allem durch die Erwähnung eines kleinen Elefanten schwer irritiert. „Sicher, auch die Tiere … Ich wusste nicht, dass es so schlimm ist. Was ist mit Fritz … mit euch, meine ich! Was ist mit euch?“

„Ich weiß nicht, was mit Fritz ist. Unser Hotel …“, log Nives mit bebender Stimme und machte eine Pause. Sie wollte nicht gleich zu viel bieten. Erst abwarten, was Viola wollte, was sie im Fernsehen gesehen hatte.

„Was soll das heißen?“ Violas Stimme schrillte panisch durch das Handy. „Ich habe eben im Internet recherchiert und euer

Hotel ist nicht vom Tsunami betroffen. Das haben die da geschrieben! Euer Hotel ist nicht betroffen!“ Die Stimme überschlug sich. „Das schreiben sie auf der Hotelwebsite. Nur eine Notiz: *Don't worry. The hotel is still standing. More news soon*. Vor einer halben Stunde aktualisiert. Ich war eben noch online. Du lügst doch.“

„Viola, Liebes, beruhige dich.“ Nives biss sich auf die Lippe. „Ja, es stimmt, dass unser Hotel verschont wurde. Ich selbst war im Bungalow, als es passierte. Die Welle hat uns nicht erreicht. Aber Fritz ... nun, er wollte an den Strand gehen. Fünf Minuten bevor es passierte. Er wollte schwimmen, du weißt doch, wie gerne er früh schwimmen geht.“

„Nein! Das weiß ich nicht.“

„Dann weißt du es eben jetzt. Ich habe auf der Terrasse gestanden und ihn am Strand gesehen, als die Welle kam. Er war auf einmal nicht mehr da. Verstehst du, Viola?“ Sie weinte überzeugend, zumindest für eine Ohrenzeugin im fernen Deutschland, denn ihre Augen blieben trocken.

„Wie, nicht mehr da?“ Violas Stimme war nur ein fernes Flüstern.

„Nicht mehr da. Als die Welle zurückging, war er nicht mehr da. Mehr kann ich dir nicht sagen. Ich laufe den Strand auf und ab und rufe ihn ... aber ... Fritz, rufe ich, Fritz!“ Ihre Stimme schallte über den Strand. Sie übertrieb, das merkte sie selbst. Unnötig, dass Fritz ihr Handzeichen gab, weniger dick aufzutragen.

„Dann geh noch mal!“, herrschte Viola sie an. „Such ihn.“

„Viola, Liebes, wir sollten nicht unnötig die Akkuleistung verschwenden. Ich melde mich, sobald ich etwas Neues weiß.“ Nives legte schnell auf.

„Du bist klasse“, sagte Fritz und küsste sie auf den Mund. „Siehst du, das war der erste Schritt zu meinem Verschwinden. Den nächsten planen wir jetzt. Bald bin ich mausetot!“

„Ja, bald bist du mausetot, Fritz Roloff. Plan, was du willst. Ich rufe Rocco an, damit er weiß, dass es uns ... dass es mir gut geht.“

2

Einige Jahre später …

„Sehen Sie, Frau Staubwasser", sagte Maximilian Pfeffer und dehnte seinen linken Arm, während er mit der rechten Hand seinen piepsenden Piepser vom Gürtel nahm und auf das Display schaute. Das Armstrecken tat gut, er spürte einen leichten Muskelkater im Trizeps. In den letzten Wochen hatte er das Hanteltraining schleifen lassen. Warum, wusste er selbst nicht genau, denn er mochte seine Trizepse, seine Lieblingsmuskeln, auf deren perfekte Definition er sonst genau achtete. Nicht der prollige Bizeps, den die meisten Männer hingebungsvoll aufpumpten – in Pfeffers Augen weit überschätzt. Einen schönen, gut modellierten Arm machte der Trizeps aus. Wie ein kleines Mäuslein huschte der Strecker unter der Haut und machte der Herkunft des Wortes Muskel nach Pfeffers Ansicht am meisten Ehre. *Mus*, die Maus, *musculus*, das Mäuschen – so viel wusste er noch aus dem Lateinunterricht. Gestern war ihm die Vernachlässigung aufgefallen und dann hatte er es übertrieben. Pfeffer genoss das Ziehen im Muskel, ein angenehm kleiner Schmerz, der Lebendigkeit signalisierte.

„Sehen Sie", fuhr er dann fort und hielt den Piepser hoch, „genau aus diesem Grund kann ich nicht am Schreibtisch bleiben und das tun, was ein Mann in meiner Position tun sollte, wie Sie es durchaus richtig ausdrücken. Ich muss Bereitschaftsdienst machen und mit den Kollegen vor Ort ermitteln, weil es einfach zu wenig Kollegen gibt!"

„Kollege Pfeffer." Die Kriminaldirektorin Jutta Staubwasser lächelte. „Wir wissen beide nur zu genau, dass Sie auch zu Zeiten, in denen wir personell besser aufgestellt waren, immer wieder Ermittlungsarbeit gemacht haben, die Sie rangniederen Kollegen hätten überlassen können."

Pfeffer streckte möglichst unauffällig auch den rechten Arm. Der wohlige Schmerz im Trizeps ließ ihn für einen Sekundenbruchteil die Augen genussvoll schließen. „Ich sage nur, dass wir völlig unterbesetzt sind. Wir haben momentan drei ungeklärte Todesfälle. Und wenn ich mich nicht täusche, kam eben ein vierter herein." Er hob den Piepser. „Man braucht mich. Entschuldigen Sie mich bitte für einen Moment. Darf ich?" Er beugte sich vor, um das Telefon vom Schreibtisch seiner Vorgesetzten zu angeln.

Jutta Staubwassers Nicken genehmigte das Telefonat. Während Max Pfeffer sein Gespräch führte, beobachtete sie ihn. Keine Frage, sie schätzte ihn als einen ihrer fähigsten Mitarbeiter. Auch wenn sie ihn einfach nicht von der Straße bringen konnte. Als Kriminalrat sollte Max Pfeffer in ihren Augen die Ermittlungen vor Ort den Kommissaren überlassen. Schon oft hatten sie darüber gesprochen. Er hielt sich nicht daran. Immer fand er eine Ausrede, warum er am Tatort sein musste, warum er Verhöre führen musste – kurz, warum er nicht am Schreibtisch sitzen konnte.

In der gegenwärtigen Situation brachte er sie allerdings in die Defensive. Er hatte recht: Sie waren absolut unterbesetzt. Seitdem Pfeffers bester Mitarbeiter, Kriminalhauptkommissar Paul Freudensprung, zum LKA gewechselt hatte, waren aufgrund der Pensionierung eines anderen Kollegen zwei Stellen vorübergehend unbesetzt. Dazu noch mehrere Krankenstände. Es gab keinen Zweifel für Jutta Staubwasser, dass Pfeffer beim nächsten Fall wieder auf der Straße unterwegs sein würde. Er war ein Spürhund, kein Aktenhengst. Außerdem war er bei den meisten Kollegen beliebt und ein guter Chef. Kein eitler Karrierist wie manch anderer. Einer, der zu seinen Leuten stand und sich im Zweifelsfall nie scheute, eigene Fehler zuzugeben. Außerdem neigte er beizeiten zu unorthodoxen Methoden und schrägen Denkweisen, was sie schätzte. Und sie mochte seinen Humor.

Dass er dazu auch noch gut aussah, zumindest in den Augen zahlloser Kolleginnen, konnte Jutta Staubwasser zwar im objektiven, aber nicht im subjektiven Sinn bestätigen. Er war nicht ihr Typ – abgesehen davon, dass er nicht besonders hochgewachsen war. Sie bewertete Menschen sowieso nicht nur nach Äußerlichkeiten und hatte sich einst ihren Ehemann auch nicht wegen seiner Optik ausgesucht. Jutta Staubwasser war so erzogen worden, dass Männer und äußere Attraktivität nicht zwingend etwas gemein hatten. Sie hatte wirklich kein Auge für schlanke, durchtrainierte Männer in den besten Jahren wie Pfeffer. Sie stand auch nicht auf seine grauen Haare, die ihm ein so undefinierbar altersloses Aussehen gaben, weil sie im interessanten Kontrast zu seinem faltenfreien Gesicht mit dem markanten Kinn standen.

Ebenfalls war es ihr herzlich egal, ob man auf seinem Po Nüsse knacken konnte, was neulich ein paar Kolleginnen vermuteten. Nicht wirklich Kolleginnen, es waren drei Sekretärinnen gewesen, in der Essensausgabeschlange in der Kantine vor Jutta Staubwasser. Sie hatten Maximilian Pfeffer beobachtetet, der sich bückte, weil sein Messer vom Tablett gerutscht war. „Da kannste Walnüsse drauf knacken“, hatte die eine mit einem gutturalen Gurren gesagt, was keinen Zweifel daran ließ, dass sie das am liebsten sofort in die Tat umgesetzt hätte. Die anderen hatten sich nur mit weit aufgerissenen Augen angeschaut und dann wie Schulmädchen losgekichert. Eine hatte noch halblaut „Zwanzig Euro, wenn du dich traust“, geflüstert und einen Heiterkeitssturm heraufbeschworen, der sich noch nicht gelegt hatte, als die Gruppe an der Kasse zahlte. Erwachsene Frauen!, war es Jutta Staubwasser damals durch den Kopf geschossen und sie hatte missbilligend den Kopf geschüttelt.

Mein Gott, Pfeffer war vierzig! Vierzig! Da durfte ein Mannsbild in ihren Augen ruhig ein bisschen angesetzt haben. Ein wenig Wohlstandsspeck, ein kleiner Rettungsring, ein wenig zum Festhalten, zum Kuscheln, zum Nicht-immer-starke-Frau-sein-Müssen. „Ein Mann ohne Bauch ist ein Krüppel.“ Sie kannte den Spruch nur zu gut und er traf auf ihren eigenen Mann keinesfalls zu. Der war wahrlich kein Krüppel und exakt zehn Jahre älter als Pfeffer. Vierzig! Männer wie Pfeffer, die physiognomisch noch wie Mittzwanziger daherkamen, erinnerten sie zu sehr an ihre eigenen körperlichen Defizite, die sich mit zunehmendem Alter einstellten. Sie war nur sieben Jahre älter als ihr Kollege und fühlte sich in seiner Gegenwart so unendlich viel älter. Nein, für Jutta Staubwasser stand auch bei näherem Hinsehen fest, dass Maximilian Pfeffer zwar gut aussah, besonders wenn, wie heute, auch noch ein leichter Bartschatten das markante Kinn betonte, aber eben nicht attraktiv für sie war.

Nur bei Pfeffers Augen – da kam sie bisweilen ernsthaft ins Schwanken. Wie konnte so ein Mann nur so sehnsuchtsvoll-sanfte Augen haben! Sie sah schnell weg. Pfeffer beendete sein Telefonat.

„Und?", fragte sie.

„Ein Skelettfund in Zacherlkirchen." Er zuckte mit den Schultern. „Jetzt werden Sie sagen: Das lassen Sie mal Ihre Kollegen machen. Dann werde ich sagen: Außer Kollegin Scholz habe ich momentan niemanden für einen neuen Job. Und alleine kann ich die Gute nicht nach Zacherlkirchen lassen. Dann gibt ein Wort das andere und dann …" Er beendete den Satz nicht, sondern sah sie mit fragend hochgezogener Augenbraue an. Keine Frage, auch er mochte seine Chefin.

Kriminaldirektorin Staubwasser schmunzelte und hob spielerisch drohend den Zeigefinger. „Dann werden Sie ohnehin nicht auf mich hören und schnurstracks nach Zacherlkirchen fahren. Hören Sie, ich verspreche Ihnen, dass wir die Personalsituation in den nächsten Wochen in den Griff bekommen. Die Krankschreibungen … Ich kämpfe auch für neue Planstellen. So wie es aussieht, wird eine der freien Stellen tatsächlich nicht mehr besetzt. Der momentane Sparkurs triff leider alle. Auch uns."

„Schon gut", winkte Pfeffer ab und stand auf. Dabei merkte er, dass er auch in den hinteren Oberschenkeln Muskelkater hatte. Wo der nur herkam? Er joggte jeden Tag fast eine Stunde, daran dürfte es kaum liegen. Dann fiel ihm wieder ein, was er gestern Nacht noch gemacht hatte, und er biss sich innen auf die Wangen, um ein Grinsen zu unterdrücken. Der Biss nutzte nicht viel.

3

„Verrecken sollst du“, murmelte die Mutter mit abgewandtem Kopf mehr vor sich hin als zu jemandem. Sie redete gerade so laut, dass die Tochter sie hören konnte – die Tochter, die zu ihren Füßen in gekrümmter Hocke kauerte und sich schwer atmend an ihren Rockzipfeln festkrallte.

„Was?“ Die junge Frau hob den Kopf und versuchte mit tränenverschleierten Augen, den Blick der Mutter zu erhaschen. Doch die schwergewichtige Frau starrte unvermindert ins Nichts.

„Was?“, wiederholte die Tochter deshalb lauter und ihre Stimme überschlug sich, bevor sie in einem Schluchzen erstarb. „Mutter, ich … verrecken?“

„Nichts habe ich gesagt“, antwortete die ältere Frau ungerührt und verschränkte die Arme vor ihrer schweren Brust. Ihr Gesicht blieb eine teilnahmslose Maske.

Mit letzter Kraft rappelte sich die junge Frau vom Boden auf, zog sich mühsam an den Falten von Mutters Rock hoch, bis sie auf Knien Halt fand. Hilfesuchend blickte sie zum Vater hinüber, der zusammengesunken am Küchentisch saß und das Gesicht in den Händen vergraben hielt.

„Papa?!“, rief die junge Frau.

„Du hast deine Mutter gehört“, kam nach einer schieren Ewigkeit die gebrochene Stimme zwischen den Fingern hervor. „Du … Ich kann nichts mehr für dich tun.“

„Papa?“, wiederholte sie mit weit aufgerissenen Augen und streckte die Hand in Richtung Küchentisch. Sie verlor das Gleichgewicht und stürzte vornüber auf den staubigen Holzboden. Eine Wolke kleiner Partikelchen stob auf und tanzte irrwitzig im grellen Licht der Deckenbeleuchtung. Die Frau trug nur ein langes, grünlich-verwaschenes T-Shirt, das um ihren mageren Körper schlabberte, sowie eine fleischfarbene Strumpfhose.

Die Mutter sah kurz zu ihr hinüber. Sie zog sich einen der einfachen Holzstühle heran und ließ sich schwer darauf fallen. Der

Stuhl knarzte unter ihrem Gewicht. Sie musste dringend noch mehr abnehmen, schoss ihr durch den Kopf. Wenn sie wollte, konnte sie sehr diszipliniert sein. Es machte ihr sogar Spaß, jeden Morgen auf der Waage zu kontrollieren, wie die Pfunde purzelten. Zwar brach sie nun nicht mehr bei jeder Bewegung in Schweiß aus, doch es reichte noch nicht. Sie musste unbedingt die Achtzig knacken. Sie wollte wieder wer sein!

Und sie hatte die Chance dazu. Sie blendete die Szenerie um sich herum komplett aus. Sie wusste, dass er dort irgendwo im Verborgenen saß und alles beobachtete. Und sie wusste, dass er vermutlich schon längst betrunken war, wie immer um diese Uhrzeit. Sie meinte sogar, seine Fahne bis hierher riechen zu können. Seine Bier-Jägermeister-Fahne und diesen unangenehmen säuerlichen Körpergeruch, den er ausdünstete. Es durfte einfach nicht sein, dass er sich weiterhin in ihrem Leben breitmachen konnte. Sie musste … sich zusammenreißen! Sie öffnete die Augen und horchte auf das Keuchen der Tochter, die sich auf dem Dielenboden wand.

Konzentriere dich, dumme Kuh, schalt sie sich. Versau nicht diese Chance.

Sie schlug mit der flachen Hand auf den Tisch. Der Vater zuckte zusammen und blickte endlich auf.

Die Tochter hustete am Boden und wälzte sich auf den Rücken. „Er hat gesagt, dass er mich heiratet“, stammelte sie schwach.

„Hat er das?“ Die Stimme der Mutter schnitt messerscharf durch den Raum. „Nun nicht mehr! Schau an, was er aus dir gemacht hat!“

„Nein.“ Die junge Frau am Boden bäumte sich auf. „Nein, das hast du aus mir gemacht. Du allein!“

„Meine Tochter eine Hure, die sich von einem dahergelaufenen Kanaken schwängern lässt. Was habe ich zum Heiligen Zachäus von Palmyra gebetet!“ Die dicke Frau faltete so energisch ihre Hände, als wollte sie Kartoffeln zerquetschen, nicht beten, dann erhob sie sich schwerfällig und griff sich an die Brust.

„Meine Tochter, das Türkenliebchen! Meine Tochter …“ Sie brach ab. Ihr Blick schweifte durch den Raum, sie ließ die Arme schlaff hängen und begann leicht zu zittern. Sie fuhr sich mit der Rechten über das Gesicht. Als hätte sie einen Schleier weggezogen oder eine dicke Make-up-Schicht abgewischt, veränderte sich ihr Ausdruck schlagartig. Alle Härte wich aus ihren Zügen. Die Augen, eben noch türkis-kalte Eisschollen, füllten sich mit Tränen und flammten warm auf. Ihr ohnehin sehr blasser Teint schien in Sekundenschnelle alle Reste von Farbe zu verlieren, schimmerte zartweiß, fast transparent wie die Oberfläche einer kostbaren Porzellanpuppe. Ihre Lippen, eben noch schmal zusammengepresst, entspannten sich und erblühten zu einer sinnlichen Knospe. Nun konnte man nicht nur erahnen, dass diese Frau einmal wunderschön gewesen war – man sah, dass sie es immer noch war.

„Ich …", stammelte sie und sank neben der Tochter auf die Knie, „ich … will dich nicht verlieren, hörst du? Die Schande … mein einziges Kind …"

Die Worte sprudelten aus ihr heraus. Sie beugte sich vor und schlang vorsichtig die Arme um die junge Frau. Sie hob die Sterbende ein wenig an, zog sie auf ihren Schoß und wiegte sie leicht hin und her. Dabei verrutschte das lange T-Shirt der Tochter und gab ihren Unterleib frei. Blut rann die Schenkel hinunter.

„Mein Kind", flüsterte die Tochter. „Weg. Ausgeblutet."

„Mein Gott!" Der Vater sprang auf und gab ein herbes Schluchzen von sich. „Ich kann das nicht mehr mit ansehen!"

„Ich auch nicht!", mischte sich eine weitere männliche Stimme barsch ein.

Viola richtete sich seufzend auf und starrte mit zusammengekniffenen Augen in die Richtung, aus der die Stimme kam. Nives und Werner beschirmten sich die Augen mit den Händen gegen das gleißende Licht und versuchten im Dunkeln des weiten Raums hinter dem Licht etwas zu erkennen.

„Ich kann das auch nicht mehr sehen", wiederholte die Stimme resigniert.

Viola erhob sich, strich das schlabberige T-Shirt zurecht und half dann der dicken Nives auf die Beine.

„Was ist nun schon wieder?", fragte Werner ungeduldig. „Und würdest du bitte irgendwo ins Licht kommen, damit wir dich sehen können? Das Probelicht ist einfach scheiße. Blendet total."

„Viola, du chargierst, du outrierst! Ich dachte, das hätten wir bereits ausdiskutiert. Das ist irgendwie echt ... *too much*. Nives ... brillant. Ehrlich, ich war ... Gänsehaut. Echt. Gänsehaut! Du hast mir richtig Angst gemacht. Behalte das bitte bei! Viola, Süße, vielleicht hilft es dir, wenn du dir noch mal den Film mit Nives anschaust, wie sie damals die Rolle der Tochter angelegt hat." Der Sprecher näherte sich, endlich konnten die drei auf der Bühne ihren Regisseur Hannes Wachsmuth sehen. Der großgewachsene, schlacksige Mann mit der schlechten Haltung strich sich durch die dichten, halblangen, weißgrauen Haare und nahm seine Brille ab. Er wirkte müde.

Viola Bruhns verdrehte die Augen. „Wozu soll ich mir diesen Film mit Nives ansehen? ICH spiele die Tochter! Ich kann es nicht mehr hören, Hannes. Wirklich! Die große Nives Marell, unsere Frau in Hollywood. Wann war das noch einmal? Entschuldige, Nives, Schätzchen, du weißt, dass ich dich und deine Arbeit ... nun ... brillant, zweifelsohne, Hannes hat absolut recht ... Ich will dir wirklich nicht zu nahe treten, du hast die Rolle der Tochter in der Verfilmung von ‚Kanakenbraut' ganz eigen angelegt, ganz speziell ... Aber damals, als du die Rolle gespielt hast ... ich meine, da ..." Sie machte eine viel- und gleichzeitig nichtssagende Handbewegung und ließ den Satz unvollendet.

„Da wog ich eine Tonne weniger, wolltest du sagen?" Nives Marell sah ihrer Kollegin offen in die Augen. „Sicher, Viola, Liebes. Aber ich habe die Bundesfilmpreise, den César und den Goldenen Löwen von Venedig damals nicht wegen meiner Figur bekommen. Ich habe die Tochter übrigens nicht nur im Film, sondern auch in der Theaterfassung gespielt ..."

„Das wissen wir alle." Viola Bruhns lächelte falsch. „Unter Fritz Roloff persönlich!"

„Zickenalarm", seufzte Werner Androsch, der den Vater spielte, und setzte sich auf die Tischkante. Mit beiden Händen fuhr er erst über sein Gesicht, dann über seine schütteren, nach hinten pomadierten Haare.

„Habe ich ein Wort über ihr Gewicht verloren?“ Viola sah sich um, suchte Augenkontakt mit ihren Kollegen. Alle wichen ihrem Blick aus. „Ein Wort, Hannes? Werner?“

„Halt mich da raus!“, antwortete der Schauspieler und stierte auf seine Schuhe.

„Wenigstens war ich damals, als ich die Tochter spielte, tatsächlich im glaubwürdigen Tochteralter“, sagte Nives Marell.

„Wie bitte?“, fuhr Viola hoch. „Nives, meine Liebe, auch wenn du es nicht wahrhaben willst, ich könnte tatsächlich deine Tochter sein.“

„Könnte“, seufzte Nives. „Gott sei Dank nur könnte!“

„Können wir uns wieder konzentrieren“, ging der Regisseur Hannes Wachsmuth mit lauter Stimme dazwischen. An seiner Autorität gab es keine Zweifel, schließlich war er nicht nur Regisseur dieser Inszenierung, sondern auch Intendant des Theaters. „Viola, Süße, du …“

„Ich habe mit keinem Wort ihr Gewicht erwähnt, Hannes!“ Violas Stimme bekam etwas Mädchenhaftes, Einschmeichelndes.

„Nein, sicher, hast du nicht.“ Hannes Wachsmuth ließ die Schultern hängen. Es war mehr eine Geste, um Viola zu beruhigen, als echte Resignation. Er hatte schon zu lange ein vorgeblich heimliches, in Wahrheit nur allzu bekanntes Verhältnis mit ihr, als dass er nicht genau wusste, wie er sie manipulieren konnte.

„Siehst du.“ Viola Bruhns drehte sich triumphierend zu Nives Marell um. „Siehst du!“ Sie schüttelte den Kopf und sah ihren Regisseur ernst an. „Hannes, wir geben alle unser Bestes, um ‚Kanakenbraut‘ ganz im Sinn von Fritz auf die Bühne zu bringen. Wir vermissen ihn alle. Ich besonders, schließlich waren wir …“ Sie brach ab. Ihre Augenlider flatterten dramatisch.

Alle wussten, was sie meinte. Alle verachteten sie dafür.

„Sie chargiert schon wieder“, flüsterte Nives Marell halblaut vor sich hin.

„Gut, das ist eine Weile her, dass er und ich …“, fuhr Viola unbeirrt fort, doch Nives fiel ihr ins Wort: „Und er und ich auch, Liebes, und was war mit Werner? Also hör auf, hier die trauernde Witwe zu spielen. Ich war dabei, als Fritz Roloff starb. Ich, Viola. Nicht du."

„Darauf kannst du dir was einbilden." Violas Augen verengten sich zu schmalen Schlitzen. „Schätzchen, wie du nur zu genau wissen dürftest, ist hier niemand an dem Stück beteiligt, ich betone, niemand, der nicht ein besonderes Verhältnis zu ... oder auch mit Fritz Roloff hatte."

„Doch, ich", meldete sich ein junger Mann, der bisher neben der Bühne gehockt hatte. Er richtete sich auf und streckte sich. Sein muskulöser nackter Oberkörper zog sofort die Blicke auf sich. Er trug eine schamlos tief sitzende rote Trainingshose, über deren Bund sich schwarze Schamhaare kräuselten, so wie es seine Rolle als der Kanake in ‚Kanakenbraut' forderte. Er zuckte mit den Schultern. „Ich hatte kein Verhältnis mit oder zu Fritz Roloff. Ich kannte ihn nicht mal."

„So habe ich das nicht gemeint, Levent." Viola Bruhns ging zu Levent Demir hinüber und fuhr ihm sanft über den Kopf durch das dichte schwarze Haar. Mit einer minimalen Kopfbewegung drückte der türkische Schauspieler sein Unbehagen über die Berührung aus. Viola genoss es, ihre Hand besonders langsam zurückzuziehen und dabei wie zufällig seine breiten Schultern zu berühren. Eine kaum merkliche Gänsehaut lief ihm über den Rücken. Viola schmunzelte.

„Doch, so hast du es gemeint", sagte Nives Marell. „Genau so."

„Wirklich?" Levent Demir zog überrascht die Augenbrauen nach oben. Er sah nacheinander Viola Bruhns, Nives Marell, Werner Androsch und Hannes Wachsmuth an.

„Wirklich", antwortete Nives und Werner ließ zischend Luft zwischen seinen Lippen entweichen.

„Wow." Levent Demir zuckte erneut mit den Schultern.

„Ich glaube nicht, dass hier die erotischen Eskapaden von wem auch immer zur Disposition stehen", sagte Hannes Wachsmuth hörbar verärgert. „Bitte noch mal zurück auf Position. Wir sollten den letzten Akt ab dem ‚Verrecken sollst du' von Nives noch einmal komplett durchspielen. Dann ist Feierabend."

„Ich hab noch 'ne Anprobe", murmelte Levent Demir, bevor er sich wieder ins Dunkel setzte, um sein Stichwort bei der Schlussszene abzuwarten.

Nives hatte sich nicht geirrt. Er saß wirklich da im Dunkeln. Obwohl er noch nichts bei den Proben zu suchen hatte. Noch spielten die Schauspieler mit Probenkostümen, die man aus dem Fundus zusammengesucht hatte. Noch hatte er nichts weiter zu tun, als die Zuschnitte zu machen und die Schneider zu beaufsichtigen. Jedenfalls tat er so. Seit der Neue da war, war alles schwieriger geworden. Denn der Neue war gut, wirklich gut, und das hatten die anderen längst bemerkt. Es wurde immer schwieriger, das Gesicht zu wahren. Da er nie zu kämpfen gelernt hatte, überließ er freiwillig das Terrain dem Neuen und bemühte sich, die letzten Jahre vor der Pensionierung so angenehm wie möglich zu gestalten.

Aber Nives zu beobachten – das liebte er, dafür stahl er sich gerne mal weg. Wie schön sie immer noch war. Nives Marell, dieses blasse, wohlgenährte, blutjunge Bauernmädel, das der große Fritz Roloff einst entdeckt hatte. Dieser üppige blonde Barockengel, der hoch hinausflog, der erst die Münchner Kleinkunstbühnen, dann den deutschen Film und schließlich die internationalen Kinoleinwände im Sturm erobert hatte. Er war dabei gewesen! Auch als der Absturz kam. Als der deutsche Star nach seinem Hollywood-Ausflug aufging wie ein Hefekuchen, gefüttert von unstillbarer Sehnsucht nach der wahren Liebe, gebläht von dem gierigen Hunger nach Koks und Champagner. Er war dabei gewesen, als sie in Frankreich und Italien von B- zu C-Filmen abrutschte, als die Angebote ausblieben, als la Nives Kassengift wurde, als keiner mehr ihre legendären türkisgrünen Katzenaugen auf Celluloid bannen wollte, als niemand mehr ihre milchweiße Haut strahlen und ihren üppigen Busen wogen sehen wollte – als es aus und vorbei war.

Nun, er war auch bei anderen Gelegenheiten in Nives' Leben dabei gewesen – und das gereichte ihm bisher nicht zum Schaden! Im Gegenteil. Jetzt war er wieder dabei, als sie nach langen

Jahren der Vergessenheit ihr Comeback versuchte. Was für ein verrücktes Karussell das Leben doch sein konnte. Er lächelte. Er und Nives wieder bei der Arbeit vereint. Dass sie ihn bei jeder Begegnung mit inbrünstiger Verachtung anstierte, stachelte ihn nur noch an. Sollte sie ihn hassen, er hatte sie in der Hand. Wer hätte das gedacht. Sie war ihm ausgeliefert.

Er schraubte leise seine Thermoskanne auf und goss sich mit zittrigen Händen einen Becher Kaffee ein, während auf der Probebühne Viola erneut überdramatisch starb. Kaffee, schwarz und stark, ohne Zucker, ohne Milch. Er pustete vorsichtig in den Becher, beinahe schwappte das Getränk über, so sehr zitterten seine Hände. Dann bekam er den Tremor unter Kontrolle und trank in gierigen Schlucken. Es schüttelte ihn, so bitter schmeckte der Kaffee. Was war nur los mit ihm? Schon seit Tagen schmeckten ihm der Kaffee und leider auch das Bier bitter, viel zu bitter. Der Kräuterschnaps, den er immer hinterherschüttete, musste ja bitter sein, das irritierte ihn nicht. Gestern war ihm speiübel nach dem dritten Bier gewesen, richtig elend. Dabei war es da noch nicht mal halb drei Uhr nachmittags. Für gewöhnlich hatte er da schon mehrere Biere. Heute in der Früh hatte er kaum seine zwei Halbe runterbekommen, so grauslich bitter schmeckten sie – und jetzt der Kaffee. Er unterdrückte den aufkeimenden Brechreiz, er musste dringend mit seinem Hausarzt reden. Am besten noch heute. Wider besseres Wissen trank er noch einen Becher und noch einen. Bis die Kanne leer war. Bitter. Er schüttelte sich; Galle kroch seine Speiseröhre hinauf.

Eben war Viola auf der Bühne mit einer grotesken Verrenkung gestorben und Nives schluchzte ergreifend. Das konnte sie wirklich – schauspielern. Das Publikum würde Rotz und Wasser heulen, wenn Nives die Trauernde gab und am Ende vor der Reliquie des Heiligen Zachäus von Palmyra zusammenbrach. Das Publikum hatte auch geschluchzt, als sie aus Thailand zurückgekommen war und die Welt über den tragischen Tod des großen Fritz Roloff unterrichtet hatte.

Er würgte den Mix aus bitterem Gallegeschmack und Kaffee hinunter, der sich in seinem Mund gesammelt hatte. Er brauchte dringend ein Bier. Jetzt. Sofort. Nein, besser einen Jägermeister. Und dann zum Arzt.

„Viola, Süße“, unterbrach eben Hannes Wachsmuth die letzte Szene.

Das ideale Stichwort. Obwohl ihm hundeelend war, nutzte er die Unterbrechung, packte seine Thermoskanne und verließ den Probebühnenraum so unauffällig wie möglich. Beim Hinausgehen nickte er mit so viel Beherrschung, wie er noch aufbringen konnte, den Regie- und Kostümassistenten zu. Krämpfe beutelten seinen Magen. In den Beinen und Armen schienen Ameisen zu laufen. Er kratzte sich. Nun kribbelte es auch noch in seinen Lippen.

„Verdammt! Können wir bitte in Ruhe proben!“, hörte er Hannes Wachsmuth noch schreien, während er die Tür hinter sich zuzog.

Kaum draußen, eilte er mit schleppenden Schritten den langen Flur hinunter Richtung Fahrstuhl und drückte seine linke Faust in den Bauch. Kalter Schweiß brach ihm aus. Dann hielt er kurz inne, drehte um und taumelte so schnell er konnte zu den Toiletten am anderen Ende des Ganges. Dass es in diesem Stockwerk nur Damentoiletten gab, störte ihn nicht. Er riss die Tür auf und übergab sich ins Waschbecken. Das Brennen in seinem Inneren ließ ein wenig nach. Er würgte, doch es kam nichts mehr außer gelber Spucke. Schwer atmend ließ er Wasser ins Becken laufen und versuchte so gut wie möglich sein Erbrochenes zu beseitigen. Dann wusch er sich das Gesicht und ordnete die spärlichen grauen Haare. Beim Blick in den Spiegel sah er sich wie durch einen Nebelschleier. Er musste zum Arzt. Er brauchte ein Bier. Erst das Bier, dann der Arzt.

Er verließ die Damentoilette und stieß mit Traudl zusammen. Die Schneiderin hatte eben nach der Türklinke greifen wollen und prallte nun erschrocken zurück. Traudl, die irgendwann in den Siebzigern stehengeblieben war und seitdem weder Make-up noch Kleidungsstil geändert hatte. Traudl, die sich die platinblondierten Haare wie ein riesiges Storchennest auftoupierte, wohl damit sie ein Gegengewicht zu ihrer überaus üppigen Oberweite bildeten. Traudl, diese alternde, wandelnde

Beleidigung für sein Auge, immer schon so provinziell wie ihr bäuerlicher Name: Traudl Sonnenbichl, geborene Kropfhamer. Wie er sie hasste.

Und wie sie ihn hasste. Kaum, dass sich Traudl Sonnenbichl von dem kurzen Schreck erholt hatte, blitzten ihre Augen unter den übertrieben hellblau geschminkten Lidern vernichtend. Sie verzog abschätzig den Mund und sagte: „Jetzt hast du dir dein eigenes Grab geschaufelt, Sepp. Verlass dich drauf. Ich werde dafür sorgen, dass jeder erfährt, dass du dich in der Damentoilette …"

„Halt dein Maul, Traudl, halt einfach dein dummes Schandmaul." Er hob die Hand, wie wenn er sie ins Gesicht schlagen wollte, gab ihr aber nur einen schwachen, ungehobelten Schubs und stieg mit wackeligen Beinen die Treppen hinauf, die an diesem Ende des Ganges zu den obersten Stockwerken des Theaters führten.

„Halt! Deinen Müll solltest du dir schon mitnehmen." Traudl holte ihn auf der zweiten Stufe ein und drückte ihm seine Thermoskanne in die Hand, die er neben dem Waschbecken hatte stehen lassen.

Er grunzte etwas und ging mühsam weiter die Treppen hinauf. Oben musste er zunächst wieder die Toilette aufsuchen und sich übergeben. Dann betrat er die Herrenschneiderei und versuchte den Blicken der Schneider auszuweichen. Er rang um Haltung, ging zu seinem Arbeitstisch und sah seinen Kollegen, den er für sich immer noch den Neuen nannte, obwohl der schon seit mehr als zwei Jahren hier arbeitete, verbissen lächelnd an.

„Du, Basti, ich muss zum Arzt. Mir geht's nicht gut."

„Hmm", brummte der Angesprochene, ohne von seiner Arbeit aufzusehen. Er zeichnete mit geübten Bewegungen einen Halbkreis auf den riesigen Bogen braunen Papiers, das auf seinem Arbeitstisch lag. „Du hast heute noch eine Anprobe mit Levent Demir für ‚Kanakenbraut'."

„Weiß ich, Basti, weiß ich. Grad drum … tut mir auch wirklich leid. Aber mir geht's gar nicht gut." Er beugte sich vor, um den Blick von Sebastian Oßwald zu erhaschen. Doch der konzentrierte sich demonstrativ auf das Schnittmuster für ein Sakko, das er zeichnete, dabei pulsierte eine Ader an der Schläfe und seine Wangenmuskeln mahlten.

„Schon gut, Sepp. Ist dir wieder so wahnsinnig schlecht? Wieder alles bitter?“ Sebastian sprach so beherrscht, als wäre es nicht gang und gäbe, dass sein Kollege ihn in der heißen Phase, wenn die Endproben und die fertigen Kostüme anstanden, im Stich ließ und eine Krankheit vorschob. Sebastian Oßwald konnte die Stunden zählen, in denen sein Kollege bei der Arbeit war. „Geh nur, Sepp. Ich mach die Anprobe mit Levent Demir. Soll ich morgen gleich noch die Anprobe mit Werner Androsch einplanen? Ich habe ja sonst nichts zu tun.“

Der letzte Satz peitschte durch die Luft wie ein Goaßlschnoizer. Die Schneider im Nebenraum, die durch die offene Doppelflügeltür jedes Wort mitbekamen, tauschten verstohlene Blicke, senkten die Köpfe über ihrer Arbeit und vermieden jedes Geräusch, um nichts zu verpassen. Keine Nähmaschine surrte, keine Bügelmaschine zischte, alle hatten plötzlich dringende Handarbeit zu erledigen.

„Tut mir ja leid, Basti, wirklich.“ Sepp lächelte verkrampft. „Ich … morgen bin ich wieder auf dem Damm. Verlass dich drauf, gell, Basti.“

„Geh jetzt besser, Sepp. Morgen ist ein neuer Tag.“ Sebastian Oßwald, der es hasste, wenn man ihn Basti nannte, Zweiter Gewandmeister am Staatsschauspiel München, bebte vor Wut, biss sich auf die Lippen und freute sich auf den kommenden Tag, der einiges an Veränderung bringen würde. Dafür hatte er gesorgt. Er packte die Thermosflasche, die Sepp einfach auf seinem Arbeitstisch abgestellt hatte, und trug sie hinüber auf seines Kollegen Tisch. Dann widmete er sich wieder seiner Arbeit und sah nicht auf, als Joseph Bloch, genannt Sepp, Erster Gewandmeister am Staatsschauspiel München, das letzte Mal in seinem Leben die Herrenkostümwerkstatt verließ.

Sepp Bloch taumelte. Er kannte sich selbst nicht wieder. Sicher, sein Kollege hielt ihn für einen Hypochonder, doch was wusste der junge Hupfer schon von den Gebrechen des Älterwerdens! Diese Krämpfe. Womöglich sein zweiter Herzinfarkt? Ein

Schlaganfall? Magendurchbruch? Er musste sich so sehr auf das Gehen konzentrieren, dass er niemanden wahrnahm, der ihm entgegenkam. Nicht Traudl, die die Toilette verließ und ihm einen bösen Blick hinterherschickte. Nicht Nives Marell, die nach Beendigung der Proben auf dem Weg zur ersten Anprobe für ihr Kostüm war und ihm „Hat dieses Leben nicht endlich genug von dir?" zuraunte. Nicht Werner Androsch, der mit seinem Kollegen Levent Demir vor dem Aufzug wartete und sich dann für die Treppen entschied, weil er mit Sepp Bloch nicht Lift fahren wollte. „Der Lift ist zu klein für uns beide", sagte er schnippisch, als er Levent Demir und Sepp Bloch alleine die Kabine betreten ließ und sich abwandte.

„Was hat der denn?", fragte Levent Demir.

Nun erst nahm Sepp den jungen Mann wahr. Er konnte kaum die Lider heben. Statt zu antworten, machte er eine fahrige Handbewegung.

„Ihnen geht es aber auch nicht gut, Sepp. Sie sollten zum Arzt gehen."

„Schon gut", sagte Sepp müde. „Bin auf dem Weg."

„Brauchen Sie Hilfe? Sie sehen sehr mitgenommen aus."

„Schon in Ordnung. Passt schon!"

„Dann macht der Sebastian später die Anprobe mit mir?"

Sepp Bloch nickte und schwankte nach draußen, als sich die Aufzugstür im Erdgeschoss endlich öffnete. Ihm entging, wie Levent Demir erleichtert ausatmete und gleichzeitig missbilligend den Kopf schüttelte.

Ein Bier – nein erst einen Magenbitter, dann wird alles besser, dachte er, als er am Pförtner vorbeitaumelte, die wenigen Stufen zum Hof beinahe hinunterstürzte und über den düsteren Innenhof in Richtung Färberei steuerte. Meinen Jägermeister! Erst einen Jägermeister, dann geh ich zum Arzt.

4

Pfeffer blinzelte in die Herbstsonne, die tief über dem Wald hinter der Talsenke am Himmel stand. Ihr Licht goss sich golden über die buntbelaubten Bäume, die saftigen Wiesen in der Ferne und über das Wasser des kleinen Bachs, der träge hinter den hohen Pappeln floss, und es spiegelte sich kupfern in den Fenstern des kleinen roten Baggers, der neben dem Erdhaufen parkte. Der Baggerarm mit der zinnfarbenen Schaufel schwebte wie ein krummer Zeigefinger gute zwei Meter über dem Erdboden. Vor dem Bagger standen zwei Arbeiter in schmutzigen Blaumännern und rauchten. Neugier lag in ihren Blicken, kein Anzeichen dafür, dass sie ihr Fund erschreckt oder auch nur irritiert hätte. Kommissarin Annabella Scholz befragte sie und machte sich dabei Notizen. Seit sie sich die langen Locken abgeschnitten hatte und eine Kurzhaarfrisur trug, seit sie sich ein wenig schminkte und vorteilhafter kleidete – kurz, seit sie glücklich verliebt war, fand Pfeffer seine Kollegin erheblich selbstbewusster. Statt der ruppigen Burschikosität, hinter der sie früher ihre Unsicherheit versteckt hatte, legte Annabella Scholz nun immer häufiger gelassene Souveränität an den Tag. Ab und zu verzog sie abschätzig den Mund und warf genervte Blicke zu Pfeffer hinüber.

Max Pfeffer blickte den Graben entlang, den die Arbeiter ausgehoben hatten. Eine kerzengerade Linie, die sich über die Nachbargrundstücke zog, mitten durch sorgsam angelegte, großzügige Gärten führte, Hecken, Mäuerchen und Zäune durchtrennte und abrupt in einem abgeernteten Gemüsebeet inmitten der Wiese endete, auf der er, seine Kollegin sowie ein Team von der Spurensicherung standen.

Das Beet und die Wiese gehörten zu einem herrlichen alten Bauernhof, der einige hundert Meter weiter zur Ortsmitte hin stand. Der Hof grenzte unmittelbar an den großen Friedhof, der die Kirche des Heiligen Zachäus umgab. Das Gebäude mochte mehrere hundert Jahre alt sein, so wie fast alle anderen Höfe im Ortskern von Zacherlkirchen. Alles aufwändig saniert und restauriert, alles unter Denkmalschutz. Schließlich war das südwestlich von München gelegene Dorf nicht nur ein regional einigermaßen bekannter Wallfahrtsort, sondern ein bayrisches Postkartenidyll. Detailgenau bis zu den Geranienkaskaden, die sich über die Balkone der alten Höfe ergossen. Natürlich wohnten kaum noch Bauern im alten Ortsteil. Reiche Emporkömmlinge der Umgebung, meist identisch mit den Gemeinderäten und deren Verwandtschaft, sowie wohlhabende Städter hatten sich in den historischen Höfen eingenistet oder in den Neubaugebieten ihre Villen gebaut und genossen die ländliche Idylle einen Katzensprung vor den Toren Münchens. Bei der Fahrt in den Ort war Pfeffer die Armada nicht geländefähiger Geländewagen deutscher und skandinavischer Luxusautobauer aufgefallen, die an der Straße und vor den Supermärkten parkte.

Pfeffer riss seinen Blick von der eingerüsteten Wallfahrtskirche los, die hinter den Obstbaumwipfeln sichtbar war. Sie thronte auf dem Hügel hinter der meterhohen natursteinernen Friedhofsmauer. Pfeffer trat an den Rand des Grabens und blickte hinunter. Zwei Köpfe tauchten auf, dann richteten sich die beiden Personen im Graben ganz auf.

„Nichts", sagte Rechtsmedizinerin Doktor Gerda Pettenkofer. „Ich habe wirklich nichts mehr gesehen." Sie streckte Pfeffer ihre beiden Hände entgegen, damit er sie herausziehen konnte. Der Graben war zwar nur ungefähr hüfttief, doch Gerda Pettenkofer folgte der Devise, dass Sport Mord sei, und hatte Essen zu ihrem Hobby erklärt. Allein würde sie es nie herausschaffen.

„Gerda in der Grube", sang Max Pfeffer leise zu der Melodie von „Häschen in der Grube" und half ihr aus dem Graben. Ihre dünnen Einmalhandschuhe quietschten leise.

„Du mein starker Held", schnaufte die Medizinerin. „Also, ich glaube nicht, dass wir da drin weitere Knochen oder sonstige Hinweise finden werden." Sie klopfte sich etwas Erde von der Hose. „Sie, Doktor Keppler?"

„Nein", antwortete der magere, grauhaarige Mann mit den schlecht sitzenden Khakihosen und dem rostfarbenen Rollkragenpullover, der nun behände aus dem Graben kletterte. Er mochte um die fünfzig Jahre alt sein. Sein fransiger, kleiner Schnurrbart war vom Rauchen vergilbt. Auf dem Kopf trug er eine billige, verblasst-rote Baseballkappe, auf der in schmutziggelben Lettern „MacGyver“ stand. „Nein, ich bin auch sicher, dass wir alles haben.“

Die Rechtsmedizinerin zündete sich eine Zigarette an. Sie bot Pfeffer einer alten Gewohnheit folgend auch eine an und murmelte dann: „Ach, du rauchst ja nicht mehr.“ Doch zu ihrer Überraschung nahm er an. „Doch wieder?“, fragte sie mit aufgerissenen Augen.

„Ja. Frag nicht. Es passierte einfach so.“

„Das hast du auch damals behauptet, als du einfach so aufgehört hast. Nichts passiert einfach so.“

„Doch. Ich rauche wieder seit zwei Monaten. Einfach so. Weil ich eines Morgens Lust drauf hatte. Übrigens – diesmal nicht heimlich. Wir haben uns auf fünf am Tag geeinigt und ich kann es einhalten. Kein Problem.“ Pfeffer inhalierte und konzentrierte sich auf den beißenden Zigarettenqualm in seinem Rachen, denn er fand, dass der Mann, der aus dem Graben gestiegen war, höchst unangenehm roch. Er schwoaßelte nicht, wie man auf Bairisch über einen ungepflegten, nach altem Schweiß riechenden Menschen sagt – das wäre zu harmlos gewesen. Er stank. Nach wochenlang getragener Unterwäsche und Seifenallergie, einfach nach Stink.

Kommissarin Annabella Scholz gesellte sich zu der Gruppe. „Das sind vielleicht zwei Herzchen.“ Sie deutete zu den beiden Blaumännern und verdrehte die Augen.

„So, Frau Doktor“, sagte Pfeffer, „erzählen Sie doch bitte mal, was wir wissen sollten.“

„Darf ich erst einmal Doktor Jens-Uwe Keppler vom Landesamt für Denkmalpflege vorstellen?“ Man schüttelte sich die Hände. „Okay, folgendes Szenario: Unsere beiden Blaumänner dort graben einen Graben, heben mit der Schaufel schön Kubikmeter für Kubikmeter Erde heraus und häufeln sie neben dem Graben auf, denn der Graben soll ja später wieder zugeschüttet werden. Da plötzlich fällt dem Baggerführer auf, dass mit dem letzten Aushub nicht nur Steine und Erde aus der Schaufel fallen, sondern auch ein Knochen. Er denkt sich noch nichts dabei. Könnte ja auch von einer Kuh sein. Doch zwei Schaufelstiche später ist ein Schädel dabei, der eindeutig keiner Kuh zuzuordnen wäre. Nun denkt sich der Mann: Holla, da sollte ich mal zu baggern aufhören und die Polizei anrufen. Voilà, da sind wir."

„Du solltest Polizeireporterin werden", sagte Pfeffer. „So packend, wie du erzählst."

„Spotte nur, Maximilian Pfeffer. Kurz gesagt, wenn der Gute etwas früher aufgehört hätte zu baggern, dann hätten wir auf jeden Fall mehr in der Hand. Aber so! Er hat ganz eindeutig ein komplettes menschliches Skelett aus der Erde geholt und schön verstreut." Sie deutete hinüber auf die Wiese, wo auf einer schwarzen Plastikplane ein Skelett lag. „Die Kollegen von der Spurensicherung haben alles durchwühlt und jeden Knochen dort zusammengetragen. Ich habe mal grob die natürliche Lage nachgelegt und nachgezählt, es dürfte alles da sein. Es scheint komplett. Ohne Gewähr. Und nun die große Rätselfrage!" Sie zeigte auf das Becken. „Wir haben: schmaler Beckeneingang, kräftige Schambeine, schmale Einbuchtung zwischen der hinteren Sitz- und Darmbeinkante." Ihr Zeigefinger wanderte zum Schädel. „Recht vorstehende Brauenwülste, stumpfe Orbitalränder und große Knochenleisten ..." Sie brach ab und sah Pfeffer auffordern an. „Was schließen wir daraus?"

„Alles klar." Pfeffer tat so, als wüsste er Bescheid. Männlein oder Weiblein. Seine Chancen standen fifty-fifty. „Also ein Bilderbuchmann."

„Treffer, Pfeffer. Ein Mann. Außerdem nicht sehr groß, vielleicht um die einssechzig bis einsfünfundsechzig. Nach dem Zustand der Schambeinfugen würde ich sagen, dass er zwischen dreißig und vierzig Jahre alt gewesen sein dürfte. Aber da lege ich mich noch nicht fest. Da das Skelett komplett scheint, hat es meiner Meinung nach also wenig bis keinen Sinn, wenn die Kollegen nun noch das Loch weiter ausgraben und weitersuchen. Zumal es so scheint, als wärt ihr ganz umsonst gekommen, Maxl."

„Wieso?"

„Nun, mir kam gleich ein Verdacht. Darum habe ich den Staatsanwalt gebeten, Doktor Keppler zu informieren. Wir erinnern uns? Er ist vom Landesamt für Denkmalpflege. Normalerweise schicken die bei solchen Funden einfach einen Grabungsleiter oder Grabungstechniker, doch Doktor Keppler ist sogar Archäologe."

„Wir leiden momentan unter Personalmangel", mischte sich nun der Archäologe ein, während er eine Pfeife stopfte. „Außerdem lebe ich hier in Zacherlkirchen, da lag es nahe, dass ich vorbeischaue. Frau Doktor Pettenkofer war so freundlich, mich rufen zu lassen, denn allem Anschein nach haben wir es hier mit keinem aktuellen Todesfall zu tun." Er deutete auf die Grabenführung. „Sehen Sie, der Bagger hat das komplette Skelett ausgehoben. Ein Zufall, sicherlich, der jedoch gut zu meinem Verdacht passt. Wenn es sich um eine normale Bestattung gehandelt hätte, wäre die Leiche ausgestreckt in der Erde gelegen, ein kompletter Aushub wie dieser wäre also ein sehr, sehr großer Zufall. Praktisch unmöglich. Doch die Schaufel hat mit nur wenigen Bewegungen das komplette Skelett ausgehoben. Meiner Ansicht nach handelt es sich hier eindeutig um eine Sekundärbestattung. Die Knochen wurden als kleines Bündel arrangiert und dann in einem flächenmäßig recht kleinen Grab beigesetzt. Es gibt keine Spuren an den Knochen, zumindest soweit wir das bisher beurteilen konnten. Außerdem keine Beigaben, keine Kleidung, kein Schmuck, nichts. Erstaunlicherweise ist das Gebiss fast komplett, nur der obere linke Schneidezahn fehlt, dafür haben fast alle Backenzähne KariesIöcher. Weder Plomben, noch Kronen oder Füllungen. Nichts." Er steckte sich die Pfeife in den Mund und zündete sie umständlich mit einem silbernen Feuerzeug an.

„Auch keinerlei Gewebeanhaftungen, keine Hautreste, Fleisch oder Ähnliches", ergänzte die Rechtsmedizinerin. „Alles weg."

„Der Tote wurde schon einmal woanders begraben, ausgegraben und dann wieder hier beigesetzt?", fragte Annabella Scholz und notierte etwas auf ihrem Block.

„Höchstwahrscheinlich bis sicher", antwortete Doktor Keppler. „Nun macht das Fehlen jeglicher Kleidung, jeglicher Beigaben eine Zuordnung und vor allem eine Altersbestimmung wahnsinnig schwer. Außerdem hat der Bagger zwar die Erdschichten freigelegt ..." Er deutete in den Graben. „Doch wir wissen bekanntlich nicht, in welcher Schicht die Knochen lagen. Wir können daher auch nicht nachvollziehen, ob jemand erst kürzlich eine Grube ausgehoben hat. Der Bagger hat für meine Arbeit zu großen Schaden angerichtet. Außerdem ist die Fundstelle ausgerechnet ein Gemüsebeet." Er bückte sich und hob eine verschrumpelte Karotte hoch. „Offenbar gelbe Rüben. Da sind die obersten Schichten vermutlich eh oft umgegraben worden. Dazu noch der Bach da hinten, die Laff. Die hat in den letzten zehn Jahren viermal starkes Hochwasser geführt, da war alles bis fast an die Häuser heran überflutet. Da wurden sicher Erdschichten abgetragen oder angeschwemmt. Sie sehen, gar nicht so einfach. Doktor Pettenkofer und ich sind uns aber auf jeden Fall darin einig, dass nach optischer Begutachtung des Fundes der Tote mehrere Jahrzehnte, wenn nicht gar Jahrhunderte … ähm … ja … eben tot ist!"

„Ein historischer Fund?" Pfeffer sah die Rechtsmedizinerin fragend an. „Dann wären wir hier wirklich überflüssig." Er erinnerte sich an einen ähnlichen Fall in seiner Karriere. Da hatte man in einem noblen Münchner Vorort mitten im Vorgarten der Doppelhaushälfte eines Lehrerehepaares bei Kanalarbeiten ein Skelett gefunden. Pfeffer war damals als ermittelnder Kommissar hinzugezogen worden. Doch dann fand die Spurensicherung einen goldenen Ring sowie zwei Tonkrüge. Ein herbeigerufener Mitarbeiter des Landesamts für Denkmalpflege hatte die Fundsachen sofort ins erste Jahrhundert nach Christus datieren können und damit hatte das Lehrerehepaar in seinem Vorgarten einen toten Kelten, kein Mordopfer.

Daher fragte Pfeffer: „Was meinen Sie? Keltisch? Bronzezeit?"

Der Archäologe schüttelte den Kopf. „Ich denke nicht. Es fehlen die Grabbeigaben. Natürlich kann es sein, dass irgendwelche Räuber ein keltisches Grab geplündert, alles mitgenommen und die Gebeine dann in einer Grube entsorgt haben. Alles möglich!"

„Dann wäre es aber auch möglich, dass wir es hier doch mit einem Mordopfer zu tun haben und die Behörden sehr wohl ermitteln müssen, oder?" Pfeffer sah den Wissenschaftler durchdringend an. „Wenn ich zusammenfasse, dann KÖNNTE es sein, dass ein historischer Fund vorliegt. KÖNNTE reicht mir nicht.

Konjunktive sind ein schwaches Argument. Selbst wenn wir es hier mit einem Verbrechen zu tun haben, das mehrere Jahre oder einige Jahrzehnte zurückliegt, müssen wir ermitteln." Er ging langsam zu dem Skelett auf der schwarzen Folie und betrachtete es. Karamellbonbonfarbene Knochen. Pfeffer kamen sie alt vor, was aber nur an der leicht gelblichen Farbe lag. Was hatte er erwartet? Ein strahlend weißes Gerippe? Gebleicht von der erbarmungslosen Sonne des Llano Estacado wie bei Karl May? Neben den Gebeinen lagen auf einer kleineren, gelben Folie ein paar Gegenstände, die die Spurensicherung bisher aus den Erdhaufen herausgefiltert hatte: vier Kronkorken verschiedener Münchner Biere, zwei große Scherben einer Colaflasche, ein paar kleine, blau-weiße Porzellanscherben, das Skelett eines Maulwurfs, ein Zehnpfennigstück von 1952, eine verrostete Gabel, einige krumme, verrostete Nägel und das vermoderte Stück eines Balkens.

„Nicht sehr keltisch", sagte Kommissarin Scholz und sah dann auf, weil sich die beiden Blaumänner der Gruppe näherten.

„Chef", sagte der kräftigere Blaumann zu Max Pfeffer und grüßte lässig, indem er die Hand kurz anhob. „Können wir jetzt abhauen? Oder braucht ihr uns noch?"

„Wofür ziehen Sie hier den Graben?", fragte Pfeffer.

„Neue Glasfaserkabel der Telekom", antwortete der Blaumann. „Und Kanalisation für die Gebäude der Kirche da drüben. Das ist die Strecke, in der sie in den Fünfzigern mal die Kanalisation und Wasserversorgung angelegt haben. Der alte Kanal ist total marode. Habe ich eben Ihrem Frollein Kollegin schon erzählt." Er sah Annabella Scholz provozierend an, wartete auf eine Reaktion. Doch die Kommissarin erwiderte seinen Blick ruhig und teilnahmslos.

„Quer durch die Gärten?", fragte Pfeffer. „Nicht vorne an der Straße?"

Der Arbeiter zuckte mit den Schultern. „Ist wohl die kürzere Strecke, oder?"

„Na, wenn der Graben einem alten Graben folgt, können wir das mit den Erdschichten eh vergessen", warf Doktor Keppler ein.

„Was haben Sie eigentlich sonst noch so gefunden mit Ihrem Bagger?“ Pfeffer deutete den Graben entlang.

„Nix. Was soll man schon finden?“ Der Blaumann steckte die Hände in die Taschen. „Kronkorken, Scherben und immer wieder Bauschutt, der irgendwann einfach entsorgt wurde. Das übliche. Da drüben, zwei Häuser weiter, waren lauter alte Badezimmerkacheln verbuddelt. Mann, das waren früher Bauernhäuser, da wurde auf dem eigenen Grund entsorgt. Da hat niemand nachgefragt.“ Er deutete mit der Fußspitze auf das Skelett. „Wer weiß, vielleicht hat irgendjemand mal einem alten Bauern nicht den Austrag gegönnt ...“

„Den was?“, fragte Annabella Scholz.

„Den Austrag.“ Der Blaumann feixte. „Sie sind nicht vom Land?“

„Nein.“

„Der Austrag ist das Altenteil für Bauern“, sagte Max Pfeffer zu seiner Kollegin. „Wenn der alte Bauer dem jungen den Hof übergeben hat, dann zieht er sich ins kleine Austragshäusl zurück und lebt nur noch von dem, was ihm der junge Bauer zugesteht. Deshalb weigern sich viele Bauern jemals in Austrag zu gehen.“

„Verstehe.“ Die Kommissarin nickte.

„Ich denke, dass ein toter Austragbauer sicherlich vermisst worden wäre“, sagte Pfeffer. „Besonders hier auf dem Land.“

„Besonders hier auf dem Land?“ Der Blaumann lachte dümmlich und sein Kollege grinste verschämt. „Hier werden Sachen, die niemand vermissen will, von niemand vermisst.“

„Sachen?“

„Sachen. Und Menschen halt.“

Pfeffer winkte einen Kollegen der Spurensicherung herbei. „Wenn Sie mit der Bestandsaufnahme an der Oberfläche fertig sind, graben Sie in einem zehn Meter Radius um die Fundstelle. Hier, die beiden Herren haben sicher noch ein wenig Zeit und außerdem einen Bagger. Wer weiß, vielleicht finden wir da eine Spur.“ Er wandte sich zu dem Archäologen. „Oder vielleicht ein keltisches Gräberfeld.“

Heinrich Keppler seufzte. „Hoffentlich nicht! Wer sollte das denn sichten?“

„Weiß der Staatsanwalt …“, begann der Kollege von der Spurensicherung.

„Darum kümmere ich mich schon“, beruhigte Pfeffer. „Graben Sie.“

„Dabei können wir aber keinen Bagger brauchen, das muss mit Schaufeln gemacht werden“, grummelte der Mann von der Spurensicherung und entfernte sich mit den Blaumännern.

„Was passiert mit unserem Herrn hier?“ Die Rechtsmedizinerin deutete auf die Gebeine. „Soll der nun zu mir in die Asservatenkammer oder zu euch ins Museumsarchiv?“

„Als ob wir nicht schon genug Leichen im Keller hätten“, witzelte Doktor Keppler und schmauchte an seiner Pfeife. Keiner lachte. „Im Ernst. Funde wie dieser kommen in eine Kiste, fein säuberlich archiviert, und landen dann im Keller. Vielleicht nimmt sich irgendwann mal ein Student seiner an. Oder auch niemand. So unspezifische Funde interessieren keinen wirklich.“

„Dieser Herr hier kommt nicht in Ihren Keller, Doktor Keppler, dafür gibt es mir zu viele Konjunktive, sondern zu dir, Gerda“, sagte Pfeffer bestimmt. „Dass er keine Zahnplomben oder Kronen hat, hat nichts zu sagen, oder? Die können rausgebrochen worden sein. Kann man überprüfen, oder? Also eine Aufgabe für dich.“

„Maxl, unser Kandidat ist augenscheinlich lange, lange, laaaaange tot. Wirklich lange. Zur genauen Altersbestimmung brauchen wir meiner Meinung nach eine C-14-Analyse“, warf die Rechtsmedizinerin ein und drückte ihre Zigarette in einem kleinen Taschenaschenbecher aus.

„Und?“ Pfeffer zuckte mit den Schultern.

„Wer zahlt das? Das kostet eine Kleinigkeit.“

„Das entscheidet der Staatsanwalt. Ich will nur auf Nummer sicher gehen.“

„Wem gehört eigentlich dieser Traum vom Landleben, Bella?“, fragte Max Pfeffer, während er und seine Kollegin vom Gemüsebeet weg über die Wiese Richtung Gebäude gingen. Das Gelände stieg sacht an. Ein paar alte Obstbäume standen verstreut herum. Unter einem Apfelbaum, dessen Zweige sich vom Gewicht der gelb-roten, kleinen Äpfelchen gen Boden bogen, summte und brummte es: Bienen und Wespen labten sich an den abgefallenen Äpfeln, die halb verfault auf der Erde lagen. Die Zwetschgenbäume hingegen schienen bis auf wenige Früchte, die hoch oben in den Kronen noch bläulich schimmerten, komplett abgeerntet. Zwischen dem Haupthaus und den beiden Nebengebäuden, da, wo in alten Höfen sonst ein Bauerngarten angelegt war, hatte der Besitzer ein lauschiges Terrassenparadies mit Terracottakübeln voller Wandelröschen-Bäumen und Oleandern unterschiedlichster Farben geschaffen.

„Der Hof gehört einer gewissen ...", Annabella Scholz blätterte in ihrem Block herum. „Hat so einen komischen Namen, einen ganz komischen ... hier: Nives Marell."

„Nives Marell?" Pfeffer pfiff durch die Zähne. „DIE Nives Marell? LA Nives?"

„Ja, vermutlich, was auch immer du mit DIE oder LA meinst. DIE oder LA ist übrigens nicht da. Es ist gar niemand da. Die Kollegen haben aber schon mit ihr gesprochen. Sie weiß Bescheid, sie ist noch in der Stadt unterwegs. Kommt morgen früh zu uns ins Präsidium."

„Dann gehen wir einfach mal zu den Nachbarn. Und bitte, erzähl mir nicht, dass du nicht weißt, wer Nives Marell ist! So häufig ist der Name wohl nicht, Bella. Noch dazu, wo jetzt dein Hase mit ihr auf den Brettern steht, die die Welt bedeuten."

„Levent mit Nives Marell? Ach, die soll das sein?! Nives Marell. Klar, logisch. Dann hatte sie heute Proben am Theater. Müssten aber schon vorbei sein." Annabella Scholz sah auf ihre Uhr. „Levent guckt sich momentan alle Fritz-Roloff-Filme an. Teilweise happige Kost. Ehrlich gesagt, kannte ich die Marell vorher gar nicht. Nie von der gehört." Die Kommissarin war zu jung, um die Glanzzeit der Nives Marell erlebt zu haben. Sie machte auch keinen Hehl daraus, dass sie in manchen kulturellen Aspekten mit ihrem Lebensgefährten Levent Demir nicht mithalten konnte und wollte. Die als künstlerisch wertvoll gehandelten Filmemacher-Filme der sechziger und siebziger Jahre langweilten sie bis ins Mark.

Ihr Freund Levent war ein bekannter TV-Star, der jahrelang mit seiner Action-Krimi-Serie „Mörderischer Einsatz" Traumquoten erzielt hatte. Doch Levent Demir war auch ein Künstler, ein ernsthafter Schauspieler, der sein Handwerk an der renommierten Otto-Falckenberg-Schule gelernt hatte und mit der Rolle des muskelbepackten Testosteronbullen, der erst schießt und dann denkt, mehr als unterfordert war. Er war unglaublich stolz, als er die Rolle des Kanaken in der Jubiläumsinszenierung von „Kanakenbraut", dem berühmten Erstlingswerk von Fritz Roloff, bekommen hatte. Noch dazu am Residenztheater, einer der führenden Bühnen Deutschlands, in einer Inszenierung des Intendanten Hannes Wachsmuth. Ein Ritterschlag. Als absolutes Highlight dann auch noch die Tatsache, dass das Stück mit alten Weggefährten von Roloff realisiert wurde – allen voran der legendären Nives Marell. Levent schwebte seitdem auf Wolke Sieben und haderte nicht einmal damit, dass er gut die Hälfte der Zeit seines Auftritts nackt sein musste. Er sah sich jeden Roloff- und jeden Marell-Film an, der im Fernsehen lief. In der Regel im Nachmitternachtprogramm.

Annabella schaute oft mit, meist total gelangweilt. Einmal rutschte ihr ein „ödes Betroffenheitsgesumse aus den Siebzigern" raus, da wurde Levent richtig wütend und nannte sie ohne einen Funken Ironie einen „ignoranten Eisklotz aus den Zweitausendern". Dabei hatte sie sich noch nicht einmal über die – ihrer Meinung nach – laienhafte Schauspielerei der Akteure und die stümperhaften Dialoge mokiert. Es kostete sie nach Ende des Films auf dem Sofa noch alle erdenkliche Mühe, ihm zu beweisen, dass sie kein Eisklotz war. Er grollte und widerstand erstaunlich lange, musste sich letztlich aber geschlagen geben. Wie sie ihn liebte, wenn er unter ihr lag und sich vergaß, während sie sich mit den Händen auf seiner breiten Brust abstützte und den Takt vorgab. Am folgenden Tag kaufte er eine DVD-Sammlung mit Roloff-Filmen und sie sahen jeden Abend erst einen Film an und liebten sich dann auf dem Sofa. Roloff hatte glücklicherweise ein umfangreiches Werk hinterlassen.

„Fritz Roloff hat bestimmt ein Dutzend Filme mit Nives Marell gemacht. Sie war sein Star“, sagte Pfeffer, als sie zwischen Oleandern standen und sich umsahen.

Das Gebäude links von ihnen war einst ein Stall gewesen, nun diente es vermutlich als Garage, Abstellraum und Rumpelkammer. Das rechte Haus war früher wohl eine Kombination aus Scheune und angebautem Austragshäusl. Jetzt schien das Häusl als Gästehaus hergerichtet zu sein. In der Scheune, die durch mächtige Holztore verschlossen war, vermutete Pfeffer ein Schwimmbad. Neureiche tendierten dazu, in die Scheunen alter Höfe Pools einzubauen. Wahrscheinlich verbargen sich hinter den Holztoren bodentiefe Glasfenster. Vor den Toren war ein großes Rechteck flach in den Boden gegraben. Ein Sandhaufen, ein kleinerer Kieshaufen sowie säuberlich aufgestapelte Pflastersteine verrieten, dass hier eine neue Terrasse angelegt wurde. Neben den Pflastersteinen standen eine Rüttelmaschine sowie ein Stampfer.

Die beiden Kriminaler passierten den schmalen Durchgang zwischen Garage und Hauptgebäude und näherten sich über den gepflasterten Vorplatz dem Eingangstor. Das Tor war von den Kollegen aufgebrochen worden, damit die Spurensicherung nicht den ganzen Weg über die Wiesen nehmen musste.

Der Bauernhof, den die alternde Schauspielerin Nives Marell bewohnte, grenzte an den großen Dorfplatz, der sacht zu dem Hügel anstieg, an dessen Fuß der Kreuzweg begann und auf dem die Wallfahrtskirche stand. Um den Platz herum gab es vier Wirtshäuser, ebenso viele Cafés, drei große Hotels (alle in historischen Gebäuden) sowie zahllose Devotionalien- und Souvenir-Läden, in denen die Pilger ihr Geld loswerden konnten, nachdem sie beim Heiligen Zachäus von Palmyra oben in der Kirche ihre Gebete, und nicht selten ihre Wunschkataloge für ein besseres Leben, losgeworden waren. Die Häuser, die Richtung Kirche unmittelbar an den Marell-Hof grenzten, waren preisgünstige Massenherbergen für Pilger, die der Kirche gehörten, daneben das Gemeinde- und das Pfarrhaus. Schmuck renovierter Spätbarock.

Pfeffer fiel auf, dass das Anwesen der Diva, obwohl mitten im Ort gelegen, beinahe nicht einsehbar war. Vorne die Mauer mit der Einfahrt, auf der einen Seite die hohe Mauer des Nachbarhofs, auf der anderen Seite die fensterlose Rückwand der kirchlichen Herbergen, danach dann der Friedhof mit seiner ungewöhnlich hohen Mauer. Den Blick vom Hügel der Wallfahrtskirche versperrten wiederum die Herbergshäuser. Wer hier wohnte, konnte sich ganz zurückziehen und blieb vom Pilgertrubel unbehelligt. Wem nach Menschen war, musste nur nach draußen gehen, um mitten im Leben zu stehen. Vom Dorfplatz und damit vom Hof weg führte die Straße Richtung Ortsausfahrt. Mehrere historische Gehöfte zu beiden Seiten der Straße und dann, je näher man den Ortsschildern kam, die unvermeidlichen Bausünden der Fünfziger bis Siebziger sowie ein Neubaugebiet. Vor dem Ortsschild die großen Parkplätze für die Busse, denn im Ort herrschte Lkw- und Bus-Fahrverbot.

Ein paar Schaulustige hatten sich in gebührendem Abstand zum Marell-Hof versammelt und steckten tuschelnd die Köpfe zusammen, als sie die beiden Kriminalbeamten aus dem Eingangstor kommen sahen. Der Eingang, so fiel Pfeffer auf, wurde von zwei unauffällig angebrachten Videokameras überwacht.

„Guck mal, Fans“, sagte Bella Scholz. „Levent hat mir übrigens gesagt, dass sie unglaublich fett sein soll. Ich meine, in ihren Filmen ist sie ja eh üppig beieinander, aber die soll nun richtig eff e te te sein.“

„Hab ich auch gelesen.“

„Du kennst dich aber aus.“

„Stand neulich irgendwo.“

„Beim Friseur?“

„Bestimmt.“

„Aber sie muss immer noch unglaublich gut spielen.“

„Das hat bekanntlich nichts mit dem Gewicht zu tun.“

Sie standen vor dem Nachbargehöft, einem lindgrün gestrichenen Spätbarock-Gebäude. Die Einfahrt mit Rundbogen aus Kalkstein, in den an der höchsten Stelle „1784“ gemeißelt war, wurde von einem schweren Holztor verschlossen. Pfeffer drückte den Klingelknopf, an dem kein Name stand. Es tat sich nichts. Er klingelte mehrfach. Keine Reaktion im Haus. Er war sich aber sicher, dass er eine Bewegung hinter einem Fenster im ersten Stock ausgemacht hatte.

„Dann müssen wir wohl morgen wiederkommen. Hast du Lust auf einen Eiskaffee?“ Er deutete hinüber zu den Cafés am Dorfplatz. Trotz der einsetzenden Dämmerung herrschte reger Betrieb auf den Terrassen. „Ich lad dich ein.“

5

Sie hatten also ein Skelett gefunden. Das machte nichts. Sie atmete tief ein und aus. Kein Grund zur Panik.

Ein Skelett. In ihrem Garten. Nun denn.

Sie starrte hinüber zu der abgesperrten Fläche. Für den Bruchteil einer Sekunde meinte sie, den kleinen, roten Elefanten schemenhaft auftauchen zu sehen, den sie am Strand nach dem Tsunami gefunden hatte. Nives Marell fuhr sich über die Augen und plötzlich fiel ihr jener Abend drüben im „Schwarzen Adler" ein, als der Bürgermeister sich ungefragt an ihren Tisch gesetzt und zu ihr „Du, Schneck, geh, hör mal her, wir müssen reden" gesagt hatte. Nives Marell hatte kurz aufgeschaut und in aller Ruhe ihren Krustenschweinsbraten mit Knödeln und Blaukraut weitergegessen. Im „Schwarzen Adler" schmeckte er am allerbesten.

Der Bürgermeister nahm ihr schweigendes Essen als Einverständnis. Im Dorf sagte man, wenn einem was nicht passte – wenn man schwieg, passte es einem. Er war ein alter Spezi, den sie aus Kindertagen kannte, ein Hansdampf in allen Gassen, ein ausgefuchster Schlawiner, der mit jedem und allen konnte, jeden und alle kannte und seine Prinzipien nach dem aktuellen Wind richtete – kurz: ein idealer Lokalpolitiker. Noch dazu nicht von der Staatspartei, sondern von den Freien Wählern. Außerdem hatten sie mal, als sie vierzehn und er siebzehn war, bei einem Dorffest ein klein wenig geknutscht. Seitdem nannte er sie „Schneck". Später ging er dazu über, alle Frauen im Ort, die nicht älter als er selbst waren, „Schneck" zu nennen. So konnte er nicht durcheinander kommen, bei den vielen, mit denen er zumindest rumgeknutscht hatte. Fast alle nannten ihn Bäri, nicht nur wegen seiner Erscheinung, sondern weil er mit Nachnamen Baeringer hieß.

Was der Bürgermeister ihr damals bereits anvertraute, war, dass der Gemeinderat beschlossen hatte, Zacherlkirchen ins 21. Jahrhundert zu katapultieren, mit Breitband-Internet und Glasfaser und allem, was dazugehörte. Jedenfalls waren diese Schlagworte nur so aus ihm herausgepurzelt.

Da sie keine Ahnung von solchen technischen Finessen hatte, musste sie ihm glauben. Aus irgendeinem Grund war es also nötig, einen Graben von der Ortseinfahrt bis zur Kirche zu ziehen. Hintenrum, quer durch die Gärten, nicht vorne an der Straße. Denn wie sähe das denn aus, wenn die Pilger kommen, ohnehin schon schlimm genug, dass die Kirche gerade eingerüstet war – und dann die Unfallgefahr! Außerdem gäbe es da schon eine Trasse mit Kanalisation und anderen Versorgungsleitungen. Zudem sei eine Kanalsanierung dringend erforderlich. Also zwei gute Gründe zum Graben.

„Weißt, Schneck", erklärte der Bürgermeister, „die anderen Anrainer haben schon zugestimmt, dass wir hintenrum graben. Da müssen wir nur durch sieben Gärten. Vorne an der Straße wäre das viel teurer. Ich wollt es dir nur jetzt schon sagen, bevor du den offiziellen Brief bekommst."

„Die andern Anrainer, wie du es nennst, sind bis auf mich alles deine Verwandtschaft, Bäri", entgegnete sie, ohne aufzusehen.

„Das kann man so oder so sehen."

„Das kann man nur so sehen. Ich habe also eh keine Wahl, oder?"

„Komm, Schneck, tu nicht so, als würd ich von dir was Unmögliches verlangen. Es wird anschließend alles wieder in den Originalzustand versetzt."

„Wie schön." Nives Marell schob sich eine Gabel voll Blaukraut in den Mund und kaute langsam. „Hat es einen Sinn, wenn ich dich daran erinnere, dass ich einer der größten Steuerzahler dieser Gemeinde bin? Ach, was heißt einer der größten. Die Größte."

„Eben drum, Schneck. Eben darum informiere ich dich ganz persönlich vorweg auf dem kleinen Dienstweg. Du bist für unsere Gemeinde unentbehrlich. Es soll natürlich dein Schaden nicht sein. Weißt ja, wenn du mich mal brauchst …" Er ließ den Satz im Raum stehen.

„Ich bin nicht ganz blöd", sagte Nives Marell. „Wenn ihr hinten in den Gärten aufgrabt, heißt das, dass die Felder jenseits des Bachs nun doch Bauerwartungsland geworden sind, oder?"

„Schneck", flüsterte der Bürgermeister mit aufgerissenen Augen. „Das hat an der Öffentlichkeit nichts zu suchen. Noch ist nichts beschlossen! Der Gemeinderat hat vorerst nur der Erneuerung der Kanalisation für die Kirchengebäude und der Verlegung der Glasfaserkabel zugestimmt. Alles andere ist Zukunftsmusik …"

„Die Bebauung hinter der Kirche und jenseits des Bachs sind verboten."

„Das ist eine Bestimmung von 1864, Schneck. Und ich sage dir doch, dass noch nichts beschlossen ist."

„Ich werde also bald keinen freien Blick mehr über die Felder haben, die im Wesentlichen dir gehören, Bäri, oder?"

„Ach, Schneck! Alles ist offen."

„Das ist schön. Gut, grabt, aber das letzte Wort dazu haben wir noch nicht gesprochen."

„Prost, Schneck, trink ma noch a Hoibe auf meine Rechnung."

Sie trank noch eine Halbe, ihre letzte seither, denn am andern Morgen kam die Anfrage des Residenztheaters, ob sie in der Jubiläumsinszenierung der „Kanakenbraut" die Rolle der Mutter spielen wollte. Natürlich wollte sie und begann sofort mit ihrer Abnehmkur. Nach ihrer Rückkehr aus Thailand hatte sie zwar ein wenig Gewicht verloren. Aber sie hatte sich nicht wirklich bemüht, es schien ihr völlig sinnlos. Im Gegenteil, der Jo-Jo-Effekt setzte ein und sie nahm wieder zu. Doch nun war alles anders.

Wochen später, als dann der offizielle Brief der Gemeinde kam, dass man für das neue Glasfaserkabel die hinteren Gärten und Wiesen von der Ortseinfahrt bis zum Pfarrhaus aufgraben müsse, war sie schon sechzehn Kilo leichter, als die Grabungsarbeiten endlich begannen sogar neunundvierzig. Von hundertsechsundvierzig auf siebenundneunzig. Noch mindestens fünfzehn sollten folgen, dann wäre sie wieder annähernd bei ihrem Wohlfühlgewicht. Nives, der Barockengel.

Die Diva setzte sich auf die Teakbank neben dem dunkelroten Oleander und schlürfte Hibiskustee. Es wurde kühl. Der nahe Bach brachte etwas Feuchtigkeit.

Was für ein herrlicher Herbsttag, dachte sie, zog den Kragen ihrer Strickjacke hoch und ließ den Blick schweifen. Die begrenzende Hecke hatte bei den letzten Hochwassern arg gelitten. Auch der Bagger und die ausgehobenen Erdhäufchen bremsten die Sicht. Sie lächelte gedankenverloren.

Die Polizisten hatten das Skelett und die Funde, die auf der gelben Folie lagen, eingepackt und mitgenommen. Ein rot-weißes Absperrband, an vier Pflöcken weiträumig um die Fundstelle befestigt, schwankte ein wenig im Abendwind. Weil es schon dunkel wurde, hatte die Spurensicherung die Arbeit eingestellt. Man hatte sie wissen lassen, dass man morgen weitermachen würde. Morgen, so hatte man ihr ausgerichtet, wolle man sie zudem zu dieser Sekundärbestattung vernehmen. Das Wort Sekundärbestattung hatte es Nives angetan. Man bat sie, ins Präsidium zu kommen. Der Herr Kriminalrat Maximilian Pfeffer würde sich darum kümmern.

Soll er mal, der Herr Kriminalrat Maximilian Pfeffer, dachte sie. Netter Nachname. Ob er auch selbigen im Hintern hat?

Als sich hinter ihr Schritte näherten, drehte sie sich nicht um. Sie wartete, bis er sanft seinen Arm um ihre Schulter legte und sich herabbeugte, um ihr einen Kuss auf die Wange zu drücken.

„Hallo, mein Schatz“, sagte Nives und wandte sich ihm zu, damit sie dem jungen Mann ins Gesicht sehen konnte. Sie streichelte zärtlich seinen Arm. „Anstrengenden Tag gehabt?“

„Geht so“, antwortete er mit seinem schwer verständlichen Tonfall, dem die Sprachmelodie fehlte. Oft betonte er Silben falsch oder vernuschelte etwas, doch Nives bewunderte ihren Sohn, der beinahe taub, nur mit minimalem Restgehör geboren wurde und sich das Sprechen mühsam angeeignet hatte. „Heute haben sich Sepp und Sebastian gewaltig in die Wolle gekriegt.“ Er setzte sich neben sie auf die Bank und sah sie dabei unverwandt an. „Sepp war wie üblich blau und wollte wie üblich blau machen und hat irgendeine Krankheit vorgeschoben. Asozialer Schmarotzer, der.“

Mutter und Sohn lachten. Wenn er auch sonst nicht viel von ihr geerbt hatte, denn Rocco war ein langer Schlacks, so ließen doch die türkisen Katzenaugen keinen Zweifel über ihre Verwandtschaft.

„Wenn du was essen willst", sagte Nives, immer darauf bedacht, dass ihr Sohn problemlos ihre Lippen erkennen konnte, „im Kühlschrank ist noch ein wenig Auflauf von gestern. Ich habe in der Kantine eine Kleinigkeit gegessen und bin restlos satt."

„Bald sieht man dich gar nicht mehr, so viel hast du schon abgenommen, Mama. Wie waren die Proben?"

„Anstrengend. Hannes hat keine wirklich zündenden Regieideen, Werner ist absolut nicht textsicher und Viola hält sich für göttinnengleich. Lass uns lieber ein andermal darüber reden, sonst bekomme ich Kopfweh."

„Okay." Rocco deutete in die Dunkelheit, in der das Absperrband zu erahnen war. „Was ist denn da los?"

Nives berichtete ihrem Sohn von dem Skelettfund und der Polizeiaktion.

„Und jetzt?", fragte er und sah sie ernst an.

„Wie und jetzt?" Nives zuckte bemüht gleichgültig mit den Schultern. „Nichts. Überlass der Polizei nur ihre Arbeit."

„Hast du keine Angst?"

„Ich? Warum sollte ich Angst haben?" Sie sah ihren Sohn überrascht an.

„Warum nicht?" Rocco runzelte die Stirn. „Jemand hat eine Leiche in unserem Garten vergraben. Das reicht, finde ich, um Angst zu haben, oder?"

„Nicht für mich, mein Junge."

„Hast du eine Idee, wer es sein könnte?"

„Der Tote? Nein. Ich habe absolut keine Ahnung, Rocco. Mach dir darum keine Gedanken. Ich habe dir doch gesagt, dass es eine Sekundärbestattung war, also falls es ein Mord war, wurde er woanders begangen. Und außerdem soll das Skelett aus der Zeit sein, bevor wir hierher gezogen sind. Man vermutet sogar einen historischen Fund. Ein Germane."

„Wenn schon, dann ein Kelte, Mama. Wir Bayern sind keine Germanen."

„Wie auch immer. Gar kein Grund zur Sorge."

„Trotzdem …"

„Rocco, bitte."

„Okay, Mama. Ich esse jetzt was und dann geh ich noch rüber zu Schorsch."

„Mach das." Nives gab ihrem Sohn zum Abschied einen Klaps auf den Hintern. „Viel Spaß. Ich werde noch ein wenig arbeiten."

„Lass aber die schweren Maschinen in Ruhe." Rocco deutete auf den Rüttler und den Stampfer. „Nicht, dass sich irgendwelche Nachbarn bei den Bullen über Ruhestörung beklagen."

„Es ist noch keine neunzehn Uhr", entgegnete Nives. „Ich werde ein bisschen den Untergrund für unsere neue Terrasse vorbereiten."

„Lass mich das doch machen, Mama!"

„Nein, mir macht das Spaß. Ich werde eine halbe Stunde stampfen und dann ist gut. Mein Fitnessprogramm."

Nachdem er im Haus verschwunden war, stand sie auf und ging über die aufgerissene Vorfläche zur ehemaligen Scheune. Bevor sie die Tür öffnen konnte, musste sie die beiden Sicherheitsschlösser aufschließen, dann noch das Schloss an der Glasschiebetür dahinter. Nives machte Licht und schritt schnell zur gegenüberliegenden Wand. Wenn sie nicht innerhalb von dreißig Sekunden die Alarmanlage deaktivierte, würde der Alarm ausgelöst werden. Nachdem sie das erledigt hatte, schloss sie die Holztüren der Scheune von innen. Zwar war ihr Grundstück uneinsehbar und schwer über einen anderen Weg als die vordere Toreinfahrt zu betreten, doch man wusste bekanntlich nie. Wenn man es darauf anlegte, konnte man auch mit einer Leiter über die Friedhofsmauer steigen oder hinten über die Felder wandern und den Bach durchwaten. Alles schon mal da gewesen, als Nives noch ein Star war und zudringliche Verehrer alle erdenklichen Strapazen auf sich nahmen, um in ihrer Nähe zu sein. Da stand einer frühmorgens plötzlich nackt vor der erwachenden Nives im Schlafzimmer, überreichte ihr eine rote Rose und rannte dann davon. Am Tag darauf hatte sie die offene Grundstückseite zum Bach hin mit einem hohen Zaun und einer dichten Ligusterhecke begrenzen lassen. Den Zaun ließ sie später, als sie in absoluter Vergessenheit vor aufdringlichen Verehrern sicher sein konnte, wegreißen. Die Ligusterhecke blieb, doch Nives besserte die sich jährlich verschlimmernden Hochwasserschäden nicht mehr aus. So hatte sie durch die Buschlücken wieder den herrlichen Ausblick auf die Landschaft.

Nives Marell betrachtete zufrieden ihre Arbeit der letzten Wochen. Dann ging sie zu der Ecke, in der mehrere zusammengeknotete Stoffbündel lagen. Sie nahm ein Bündel am Knoten hoch, trug es zu einem massiven, aber sehr niedrigen Holzklotz und platzierte es sauber mittig darauf. Dann nahm sie den schweren Vorschlaghammer, der neben dem Klotz lehnte. Sie stellte sich breitbeinig an den Klotz, so nah sie konnte, hob den Hammer mit beiden Armen über das Bündel, so dass der eiserne Hammerkopf einige Zentimeter darüber schwebte, und ließ dann das Werkzeug heruntersausen. Dabei hielt sie den Stiel mit einer Hand gerade so weit fest, dass der Hammer nicht umkippte und ihr auf die Füße krachte. Ein stumpfes Knirschen kam aus dem Bündel. Sie hob den Vorschlaghammer wieder an und ließ ihn erneut herabsausen. Konzentriert wiederholte sie die Bewegung immer und immer wieder. Am Anfang hatte sie den Hammer über den Kopf gehoben, so wie sie es mit einer Axt beim Holzhacken machen würde. Doch schnell war klar geworden, dass sie dies bei dem Gewicht des Werkzeugs nicht lange durchhalten würde. Die Methode des Fallenlassens war zwar weniger effektiv, aber dafür konnte sie länger arbeiten. Als positiven Nebeneffekt stellte sie fest, dass sie durch die körperliche Arbeit schneller abnahm.

Konzentriert arbeitete sie zehn Minuten, bis sie schweißgebadet war. Erschöpft ließ sie den Vorschlaghammer fallen und setzte sich auf einen Schemel. Das letzte Bündel! Endlich. Nives Marell konnte es kaum noch erwarten. Gut, dass sie sich vom Bürgermeister, der im zivilen Leben eine Baufirma betrieb, den Rüttler und den Stampfer geliehen hatte. Jetzt müsste es ratzfatz gehen. Sie brauchte ganz kleine Brocken für den Schotter.

Der Bürgermeister selbst hatte ihr die Maschinen vorbeigebracht und die Funktion des Stampfers erklärt: „Der Power Pac PPS 60. Kannste gar nichts falsch machen, Schneck! Ist total zuverlässig. Das können die Japsen. Hat eine Schlagkraft von hundertfünf Kilonewton und eine Tiefenwirkung von siebzig

Zentimetern." Er machte eine Pause, um die beeindruckenden Zahlen wirken zu lassen.

Nives hätte am liebsten demonstrativ gegähnt, so egal waren ihr die Zahlen. Doch sie legte genau jenes bewundernde Glimmen in ihre Augen, das Männer von Frauen erwarten, wenn sie mit Pferdestärken, Gigabyte, Zentimetern oder eben Kilonewton protzten. Keine große Schauspielerei, die das Können einer Nives Marell forderte. Das bewundernde Glimmen bei gleichzeitigem geistigen Einschlafen gehörte schließlich zum Standardrepertoire jeder Frau.

Der Bürgermeister reagierte wie erwartet. Er grinste zufrieden und fuhr fort: „Brauchste aber eigentlich gar nicht für den Terrassenboden, Schneck. Da reicht doch der Rüttler. Na, musst du wissen. Du, den Aushub für das Fundament machen dir meine Jungs morgen schnell. Brauchst nichts für zahlen, Schneck. Passt scho."

Sie verstand. Doch ihr wie dem Bürgermeister war klar, dass dies nur ein kleiner Teil seiner Dankbarkeit für ihre Zustimmung zum Grabenziehen sein konnte.

Und so hatten seine Jungs die Erdbewegungen für die neue Terrasse gemacht. Nun wollte Nives Marell noch an diesem Abend mit dem Auffüllen und Feststampfen beginnen. Sie nahm das Stoffbündel, das sie mit dem Vorschlaghammer bearbeitet hatte, sowie weitere fünf ähnliche Bündel, die in einer Ecke lagen, und trug sie hinaus. Sie platzierte sie nebeneinander auf dem vorbereiteten Terrassenboden. Dann setzte sie die Lärmschutzkopfhörer auf und warf den Stampfer an. Der Viertaktmotor surrte wie eine Eins. Sie löste den kleinen Hebel am Griff und der Stampfer setzte sich hüpfend in Bewegung. Gut, dass der Bürgermeister mit ihr trainiert hatte, sonst hätte sie die Gewalt der Maschine nicht bändigen können. Sie führte den Stampfer langsam über die Bündel und wieder zurück, dann noch einmal hin und her, kreuz und quer. Nach fünf Minuten schaltete sie die Maschine ab, bückte sich und öffnete das eine Bündel probeweise. Höchst zufrieden mit dem Ergebnis öffnete sie alle anderen Bündel und schüttete den Inhalt aus, dabei achtete sie darauf, dass sie die kleinen Bröckchen großzügig verteilte. Nun nahm sie die Schaufel und schippte Kies darauf. Erneut warf sie den Stampfer an und ließ ihn über die Fläche hopsen. Es machte ihr Spaß, die Vibration durch ihren ganzen Körper hindurch zu spüren. Morgen Vormittag würde sie dann mit dem Rüttler das Fundament fertigstellen.

6

Als Maximilian Pfeffer das Haus betrat, war alles dunkel. Nur ein schwacher Lichtschimmer drang aus dem Wohnzimmer. Verwundert blieb er stehen und lauschte. Er machte im Flur Licht und zog sein Sakko aus, dann ging er weiter ins dunkle Wohnzimmer. Eine Kerze brannte auf dem Couchtisch. Nun nahm Pfeffer die Umrisse eines Mannes wahr, der auf dem Sofa saß. Plötzlich setzte entspannte Musik ein, Pfeffer erkannte die melancholische Jazz-Trompete von Till Brönner und musste schmunzeln. Ein Vibrieren lag in der Luft, noch immer sagte niemand ein Wort. Schließlich stand der Mann vom Sofa auf und kam näher. Er trug einen Bademantel, den er nun öffnete und zu Boden fallen ließ. Darunter war er nackt.

„Florian ist bei Kevin und kommt nicht vor zehn Uhr zurück. Cosmo ist im Massive-Attack-Konzert und schläft dann bei Lilly", sagte er.

Pfeffer musste grinsen. „Dann haben wir sturmfreie Bude?"

„Erraten, Superbulle. Du hast die Wahl zwischen den drei H: heiß, hart oder hemmungslos."

„Wenn das so ist, dann nehme ich alle drei!"

„Wusste ich es doch!" Tim de Fries trat nahe an seinen Lebensgefährten Max Pfeffer heran. Mit seinen einsneunzig überragte er den eher durchschnittsgroßen Kriminaler um einiges. Im warmen Kerzenlicht funkelten seine Mandelaugen verheißungsvoll. Tim, der auf der niederländischen Karibikinsel Curaçao geboren wurde und laut Eigenbezeichnung eine „leckere holländische Kolonialware" war, weil er Vorfahren aus beinahe allen ehemaligen niederländischen Kolonien – von Java über Surinam bis Ghana – vorweisen konnte, knöpfte langsam Pfeffers Hemd auf. Sein Kupferteint schimmerte im Halbdunkel. Auf der Nase tanzten dunkle Sommersprossen. Er ließ die Hände tiefer gleiten. „Und um die gute alte Mae West zu zitieren: *Is that a gun in your pocket or are you just happy to see me?*"

„Beides", sagte Pfeffer heiser und hielt Tims Hände fest. Dabei streichelte er zärtlich über den kleinen Stumpf an der Stelle der rechten Hand, wo einst Tims Ringfinger war. Der fehlende Finger blieb für alle Zeiten eine Erinnerung an die grausame Entführung, die Tim im vergangenen Jahr nur knapp überlebt hatte. Jene Horrortage, die er in einem dunklen Verließ verbringen musste, dem er nur entkommen konnte, indem er einen Menschen tötete. Einen geisteskranken Psychopathen zwar, doch Tim kam noch immer nicht darüber hinweg, dass er einen Menschen auf dem Gewissen hatte. Einen positiven Nebeneffekt jedoch hatte die Tragödie: Es hatte Tim finanziell nicht geschadet. Der freiberufliche Coach, der für große Unternehmen hauptsächlich Konfliktlösungsseminare hielt oder als Monitoring-Experte arbeitete, schrieb seitdem für verschiedene Verlage populärwissenschaftliche Bücher zum Thema Coaching, Selbstmotivation und Konfliktlösung. „Tschacka-Schwarten“ nannte Tim sie. Dadurch konnte er mehr Zeit zu Hause verbringen – zumindest solange ihn die Verlage nicht auf Lesereisen oder Vortragstouren schickten. Und auch für das Privatleben hatten sich Vorteile aus dem Horror ergeben: Seitdem war nicht nur die einst kriselnde Beziehung gekittet, seitdem hatten sie auch wieder ein funktionierendes Sexleben.

„Nicht so schnell“, flüsterte Pfeffer. „Lass mich erst duschen. Ich bin unrasiert und ziemlich verschwitzt.“

„Du weißt immer noch, wie du mich auf Touren bringen kannst. Du wirst gleich erleben, was verschwitzt heißt!“ Tim riss ihm regelrecht die Kleider vom Leib. „Duschen können wir nachher zusammen.“

Später, als sie schwer atmend auf dem Wohnzimmerteppich lagen und in wohligem Dämmern eng umschlungen vor sich hinträumten, hob Tim träge seinen Kopf von Pfeffers Brust und fragte: „Willst du rauchen?“

„*Graag*.“ Pfeffer brauchte nicht lange zu überlegen, was „gerne“ auf Niederländisch heißt, es war eines der ersten Worte, das er gelernt hatte.

„*Goed, wacht even, ik haal iets*.“ Tim stand auf und ging ins Nebenzimmer.

Aus den versteckt angebrachten Lautsprecherboxen jazzte Keiko Le rauchig „*You'd be so nice to come home to*“. Pfeffer sah hinüber zu dem antiken laotischen Buddha auf dem Sideboard, der im flackernden Kerzenlicht besonders milde lächelte, und dachte daran, wie schön es war, jemanden zu haben, zu dem man nach Hause kommen konnte, und sang leise mit. „*You'd be so nice, you'd be paradise to come home to …*"

Tim kam mit einem Joint wieder und zündete ihn an der Kerze an.

„Ich dachte eigentlich an eine normale Zigarette", sagte Pfeffer. „Außerdem musst du nicht unbedingt einen Seemann umbringen."

Tim warf ihm ein Päckchen Gauloises Blondes zu und hielt ihm dann die Kerze hin. „Weißt du, woher dieser Nonsens kommt, dass man einen Matrosen umbringt, wenn man eine Zigarette mit der Kerze anzündet? Früher haben Seeleute, die keine Heuer hatten und die Zeit in den Häfen totschlagen mussten, Zündhölzer in den Kneipen verkauft. Damit haben sie überlebt, bis sie einen neuen Job gefunden haben. Und wenn nun jemand seine Zigarette mit einer Kerze anzündete, brauchte er keine Streichhölzer. Also verdiente ein arbeitsloser Seemann nichts und musste verhungern."

„Das wusste ich wirklich nicht." Pfeffer nahm einen Zug von seiner Zigarette.

„Frag einfach einen aus einer Hafenstadt."

„Gelobt sei die Arbeitslosenversicherung."

„Amen."

„Hör mal, wir sollten uns wirklich keine Drogen reinpfeifen, wenn die Kinder …"

„Sollten wir wirklich nicht, Maxl. Hier." Tim reichte Pfeffer den Joint. „Tun wir aber."

„Genau." Pfeffer inhalierte tief.

„Das letzte Mal ist außerdem schon über ein Jahr her."

„Als du den ersten Tag aus dem Krankenhaus draußen warst? Stimmt's? Da saßen wir im Garten unter dem großen Walnussbaum, Flo war bei deiner Mutter in Amsterdam und Cosmas mit seiner damaligen Flamme Natalie in der Türkei."

„Hey, Max Pfeffer, du erinnerst dich so genau daran? Du bist also doch ein Romantiker."

„Das täuscht. Ich kann nur perfekt so tun, als ob."

„Alle mal herhören: Max Pfeffer, knallharter Superbulle, ist ein Romantiker!"

„Schnauze, oder ich verhafte dich wegen Drogenbesitz."

„Wäre ja nicht das erste Mal."

Die beiden lachten. So hatten sie sich vor über acht Jahren kennengelernt. Bulle verhaftete Kiffer – und verliebte sich dann in ihn.

Pfeffer wurde kurz ernst: „Ich bin Kriminalbeamter, nicht vergessen. Und ich möchte nicht, dass die Kinder abrutschen. Vor allem Cosmas."

„Relax, Max Pfeffer. Schau mich an. Du weißt, dass ich mit vierzehn eine klassische Drogenkarriere gestartet und bis auf Heroin fast alles genommen habe. Und schau mich heute an!"

„Du liegst mit einem Kerl nackt auf dem Wohnzimmerboden und kiffst."

„Stimmt. Aber ich habe einen guten Mann, der mich fast nie schlägt, zwei entzückende Kinder, ein Haus …

„… und die Megaperls."

Die beiden kugelten sich vor Lachen.

„Im Ernst, Maxl, meine Eltern haben damals auch gedacht, ich lande irgendwann auf dem Bahnhofsstrich. Damals habe ich es nicht verstanden. Ich wollte ja einfach nur leben. Aber ich habe trotz allem studiert und verdiene heute mehr als der beste Bahnhofsstricher."

„Tausendmal mehr."

„Millionenmal mehr."

Pfeffer kicherte und Tim schwieg. Plötzlich riss sie ein unangenehmes Piepsen aus dem Gemeinsam-Atmen.

„Was ist denn das?", fragte Tim.

„Was wohl? Mein Handy."

„Hast du etwa Bereitschaft? Wir haben aber noch gar nicht gegessen, ich habe was vorbereitet."

„Das könnten wir auch später noch essen. Wird außerdem sicher nicht die Arbeit sein. Positiv denken! Wir haben heute schon ein Skelett gefunden, draußen auf dem Anwesen der Nives Marell. Das war's heute mit den Leichen. Ist bestimmt einer von den Jungs." Pfeffer stand auf und holte sein Mobiltelefon aus der Jackentasche. Auf dem Display stand „Arbeit". Er seufzte und nahm ab.

7

Werner Androsch ließ das Textbuch von „Kanakenbraut“ auf den Schoß sinken und seufzte. Er hatte immer noch Textunsicherheiten, obwohl sie sich schon mit riesigen Schritten den Endproben näherten. Besonders im zweiten Akt kam er immer wieder raus. Er konnte und wollte sich einfach nicht darauf verlassen, dass Nives ihm als Souffleuse diente. Sie beherrschte alle Dialoge auswendig, flüsterte ihm die Stichworte zu, wenn er hing. Auch er hätte eigentlich den kompletten Text von „Kanakenbraut“ auswendig können müssen, schließlich hatte er früher auf der Bühne und im Film den Türken gespielt.

Werner Androsch starrte aus dem Fenster. Die beleuchteten Türme der Giesinger Kirche zeichneten sich gegen den indigoblauen Nachthimmel ab. Der Schauspieler liebte diesen Blick, er hatte damals den Ausschlag gegeben, diese Wohnung am Roecklplatz zu kaufen. Bei Tag konnte man die ganzen Isarauen überblicken, bei Föhn rückten die Alpen greifbar nah heran.

Der Schauspieler trommelte nervös mit den Fingern der rechten Hand auf die Sesselarmlehne. Nicht hinsehen, sagte er sich, nicht hinsehen. Es funktionierte nicht. Natürlich musste er hinsehen. Die Autosuggestion, die ihm sein Therapeut, zu dem er längst nicht mehr ging, in jeder Sitzung aufs Neue empfohlen hatte, funktionierte einfach nicht. Werner Androsch sah hin – er sah zu dem naturweißen Vorhang, der links neben dem großen Panoramafenster in akkuraten Falten hing. Sein Blick wanderte hinauf zu der Stange und den Metallringen, die den Vorhang hielten.

Nicht, sagte er zu sich, nicht. Lass es nicht zu. Es ist alles in Ordnung. Alles bestens!

Doch nichts war in Ordnung. Er fuhr sich mit beiden Händen über das Gesicht, dann über die pomadigen Haare. Er hielt es nicht mehr aus. Er sprang auf und lief hinaus auf den Balkon. Die kühle Nachtluft kroch in seine Poren. Er schloss kurz die Augen. Sofort wurde ihm schwindelig und er riss sie panisch wieder auf. Unentschlossen zupfte er ein paar verwelkte Blüten von der roten Geranie und entsorgte sie in der kleinen braunen Biotonne. Als er wieder in die Wohnung zurückging, vermied er jeden Blick hinüber zum Vorhang. Werner Androsch begab sich schnurstracks in die Küche. Eigentlich war es nur eine Kochnische, die schlauchartig vom Wohnzimmer abging. Aus der untersten Schublade, in der er sein Werkzeug aufbewahrte, holte er das Metermaß. Für einen Moment zögerte er noch, warf das Maßband spielerisch von einer Hand in die andere. Er stand mit dem Rücken zum Fenster. Doch es half nichts, der Drang war stärker. Werner Androsch drehte sich um, schob einen Stuhl vor das Fenster und stieg hinauf. Er legte das Maß an und überprüfte die Abstände zwischen den Metallringen, die den Vorhang hielten. Er korrigierte vorsichtig mit den Fingerspitzen den einen oder anderen Ring. Hatte er sich doch nicht geirrt: Hier und da hatte sich der Abstand um ein bis zwei Millimeter verändert. Dabei hatte er erst am Vormittag kontrolliert. Wie jeden Vormittag, denn bevor Werner Androsch das Haus verließ, maß er immer den exakten Sitz der Vorhangringe nach. Ebenso die Breite der Falten, die der Stoff warf, die er nun ebenfalls überprüfte und korrigierte.

Wie konnte es sein, dass der Vorhang jeden Abend ein paar Millimeter anders hing, als er ihn morgens arrangierte?

Er wusste ganz objektiv, dass es völlig egal sein konnte, ob der Vorhang millimetergenau in Falten gerafft war. Das hatte er auch seinem Therapeuten gegenüber zugeben müssen. Doch das Wissen half ihm nichts. Der Zwang kümmerte sich nicht darum, er war stärker. Immerhin gab es Tage, so wie diesen, da schaffte Werner es, eine Zeitlang zu Hause zu sein, Essen zu machen, fernzusehen, zu lesen, ohne dass er sofort seinem Tick nachgeben musste. Für Werner Androsch war das ein enormer Fortschritt. Die Sache mit dem Vorhang war freilich nur einer von zahllosen Ticks in seinem Leben.

Als das Telefon klingelte, fiel ihm vor Überraschung das Maßband aus der Hand. Er starrte auf den Apparat. Sollte er rangehen? Er entschied sich dagegen. Es könnte allerdings Sabine sein. Der Anruf, den er sehnlich erwartete. Er stieg letztlich vom Stuhl und nahm das Gespräch an.

„Herzlichen Glückwunsch!", zwitscherte eine fröhliche Frauenstimme. „Sie haben gewonnen!"

„Äh, wie?", stammelte Werner Androsch irritiert. „Gewonnen?"

Die Frauenstimme quasselte einfach weiter, ohne auf seinen Zwischenruf einzugehen. Erst als sie sagte „Wenn Sie Ihren Gewinn abrufen wollen, drücken Sie jetzt bitte die Eins auf Ihrer Telefontastatur", dämmerte es Werner und er legte wütend auf. Sofort klingelte es erneut. Diesmal ließ er es so lange läuten, bis der Anrufbeantworter ansprang. Wenn es wirklich Sabine sein sollte, würde sie ihm auf Band sprechen.

„Werner, bist du zu Hause?", fragte leise eine Frauenstimme. „Wenn ja, geh bitte ran. Es ist wichtig."

Pause.

„Es ist wegen Sepp", sagte die Frau.

„Ja, ich bin da", meldete sich der Schauspieler schließlich doch und stoppte den Anrufbeantworter. Er hatte die Stimme nicht wirklich erkannt, doch sie erinnerte ihn an eine Bekannte aus seiner Vergangenheit.

„Hallo, ich bin's, Traudl."

Werner Androsch sortierte gedanklich in Windeseile sein Adressbuch. Eine Traudl kam darin nicht vor. Zumindest nicht beim Schnellscan. „Traudl?"

„Ja. Weißt schon. Traudl Sonnenbichl."

„Traudl", sagte Werner überrascht. Er erinnerte sich an die Schneiderin, die früher, ganz, ganz früher zu ihrer Clique gehört hatte. Schlagartig erschien das Bild einer aufgedonnerten Landpomeranze mit einem weißblonden Storchennest auf dem Kopf vor seinem inneren Auge, die die gewagtesten Minikleider trug und in Schwabinger Nachtclubs mit Nives Marell oder Fritz Roloff oder auch mit ihm auf den Tischen tanzte. Das war über dreißig Jahre her. Wie sie wohl nun aussah? Nun, das hatte er bereits gehört, arbeitete sie ebenfalls am Residenztheater, allerdings im Gegensatz zu ihm in Festanstellung. Noch war er ihr nie bei den Proben begegnet.

„Erinnerst dich noch ein wenig an mich, gell, Werner?" Traudl Sonnenbichl flüsterte, ganz entgegen ihrer früheren Angewohnheit. Werner hatte sie als laut und lärmend in Erinnerung. „Grad hat mich der Erwin von der Nachtpforte angerufen. Sie haben den Sepp gefunden."

„Sepp? Sepp Bloch? Wie gefunden?"

„Tot."

„Oh." Werner Androsch knetete sich die Unterlippe. Traudl Sonnenbichl würde von ihm keine Betroffenheitsshow erwarten. „War ja eh nur eine Frage der Zeit, bis er sich totsäuft ..."

„Er steckte mit dem Kopf im Färbetrog, drunten in der Färberei. Eine Praktikantin von der Oper hat ihn gefunden."

„Warum rufst du mich deshalb an?"

„Ich dachte, es würde dich interessieren."

„Alles, was mit Joseph Bloch zu tun hat, ist für mich absolut uninteressant. Auch sein Tod." Werner Androsch fuhr sich mit der Hand über die Augen. „Entschuldige, Traudl, aber ... mir ist Sepp egal ... Das mag für dich hart klingen."

„Nein, nein, Werner, klingt es nicht. Er war mir auch ... egal."

„Du hast ihn gehasst, Traudl. Das wusste jeder."

„Ja, du aber auch. Nun ist er tot."

„Dann freu dich doch."

Traudl Sonnenbichl lachte trocken. „Du bist wie immer, Werner. Bloß nichts und niemand an dich ranlassen." Sie stockte. „Hast du ... hast du vielleicht Lust, dich noch auf ein Bier mit mir zu treffen? Ich gehe gleich noch ins ‚Trinkkisterl'. Weißt, wo das ist?"

Werner wusste das nur zu gut. Er sah die speckige, heruntergekommene Eckkneipe in der Frauenlobstraße vor sich, sah die talgigen, verbrauchten Gesichter der Im-Leben-zukurz-Gekommenen, die das Stammpublikum bildeten, hörte die schlechte Schlagermusik, die aus alten Boxen schepperte und roch den Dunst aus Rauch und Alkohol. Er war zu oft im „Trinkkisterl" gewesen. Wenn das nun auch Traudls Stammkneipe war, warum hatte er sie dort nie gesehen? Nun beantwortete er ihre Frage mit einer Lüge. „Nein, kenn ich nicht."

„Nicht? Na, ich geh da auch fast nie hin. Mir war nur grad so danach. Meist geh ich zu Biggi ins ‚Walther-Stüberl' in der Waltherstraße. Da können wir auch hin, wenn du willst."

„Nein, Traudl, danke, ich will nicht."

„Oh, na gut, dann geh ich eben allein. Aber erst werde ich noch den Sebastian anrufen."

„Wen?"

„Meinen neuen Chef. Du kennst ihn, er übernahm immer die Anproben, wenn Sepp nicht da war. Sebastian Oßwald, unser Gewandmeister. Nives habe ich bisher noch nicht erreicht."

8

„Kann mal bitte jemand den Toten abdecken?", sagte Max Pfeffer barsch und deutete auf den Leichnam, dessen Gesichtszüge aussahen, als wären sie von einem modernen Künstler in Ätztechnik gestaltet worden. Pfeffer schmeckte noch die Mischung aus Cannabis und Tim auf seinen Lippen und wollte sich das nicht verderben lassen. Nach dem Anruf, der ihn hierher bestellt hatte, hatte sich Pfeffer nur schnell ein wenig Deo und ein paar Spritzer seines ebenso sündhaft teuren wie guten Lieblingsduftes Blenheim Bouquet gegönnt. Das musste reichen, um Frische vorzutäuschen.

Ein Mann von der Spurensicherung breitete eine weiße Plastikplane über den Körper, der in dem kleinen Raum neben einer riesigen doppelwannigen Edelstahlspüle lag. Pfeffer sah aus dem Fenster. Die Färberei des Residenztheaters befand sich ebenerdig in einem Seitentrakt des klassizistischen Gebäudes. Gegenüber lag der Marstall in abendlicher Festbeleuchtung.

Eine blasse kleine Frau stand an eine der beiden anderen Färbetröge gelehnt, die den kleinen Raum neben einem ramponierten Arbeitstisch beherrschten.

„Sie haben die Leiche gefunden?", fragte Pfeffer.

Die blasse Frau nickte langsam. „Ich bin Praktikantin, verstehen Sie? Ich wusste nicht, dass das so wahnsinnig ätzt, dass man davon stirbt." Sie schluchzte auf.

„Schsch", machte Pfeffer. „Noch wissen wir nicht, woran er gestorben ist. Vorerst interessiert mich, warum Sie noch so spät abends hier bei der Arbeit sind?"

„Ich sollte doch diesen Stoff rot färben", sprudelte es aus ihr heraus. „Und ich wollte ihn ursprünglich über Nacht im Färbebad lassen, aber dann habe ich mir doch Sorgen gemacht, weil ich noch nie gefärbt habe und der Stoff schon seit sechs Stunden im Bad war und da habe die Kostümassistentin angerufen und die hat mir gesagt, dass das reicht und ich den Stoff sofort rausholen und aufhängen soll, und da bin ich dann hergefahren mit meinem Fahrrad und da habe ich mich schon gewundert, dass Licht an ist, denn ich war mir sicher, dass ich es ausgemacht habe, als ich gegangen bin, und dann lag der Mann mit dem Kopf im Waschbecken, in dem ich meinen Stoff … Dass es der Herr Bloch ist, habe ich nicht gesehen. Wirklich nicht." Sie schluckte und begann zu weinen.

„Schon gut, Frau …", Pfeffer wusste nicht, ob er den Namen der Blassen gehört hatte, wusste aber, dass die Kollegen die Aussage bereits protokolliert hatten. „Am besten, Sie gehen jetzt nach draußen und schnappen ein wenig frische Luft. Oder Sie gehen gleich heim."

Die Blasse sah Pfeffer mit großen Augen an und entfernte sich dann.

„Schöner Chemikaliencocktail", sagte Doktor Gerda Pettenkofer gelassen zu Max Pfeffer und deutete auf die rote Brühe, die in der einen Spülenhälfte stand. „Hier, die schreiben auf ihre Packungen, dass das Zeug ätzt. Aber hallo." Sie hob eine Blechdose hoch, die Färbepigmente für Stoffe enthielt. „Was genau drin ist, schreiben sie allerdings nicht. Aber so wie der Tote aussieht, braucht man das auch nicht wissen. Kein Wunder, dass der Mann hier nicht mehr den gesündesten Teint hat."

„Wie war die Auffundsituation?", fragte Pfeffer.

„Er steckte mit dem Oberkörper in dem Färbetrog. Hier, Kopf, Schultern und Oberkörper bis fast zu den Brustwarzen waren im Farbbad. Die Arme hingen mit dem Rest des Körpers über den Rand nach außen. Der Mann muss also vornüber in den Trog gefallen sein. Ohne sich dabei mit den Händen abzufangen." Die Rechtsmedizinerin stemmte die Arme in die Seiten. „Wenn du mich fragst, ist das schon ein wenig ungewöhnlich."

„Vielleicht ist ihm bei den Chemiedämpfen hier schlecht geworden, und er ist deshalb …", überlegte Pfeffer laut.

„Nein, Maxl, ist er nicht." Gerda Pettenkofer schwieg einen Moment und legte den Zeigefinger auf den Mund, damit auch Pfeffer nichts sagte. „Hörst du? Der Abzug läuft." Sie deutete zur Decke, dort hingen wie futuristische Trockenhauben zwei Plexiglasglocken an langen Metallschläuchen.

„Eben wegen der Chemikalien muss immer der Abzug laufen, damit niemand ohnmächtig wird oder sich die Atemwege verätzt“, mischte sich da ein großer, blonder Mann ein, der sich die ganze Zeit ein wenig bleich neben der Eingangstür aufgehalten hatte. „Normalerweise sind die Fenster beim Färben zusätzlich geöffnet oder wie jetzt gekippt.“

„Danke, und Sie sind?“, fragte Pfeffer.

„Sebastian Oßwald.“ Der Mann schüttelte ihm die Hand. Er mochte Mitte Dreißig sein. „Ich bin Gewandmeister hier am Resi, also am Residenztheater. Sepp, Joseph Bloch war mein Kollege. Man hat mich verständigt, dass ich kommen soll. Ich bin nun für die Herrenwerkstatt, also die Herrenkostümabteilung verantwortlich.“

„Danke, Herr Oßwald“, sagte Pfeffer. „Das muss natürlich ein Schock für Sie sein.“

„Ja und nein. Dass er sich irgendwann totsäuft, war uns allen klar. Und die Gefahr, dass er dabei auch noch in den Farbtopf fällt … also, ehrlich gesagt, wundert es mich, dass das nicht schon viel früher passiert ist.“

„Wie meinen Sie das?“

Sebastian Oßwald zögerte und sah auf die Leiche, deren Konturen sich unter der Plane abzeichneten. Dann forderte er Pfeffer auf, ihm zu folgen, und ging durch eine Verbindungstür in den Nebenraum, in dem zwei monströse Waschmaschinen und große Schränke voller Färbemittel standen. Von hier führte eine weitere Tür in den Spritzraum. Auch hier Regale voller Farben und Pigmente. Dazu Spritzpistolen und eine gewaltige Absauganlage. „Kann ich hier schon was anfassen?“, fragte Sebastian Oßwald und bückte sich neben der farbbekleckerten Werkbank, die ganz am Ende des Raums stand.

Pfeffer nickte, die Spurensucher hatten diesen Teil des Raums bereits gecheckt.

Der Gewandmeister öffnete eine der Schubladen unten an der Werkbank und zog sie ganz heraus. Er kniete sich auf den Boden, beugte sich vor und langte mit dem Arm hinein. Fast der ganze Arm verschwand in der Tiefe der Aussparung. Als er ihn wieder herauszog, hielt er eine große Flasche Jägermeister in der Hand. „Da ist noch eine drin“, sagt er. „Sepp hat gedacht, dass niemand sein Geheimversteck kennt. Jeder kannte es. Die verkürzte Schublade hat er sich mal von einem Spezl in der Tischlerei anfertigen lassen.“ Er langte noch einmal hinein und zog die zweite Flasche Kräuterschnaps hervor.

„Ich glaube, Sie fassen jetzt doch nichts mehr hier an“, sagte Max Pfeffer trocken. „Die Spurensicherung sollte da noch mal ran.“

„Es ist doch ein Unfall gewesen, oder? Warum machen Sie eigentlich einen solchen Aufwand?“ Die beiden Männer verließen den Spritzraum, passierten den Waschmaschinenraum und blieben im Färberaum vor den raumhohen Regalen voller Farben stehen.

„Weil die Art, wie Ihr Kollege ums Leben gekommen ist, durchaus auch die Möglichkeit einer Fremdeinwirkung zulässt. Natürlich sieht es nach einem Unfall aus, aber er könnte in den Farbbottich gestoßen worden sein.“

„Stimmt. Wäre nicht unwahrscheinlich.“

„Wie darf ich das verstehen?“

„Ach, vergessen Sie's. Ich und mein loses Mundwerk.“ Sebastian Oßwald machte eine wegwerfende Handbewegung und kratzte sich dann an der Nase. „Tut mir leid. Ich klinge für Sie total herzlos, aber ich weiß nicht, wie ich mit der Situation umgehen soll. Er war mein Kollege seit zwei Jahren und ich hatte kein besonders gutes Verhältnis zu ihm. Niemand hatte ein gutes Verhältnis zu ihm. Ich kann Ihnen gerne beizeiten mehr darüber erzählen.“

„Ich bitte darum.“

„Es ist nur so … bei mir ist noch nie jemand gestorben, den ich gut kannte oder dem ich irgendwie nahe stand. Und sei es nur als Kollege. Es ist der erste Tote in meinem Umkreis. Und alles, was ich kann, ist sarkastische Bemerkungen fallen lassen.“

„Das ist nichts Ungewöhnliches“, sagte Pfeffer. „Jeder reagiert anders. Sagen Sie, diese Praktikantin, die den Toten gefunden hat, seit wann ist die bei Ihnen?“

„Die ist gar nicht bei uns. Die ist von der Oper. Wir teilen uns hier die Räume mit der Staatsoper. Ist ja gleich nebenan.“

Er deutete auf das Regal an der linken Wand. „Das sind alles Opern-Farben." Er zeigte auf das Regal rechts. „Die dort drüben sind unsere. Darf ich nun gehen, oder brauchen Sie mich noch?"

„Ich hätte schon noch einige Frage über Ihren Kollegen an Sie."

„Muss das hier sein?"

„Nein." Pfeffer sah den jungen Mann an. Der blickte mit seinen grünen Augen tief in Pfeffers rehbraune. Den entscheidenden Tick zu lange, wie er schnell merkte. Sebastian Oßwald senkte verlegen den Blick.

Pfeffer schmunzelte und fuhr fort: „Nein, natürlich muss das nicht hier sein. So schnell geht das sowieso nicht. Es kann auch gut sein, dass gar keine Fragen offen bleiben. Wenn zum Beispiel die Obduktion ergibt, dass keinerlei Fremdeinwirkung vorliegt."

„Ah so." Sebastian Oßwald grüßte lässig. „Sie wissen im Zweifelsfall ja, wo Sie mich finden können."

„Warten Sie bitte", sagte Pfeffer. „Zeigen Sie den Kollegen von der Spurensicherung noch den Arbeitsplatz Ihres Kollegen? Danke."

„Sahneschnitte", sagte Annabella Scholz, als sie zu ihrem Chef trat und dem Gewandmeister hinterhersah.

„Das kannste laut sagen", raunte Max Pfeffer. Er fand, dass er sich gut im Griff hatte, dafür, dass er bekifft war.

„Wer war das?"

„Der Gewandmeister."

„Und was ist ein Gewandmeister?"

„Keine Ahnung!"

„Aha." Die Kommissarin sah ihren Chef schief an. „Aber das wirst du bestimmt bald herausfinden."

„Erraten. Und du findest jetzt heraus, ob die Lüftung auch lief, als die Praktikantin den Toten fand."

9

„Die Praktikantin ist sich absolut sicher, dass die Lüftung lief, als sie den Toten fand“, referierte Annabella Scholz am nächsten Morgen ihre Recherchen. „So wie immer, wenn gefärbt wird. Das Zeug dort ist so giftig, dass es nur mit laufender Entlüftung verwendet werden darf. Die ganze Kammer wurde erst vor kurzem renoviert und die Anlage ist quasi neu. Die Frau ist übrigens erst seit einer Woche bei der Staatsoper.“

„Dann kann er also nicht von den Dämpfen ohnmächtig geworden sein. Gibt es schon Neuigkeiten aus der Pathologie?“

„Deine Freundin Gerda lässt ausrichten, dass du sie für die ersten Infos gleich mal anrufen sollst.“ Die Kommissarin legte ihren Notizblock zu Seite. „Ach, und wäre nicht schlecht, wenn du dich mit dem Oberstaatsanwalt zusammensetzt oder auch auseinandersetzt. Klingt völlig konträr, oder? Wenn man mal darüber nachdenkt, bedeutet aber letztlich beides dasselbe. Zusammensetzen – auseinandersetzen. Nein, bedeutet natürlich absolut nicht dasselbe … aber …“

„Du solltest beizeiten noch Germanistik studieren, Bella.“

„In einem anderen Leben, Chef. Die Staatsanwaltschaft will jedenfalls partout keine Gelder für eine Radiocarbonanalyse locker machen.“

„Radiocarbonanalyse?“, fragte Pfeffer irritiert.

Annabella Scholz schlenderte zur neuen, chromblitzenden Espressomaschine, nicht irgendeine, sondern der Rolls Royce unter den Espressomaschinen. Max Pfeffer hatte das Gerät auf eigene Kosten für teures Geld angeschafft, weil er die langweilig-bittere Plörre nicht mehr herunterwürgen konnte, die zuvor aus der asthmatisch röchelnden alten Kaffeemaschine getröpfelt war. Bella fühlte sich jedes Mal wie ein italienischer Barista, wenn sie die Dampfdüse in das Milchkännchen tauchte und Schaum produzierte. Fettarme H-Milch, so hatte sie gelernt, war die beste Schaumgrundlage, denn das Fett von Vollmilch verhinderte die Anreicherung mit Luftbasen. Bella war die Einzige, der Pfeffer erlaubte, mit der Maschine zu hantieren.

„Du wolltest doch eine Radiocarbonanalyse des Skeletts von Zacherlkirchen, oder? Der Staatsanwalt sieht dazu keine Notwendigkeit, denn laut deiner Freundin Gerda Pettenkofer und diesem Doktor Keppler handelt es sich um einen historischen Fund. Also soll da kein Geld verschwendet werden."

Pfeffer seufzte. „Mach mir bitte auch einen Espresso Macchiato. Danke." Dann griff er zum Telefon. Bevor er eine Nummer wählte, legte er wieder auf und fragte: „Wie war das noch mal mit Angehörigen des Toten? Die Kollegen haben niemand ausfindig machen können?"

„Nein", antwortete Bella. „Falls du den Toten vom Theater meinst. Der Mann lebte alleine in einer Zweizimmerwohnung im Schlachthofviertel, Schmellerstraße. Er hat keine Kinder – zumindest keine, von denen wir wissen –, keine Frau oder sonstige Lebensgefährten, nicht einmal geschieden. Auch keine Geschwister. Seine Eltern sind verstorben, die Mutter erst vor zwei Jahren, wenn ich mich recht erinnere. Steht in dem Bericht, der auf meinem Schreibtisch liegt. Sieht vorerst so aus, als würde niemand um Joseph Bloch trauern. Ach, und wundere dich nicht – es gibt auch kein Mobiltelefon von ihm. Er hatte keins, hat dieser Gewandmeister auch bestätigt."

Schweigend nahm Max Pfeffer den Telefonhörer und wählte die Nummer der Pathologie.

„Okay, Maxl", kam Gerda Pettenkofer am anderen Ende der Leitung sofort zur Sache. „Wie üblich hattest du den richtigen Instinkt. Der Tote aus dem Theater, dieser Joseph Bloch, ist aller Wahrscheinlichkeit nach nicht wegen der Dämpfe ohnmächtig geworden. Aber es war dennoch ein Unfall, dass er in den Trog fiel."

„Also kein Mord."

„Nicht so schnell. Er ist zusammengebrochen. Ungünstigerweise direkt in diesen Giftcocktail hinein. Aber er WAR bereits vorher vergiftet. Und zwar durch ein myoneuro-cardiokinetisches Mittel. Er ist in den Trog gefallen und war sofort tot. Er muss quasi im Sterben hineingefallen sein, denn er hat nicht aspiriert. Kein Färbemittel in seiner Lunge oder sonst wo in den Atemwegen. Das sind erste Testergebnisse, ich dachte, du willst es so schnell wie möglich wissen. Ich gebe dir Bescheid, wenn ich Genaueres weiß."

„Myo-was?", fragte der Kriminalrat ungeduldig. „Gerda, bitte!" Mit der freien Hand hielt er sich das Ohr zu, weil die Kaffeemaschine zu laut zischte.

„Myoneuro-cardiokinetisch, Maxl. Digitalis oder ein digitalisartiges Glykosid. Also ein Mittel, das auf das Herz sowie die dem Willen unterworfene Muskulatur eine deutliche Auswirkung hat. Der Tote muss sich in den letzten Stunden vor seinem Ableben mehrfach übergeben haben. Auch das lässt auf ein Digitalisgift schließen."

„Okay, dann müssen wir den Kräuterschnaps und alles andere untersuchen lassen, was er gestern getrunken hat. Ich setz die Jungs drauf an."

„In seinem Magen habe ich bisher Kräuterschnaps, Bier und Kaffee nachweisen können. Genauer Bericht mit dem Namen des Gifts folgt *as soon as possible*."

„Danke, Gerda, jetzt haben wir also einen Mord und müssen das Staatstheater auseinander nehmen. Bravo, wir haben ja sonst nichts zu tun. Bevor ich es vergesse: Was macht unser Skelett von gestern?"

„Nichts. Was soll es machen? Es liegt in einer Pappschachtel in der Kammer. Die Staatsanwaltschaft hat den Fall mangels öffentlichen Interesses vorerst auf Eis gelegt."

„Aber du hast dich sicher mal auf das Eis begeben und genauer hingesehen und weißt mir einiges Neues zu berichten."

Die Rechtsmedizinerin kicherte wie ein Schulmädchen. „Okay, Maxl, weil du es bist. Ich habe ganz, ganz kurz hingesehen, praktisch nur ein Blinzeln, und kann dir nur wirklich augenfällige Einzelheiten berichten. In Höhe der fünften und vierten Rippe links habe ich eine leichte Abschürfung entdeckt, die sich scharfkantig und v-förmig über die Knochen frisst. Außerdem ist in der vierten Rippe eine kleine Kerbe nach innen. Ich schließe daraus, dass die Person zu Lebzeiten mit einem scharfen Gegenstand verletzt oder sogar getötet wurde. Der Täter hat dem Opfer vermutlich mit einem Schwert oder einem Speer oder so etwas Ähnlichem in den Brustkorb gestochen und dabei auch die Rippen verletzt. Und die Lücken in den Zähnen hatten, soweit ich das auf die Schnelle gestern noch checken konnte, wirklich nie Füllungen. Das heißt, dass der Mensch mit schlechten Zähnen lebte. Das sind natürlich nur schnelle Analysen, die keinerlei Anspruch auf Gültigkeit haben. Dennoch, dies alles, mein lieber Max Pfeffer, sind leider weitere Hinweise darauf, dass es sich bei dem Toten um eine uralte Leiche handelt. Die gesamte Knochen- und Gewebestruktur ..."

„Gut, Gerda, such schon mal ein kleines repräsentatives Knochenstückchen heraus, das wir dann zur Analyse schicken können."

„Maxl!", seufzte die Medizinerin geziert.

„Gerda", echote der Kriminaler ebenso geziert. „Du hast eben selbst gesagt, dass der Tote aller Wahrscheinlichkeit nach ermordet wurde."

„Ja, aber für eine Radiocarbonanalyse reicht kein Knochenfitzelchen. Das geht nach der Devise ‚je größer, desto besser'. Die brauchen einen ganzen Knochen oder eine schöne ausgesägte Scheibe."

„Dann nimm den Oberschenkel. Da ist genug für alle dran. Ich werde den Staatsanwalt mit meinem Charme gewiss umstimmen können. Schick ihn los."

„Apropos Charme", sagte Gerda Pettenkofer. „Du wirst es ja nicht glauben, aber seit Neuestem gucke ich doch mit Begeisterung diese Soap ‚Unser Block'. Und ich vermisse deinen Sohn, diesen Charmebolzen. Cosmo war doch mal in dieser Serie mit dabei, oder?"

„Cosmas ein Charmebolzen?" Pfeffer musste lachen. Er war der einzige, der seinen ältesten Sohn noch bei seinem richtigen Namen Cosmas nannte. Für den Rest der Welt war er Cosmo. Vor gut einem Jahr hatte der ein paar Folgen lang bei der beliebten Daily Soap „Unser Block" vor der Kamera gestanden. Es hatte nur mit einem kleinen Auftritt von Cosmos Hip-Hop-Band „Volle Härte" angefangen. Der damals noch Minderjährige hatte für die nötigen Verträge einfach die Unterschrift seines Vaters gefälscht. Cosmo Pfeffer, der vom Vater den sportlichen Körperbau und die kuscheligen braunen Augen geerbt hatte, war gut angekommen, und so hatte man ihn für eine kleine Nebenrolle engagiert. Nichts Spektakuläres, meist war er nur im Hintergrund herumgestanden, selten mehr als ein paar Sätze Text.

„Der Ruhm ist ein scheues Reh. Ebenso schnell weg, wie es auftaucht." Pfeffer dachte an das enttäuschte Gesicht seines Ältesten, als er ohne Angabe von Gründen eines schönen Tages seine Kündigung erhalten hatte. „Zuerst haben sie seine Band nicht mehr in die Serie einbauen können oder wollen, dann haben sie seine kleine Rolle komplett gestrichen. Charmebolzen hin oder her. Ich bin ehrlich gesagt froh darüber, der Junge soll schließlich für sein Abitur lernen."

„Recht so, strenger Vater", sagte Gerda Pettenkofer und lachte raucherhustend.

„Wenn du ihn übrigens heutzutage bei der Arbeit sehen willst, dann geh am Freitagnachmittag oder Samstag zu Getränke Wittler. Da kannst du ihn dann beim Getränkekistenschleppen bewundern."

„Auch ein cooler Job!"

„Und er hat tatsächlich ab und an bezahlte Auftritte mit seiner Band."

„Quasi auf dem Weg zum Superstar, der Junge."

„Quasi."

„Bis die Tage, Maxl."

Nachdem Pfeffer aufgelegt hatte, stellte Kommissarin Annabella Scholz ihrem Chef den Espresso Macchiato hin und setzte sich auf die Schreibtischkante. „Mord?"

„Doppelmord. Sozusagen." Pfeffer rührte zwei Löffel Zucker unter und nahm einen kleinen Schluck. „Der Mann im Farbtrog wurde vergiftet und das Skelett erstochen."

„Ich schick dann gleich die Kollegen in die Wohnung von Joseph Bloch, oder sollen wir selbst hin?"

„Vorerst nicht. Schick die Kollegen."

„Ist dir eigentlich klar, dass diese Nives Marell irgendwie mit beiden Fällen zu tun hat?" Kommissarin Scholz umklammerte ihren Milchkaffee mit beiden Händen. „Wir finden auf ihrem Land das Skelett und sie arbeitet momentan am Residenztheater. Wenn das mal kein Zufall ist."

„Na, keine voreiligen Schlüsse. So offensichtlich sehe ich da noch keinen Zusammenhang.“ Pfeffer leerte seine Tasse in einem Zug. „Jetzt muss ich erst mal den Oberstaatsanwalt weichklopfen.“

Früher konnte man das Verhältnis zwischen Oberstaatsanwalt Bauer und Kriminalrat Pfeffer als beinahe freundschaftlich bezeichnen. Die beiden Männer hatten viele Fälle gemeinsam bearbeitet und waren immer gut miteinander ausgekommen. Jeder respektierte die Kompetenz des anderen. Bei schwierigen Rechtslagen oder kniffligen Angelegenheiten hatten sie sich mehr als einmal arrangiert.

Doch seit jenem Fall, bei dem sich Oberstaatsanwalt Bauer als Diener zweier Herren entpuppt hatte, als Staatsdiener und als Kirchendiener, als er Pfeffer mehr oder minder unverhohlen zu schlampiger Arbeit aufgefordert hatte, um höchste kirchliche Kreise zu schützen – seit damals war das Verhältnis beider Männer extrem abgekühlt. Bauer war natürlich so geschickt gewesen, sich juristisch nichts zu Schulden kommen zu lassen. Doch in den ersten Monaten nach dem Vorfall hatte sich Bauer vor jeder Begegnung mit Pfeffer gedrückt, ließ sich im Zweifelsfall sogar krankschreiben. Danach fanden sie langsam wieder zu einem distanzierten Miteinander. Doch auch Außenstehenden fiel seitdem auf, dass sich die Machtverhältnisse verschoben hatten.

Früher waren Pfeffer und Bauer als beinahe gleich starke Alpha-Männchen aufgetreten. Nun gab es ohne Zweifel nur noch einen Alpha: Maximilian Pfeffer. Auch bei diesem Telefonat.

„Wozu diese C-14-Analyse, Herr Pfeffer?“, sagte der Oberstaatsanwalt. „Wissen Sie, was das kostet?“

„Nein, das weiß ich nicht. Sagen Sie es mir.“ Pfeffer wechselte den Telefonhörer zum anderen Ohr, weil er mitschreiben wollte.

„Gute zweihundert Euro.“

Pfeffer musste ein Lachen unterdrücken. „Das ist nicht Ihr Ernst. Sie blocken ab wegen zweihundert Euro, Herr Bauer?“

„Es sind immer nur hier mal zweihundert, dort mal hundert Euro. Auch zweihundert Euro sind Geld des Steuerzahlers.

Nach aktuellem Stand der Dinge sind sich unsere Frau Doktor Pettenkofer plus dieser Mann vom Landesamt für Denkmalpflege darin einig, dass das Skelett älteren Datums ist. Wir haben hier anderes zu tun, als nun daraus einen Fall zu konstruieren. Was, wenn sich herausstellt, dass es tatsächlich ein keltischer oder frühmittelalterlicher Fund ist? Wir sind nicht dazu da, anderen Behörden wie den Denkmalschützern die Unkosten abzunehmen. Wir sind hier auch nicht in einer dieser realitätsfernen amerikanischen Serien, in denen bei jedem abgerissenen Finger eine Armada von Spezialisten in Bewegung gesetzt wird. Wo die Labors vor Hightech nur so blitzen und Ameisenkacke analysiert wird, um einen Täter zu fangen. Das hat auch in den USA nichts mit der Wirklichkeit zu tun. Wir haben ganz klare Anweisungen, welche Kosten vertretbar sind, um Verbrechen aufzuklären, und welche nicht. Radiokohlenstoffanalysen von Skeletten, die nach Auskunft des Landesamtes für Denkmalpflege plus der Rechtsmedizin eindeutig älteren Datums sind, gehören definitiv nicht dazu. Hören Sie, Kriminalrat Pfeffer, ich brauche mehr Beweise, dass …“

„Eine Radiocarbonanalyse wird uns Sicherheit geben, Herr Bauer. Wenn es Probleme mit der Budgetierung gibt, können wir gerne mit Kriminaldirektorin Staubwasser sprechen. Da finden wir eine Lösung. Wir sind bereits dabei, die Vermisstenkarteien der Region durchzugehen“, sagte Pfeffer und ärgerte sich im gleichen Augenblick, dass er daran nicht schon längst gedacht hatte. Auf die einfachsten Dinge kam man manchmal nicht. „Idiot, damischer“, sagte er in Gedanken zu sich und gab Bella einen Wink. Die verstand und machte sich eine Notiz. Dann setzte sie sich an den Computer.

„Die Vermisstenkartei?“ Oberstaatsanwalt Bauer zögerte hörbar.

Darauf hatte Pfeffer gewartet. Er wusste, dass er bald am Ziel sein würde. Er sagte: „Vermisste aus Zacherlkirchen und den Nachbarorten.“

„Na gut, wenn Sie mir einen Fall aus den letzten zwanzig Jahren bringen, der möglicherweise mit dem Skelett in Zusammenhang stehen könnte, dann sollen Sie Ihre Analyse haben.“

„Danke, Oberstaatsanwalt Bauer. Aber ich denke, zwanzig Jahre reichen nicht. Wir sollten …"

„Zwanzig Jahre müssen reichen, Herr Pfeffer. Es dürfte auch Ihnen bekannt sein, dass die Akten über Vermisstenfälle nach zwanzig Jahren vernichtet werden." Sarkasmus blitzte auf.

„Sicher. Aber wir werden uns auch vor Ort umhören, wer weiß, vielleicht wissen die Alten von weiter zurückliegenden Vermisstenfällen. Vielleicht wurde einem alten Austragsbauern der Austrag nicht gegönnt. Der Steuerzahler hat sicher auch an der Aufklärung älterer Verbrechen ein Interesse. Vielen Dank, Herr Oberstaatsanwalt."

Der Kriminalrat legte schnell auf und sagte zu Annabella Scholz: „Bella, bring mir einen Vermissten aus Zacherlkirchen bei, der unser Skelett sein könnte. Aber zackig."

„Ach, Chef, was glaubst du, was ich hier gerade mache?", kam es hinter dem Monitor hervor.

10

Nives Marell stellte den Rüttler ab und betrachtete zufrieden ihr Werk. Die komplette Fläche hatte sie in der letzten Stunde geschafft. Sie reichte den fünf Männern, die vor ihr standen, nacheinander die Hand und prüfte dabei den Dienstausweis des wortführenden Beamten der Spurensicherung.

„Alle Achtung, Frau Marell“, sagte der Wortführer. „Sie können mit schweren Maschinen umgehen.“

„Selbst ist die Frau“, antwortete Nives schmunzelnd.

„Wir machen uns dann auch mal an die Arbeit“, sagte der Beamte. „Sie oder Ihr Sohn haben nichts angerührt dort hinten im Garten? Gut. Ich denke, gegen Mittag dürften wir fertig sein.“

„Wenn Sie gehen, schließen Sie bitte die Türen ab und werfen den Schlüssel wie besprochen in den Briefkasten.“ Nives sah den Männern hinterher.

Der Mann, der als einziger geredet hatte, kehrte noch einmal zurück und fragte: „Ach, darf ich Sie vielleicht um ein Autogramm bitten? Für meinen Neffen.“

„Sicher doch. Wie heißt Ihr Neffe?“

„Gerd.“

„Ach, genauso wie Sie?“ Die Schauspielerin erinnerte sich an den Namen auf dem Dienstausweis.

„Ja, wie ich“, stammelte der Mann mit schiefem Grinsen und wurde ein wenig rot.

„Sicher, ich schreibe eine persönliche Widmung für Gerd und bringe es Ihnen nachher vorbei.“

Der Beamte grüßte und schloss wieder zu seinen Kollegen auf.

Nives kickte ein paar kleine Kieselchen über die Terrassenfläche. Geschafft. Nun konnte ihr Sohn Rocco am Wochenende mit seinen Kumpels die Terrasse verlegen. Der Sand und die Pflastersteine warteten. Sie hatten sich darauf geeinigt, dass Nives die Vorbereitungen machen würde und Rocco die Feinarbeit. Was heißt geeinigt – Nives hatte es ihrem Sohn diktiert.

Der Tag war noch jung. Sie war von sieben bis acht Uhr mit dem Rütteln beschäftigt gewesen. Ganz so, als hätte sie Morgengymnastik gemacht. Nives hatte noch viel vor sich. Erst duschen, dann ein wenig in der Werkstatt arbeiten, dann in die Stadt, zur Polizei, ins Theater ... Sie stutzte. Ob die Proben ausfallen würden, weil Sepp tot war? Womöglich. Sie beschloss, ihre Freundin Traudl anzurufen. Schließlich war sie es, die ihr gestern Nacht noch von Sepps Tod berichtet hatte. Traudl wusste immer alles, auch, ob Proben stattfanden. Doch ein Telefonat mit Traudl würde zu viel Zeit kosten. Dann fiel ihr das Probenband ein. Natürlich. Sie würde das Probenband abhören, eine Art Hotline für die Beschäftigten des Residenztheaters, auf der immer alle Termine topaktuell angesagt wurden, damit jeder sich über mögliche Änderungen informieren konnte. Nives Marell ging in die Werkstatt, nahm den schnurlosen Telefonhörer und wählte die Nummer. Es dauerte eine Weile, bis die Proben zu „Kanakenbraut“ angesagt wurden. Es gab einige Neuinszenierungen und daher viele angesetzte Probentermine, die man alle geduldig abhören musste, bis der gewünschte kam. Keine Absage, die Proben fanden statt.

Gerade als Nives auflegte, hörte sie hinter sich ein lautes: „Guten Morgen!“

Erschrocken wirbelte sie herum und presste das Telefon gegen ihren Busen. Dann atmete sie erleichtert aus. „Mein Gott, Afra, musst du mich so erschrecken?“ Nives ging zu ihrer Schwester und gab ihr einen angedeuteten Kuss auf die linke Wange.

„Was bist du so schreckhaft, Zenzi?“

„Auch wenn du einen Schlüssel hast, könntest du klingeln. Das habe ich dir schon zig Mal gesagt. Und nenn mich nicht immer so!“

„Wie?“

„Bitte, Afra, das müssen wir nach über dreißig Jahren nicht jedes Mal aufs Neue diskutieren.“

„Aber du heißt nun mal Kreszenz Unterluggauer. Es ist nichts Ehrenrühriges an Zenzi.“ Die jüngere Schwester der Schauspielerin zog spöttisch die Augenbrauen nach oben. Den beiden Frauen sah man auf Anhieb die Verwandtschaft an, nicht nur wegen ihrer auffallenden Augen und der stattlichen Figur mit üppigem Vorbau. Afra hatte aber ein vergleichsweise groberes Gesicht als Nives.

„Nein, Afra Unterluggauer-Breitsameter, schau in meinen Pass. Auch offiziell heiße ich längst Nives Marell. Bitte, wenn du nur gekommen bist, um dich mit mir zu streiten …"

„Ach, Nives, es macht so Spaß, dich ein wenig auf die Palme zu bringen." Afra stellte ihre Umhängetasche auf den großen Arbeitstisch, der in der Mitte des Raumes stand, und zog ihre rote Herbstjacke aus.

„Ich kann dich gerne nur so zum Spaß wieder Äffchen nennen", sagte Nives.

„Schon gut, Nives." Afras Stimme klang gereizt.

„Du bist früh heute."

„Wir haben viel zu tun." Afra zog sich einen weißen Arbeitskittel an, der an einem Nagel an der Wand hing. „Der Laden brummt. Ich muss heute Mittag wieder rüber zu mir in die Firma. Also lass uns gleich anfangen. Ist alles zugeschnitten?"

Nives nickte. „Der neue Gewandmeister hat den Schnitt gemacht. Sebastian Irgendwie. Ein Netter. Kann auch was."

„Dann dürfte es schnell vorangehen."

„Das hoffe ich. Ich muss dich ohnehin bald allein lassen. Muss später in die Stadt. Theaterproben und zur Polizei."

Afra stutzte und legte ihre rechte Hand auf die Platte des Arbeitstisches. Sie sah ihre Schwester nicht an, als sie sagte: „Wegen der Leiche im Beet?"

„Woher weißt du …?"

„Also bitte, Nives, wir leben in einem Kuhdorf! Jeder weiß es." Afra lachte herb und sah ihre Schwester kopfschüttelnd an. „Jeder!" Ihr Lachen erstarb, Tränen schossen in ihre Augen.

„Es war keine Leiche, Afra!" Nives trat vor ihre Schwester und sah sie an. „Nun ja, natürlich war es irgendwie eine Leiche. Egal. Es war jedenfalls nur ein Skelett."

„Nur ein Skelett! Nur ein Skelett! Wie alltäglich! Sie haben also …"

„Schrei nicht so, Afra. Ich habe die Polizei auf dem Grundstück."

„Wie kannst du da so ruhig bleiben?“ Afra wischte die Tränen fort. Sie biss sich auf den Zeigefinger. „Es wird Gerede geben. Und das ist nur die harmloseste Konsequenz. Sie werden …“

„Sie werden gar nichts, Afra.“ Nives umarmte ihre Schwester unbeholfen, beinahe grotesk. Sie umarmten sich für gewöhnlich nicht. „Ich habe dir immer gesagt, dass du dir keine Sorgen machen musst. Das alles hat nichts mit uns zu tun. Lass das Dorf reden. Ich habe die Filmbranche überlebt. Mit Schmutz werde ich seit Jahrzehnten fertig. Alles andere muss uns nicht kümmern.“

„Gut.“ Afra schneuzte sich in ein zerfleddertes Papiertaschentuch, das sie aus der Seitentasche des weißen Kittels gefischt hatte.

„Ich dusche mich schnell und bring uns dann einen Kaffee, okay?“

„Sicher.“

„Setz dich ein wenig raus in die Sonne, Afra. Dauert nicht lang.“ Sie nahm nicht die Verbindungstür zum Haupthaus. Die hielt Nives nach Möglichkeit abgeschlossen. Sie ging über die Terrasse hinüber ins Wohngebäude.

Afra setzte sich auf ihre Lieblingsbank vor der Werkstatt und schielte kurz hinüber zu den Spurensicherern auf der Wiese vor dem Bach. Genau in diesem Moment hob einer der Beamten den Kopf. Ihre Blicke trafen sich. Afra hielt die Luft an und drehte sich schnell weg.

Als Nives nach einer Weile zurückkam, umwehte sie der Duft von frisch gebrühtem Kaffee. Sie trug ein Tablett, darauf zwei Tassen aus zartem, naturweißem Porzellan, zwei Croissants und eine Zuckerdose, dazu die klassische italienische, achteckige Espressokanne, die man zum Aufbrühen auf den Herd stellte. Schweigend genossen die beiden Frauen ihr kleines Frühstück auf den Teakbänken zwischen den Oleanderkübeln. Afra achtete peinlich genau darauf, nicht zu den Kriminalern zu schauen. Schließlich zog Nives ihr silbernes Zigarettenetui aus der Jackentasche, dann eine elfenbeinerne Zigarettenspitze und zuletzt ein kleines silbernes Feuerzeug.

„Ich muss gleich in die Stadt. Ich zeig dir jetzt, was du heute schon mal machen kannst“, sagte sie schließlich, steckte eine Zigarette in die Spitze, zündete sie an und nahm einen tiefen Zug. „Komm mit.“

Sie nahm ihre Schwester bei der Hand und zog sie mit sich zurück in die Werkstatt zu einer Stahltür in der Wand. Nives tippte einen Sicherheitscode in die kleine Tastatur neben der Türklinke und öffnete. In der geräumigen, fensterlosen Kammer befanden sich zwei Metalltische auf Rollen.

Nives zog einen Metalltisch aus der Kammer. Was sich auf dem Rolltisch befand, war unter einem großen weißen Laken verborgen. „Ich habe gestern endlich alles so weit vorbereitet, dass wir loslegen können. Der Schreiner hat letzte Woche das Gerüst gebracht und ich habe mich beeilt, so gut es eben ging. Wir haben nur noch drei Wochen Zeit“, fuhr Nives fort, während sie den Tisch neben dem Arbeitstisch platzierte und die Arretierung an den Rollen einschnappen ließ. „Drei verdammt knappe Wochen, Afra! Ich habe viele Proben, werde aber so viel wie irgend möglich machen. Und Rocco kann nach Feierabend auch helfen.“

„Ich dachte, der Junge soll die Terrasse machen?“

„Er wird uns helfen, Afra.“

„Dass du auch ausgerechnet jetzt im Herbst eine Terrasse anlegen willst. Warum hast du nicht bis zum Frühjahr gewartet? Die kannst du doch in den nächsten Monaten gar nicht nutzen.“

„Vergiss endlich die Terrasse, Afra.“ Nives' Ton klang resigniert und genervt. „Schau, da drüben liegt die Gaze, die ich bereits bearbeitet habe.“

Afra blickte zu dem Ballen feinster Gaze von der Farbe antiken Elfenbeins. „Tee?“, fragte Afra und hob prüfend ein längliches Stoffstück hoch.

„Ein ganz leichter Aufguss mit Schwarztee und ein wenig Walnuss. Weißt schon, die grünen Schalen der Nüsse. Dazu ein paar Kartoffelschalen. Mir ist eingefallen, dass Oma immer gesagt hat, dass man früher mit Kartoffelwasser das Schwarz von Dienstbotenuniformen aufgefrischt hat. Nun, ich habe einen schönen Sud gemacht. Im Antikisieren kann mir niemand was vormachen. Zartes Elfenbein, kann als 18. Jahrhundert durchgehen." Nives reichte ihrer Schwester den farblich passenden Nähgarn. „Fertig für den großen Moment, Afra?"

Die Angesprochene nickte.

Nives Marell zog das Laken von dem Tisch und Afra stockte der Atem.

11

„Zugegeben, Herr Kriminalrat, ich bin einigermaßen schockiert." Nives Marell steckte eine Zigarette in die elfenbeinerne Spitze, ließ sich von Max Pfeffer Feuer geben und inhalierte, bevor sie weitersprach. Sein Blick irritierte sie. Sie hatte gedacht – gehofft –, dass ihr ein langweiliger Schreibtischhengst gegenübersitzen würde. Irgendein blasser Beamter, der von ihrer Erscheinung gebührend beeindruckt sein würde, womöglich sogar alt genug, um sich noch an sie als Weltstar zu erinnern. Sie hatte sich sorgsam und aufwändig auf dezent-elegant geschminkt und extra das hellgrüne Ensemble mit leichter Jacke gewählt, das viel kaschierte und die richtigen Stellen, vor allem ihr Dekolleté, betonte. Doch statt einem verbeamteten Langweiler saß da ein gut gekleideter, angenehm riechender Kerl mit markantem Kinn und braunen Teddyaugen. Ein Kerl, für den sie sich in früheren Jahren sehr gut hätte begeistern können. „Ein Skelett in meinem Garten. Noch dazu unter dem Gemüsebeet. Nun, was soll man dazu sagen?" Sie zuckte mit den Schultern und riss die Augen auf.

„Sie sind in Zacherlkirchen aufgewachsen, Frau Marell. Vielleicht gibt es irgendwelche Geschichten, irgendwelche Gerüchte ..."

„Sie meinen in meiner Jugend?" Die Schauspielerin zog die Stirn kraus. „Nein, nicht, dass ich wüsste. Es gab nie Gerüchte, dass da jemand vergraben worden sei."

„Vielleicht nicht gleich vergraben, vielleicht nur vermisst? Können Sie sich an Vermisstenfälle erinnern?"

„Nein. Doch. Ach, ich weiß nicht. Wissen Sie, ich war siebzehn, als ich aus Zacherlkirchen weggegangen bin, und dreiundvierzig, als ich zurückkam. Ich hatte natürlich immer Kontakt zu meiner Familie. Aber außer zu den klassischen Ereignissen, runde Geburtstage, Taufen, Hochzeiten oder Beerdigungen, war ich jahrelang nicht dort, und wenn, dann ist mir nichts über einen Vermissten oder gar Ermordeten zu Ohren gekommen."

„Sie sagten eben: doch."

„Wie?“

„Sie sagten eben: Nein. Doch. Was nun?“

„Nun, nein, ich sagte Ihnen eben, dass ich mich an keinen Vermisstenfall erinnern kann. Halt, warten Sie, da gab es mal die Geschichte mit dem Leitmayr Toni.“

„Der Leitmayr Toni?“

„Anton Leitmayr. Der ist angeblich irgendwann einfach so von der Bildfläche verschwunden. Aber fragen Sie mich nicht, wann und wie. Ich weiß dazu nichts weiter. Das war noch zu Teenagerzeiten und da ich den Herrn kaum kannte, hat es mich auch nicht interessiert. Man sagte, er sei zur Fremdenlegion gegangen.“

„Wann haben Sie das Gemüsebeet dort angelegt?“

„Sie fragen Sachen! Wenn ich das wüsste! Das muss schon Jahre her sein. Da war ganz früher mal ein Misthaufen. Ich dachte, das ist eine gute Stelle. Schon vorgedüngt. Und bevor Sie fragen, nein, beim Graben ist mir da nichts aufgefallen oder untergekommen. Glauben Sie, ich hätte ein Beet dort angelegt, wenn ich das gewusst hätte?“ Nives Marell schüttelte energisch den Kopf. „Dort war nichts als Erde. Genauer gesagt: Wiese. Ziemliche Arbeit, das umzugraben, zu vertikutieren, zu düngen und so weiter. Aber mir macht das nichts aus. Sie denken bestimmt, ich sei nur ein abgehalfterter Filmstar, der vergangenen Zeiten nachtrauert und sonst nichts mit seiner Zeit anzufangen weiß – außer vielleicht Martini-Trinken. Aber mir macht harte Arbeit nichts aus, hat sie noch nie. Ich habe mich all die Jahre gerne im Garten ausgetobt. Egal, wo ich war. Auch drüben in Amerika oder in Frankreich. Ich hatte immer einen Garten. Das beruhigt mich. Fast alles habe ich selbst angelegt. Sie waren gestern bei der Bergung des Skeletts doch auf meinem Grundstück, oder? Haben Sie die Vorbereitung für die neue Terrasse vor der ehemaligen Scheune gesehen? Heute habe ich das Fundament gestampft.“ Sie lehnte sich mit einem zufriedenen Lächeln zurück.

Pfeffer schmunzelte. Die Frau gefiel ihm. „Ich muss zugeben, Frau Marell, ich hätte nicht gedacht, dass sie so eine begeisterte Hobbygärtnerin sind. Gibt es noch mehr, was ich über Sie wissen müsste? Zum Beispiel, was Ihnen der Name Joseph Bloch sagt?“

Nives Marell atmete hörbar ein und musterte ihr Gegenüber mit schmalen, türkisfunkelnden Augen. „Ich weiß, dass Joseph Bloch tot ist."

„Woher?"

„Buschtrommeln, Herr Kriminalrat. Ob Theater oder Zacherlkirchen – beides ein Dorf. Ich wusste es bereits gestern Abend, während Sie vermutlich den Tatort gesichtet haben."

„Tatort? Von einem Verbrechen habe ich nichts gesagt."

„Wie nennt man dann die Fundstelle einer Leiche? Ich kenne mich in Ihrer Terminologie nicht aus, auch wenn ich bereits in dem einen oder anderen Krimi gespielt habe. Hören Sie, Herr Pfeffer, ich weiß, dass gestern die Polizei nicht zu knapp im Theater unterwegs war. Und da Sie mich nach ihm fragen, kann ich wohl davon ausgehen, dass ein Verbrechen vorliegt, oder? Gut, doch um auf Ihre Frage zurückzukommen: Was sagt mir der Name Joseph Bloch?"

Sie verzog den Mund zu einem schrägen Lächeln, das viel Interpretationsspielraum ließ. Früher ihr Markenzeichen neben den Katzenaugen. „Wenn Sie mir noch einen Espresso aus Ihrer göttlichen Maschine gönnen, verrate ich Ihnen alles aus dem geheimen Leben der Nives Marell, was Sie wollen." Sie zog an ihrer Zigarettenspitze.

Pfeffer nickte und stand auf. Schon während er den Kaffee zubereitete, begann sie zu erzählen: „Ich bin Kreszenz Ernestine Unterluggauer, nein, das BIN ich nicht! Ich bin kein Name. Ich HIESS Kreszenz Ernestine Unterluggauer aus Zacherlkirchen. Mutter Schneiderin, Vater Schneider. Großeltern väterlicherseits Schneider. Großeltern mütterlicherseits Bauern. Ich habe eine Schwester, Afra, ebenfalls Schneiderin. Wissen Sie, ich wollte schon immer raus aus diesem Kaff. Weg. Weg! Raus! In die weite Welt. Schon als kleines Mädchen bin ich die Straße entlanggelaufen, weiter und weiter. Einmal mussten mich meine Eltern aus einem zehn Kilometer entfernten Nachbarort abholen. Da war ich viereinhalb. Ich bin einfach gelaufen, immer weiter, immer weiter. Mein Vater war letztlich ein guter Mann, ich könnte nichts Schlechtes über ihn sagen. Außer, dass er meinte, ich bräuchte als Mädchen kein Abitur. Das war früher so. Mädchen heiraten eh irgendwann und kriegen Kinder – da muss man nicht in eine teure Ausbildung investieren. Ich wäre gerne aufs Gymnasium gegangen, ich war eine gute Schülerin, auch der Lehrer hat sich für mich eingesetzt. Gymnasium! Da hätte ich auch jeden Tag mit dem Bahnbus nach München fahren können. Was für eine Aussicht! München, die große Stadt. Ging nicht. Ich durfte die Hauptschule beenden und musste dann sofort beim Vater in der Schneiderei anfangen. Ich bin Schneidergesellin, wussten Sie das?"

Pfeffer schüttelte den Kopf. Er stellte ihr den frisch gebrühten Espresso hin, ging zurück zur Maschine und polierte das Chrom mit einem Mikrofasertuch.

„Ich habe außerdem beim Vater das Restaurierenhandwerk gelernt. Da gab es damals keine offizielle Ausbildung so wie heute an der Akademie. Ich habe das so nebenbei gelernt. Vater hatte einen guten Ruf als Textilrestaurator. Die Leute haben ihm vor allem kostbare Trachten vorbeigebracht. Er hat sogar für Münchner Museen gearbeitet. Na, wie dem auch sei, an dem Tag, an dem ich meinen Gesellenbrief in der Tasche hatte, habe ich mich in den Bus gesetzt und bin nach München. Damals gab es noch keine S-Bahn. Ich hatte keine Unterkunft, keine Arbeit, nichts. Ich plante, die Schneider in München abzuklappern und jeden Job anzunehmen. Egal, wie simpel. Irgendeiner würde mich schon brauchen. Und wenn nicht – nun, ich hätte am Abend auch einfach wieder in den Bus nach Zacherlkirchen steigen und heimfahren können. So tun, als wäre nichts gewesen." Nives Marell machte eine wegwerfende Handbewegung.

Pfeffer hatte fertigpoliert und setzte sich zurück an seinen Schreibtisch.

„Wenn ich Ihnen richtig gefolgt bin", sagte er langsam, „dann waren Sie damals noch nicht volljährig, als Sie von Zuhause abgehauen sind."

Nives schmunzelte. „Sie sind einer der ersten, dem das auffällt. Alle haben bisher meine Geschichte so geschluckt. Aber Sie haben recht, ich war nicht volljährig, noch lange keine einundzwanzig. Und meine Eltern haben mir zwischenzeitlich großen Ärger gemacht. Heute verstehe ich sie und ihre Sorgen. Aber ich wusste, wie ich mit meinem Vater umgehen musste. Ich bekam im nachhinein seine Erlaubnis, vorübergehend in München zu arbeiten und meinen Meister zu machen. Ich habe natürlich nie daran gedacht, meinen Herrenmaßschneidermeister zu machen. Aber bis mein Vater das gemerkt hat …" Sie kicherte. „Ich konnte mein Leben leben. Kennen Sie meine Biografie? Ja? Nein? Auch gut. Da heißt es, dass mich Fritz Roloff an meinem ersten Tag in der großen weiten Welt in einem kleinen Café am Viktualienmarkt angesprochen hat. Dass er mich bei seiner Mutter einquartiert hat. Das moderne Märchen. Landei begegnet Genie und wird zum Star. Nun, das habe ich so ungefähr erlebt. Aber eben nur ungefähr. In Wahrheit hat mich am ersten Tag ein gewisser Joseph Bloch angesprochen. Er hat mich mit zu sich genommen. Er war damals kein so unattraktiver Mann, ach was, Mann! Er war ein Bursche, gerade mal zwanzig. Doch für mich Küken wirkte er so maskulin, so selbstsicher. Gott, ich hatte wirklich keinerlei Menschenkenntnis." Die Schauspielerin nahm sich eine neue Zigarette, ließ sich Feuer geben und trank den frischen Espresso zwischen zwei Zügen. „Darf ich noch einen haben? Danke."

Während Pfeffer einen weiteren Kaffee bereitete, fuhr sie fort. „Immerhin konnte ich ihn mir vom Leib halten. Obwohl ich die ersten drei Nächte bei ihm untergekommen war. Er hat mich allerdings so bedrängt, dass ich vor der Wahl stand, die vierte Nacht in München mit ihm zu verbringen oder abzuhauen. Dann geschah das Wunder. An diesem vierten Tag stellte Joseph mich seinem Kumpel Fritz Roloff vor. Wissen Sie, Herr Pfeffer, ich verbrachte die vierte Nacht in München mit Fritz. Ich wusste nicht, was ich wollte, außer etwas erleben. Nun, mit Fritz Roloff habe ich einiges erlebt. Sie können sagen, dass ich sein Produkt bin, nein, war. Er hat mir den Namen Nives gegeben. Wissen Sie, was das bedeutet?"

„Nives." Pfeffer kratzte sich am Kinn und stellte ihr den frischen Espresso hin. Humanistisches Gymnasium, weil die Eltern wollten, dass der kleine Max was Gscheits, also Pfarrer oder Arzt wird, kleines Latinum, wofür auch immer – als Bulle hatte er es nie gebraucht, bis jetzt. „Wenn mich nicht alles täuscht, ist das lateinisch und bedeutet irgendwas mit Schnee, oder?"

„Richtig." Sie trank den Espresso in kleinen Schlucken aus. „Schneeflöckchen. So nannte er mich wegen meiner weißen Haut. Ich bin von Natur aus ein blasser Typ, mochte noch nie Sonnenbaden. Und Marell, nun, das war der Name von dem Kerl, mit dem Fritz mich bereits nach einer Woche betrog." Sie machte eine Pause und sah Pfeffer forschend an. Entgegen ihrer Erwartung zeigte er keinerlei Regung, ob ihn diese Enthüllung geschockt hatte. Sie sah sich genötigt, nachzufragen. „Schockiert Sie das?"

„Was, dass Fritz Roloff mit Männern und Frauen schlief? Das ist doch allgemein bekannt, oder? Es ist eher schockierend, dass er Ihnen den Namen seines Liebhabers ..."

„Ja. Er fand, dass Nives Marell einen tollen Klang hätte. Ich verrate Ihnen jetzt sicher kein Geheimnis, wenn ich sage, dass Fritz Roloff mein erster Mann war. Ich war wirklich noch unschuldig. Gerade daher musste ich mir Joseph Bloch vom Leib halten. Der sollte auf keinen Fall mein Erster sein! Nein, wirklich nicht! Es fiel mir anfangs schwer, mich an diesen bohèmen Lebensstil zu gewöhnen. Sehr schwer. Aber ich liebte Fritz und machte alles mit, wurde Teil seines Kosmos. Dieser Bursche, dieser Marell, war schnell abgelegt. Und so viele andere auch. Heute Mädchen, morgen Burschen, mehr Mädchen als Burschen, zack, zack, weg waren sie. Aber ich blieb. Mich liebte er damals. Es waren die Sechziger, wir waren wild. Schwabing rockte und brodelte. Wir verkehrten in den angesagtesten Clubs, er kannte Gott und die Welt. War mit allen möglichen Künstlern befreundet. Nun, was man so befreundet nennt ... Und was man so Künstler nennt ... Maulhelden. Absichtserklärer. Planen mit Riesengeschrei, aber nichts umsetzen." Sie schnaubte. „Fritz war anders. Er setzte sich irgendwann tatsächlich hin und schrieb. Er schrieb sein erstes Theaterstück für mich. Für mich! ‚Kanakenbraut'. Wir traten in einem kleinen Theater an der Münchner Freiheit auf, das es schon lange nicht mehr gibt. Eigentlich eine Klitsche, bei der man nicht erwarten konnte, dass sich überhaupt ein Zuschauer hineinverirrte. Doch sie kamen. Was für ein Skandal! Was für ein Durchbruch für ihn – und für mich."

„Ich vermisse Joseph Bloch in Ihren Ausführungen", warf Pfeffer ein.

„Geduld, junger Mann. Irgendwer musste ja den Lebenswandel als Bohèmien finanzieren. Auch Genies wie Fritz Roloff müssen essen und trinken. Joseph vermittelte mir damals eine Stelle in der Firma, in der auch er arbeitete. Er war gelernter Industrieschneider. Ich habe dort tagsüber gearbeitet, natürlich war ich als Maßschneiderin völlig unterfordert. Aber es machte mir nichts aus. Ich lebte für die Abende und die Wochenenden, an denen mir Schauspieler ein paar Tricks beibrachten, an denen wir um die Häuser zogen, an denen wir München leuchten ließen."

„War Joseph Bloch nicht eifersüchtig, dass sein Freund Sie ihm weggeschnappt hatte?"

„Sicher. Und wie. Ich wage sogar zu behaupten, er blieb es bis zu seinem Tod."

„Ein Motiv."

„Für wen? Für Fritz? Der ist leider auch schon tot."

„Für Sie, Frau Marell. Sie haben seine Eifersucht nicht mehr ausgehalten."

„Ich bitte Sie, Herr Pfeffer. Das ist nun wirklich absurd. Er interessierte mich nicht. Sicher, unsere Wege haben sich immer wieder gekreuzt. Joseph nähte die Kostüme für ‚Kanakenbraut', später dann für fast alle Roloff-Produktionen am Theater und bei einigen Filmen. Er wurde so eine Art Faktotum für Fritz. Bei zwei, drei Filmen entwarf er sogar die Kostüme. In ‚Herzeleid', ‚Stumm wie du' und ‚Viel zu früh für Hedda G.', wenn ich mich recht erinnere. Sepp war einfach immer da …"

„Bis er ans Residenztheater ging, oder?"

„Auch das verdankt er letztlich Fritz. Hannes Wachsmuth, der heutige Resi-Intendant, war früher Regieassistent bei Fritz Roloff."

„Verstehe."

„Nein, Sie verstehen nicht. Auch Hannes gehörte zu der Schar, die durch Roloffs Bett ging."

„Und Joseph Bloch?"

„Interessant, dass Sie das fragen. Nein, so weit ich weiß, gehörte Sepp nie dazu. Nie. Das hat er Fritz vermutlich wirklich übel genommen." Sie lachte trocken. „Haben Sie noch so einen köstlichen Espresso für mich?"

„Gerne." Pfeffer stand auf und ging zu der Maschine.

„Ach, was rede ich da." Die Schauspielerin winkte ab. „Ich hatte heute schon genug Kaffee. Danke, Herr Kriminalrat."

Pfeffer setzte sich wieder und hörte zu.

„Hannes inszeniert nun am Resi die ‚Kanakenbraut' in memoriam Fritz Roloff. Vierzig Jahre nach der Uraufführung. Irgendeinen Anlass findet man ja immer. Ein pikantes Stelldichein von Verflossenen und Weggefährten. Viola Bruhns, Werner Androsch und ich auf der Bühne, Hannes Wachsmuth hinter den Kulissen. Nicht zu vergessen Sepp Bloch, bis gestern der zuständige Gewandmeister, sowie als einziger Nichtverflossener dieser aparte Türke, dem Viola schöne Augen macht."

„Levent Demir."

„Richtig. Ich habe lange Jahre wenig bis gar keinen Kontakt zu der alten Blase gehabt. Sepp, Werner und Hannes."

„Warum?"

„Das Leben."

Pfeffer zog fragend die Augenbrauen hoch.

„Das sollte Ihnen als Antwort reichen." Nives Marell sah gedankenverloren aus dem Fenster. „Ein ewiges Hin und Her. Sie kennen das. Man trifft sich, verliert sich aus den Augen, trifft sich wieder, und so weiter. Alles ohne konkreten Anlass."

„Nun gab es aber einen konkreten Anlass für Ihr Wiedersehen. Die Inszenierung."

„Richtig."

„Sie erwähnten vorhin nur Männer. Sie ließen diese Viola Bruhns aus."

„Viola? Nun, sie gehört nicht zur alten Truppe. Die hat sich erst – lassen Sie mich nachdenken ... das muss so vor fünfzehn Jahren gewesen sein, an Fritz herangemacht. Eines von diesen jungen Dingern, die sich hochschlafen wollen. Bei ihr hat es ja auch geklappt."

„Ich habe Viola Bruhns vor zwei Jahren in diesem Tschechow-Stück gesehen. Da fand ich sie sehr überzeugend“, warf Pfeffer ein. Er erinnerte sich gut an diesen Theaterabend, weil es der erste und einzige Theaterbesuch in den vergangenen zehn Jahren war. Es war nicht seine Welt. Tim zuliebe war er damals mit in den „Kirschgarten“ gegangen und fasziniert von der Präsenz Viola Bruhns gewesen. „Und wenn man den Kritiken glauben darf, ist sie einer der herausragenden Stars des Resi.“

„Kritiken! Was sind schon Kritiken“, schnaubte Nives. „Nun gut, sie hat ein gewisses Talent. Einigen wir uns darauf.“

„Gibt es einen aus Ihrer alten Truppe, oder besser gesagt, aus der Gruppe von Personen, die an dieser Inszenierung beteiligt sind, der einen Grund haben könnte, Joseph Bloch zu ermorden?“

Die Schauspielerin zuckte mit den Schultern und zog die Mundwinkel nach unten. „Sepp war ein Kretin, ein Idiot. Er hatte mit zunehmendem Alter die phänomenale Gabe, sich bei allen und jedem noch unbeliebter zu machen, als er es bei vielen eh schon war. Ein Querulant, ein Besserwisser, ein Drückeberger. Das habe ich zumindest gehört. Ich hatte jahrelang nichts mehr mit ihm zu tun. Hannes sagt, er hat es bitter bereut, dass er Sepp damals auf Bitten von Fritz als Schneider angestellt hat. Dazu sollten Sie Hannes Wachsmuth aber besser selbst befragen.“

„Und Sie, Frau Marell? Was könnte Ihr Motiv gewesen sein?“

„Verachtung.“ Die Schauspielerin sah Pfeffer ernst an. „Ich habe ihn gestern gerochen, als er bei den Proben im Saal war. Typisch Sepp. Er schlich sich in die Proben, obwohl er da noch nichts zu suchen hatte. Und ebenso typisch, dass er schon tagsüber besoffen war. Ich habe ihn später durch die Gänge wanken sehen.“

„Wussten Sie von seinen geheimen Alkoholverstecken?“

„Wie?“ Nives Marell ließ ein kurzes Lachen hören. „Nein, davon wusste ich nichts! Hatte er die? Na, das passt zu ihm.“

12

Obwohl Joseph Bloch in der Herrenwerkstatt keine Freunde hatte, drückte sein Tod merklich auf die Stimmung. Die Anprobe mit dem Schauspieler Werner Androsch verlief vergleichsweise schweigsam. Intendant Hannes Wachsmuth kaute auf einem Kugelschreiber herum und richtete sein Augenmerk auf Werner Androsch, der in Unterwäsche vor einem großen Spiegel stand. Der Gewandmeister Sebastian Oßwald half dem Schauspieler eben vorsichtig in ein graues Jackett, dessen Ärmel nur grob mit weißem Garn angeheftet waren.

„Sieht schon mal gar nicht gut aus", murmelte Hannes Wachsmuth grimmig und sah demonstrativ auf seine Uhr. „In zehn Minuten habe ich einen Termin", murmelte er, „und das hier sieht gar nicht gut aus!"

Nachdem Werner Androsch auch die dazugehörende Hose angezogen hatte und sich langsam vor dem Spiegel drehte, sagte der Intendant laut: „Scheiße! So geht das nicht."

Die Kostümassistentin und zwei Praktikantinnen zuckten zusammen. Der Gewandmeister hingegen blieb ungerührt und sagte nichts.

„Der Schnitt ist von Sepp, oder?", polterte Hannes Wachsmuth. „Von wegen, man soll nichts Schlechtes über die Toten sagen. Scheiße ist das!"

„Aber Hannes", warf Werner Androsch ein, „der Anzug soll doch schlecht sitzen."

„Richtig, er soll schlecht sitzen, aber doch nicht so schlecht! Er soll aussehen wie ein Anzug, den du seit Jahrzehnten hast und aus dem du ein wenig rausgewachsen bist. Das ist eine einzige Scheiße!" Hannes Wachsmuth, der es sich als Intendant nicht nehmen ließ, pro Saison mindestens ein Stück selbst zu inszenieren, und der gelegentlich, wie just bei der Inszenierung von „Kanakenbraut", nicht nur die Regie, sondern auch das Kostüm- und Bühnenbild übernahm, wollte sich nicht beruhigen. Er war für seine cholerischen Anfälle berüchtigt und gefürchtet. „Wenn Sepp nicht schon tot wäre ..."

„Versündige dich nicht!", rief der Schauspieler erschrocken und die Kostümassistentin drückte sich das Taschentuch vor den Mund.

„Was meinst du, Herr Oßwald", der Intendant wandte sich mit versöhnlichem Ton und mit jener kruden Mischung aus „du" und „Sie", mit der er Sympathie für Mitarbeiter auszudrücken pflegte, dem Gewandmeister zu. Sebastian Oßwald zeigte im Gegensatz zu den anderen Anwesenden keine Furcht vor seinem obersten Dienstherrn. „Kriegst du das hin? Du weißt, dass ich auf dich zähle."

„Sicher, Herr Wachsmuth." Sebastian Oßwald trat zum Schauspieler und raffte auf beiden Seiten das Jackett auf Hüfthöhe. „Da nehmen wir was weg, damit es stärker spannt. So in etwa. Heben Sie bitte mal die Arme, Herr Androsch?" Der Schauspieler tat wie gewünscht. Der Gewandmeister zog den Stoff noch straffer. „Und? Spannt das? Ist das ein wenig unangenehm wie ein zu kleiner Anzug?"

Der Schauspieler nickte.

„Gut." Sebastian Oßwald markierte mit Schneiderkreide die Stelle auf der einen Seite und steckte zwei Stecknadeln ein. „Das dürfte reichen. Sie sollen sich ja noch bewegen können. An den Ärmeln nehmen wir eineinhalb bis zwei Zentimeter weg. Gerade so viel, dass es nicht nach Konfirmationsanzug aussieht."

„Konfirmationsanzug, hoho." Hannes Wachsmuth entspannte sich. „Sie wissen genau, was ich meine, Sebastian." Dann riss er die Rockschöße des Anzugs so abrupt auf, dass der im Anzug steckende Schauspieler erschrocken zusammenzuckte. „Kommen wir zu einem weiteren, absoluten No Go!", rief der Intendant. „Dieser Futterstoff! Müll!"

„Aber den haben Sie doch selbst ausgesucht", warf die Kostümassistentin schüchtern flüsternd ein.

„Das glaube ich kaum!" Wachsmuths Stimme peitschte durch den Raum. Ein Handyklingeln durchbrach die betretene Stille. „Wer …?", schrie Wachsmuth, bevor er seine Stimme senkte und „Ach meins" murmelte. Er wühlte umständlich sein Mobiltelefon aus der Jackentasche, sah auf das Display, grummelte

„Die Pforte“ und bellte dann in das Handy: „Ja, was ist denn? … Aha … Nein! Ich habe doch gesagt … Nein, das geht auf gar keinen Fall! Die Herren sollen später wiederkommen … Wie, schon unterwegs?“

Kurze Zeit später klopfte es an der Tür, noch bevor jemand „Herein“ sagte oder Intendant Hannes Wachsmuth sein Telefonat beenden konnte, betraten Max Pfeffer und Annabella Scholz den Raum.

„Ich hab doch ausdrücklich gesagt, dass wir während der Anprobe auf gar keinen Fall gestört werden möchten“, sagte der Intendant scharf und beendete sein Telefonat ohne jeglichen Gruß.

„Ich denke, die Ermittlungen in einem Mordfall rechtfertigen jede Störung“, erwiderte Pfeffer und stellte sich sowie seine Kollegin den Anwesenden vor.

„Mord? Was reden Sie da? Ich habe außerdem keine Zeit für Sie“, sagte Hannes Wachsmuth. „In fünf Minuten treffe ich mich zu einem wichtigen Meeting mit dem Verwaltungsrat und dann …“

„Wie lange wird das dauern?“, fragte Pfeffer.

„Was? Ach so. Eine halbe, dreiviertel Stunde schätze ich.“

„Bestens. Dann unterhalten wir uns so lange mit den Herrschaften hier in der Werkstatt. Wir kommen dann auf Sie zu. Wenn Sie mir nun noch verraten, wer Sie sind und wo wir Sie dann antreffen?“

„Wer ich bin?“ Hannes Wachsmuth plusterte sich auf. Eine Ader pulsierte an seiner Schläfe. „Sie sind gut, Mann! Sie finden mich in meinem Büro. Guten Tag.“ Er riss die Tür auf und wollte hinausstürmen, doch Max Pfeffer legte seine Hand auf Wachsmuths Unterarm und hielt ihn fest.

„Vielleicht habe ich etwas an den Ohren, ich glaube aber, dass Sie meine Frage nicht beantwortet haben“, sagte Pfeffer. „Wer sind Sie und wo ist Ihr Büro?“

„Das ist unser Intendant, Hannes Wachsmuth“, beeilte sich die Kostümassistentin unterwürfig zu flüstern. Sebastian Oßwald konnte sich ein Grinsen nicht verkneifen. „Ich zeige Ihnen später gerne, wo sein Büro ist.“

„Danke. Ich hoffe, dass wir uns später auch ohne zwischengeschaltete Dolmetscher werden unterhalten können, Herr Wachsmuth." Pfeffer lächelte professionell freundlich und ließ den Unterarm des Intendanten los, der wortlos davonstob.

„Zwei Sekunden, bitte", sagte Sebastian Oßwald, ohne aufzusehen, und machte sich Notizen in eine linierte Kladde, die aufgeschlagen auf seinem Arbeitstisch lag. „Wenn ich nicht gleich alles … Einskommafünf Zentimeter, na sagen wir lieber nur einskommadrei und … Sie kennen das ja … Und schließlich soll alles passen. Ich muss noch schnell den Schneidern die Änderungen geben."

Max Pfeffer grinste und nickte. Er beobachtete Werner Androsch, der sich mit Hilfe der Kostümassistentin aus dem gehefteten Anzug schälte und anschließend seine Zivilkleidung anlegte. Dabei öffnete und schloss er mehrfach die Gürtelschlaufe. Wenn Pfeffer mitgezählt hätte, wäre ihm aufgefallen, dass es genau fünf Mal war. Wie es immer fünf Mal war, wenn Werner Androsch seinen Gürtel zumachte.

Pfeffer studierte flüchtig die große Pinnwand, die beinahe eine ganze Wand einnahm. Kostümentwürfe, Zeichnungen, Postkarten und einige Fotos hingen daran.

„So, fertig." Der Gewandmeister kam aus dem Nebenraum, in dem die Schneider arbeiteten, schlug die Kladde zu und trat zu Pfeffer. „Ihre Kollegin kann sich mit Herrn Androsch am besten nebenan in der Teeküche unterhalten. Wir beide sind drüben im Fundus ungestört. Der Weg führt auch durch die Teeküche."

Die Teeküche entpuppte sich als richtige Küche mit gelb gestrichenen Wänden und gemütlicher Sitzecke, an der die Kommissarin und der Schauspieler Platz nahmen.

Pfeffer folgte dem Gewandmeister durch eine schwere Eisentür in den Nachbarraum. Muffige, mottenpulvergeschwängerte Luft schlug ihm entgegen. Vor ihm öffnete sich ein riesiger Saal, in dem dicht an dicht in zwei Reihen übereinander Kleidungsstücke aller Art an massiven Stahlrohren hingen. Stahlrohre, wie sie bei Baugerüsten zum Einsatz kamen. Auf handgeschriebenen Zetteln oder Pappstücken, die mit Tesastreifen an den Eisengerüsten befestigt waren, standen Dinge wie „Uniformhosen blau", „Uniformhosen schwarz", „Herrensakkos beige/braun". Durch raumhohe Atelierfenster fiel milchiges Licht in den Raum. Staub tanzte.

„Unser Intendant ist manchmal kein einfacher Zeitgenosse." Sebastian Oßwald lehnte sich gegen einen Arbeitstisch, der vor der Fensterfront stand.

„Ist nicht Ihre Schuld", entgegnete Pfeffer und schlenderte durch den Saal. An der gegenüberliegenden Wand konnte er in einem riesigen Spiegel beobachten, wie er sich selbst näher kam.

„Der arme Sepp. Also doch Mord, wenn ich Sie richtig verstanden habe. Es war sicher nicht leicht mit ihm, aber das hat er nicht verdient."

„Was war nicht leicht mit ihm?" Pfeffer hatte den Raum durchquert und stand direkt vor dem Spiegel. Als er nach links sah, entdeckte er einen langen Gang zwischen einer schier endlosen Reihe an dunklen Sakkos, die in zwei Etagen übereinander hingen, und in der geweißelten Wand eine rote Eisentür.

„Nun, Herr Pfeffer, lassen Sie es mich so ausdrücken." Sebastian Oßwald pulte mit den Fingern an den Schrammen im Arbeitstisch herum und sah zu Boden. „Er wusste, wie man mit möglichst wenig Einsatz gut über die Runden kommt. Um es auf den Punkt zu bringen …"

„Sepp war stinkfaul", sagte Werner Androsch und lehnte sich auf der Eckbank in der Teeküche zurück. „Stinkfaul. Das können Sie ruhig so notieren, Frau Kommissarin. Schon immer. Letztlich war also der Staatsdienst ideal für ihn."

„Sie sind ziemlich zynisch, Herr Androsch."

„Der Oßwald, der ist aus ganz anderem Holz geschnitzt. Im Vergleich zu einem Bummelzug wie Sepp ist der Oßwald ein Transrapid. Es gibt Kollegen hier, die lassen ihn zu Engagements an anderen Bühnen anreisen, damit die Kostüme wirklich passen. Der macht Schnitte, da träumen andere von! Eine einzige Anprobe reicht. Auf den Millimeter genau. Präzise …"

„… wie ein Uhrwerk. Ungelogen. Man konnte genau vorhersagen, wann es wieder so weit war." Der Gewandmeister sah endlich auf. „Joseph Bloch beherrschte die Klaviatur der Krankschreibung wie kein Zweiter. Er wusste exakt, wann und wie lange er sich weswegen krankschreiben lassen konnte und wie lange er dazwischen wieder arbeiten musste, um seinen Job nicht zu riskieren. Oder sagen wir besser, in der Werkstatt körperlich anwesend sein musste."

„Wie lange lief das schon so?"

„Keine Ahnung. Als ich hier anfing, vor zwei Jahren, da hat Sepp bereits eifrig die verschiedensten Wehwehchen gepflegt. Wir hatten viel Wechsel, weil Sepp so ... so schwierig war. Und finden Sie mal gute Gewandmeister! Die wachsen nicht auf den Bäumen. Wir sind eine der Top-Bühnen Deutschlands. Das ist ..."

„... schließlich keine Klitsche." Androsch hob den Zeigefinger, als wollte er sich melden.

„Seit wann sind Sie hier engagiert?", fragte Annabella Scholz.

„Seit ... nun, ich habe kein Dauerengagement. Gastvertrag. Für diese Produktion." Er legte seine Hände nebeneinander auf die Resopalplatte des Küchentischs und studierte seine Fingernägel. „Für ‚Kanakenbraut', da spiele ich den Vater." Er sah hoch, um die Reaktion der Kommissarin mitzubekommen. „Fritz ..."

„Roloff, ich weiß. Ich ... ich kenne Levent Demir recht gut, der in dieser Produktion den Türken spielt."

„Oh." Androsch zog die Augenbrauen hoch und formte mit dem Mund ein perfektes O. Dann fuhr er fort: „Ich war 1987 schon einmal für eine komplette Spielzeit hier engagiert."

„Da war Herr Bloch bereits hier?"

„Ja, da hat er mir schon schlechte Kleidung auf den Leib geschneidert ..."

„... was das ganze Problem bei Sepp war. Er hat schlampig gearbeitet. Ich kann den Anzug vom Androsch so nicht rausgehen lassen. Da ist der ganze Schnitt falsch aufgestellt. Sieht so aus, als hätte Sepp nach einem Schnitt von 1987 gearbeitet, als Androsch hier mal engagiert war. Wissen Sie, was der Anzugstoff gekostet hat? Das darf man keinem erzählen, dass wir hier beste englische Qualität in die Tonne kloppen."

„Wo führt eigentlich diese Tür hin?", fragte Pfeffer unvermittelt und deutete auf die rote Eisentür am anderen Ende des Gangs.

Sebastian Oßwald drehte sich zu Pfeffer herum. Die Tür lag außerhalb seines Gesichtsfelds. „Die? Die führt in ein Treppenhaus, das ist der Notausgang. Der Raum hier war früher mal eine Probebühne."

„Darf ich kurz dazwischenfragen, was eigentlich die genaue Aufgabe eines Gewandmeisters ist?" Max Pfeffer schlenderte zurück zum Arbeitstisch und lehnte sich mit den Händen in den Hosentaschen gegen eine der bodentiefen Fensterscheiben.

„Oh." Sebastian Oßwald runzelte irritiert die Stirn, dann lächelte er. „Sicher. Ein Gewandmeister ist das Bindeglied zwischen Schneiderei und Kostümbild. Der Kostümbildner kommt mit seinen Entwürfen zum Gewandmeister, seien es nun historische Uniformen oder moderne Anzüge, bespricht mit ihm die Stoffe und Farben und sonstigen Materialien und der Gewandmeister sagt, was realisierbar ist und was nicht. Dann nimmt er von den Schauspielern die Maße, macht die entsprechenden Schnitte für die Kostüme und überwacht die Schneider bei der Fertigung. Wir haben hier zwei Gewandmeister für die Damenabteilung und zwei für die Herrenwerkstatt."

„Nur zwei bei den Damen? Ich könnte mir vorstellen, dass sie bei den Damen mehr zu tun haben."

„Nein, eher weniger. Denn in den meisten Theaterstücken gibt es mehr Männer- als Frauenrollen. Ein Theater braucht immer mehr Schauspieler als Schauspielerinnen. Und mehr Herrenkostüme. Sepp Bloch war Erster Gewandmeister und ich Zweiter. Früher gab es hier auch eine Kostümleitung, der die beiden Werkstätten unterstanden. Aber das wurde irgendwann wegrationalisiert. Sparzwang. Nun leiten die Gewandmeister die Werkstätten. Also nominell war das bei uns Joseph Bloch …"

„… aber wirklich nur dem Titel nach, was ich so mitbekommen habe. Nur weil Sepp früher mal beim Film war", schnaubte Werner Androsch. „Wenn er nicht so einen guten Draht zu Hannes, also unserem Intendanten Hannes Wachsmuth, gehabt hätte, wäre er nie in diese Position gekommen."

„Sie kennen den Toten also von früher, Herr Androsch?", fragte Annabella Scholz.

„Sicher. Seit wir ... na, heute würde man Twens dazu sagen, seit wir also Twens waren. Seit Fritz mit Nives und mir ‚Kanakenbraut' inszeniert hat. Sein allererstes Theaterstück. Schon damals war Sepp ein fauler Sack. Ein fauler Schneidersack ..."

„... der seinen ersten Job hier nur Beziehungen verdanken soll. Ich weiß es nicht." Der Gewandmeister sah aus dem Fenster. Viel gab es nicht zu sehen, wenn man aus dem Fundus sah. Die Fenster gingen zum Innenhof. Man sah nur andere Fenster. „Und dann erst hat er die Ausbildung zum Gewandmeister gemacht."

„Hier darf man nicht rauchen?", murmelte Pfeffer mehr vor sich hin, als dass er es wirklich fragte.

„Nein, dazu müssten wir in die Kantine gehen, da gibt es ein Raucherzimmer. Wollen Sie?" Sebastian Oßwald stieß sich vom Tisch ab, an dem er gelehnt hatte.

Pfeffer winkte ab.

„Jedenfalls hat Sepp seitdem nie was anderes als dieses Theater gesehen. Wissen Sie, ich habe bei ‚Cats' und dem ‚Phantom der Oper' in Hamburg gearbeitet, dann war ich drei Jahre an der Met in New York, Metropolitan Opera, Sie wissen schon, anschließend zwei Jahre an der Stopera, also Het Muziektheater in Amsterdam, und zuletzt kurz an der Volksbühne Berlin."

„Wow", sagte Pfeffer und lächelte anerkennend.

„Ich habe das nicht gesagt, um anzugeben."

„Das war ein echtes Wow."

„Oh, danke." Sebastian Oßwald lächelte schief und setzte sich zurück auf den Arbeitstisch.

„Wie konnte sich Herr Bloch all die Jahre auf seinem Posten halten, wenn er ständig ausfiel?"

„Öffentlicher Dienst. Reicht das als Antwort?"

Pfeffer lachte. „Danke, das reicht. Solange man keine silbernen Löffel stiehlt ..."

„... bleibt er auf seinem Posten. Als personifizierte Karriereblockade. Dann hätte dieser Sebastian Oßwald also ein gutes Motiv gehabt, Herrn Bloch den Tod an den Hals zu wünschen“, sagte Annabella Scholz gedehnt.

„Was?“ Die Stimme von Werner Androsch überschlug sich. „Das habe ich nie gesagt! Das können Sie mir nicht unterstellen. Sepp war schon damals eigen und schwierig. Ich habe nie verstanden, was Fritz an ihm fand. Nun ja, auch diese Freundschaft ist schließlich irgendwann eingeschlafen.“

„Wie das?“

„Keine Ahnung. Freundschaften erledigen sich manchmal einfach. Fritz Roloff wurde in den Sechzigern einer der bedeutendsten deutschen Filmemacher. Immer größere Produktionen, immer mehr Stars, immer mehr Geld, immer teurere Kostüme. Da konnten nicht alle aus der alten Clique mithalten. Da musste irgendwann ein kleiner Schneider wie Sepp Bloch auf der Strecke bleiben. Nur Nives konnte mithalten. Die hat sogar Fritz überflügelt. Die wollte man in Hollywood.“

„Und Sie?“

„Mich? In Hollywood?“ Er sah Annabella Scholz irritiert an. Seine Hände lagen immer noch wie festgetackert nebeneinander auf der Resopalplatte.

„Nein, das meinte ich nicht. Ich meinte, ob Sie bei Fritz Roloff auch irgendwann auf der Strecke geblieben sind?“

„Nun, der Kontakt wurde im Laufe der Jahre lockerer. Das ist ganz natürlich.“

„Er hat Ihnen also keine Rollen mehr gegeben?“

„Ich habe in zehn Roloff-Filmen die männliche Hauptrolle gespielt!“

„Das war nicht meine Frage.“

„Unterstellen Sie mir, dass mein schauspielerisches Talent nicht ausgereicht hätte?!“, brauste Werner Androsch auf. „Alle Künstler gehen mal durch schwere Zeiten. Alle! Es ist keine Schande, in Fernsehserien zu spielen oder Pornos zu synchronisieren.“ Er schlug mit der Faust auf den Tisch. Dann hob er drohend seine Hand und fuchtelte mit dem Zeigefinger dicht vor Annabella Scholz’ Nase herum. Seine Hand zitterte. „Fritz

Roloff verdankte den Erfolg seiner frühen Jahre nicht zuletzt mir! Ich habe nicht selten seine unausgegorenen Drehbücher und Theaterskripte durch meine Improvisationen gerettet. Da können Sie jeden fragen. Jeden! Gehen Sie nur, fragen Sie Hannes oder Nives ..."

„Beruhigen Sie sich, Herr Androsch. Ich habe einen Mord zu klären und suche nach Motiven."

„Aber doch nicht den Mord an Fritz Roloff."

„Mord?" Die Kommissarin schüttelte ungläubig den Kopf. „Wenn ich mich recht erinnere, zählte Roloff zu den prominentesten Opfern der Tsunami-Katastrophe."

„Sicher, ich weiß." Der Schauspieler sank in sich zusammen und legte wieder die Hände sauber nebeneinander auf die Tischplatte. „Es ist nur, dass Viola, meine Kollegin Viola Bruhns, ständig davon redet, dass Fritz damals nicht gestorben sein kann. Ich weiß nicht, wie sie darauf kommt. Ich meine, wir haben alle den schrecklichen Film gesehen. Wie Fritz da am Strand steht und von der Welle verschluckt wird ... Viola ist ..."

„Was?"

„Nichts."

„Viola Bruhns ist was?"

„Eifersüchtig auf Nives. War es immer. Das ist alles. Nives war mehrfach mit Fritz zusammen."

„Gut, das ist auch nicht unser Thema, Herr Androsch. Endeten die Beziehungen zu Fritz Roloff im Streit? Ihre und die von Herrn Bloch?"

„Nein. Nein." Werner Androsch sah die Kommissarin mit großen Augen an. „Ich habe Fritz immer verehrt. Und soweit ich weiß, hat es auch zwischen Sepp und Fritz kein Zerwürfnis gegeben. Nein, das hat sich einfach so aufgelöst. Alles wurde eine Nummer zu groß für Sepp. Wissen Sie, Fritz hat sehr lange an seiner alten Crew festgehalten. Als Sepp keine Filme mehr mit Fritz machen konnte, hat er einen neuen Job gesucht. So einfach war das. Er hatte Kontakte. Hat für kleine Produktionen gearbeitet. Bis dann irgendwann Hannes Wachsmuth Intendant am Resi geworden ist. Hannes war vor Urzeiten mal Regieassistent bei Fritz. Also hat Sepp sich an Hannes gewandt und sich gemütlich eingeärschelt, bis er …"

„… vergiftet wurde. Joseph Bloch fiel quasi beim Sterben in den Farbtrog", sagte Pfeffer. „Fragt sich, wie er das Gift zu sich genommen haben könnte."

„Das Bier", sagte der Gewandmeister wie aus der Pistole geschossen.

„Der Kaffee", sagte der Schauspieler zur Kommissarin.

„Der Schnaps", ergänzte Pfeffer.

„Jeder wusste, dass Sepp getrunken hat. Er war ja nicht der Einzige. Ein bis zwei Bierchen zum zweiten Frühstück ist bei manchen ganz normal." Der Gewandmeister verdrehte die Augen. „Wollen wir mal in die Kantine gehen und nachschauen, wer da um halb elf schon säuft? Ich habe Sepp ziemlich schnell klargemacht, dass ich es nicht dulde, wenn er in der Werkstatt trinkt oder gar den Lehrling zum Bierholen in die Kantine schickt, wie er es früher gemacht hat. Das hat er einmal gemacht und dann nie wieder! Er hat später behauptet, er hätte das im Griff und sei kein Trinker und könne jederzeit darauf verzichten. Die üblichen Säufersprüche. Überall die kleinen Schnapsfläschchen, nur ein kleiner Jägermeister nach dem Essen zum Verdauen, blablabla."

„Wenn ich das recht verstanden habe, war er der Erste Gewandmeister, also sozusagen Ihr Chef, Herr Oßwald", sagte Pfeffer nachdenklich. „Und Sie gehen da so einfach zu ihm hin und verbieten ihm das Trinken?"

„Sicher."

„Mutig."

„Nein, nur realistisch. So streng hierarchisch, wie Sie sich das vorstellen, läuft es hier nicht. Ich habe es ihm auch nicht verboten im wörtlichen Sinn. Ich habe ihm klargemacht, dass sein Alkoholproblem das Arbeitsklima vergiftet und unsere Arbeit erschwert. Eine Zeitlang ging das auch gut. Doch dann hat er wieder angefangen. Wobei – bei seinen vielen Fehlzeiten konnte man nie genau sagen, ob er tatsächlich mal trocken war oder einen Entzug gemacht hat. Jedenfalls trank er seit gut einem halben Jahr wieder heftiger. Seine Bierflaschen standen immer in der Küche, zwischen dem letzten Unterschrank und der Wand ist ein schmaler Schlitz, gerade so breit, dass man eine Bierflasche reinstellen kann. Auch das wusste jeder. Ich habe das übrigens auch Ihren Kollegen von der Spurensicherung neulich nachts gezeigt. Natürlich trank der Sepp gaaaanz heimlich! Niemand hat's gesehen …"

„… dafür gerochen", sagte Werner Androsch. „Schon bei der ersten Begegnung!"

„Soll das heißen, Sie haben Herrn Bloch all die Jahre nicht mehr gesehen? Sie haben mit ihm erst hier wieder Kontakt bekommen?"

„Sicher. Ich wusste zwar, dass er hier arbeitet, das schon, aber wir waren schon damals nicht die allerbesten Freunde."

„Sie wussten von seinem Alkoholversteck unten in der Färberei?"

„Nein." Die Überraschung des Schauspielers klang in Annabella Scholz' Ohren echt. „Aber es passt zu ihm. Überall seine Nester bauen, überall kleine Verstecke …"

„… die fast alle kannten", sagte Sebastian Oßwald. „Man klatscht und tratscht. Da können Sie jeden fragen." Er zuckte mit den Schultern.

Pfeffer löste sich aus seiner lockeren Haltung, bislang hatte er immer noch an der Fensterscheibe gelehnt. „Dann fasse ich mal kurz zusammen: Ein alkoholkranker, unfähiger Vorgesetzter blockiert Ihre Karriere, Herr Oßwald."

Sebastian Oßwald lachte lauthals los, dann, nachdem er sich beruhigt hatte, kniff er die Augen zusammen und sagte ernüchtert: „Das meinen Sie ernst."

Pfeffer nickte. „Ich würde mich nun gerne noch mit Ihren Werkstattkollegen unterhalten. Mich würde interessieren …"

„… wie Sie Ihre Gefühle für Joseph Bloch beschreiben würden. Hass?", fragte die Kommissarin.

„Wie kommen Sie darauf?“ Werner Androsch sprang auf und lief rot an. So viel Reaktion hatte sich Annabella Scholz nicht zu erhoffen gewagt. „Wer hat Ihnen das erzählt? Lügen. Alles Tratsch.“

Die Kommissarin wartete, bis der Schauspieler sich wieder gesetzt hatte. „Es war nur eine Frage.“

„Nur eine Frage! Gehört das zu Ihren Tricks? Lehrt man Sie so was auf Ihrer Polizeischule?“

Die Kommissarin zog amüsiert die Augenbrauen hoch und nickte.

„Glückwunsch, Frau Kommissarin. Ja, ich hatte kein besonders gutes Verhältnis zu Joseph Bloch. Ich mochte ihn nie. Aber deshalb bin ich noch kein Mörder. Was hat man Ihnen über mich und Sepp erzählt?“

„Nichts, Herr Androsch. Aber vielleicht wollen Sie mir etwas erzählen?“ Annabella Scholz sah keinen Anlass, ihm zu sagen, dass Levent Demir von der seltsamen Begegnung im Lift berichtet hatte. Als Androsch sofort den Aufzug verließ, nachdem Bloch eingestiegen war.

Der Schauspieler studierte mit finsterem Blick lange das Gesicht seines Gegenübers. „Nein, ich habe Ihnen nichts zu erzählen. Und im Übrigen bin ich hier am Haus nicht der Einzige, der Probleme mit Sepp hatte. Fragen Sie doch mal Nives Marell, was die von Sepp gehalten hat. Oder Traudl!“

„Traudl?“

„Traudl Sonnenbichl. Die gehörte zu unserer alten Clique und gehört auch dank Hannes Wachsmuth zu denen, die hier im Resi ihren Austrag haben.“

„Traudl ist heute nicht da“, sagte Sebastian Oßwald, der eben mit Max Pfeffer die Küche betrat und die Tür zum Fundus hinter sich zuzog. „Worum geht's?“

„Sie soll ein schwieriges Verhältnis zum Toten gehabt haben.“

„Traudl hat Sepp gehasst. Abgrundtief.“ Der Gewandmeister sah Pfeffer an und biss sich dann auf die Lippen. „Entschuldigung. Das ist vielleicht nicht nett, dass ich die Traudl nun anschwärze, aber das würden Sie ohnehin bald erfahren. Traudl Sonnenbichl arbeitet hier als Schneiderin und sie ist die Einzige, die keinen Platz in der Werkstatt nebenan hat." Er deutete auf die Wand, hinter der die Schneider ihre Arbeitsplätze hatten. „Die Situation zwischen Sepp und Traudl muss so unerträglich gewesen sein, dass sie seit Jahren in einem Einzelzimmer einen Stock tiefer sitzt und arbeitet. Aber heute hat sie sich krank gemeldet."

Dass der Sepp der Traudl das Leben zur Hölle gemacht hat, bestätigten auch die anderen Schneiderinnen und Schneider bei ihrer Befragung, obwohl keiner so lange in der Werkstatt angestellt war, dass er den Grund des Zwists kannte. Und ein junger Mann, dessen türkise Katzenaugen Pfeffer an irgendjemanden erinnerten, fügte hinzu: „Erst seit Sebastian da ist, hat sich die Lage wieder entspannt."

„Sie sind?", fragte Pfeffer.

„Rocco Roloff. Es wäre schön, wenn Sie mich bitte direkt anschauen, wenn Sie sprechen, Herr Pfeffer, denn ich habe ein kleines Problem mit den Ohren …"

„Verstehe." Pfeffer nickte und näherte sich dem jungen Mann, der an einem Ungetüm von Nähmaschine saß und mit flinken Händen eine Stoffbahn mit Stecknadeln an eine andere heftete.

„Bevor Sie fragen", sagte Rocco in seinem schleppenden Tonfall. „Ja, ich bin der Sohn von Nives Marell und Fritz Roloff. Nächste Frage."

„Was ist mit dem Skelett in Ihrem Garten?", fragte Pfeffer unverblümt und der junge Mann stach sich an einer Nadel.

Rocco lutschte seinen Finger vom Blut sauber, dann antwortete er: „Davon weiß ich nur von meiner Mutter."

„Ich könnte mir vorstellen, dass Sie in jungen Jahren mit Ihren Kumpels vielleicht jemanden einen Streich spielen wollten."

„Einen Streich? Indem wir jemanden umbringen und dort vergraben? Was soll denn das für ein Streich sein?"

„Danke, mehr wollte ich gar nicht wissen."

Rocco Roloff starrte Max Pfeffer verwirrt an.

„Was sagt Ihnen die Geschichte vom Leitmayr Toni?"

„Der Leitmayr Toni? Nichts. Das ist eine Geschichte aus dem Dorf."

„Erzählen Sie sie mir."

„Ich kenn sie kaum. Dem Anton Leitmayr soll früher mal unser Haus gehört haben. Also der Hof, den meine Mutter gekauft hat. Und der Toni ist irgendwann plötzlich verschwunden."

„Nachdem Ihre Mutter den Hof gekauft hatte?"

„Nein, viel früher. Irgendwann in den Fünfzigern oder Sechzigern. Von einem Tag auf den anderen war er nicht mehr da. Manche sagen, er sei in die Fremdenlegion nach Frankreich gegangen."

„Eine dürftige Geschichte."

„Fragen Sie die Alten im Dorf. Die können Ihnen mehr sagen. Mich hat das Gerede noch nie interessiert."

„Seit wann leben Sie in dem Dorf?"

„Seit ich vier bin, das ist jetzt vierundzwanzig Jahre her. Wissen Sie, ich bin in Paris geboren. Meine Mutter hat Ende der Siebziger dort gelebt und gearbeitet. Dann hat sie meinen Vater wieder getroffen und die beiden meinten, sie müssten es noch einmal probieren." Er verdrehte die Augen. „Da haben sie sogar geheiratet. An der Côte Antibes."

„Klingt nicht so, als ob Sie Ihren Vater mochten."

„Fritz Roloff war ein Arsch. Ein egomanischer Tyrann und seine Filme finde ich sowieso scheiße. Auch die mit Mama. Manieriertes pseudointellektuelles Betroffenheitsgesumse für Waldorfschüler." Er steckte, während er redete, eine Nadel nach der andern ohne hinzusehen mit beinahe schlafwandlerischer Sicherheit im gleichen Abstand in die Stoffbahnen. Er unterbrach seine Arbeit und deutete auf seine Ohren. „Deshalb hat er mich gehasst. Sein Sohn ein Krüppel! Wissen Sie, was er mir schon als Baby vorgebetet hat?" Rocco setzte sich aufrecht hin und sagte mit affektiert hoher Stimme: „Salvador Dalí hat immer gesagt, dass ein Genie nur einen Kretin zeugen kann. Und ich, Fritz Roloff, habe seine Theorie bestätigt." Er entspannte sich und fügte mit normaler, schleppender Stimme noch „Arsch" hinzu.

„Ihre Mutter und Fritz Roloff. Das muss ein ganz schönes Hin und Her gewesen sein."

„Sie sagen es. Die Geschichte, als sie jung waren, kennen Sie bestimmt. Dann haben sie sich getrennt, als Mama nach Amerika gegangen ist. Da war sie eine Zeitlang mit dem einen oder anderen damals angesagten Star zusammen. Dazu sagte sie nie was, schweigt über die Männer in Hollywood wie ein Grab. Und als das mit Hollywood auf Dauer nichts wurde, ist sie zurück nach Europa. Aber Fritz hat sie gedisst und die ganze intellektuelle Filmemacher-Szene hat sie als Mainstream-Tusse geschnitten. Hollywood war früher für die ein Schimpfwort. Idioten. Da ist Mama nach Frankreich und Italien und hat diesen Magnaten geheiratet. Jean-Luc Boissart. Boissart-Supermärkte gibt's in ganz Frankreich. Der hat ihr bei der Scheidung einen richtigen Batzen überlassen. Einen richtigen, richtigen Batzen! So viel, dass dann Fritz eben doch wieder angekrochen kam. Und die Mama war diesmal nicht nur so blöd, ihn zu heiraten, nein, die musste ihm auch noch als Produzentin zwei Filme finanzieren. Na, die Ehe hat nur fünf Jahre gehalten, dann hat sie ihn rausgeschmissen, weil er so ekelhaft zu mir war. Da haben wir schon in Zacherlkirchen gewohnt. Danach hat die Mama nie wieder gedreht. Sie hat mit meinem Vater Schluss gemacht. Sie hat mit dem Business Schluss gemacht. Keinen einzigen Film mehr, kein Fernsehen, kein Theater. Obwohl es in den Achtzigern zunächst noch Angebote gab, danach hat man sie dann vergessen. Und sie hat alles dafür getan, vergessen zu werden. Sie war heilfroh drum."

„Aber zuletzt war sie wieder mit Fritz Roloff zusammen, oder?"

„Ja, leider. Er hatte zuvor mit der Viola Bruhns rumgemacht. Und wenn Sie mich fragen, hat er die parallel zu Mama weiterlaufen lassen. Wissen Sie, als ich sechs war, hat die Mama den Helmut kennengelernt. Helmut Schneider, der Bauunternehmer."

Pfeffer nickte wissend. Helmut Schneider, der legendäre, medienscheue Multimillionär, der in beinahe jeder Großbaustelle im südlichen Bayern seine Finger beziehungsweise Bagger mit drin hatte.

„Der Helmut hat sie glücklich gemacht. Der war in Ordnung. Da haben wir am Starnberger See in seiner Villa gelebt und die Mama hat unser Haus in der Zeit nur als gelegentliches Refugium genutzt. Na, was soll ich sagen, nach seinem Tod vor sieben Jahren war Mama dann noch reicher, als sie es ohnehin schon war. Er hat ihr noch mehr Tricks für lukrative Immobiliengeschäfte gezeigt. Nicht, dass Mama das nötig gehabt hätte. Ihr gehört schon seit den Siebzigern halb Zacherlkirchen und so einiges in München. Mama kann zudem gut mit Geld umgehen. Und schon stand Fritz wieder vor der Tür. Und Mama war erneut so blöd, ihn reinzulassen."

„Wahre Liebe."

„Wahre Blödheit!"

„Wie ging es Ihrer Mutter denn, als sie aus Thailand zurückkam?"

„Soll ich ehrlich sein?" Rocco Roloff studierte Pfeffers Augen. „Sie schien wie ausgewechselt. Erleichtert, befreit. Sie war wieder fröhlich. Das hat sie natürlich nicht nach außen getragen. Für die Fernsehinterviews hat sie die trauernde Muse gespielt. Aber das war gespielt. Da bin ich sicher."

„Daher auch ihr Entschluss, in die Öffentlichkeit zurückzukehren?"

Rocco zuckte mit den Schultern und schob die Unterlippe vor.

„Fritz Roloff verdankte Ihrer Mutter also viel. Genauso wie der Ort Zacherlkirchen."

„Stimmt. Ein Hollywoodstar kauft sich in diesem Kaff ein. Zack, Startschuss für die Heuschrecken. Seitdem hat sich die Sportwagendichte verzehnfacht."

„Von wem hat dann Ihre Mutter damals das Haus gekauft, wenn der Leitmayr Toni verschwunden war. Wurde er für tot erklärt? Gab es Erben? Und warum gerade dieses Haus?"

Rocco Roloff zuckte mit den Schultern. „Das müssen Sie meine Mutter fragen. Als wir nach Zacherlkirchen gezogen sind, hat mich so was nun wirklich nicht interessiert."

„Sondern?"

„Meine Carrerabahn."

„Er hatte keine Ahnung", sagte Annabella Scholz später, als die beiden Kriminaler durch den maisgelb gestrichenen, schier endlosen Gang von der Werkstatt zum Aufzug gingen. Sie hatten noch von allen die Fingerabdrücke genommen und waren nun auf dem Weg zum Intendanten. „Rocco wusste wirklich nichts von dem Skelett, sonst hätte er gewusst, dass es eine Sekundärbestattung war."

„Stimmt. Deshalb habe ich auch nicht nachgehakt. Erstaunlich nur, dass ein junger Mann in seinem Alter und mit diesem finanziellen Hintergrund noch bei Muttern wohnt. Praktisches Hotel Mama." Pfeffer deutete im Gehen auf den Boden. „Maisgelbes Linoleum. Irgendwie pervers, oder?"

„Mutig, würde ich eher sagen."

„Maisgelb und Vitamin B wohin man blickt. Enthält Mais Vitamin B?"

„Du wirst ja richtig philosophisch, Chef."

„Hatten wir je ein Opfer, das so allgemein unbeliebt war?"

„O ja, Chef, hatten wir jede Menge."

„Keiner ist nur unbeliebt."

Sein Mobiltelefon klingelte. Pfeffer sah auf das Display, bevor er die Taste mit dem grünen Hörer drückte, und sagte: „Hallo Lieblingsleichenschnipplerin."

„Hallo Lieblingsbulle", antwortete Gerda Pettenkofer am anderen Ende der Leitung. „Ich dachte, ich ruf dich mal an."

„Reizend."

„Gell? Okay, also dann, schönen Tag noch."

„Gerda!"

„Na gut, ich habe auch noch eine Neuigkeit für dich. Die Analysen sind da. Wir wissen jetzt, womit dieser Joseph Bloch vergiftet wurde."

13

Als Nives den Raum betrat, stoben Hannes Wachsmuth und Viola Bruhns mit geröteten Gesichtern hektisch und auffällig auseinander wie ein überraschtes Liebespaar in einer platten Boulevardkomödie.

„Entschuldigt", sagte Nives, während sie mit großen Schritten das Büro des Intendanten durchmaß. „Ich wollte euch bei nichts stören."

„Ein bisschen Kinderstube täte dir gut, Nives, Schätzchen", antwortete Viola Bruhns spitz, während sie ihre Haare richtete. „Du könntest zum Beispiel anklopfen."

„Das habe ich, Viola, Darling. Aber ihr habt mich offensichtlich nicht gehört." Nives Marell legte ihre Handtasche auf den Stuhl, der vor dem Schreibtisch stand. Sie sah demonstrativ auf ihre Uhr. „Es wäre übrigens Zeit, dich für die Proben umzuziehen, Darling. Deine Dreißig-Euro-Strumpfhosen warten schon, dass du sie aus der Packung nimmst."

„Was soll das denn bitte heißen?"

„Nichts." Nives Marell lächelte maliziös. „Ich wundere mich nur ein klein wenig, dass unser Budget es erlaubt, dass Viola Bruhns zu JEDER PROBE ein neues Paar Dreißig-Euro-Strumpfhosen auf Staatskosten bekommt."

„Pass auf, dass du nicht bald was auf Staatskosten bekommst!" Viola Bruhns baute sich vor ihrer Kollegin auf. Die schlanke Brünette war gleich groß wie die üppige Blondine.

„Zum Beispiel?"

„Kost und Logis bis an dein Lebensende."

„Viola, Darling, ich genieße es zwar, wenn du dich lächerlich machst, aber irgendwann ist Schluss. Ich habe schon von Werner gehört, dass du seit Neuestem der Wahnvorstellung anhängst, ich hätte Fritz auf dem Gewissen."

„Ich glaube dir den Film nicht, den du uns und der Welt vorgeführt hast! Das ist nicht Fritz, der von der Welle weggerissen wird!", schrie Viola. „Das ist einer, der zufällig so aussieht!"

„Sollten wir nicht spätestens hier die netten Herren mit den weißen Kitteln verständigen?“, flüsterte Nives demonstrativ, deutlich verständlich im Stil einer Boulevardkomödie zur Seite gesprochen.

„So, ihr beiden“, sagte Hannes Wachsmuth ruhig, der bisher den Streit mit verschränkten Armen verfolgt hatte. Seine fast weißen Haare loderten wie ein Feuerkranz im Gegenlicht, das durch die Fenster hinter ihm fiel. „Genug.“

„Aber ...“

„Viola. Ich sagte genug. Geh, mach dich zur Probe fertig. Wir beginnen tatsächlich in einer Viertelstunde. Nives und ich haben noch einiges zu besprechen.“ Er deutete mit ausgestrecktem Arm auf die Tür und Viola Bruhns rauschte nach einem kurzen Zögern erhobenen Hauptes hinaus.

„Lass sie in Ruhe, Nives.“ Hannes Wachsmuth ließ sich auf den Schreibtischstuhl fallen, nahm seine Brille ab und knetete die Nasenwurzel. Zusammengesunken, wie er nun dasaß, wirkte der Mann mit der ohnehin schlechten Haltung beinahe verwachsen. „Ich bitte dich.“

„Gerne, Hannes.“ Nives nahm ihre Handtasche vom Stuhl und setzte sich damenhaft aufrecht hin. „Sie bietet aber leider immer so schöne Vorlagen.“

„Du hast das nicht nötig, Nives. Sie allerdings auch nicht. Ihr seid beide brillant, okay?“

„Du musst nicht ...“ Nives winkte mädchenhaft kokett ab.

„Das meine ich ernst. Nur weil ihr völlig andere Ansätze in eurem Spiel habt, muss das kein Zickenkrieg werden. Herrgott noch mal! Wir haben die Polizei im Haus. Ich durfte vorhin diesem Kerl und seiner Assistentin eine halbe Stunde lang Fragen beantworten. Allen möglichen Unsinn, auch zu dir und Fritz. Was auch immer die damit bezwecken wollten. Als ob ich etwas mit dem Tod von Sepp zu tun hätte. Wir wurden alle erkennungsdienstlich erfasst. Man hat mir die Fingerabdrücke abgenommen! Wie lächerlich ... ach!“ Er machte mit beiden Händen eine wegwerfende Bewegung. So heftig, dass der davon ausgelöste Lufthauch Nives streifte. „Und dann unsere Proben. Werner hat einen Texthänger nach dem anderen. Viola und du

… hört verdammt noch mal damit auf. Ich wünsche und erwarte Disziplin vor und hinter den Kulissen!“

Er wischte mit der Handfläche über die Schreibtischplatte und damit das Thema weg. „Wir können nicht verhindern, dass dieser Mord in den Medien auftaucht. Doch wir haben bisher verhindert und werden verhindern, dass er in Zusammenhang mit dir oder unserer Premiere dargestellt wird.“

„Gut, Hannes.“ Die Schauspielerin nickte. „Du weißt aber, was bei mir gestern im Garten gefunden wurde?“

Der Intendant sah sie überrascht an und schüttelte den Kopf.

„Ein Skelett. Vermutlich ein keltischer Fund, also nichts, was uns beunruhigen sollte. Nur … mein Name taucht in diesem Zusammenhang in einigen Blättern auf.“

„Nicht schlecht, Nives, nicht schlecht.“ Der Intendant schmunzelte und schenkte Nives einen Blick, der viel unterstellte. „Du bist noch der alte Medienprofi. Gut, unser PR-Fahrplan bleibt. Du gibst den großen Blättern zwei Tage vor der Premiere Interviews. Wir werden mit Sicherheit verschiedene TV-Sender im Haus haben, der BR will die Inszenierung sowieso komplett aufzeichnen. Machen wir uns nichts vor, Nives. Dein Comeback muss das zentrale Thema sein. Nach all den Jahren ist Nives Marell wieder da.“

„Steht dir das Wasser so bis zum Hals, Hannes, dass du nicht mehr auf die Stärke des Stücks und auf dich als Regisseur vertraust?“

14

Die Luft konnte man längst schneiden. Schwerer Zigarettenrauch und schwüler Bierdunst machten das Atmen schwer. Dennoch zog Traudl Sonnenbichl an ihrer Zigarette, als hinge ihr Leben davon ab. Mit der rechten Hand zerpflückte sie einen feuchten Bierdeckel und streute die Schnipsel in die kleine Bierlache.

„Machst mir noch eins, Biggi?!" Sie winkte der Besitzerin des Walther-Stüberls mit dem fast leeren Bierglas zu.

„Hast noch nicht genug, Traudl?" Biggi stemmte die Hände auf die Theke. Traudl stierte geistesabwesend auf die Flecken, die Biggis pinkfarbenes Schlabbershirt mit dem verblichenen Aufdruck „Oberbayern – Mallorca" verunzierten. Biggis Schmuddeligkeit stieß Traudl jedes Mal ab. Sie mochte sich gar nicht vorstellen, dass Biggi auch in anderen Bereichen – zum Beispiel bei der Hygiene ihres Stehausschanks, der seit den Nichtrauchergesetzen offiziell als Raucherclub nur für Mitglieder firmierte – so nachlässig sein konnte wie bei ihrem Äußeren. Immerhin konnte man der Wirtin beim Gläserspülen zusehen. Das tat sie ordentlich, mit Verve und schäumendem Spülmittel.

„Nein", sagte Traudl. „Ich habe nicht genug."

„Was ist mit deinem Rudi?", fragte die Wirtin beim Bierzapfen.

Traudl machte eine wegwerfende Handbewegung.

„Magst nicht drüber reden?"

Traudl nickte und sog an ihrer Zigarette. Sie hustete trocken und glotzte hinauf zu dem kleinen Fernseher, der über der Theke an einer Halterung von der Decke hing. Ein Fußballspiel lief. Traudl erkannte Jungs in blauen Trikots und andere in weißen. Wer gegen wen spielte, wusste sie nicht und die Einblendung konnte sie ohne Brille nicht entziffern. Sie vermeinte nur erkennen zu können, dass es 2:1 stand. Für wen auch immer. Traudl ließ ihren Blick durch die kleine Kneipe schweifen. Die drei Barhocker neben ihr waren leer. Zu früh für Schorschi, Iwan und Schorschi Zwo. Hinter ihr standen zwei hohe Tische.

Die Platten waren jeweils auf hölzerne Bierfässer montiert. Nur ein Tisch war belegt. Dort lümmelte wie immer der fette Pirmin mit seiner stinkenden Zigarre und schwadronierte lautstark über die Unfähigkeit der Politiker im Allgemeinen und der in Berlin im Speziellen. Gaby, die eigentlich zu Gernot gehörte und immer einen hochroten Kopf hatte, warf gelegentlich ihre kruden Ansichten zu bestimmten Themen ein und trank dazwischen in kleinen Schlucken ihre süßgespritzte Weinschorle. Ihr Mann Gernot ignorierte wie immer, dass Gaby gelegentlich dem fetten Pirmin die Schenkel oder Arme tätschelte, und starrte schweigend auf den Bildschirm.

Traudl Sonnenbichl drehte sich zurück zum Tresen und nahm einen Schluck von dem frischen Bier, das Biggi ihr hingestellt hatte. „Muss eh bald heim zum Rudi. Abendessen machen", sagte sie unvermittelt, ohne die Wirtin anzusehen.

Biggi nickte, sah über Traudl hinweg und rief: „Noch eins, Pirmin?" Sie nahm ein frisches Glas und zapfte.

Traudl starrte auf den kleinen Bildschirm. Wenn sie nicht alles täuschte, stand es nun 3:1 für wen auch immer. Als eine Männerstimme plötzlich dicht neben ihrem Ohr „Guten Abend, Frau Sonnenbichl", sagte, erschrak sie so sehr, dass sie ihr Bierglas umstieß.

„Entschuldigen Sie, ich wollte Sie nicht erschrecken", sagte Pfeffer und half der Frau, die Lache mit Servietten und Schwammtüchern, die die Wirtin über den Tresen reichte, aufzutupfen. „Noch zwei", sagte er schließlich zu Biggi und zog sich einen Barhocker neben Traudl Sonnenbichl. Es war für ihn ein Leichtes gewesen, sie zu erkennen. Nachdem er gute zehn Minuten vor ihrer Wohnungstür in der Tumblingerstraße gewartet und Sturm geklingelt hatte, war endlich eine Nachbarin ins Treppenhaus gekommen und hatte ihn darüber informiert, dass er die Gesuchte um diese Uhrzeit am besten im „Walther-Stüberl" finden würde. Und wenn nicht da, dann bestimmt im „Trinkkisterl". Wo auch immer, er würde sie auf jeden Fall an ihrer Frisur erkennen.

„Das hier ist ein Raucherclub", sagte Biggi mit leiernder Stimme und legte Pfeffer einen kopierten Zettel hin. „Da unterschreiben, dass ich Sie darüber informiert habe und Sie nun Clubmitglied sind."

Pfeffer nahm den zerkauten Bic, den sie ihm hinhielt, mit spitzen Fingern und signierte den Zettel.

„Willkommen im Club", sagte Biggi.

Der fette Pirmin, der seine Schimpfkanonaden unterbrochen hatte, als der Kriminalrat das „Walther-Stüberl" betreten hatte, nahm den Faden wieder auf und polterte gegen die Gesundheitsreform.

Traudl sah Pfeffer lauernd an. Der Kriminalrat stellte sich vor, und ihre Gesichtszüge entspannten sich. Sie zog die gefärbten Augenbrauen so weit hoch, dass sie fast mit dem Haaransatz verschmolzen. „Es ist wegen Sepp", sagte sie dann.

„Erraten."

„Ich kann Ihnen dazu nichts sagen."

„Das denke ich schon. Es ist allgemein bekannt, dass Sie mit dem Toten kein besonders gutes Verhältnis pflegten."

„Verhältnis pflegen. Das haben Sie schön gesagt." Traudl sah Pfeffer forschend in die Augen. „Sie haben schöne Augen, Herr Kommissar", sagte sie dann.

„Danke." Pfeffer schmunzelte.

„Hüte dich vor Männern mit schönen Augen, hat meine Mutter immer gesagt." Sie machte eine wegwerfende Handbewegung. „Die Alte hatte keine Ahnung!" Sie trank einen Schluck von dem frischen Bier, kaum dass Biggi es hingestellt hatte. „Entschuldigen Sie, Herr Pfeffer. Ich bin ein wenig betrunken."

„Ich dachte, Sie sind krank. Hat man mir zumindest im Theater erzählt."

„Kopfweh. Nichts Ernstes. Morgen gehe ich wieder zur Arbeit."

„Und Sepp Bloch?"

„Sepp Bloch war ein … ein Arschloch. Ein richtiges Arschloch." Sie spuckte das Schimpfwort aus. „Er hat mir mein Leben zur Hölle gemacht."

„Wie das?"

„Haben Ihnen das meine Kollegen im Resi noch nicht erzählt? Nichts, gar nichts, was ich gemacht habe, und sei es nur einen

Knopf annähen, war ihm gut genug. Ausgerechnet ihm! Der hat selbst keinen Knopf richtig annähen können." Sie trank mit einem Zug das halbe Bierglas leer. Mit einem Knall stellte sie das Glas auf den Tresen. „Heute nennt man das, was der betrieben hat, Mobbing, nicht wahr? Nur hat er in seinem benebelten Hirn einen kleinen Fehler begangen – er war derjenige, der unzuverlässig gearbeitet hat, er war ständig krank, er störte den Betriebsablauf. Also hat man mich in ein Kämmerlein abgeschoben, aber nicht rausgeschmissen, nicht rausschmeißen können! Ich sage Ihnen ganz ehrlich und frank und frei: Ich habe ihn aus tiefstem Herzen gehasst. Jeden Tag habe ich mir gewünscht, dass er tot umfällt. Oder dass er auf dem Weg zur Arbeit von einem Bus überfahren wird. Wissen Sie, dass für mich einer der schönsten Tage des letzten Jahres war, als Sepp seinen Herzinfarkt hatte? Da hatte er endlich mal eine wirkliche Krankheit. Gott sei Dank gibt es seit zwei Jahren den Sebastian. Das ist ein Goldjunge."

„Frau Sonnenbichl, alles, was Sie mir erzählen, macht Sie keineswegs unverdächtiger." Pfeffer holte seine Zigaretten hervor und bot der Frau eine an, bevor er sich selbst eine anzündete.

„Ich weiß. Ich kann Ihnen aber nur die Wahrheit erzählen. Ich habe ihn gehasst. Aber deshalb habe ich ihn noch lange nicht umgebracht."

„Sie wussten von seinem Geheimversteck in der Färberei?"

„Natürlich."

„Sie wussten, dass er seit seinem Herzinfarkt ein digitalishaltiges Medikament nehmen musste?"

Traudl Sonnenbichl reagierte nicht. Zwei ältere Männer betraten das kleine Lokal und beäugten Pfeffer misstrauisch. Die Wirtin Biggi machte ein Zeichen, dass alles in Ordnung sei.

„He, du, Bürscherl, das ist mein Hocker", sagte der eine der beiden Männer zu Pfeffer und tippte ihm auf die Schulter.

„Da stehen noch zwei", antwortete der Kriminalrat, ohne sich umzudrehen.

„Und? Das ist aber meiner!"

„Schorschi, jetzt nimm halt einen anderen Hocker", sagte die Wirtin ungeduldig und stemmte ihre Arme auf den Tresen. Der fette Pirmin verstummte.

„Was soll das? Das ist mein Hocker."

„Schorschi! Wenn du Theater machst, fliegst du raus."

„Setz dich, Schorschi." Pfeffer drehte sich zu dem Neuankömmling um. Es war ein rotgesichtiger Stiernacken, der Pfeffer gerade bis zum Adamsapfel reichte. Hinter ihm stand ein schmächtiger Typ, der ebenso zahnlos wie verschlagen grinste. Pfeffer stand auf und zückte seinen Dienstausweis. „Oder sollen wir beider uns mal woanders unterhalten?"

„Schon gut", knurrte Schorschi und setzte sich neben seinen grinsenden Kumpel auf den freien Hocker. „Scheißbullen. Zwei Halbe, Biggi."

„Frau Sonnenbichl, ich würde Sie nun gerne nach Hause begleiten." Pfeffer blieb stehen.

„Warum? Wollen Sie mich verhaften? Darf ich mir noch eine Zahnbürste holen?"

„Nein, aber ich muss mich bei Ihnen ein wenig umsehen."

„Müssen Sie?"

Pfeffer nickte. Traudl Sonnenbichl trank ihr restliches Bier aus, murmelte „Pfiads eich" und ging hinaus. Biggi rief ein „Grüße an Rudi!" hinterher, was Traudl mit einem grimmigen „Jaja, schon gut" quittierte.

Die frische Luft tat Pfeffer gut. Er fühlte sich durchgeräuchert.

„Hat Ihnen Werner Androsch was gesagt?", fragte die Frau unvermittelt.

„Was soll er mir denn gesagt haben?"

„Etwas über mich und Sepp."

„Und was?"

„Versuchen Sie nicht, mich zu verarschen, Herr Pfeffer. Solche Tricks können Sie sich sparen. Es gibt auch nichts zu erzählen. Fragen Sie lieber Werner, warum er den Sepp so gehasst hat."

„Ich habe aber Sie gefragt."

„Meine Antwort kennen Sie."

„Wirklich? War es nur das Mobbing? Immerhin kennen Sie ihn schon sehr lange. Wie ich gehört habe, gehörten Sie und er zur Roloff-Gang."

„Und? Schon damals mochten wir uns nicht."

„Warum?"

„Weil er schon damals ein Arsch war."

Sie bogen von der Waltherstraße in die Maistraße ein. Im kalten Neonlicht eines Getränkeabholmarkts warfen sie lange Schatten auf den Bürgersteig. Auf der gegenüberliegenden Straßenseite ragte die abweisende Sechziger-Jahre-Architektur des ehemaligen AOK-Gebäudes in den dunklen Nachthimmel.

Traudl Sonnenbichl deutete hinüber. „Da bauen sie jetzt Wohnungen rein. Luxuswohnungen. Mit Conciergeservice! Wer braucht hier in der Maistraße einen Concierge? Ich kenne keinen."

Pfeffer musste ihr zustimmen. Er stammte aus dem Viertel. Conciergen gehörten nicht hierher, aber man würde sie nicht aufhalten können. Auch das alte Arbeitsamt eine Straße weiter wurde momentan von einem internationalen Designer luxussaniert, mit Conciergeservice versehen und dem Viertel als Fremdkörper eingepflanzt. Die Isarvorstadt, einst ein einfaches Arbeiterviertel, boomte. Erst Schwabing, dann Haidhausen und das Lehel, jetzt die Isarvorstadt und das Westend, morgen Altsendling – die Heuschrecken der Immobilienbranche hatten immer Hunger. Ein Krankenwagen mit eingeschaltetem Blaulicht, aber ohne Martinshorn fuhr vorbei. Schon wenige Schritte nachdem sie von der Maistraße in die Tumblinger abgebogen waren, blieben sie vor einem Altbau stehen. Traudl Sonnenbichl zog ihren Schlüssel aus der Manteltasche und schloss die Eingangstür auf. „Ich habe schon lange am Resi gearbeitet. Lange bevor Sepp da angefangen hat. Verstehen Sie? Er hat sich in meinem Territorium breitgemacht und mich vor meinen alten Kollegen schlecht gemacht."

Die beiden stiegen die knarzenden, mit grauem Linoleum belegten Holztreppen hinauf bis zum zweiten Stock. Es roch nach Bohnerwachs und Kellerfeuchtigkeit. Es erinnerte Pfeffer an den Geruch im Elefantenhaus. Oben öffnete die Frau ihre Wohnungstür.

„Rudi! Bin wieder da!", rief sie beim Eintreten. „Ich habe Besuch mitgebracht. Aber ich mach gleich dein Essen!" Sie legte den Mantel ab. „Kommen Sie nur, Herr Pfeffer, sehen Sie sich um. Ich habe nichts zu verbergen."

Pfeffer betrat vorsichtig die Wohnung, denn Rudi konnte auch ein Hund sein. Aber als nichts angehechelt kam oder knurrend nach seinen Hosenbeinen schnappte, entspannte er sich und sah sich um. Er wähnte sich beinahe in einem Siebziger-Jahre-Museum. Die hohen Altbaudecken waren in fast allen Räumen mit kupfern schimmernden Metalllamellen abgehängt. Die Küche glänzte von den Fliesen bis zu den Schrankfronten in verschiedenen Orangetönen.

Traudl Sonnenbichl holte in der Küche ein Fertiggericht aus dem Kühlschrank, riss die Verpackung auf und stellte das Essen in die Mikrowelle. „Ich koche schon lange nicht mehr", sagte sie beiläufig. „Lohnt sich nicht."

Pfeffer ließ sie allein und widmete sich wieder der Wohnung. In allen Räumen lag dicker, aber abgelatschter lila Teppichboden. Das Schlafzimmer bot ein Schrank-Bett-Ensemble in weißem Schleiflack. Sogar der große Fernseher, ein türkisfarbenes Gerät mit Standfuß, das ein kärgliches, aber wuchtig möbliertes Wohnzimmer beherrschte, war ein Original. Im Flur hing in einfachen Glasrahmen eine ganze Batterie Autogrammkarten von Schauspielern, alle „Für Traudl" gewidmet. Pfeffer erkannte nur die wenigsten, unter ihnen den jungen Werner Androsch. Auf einem großen Schwarzweißfoto entdeckte Pfeffer Traudl inmitten einer Menschenmenge, offenbar einer Filmcrew, neben ihr standen Nives Marell, Fritz Roloff und wieder der junge Werner Androsch. Pfeffer bemühte sich, den Ermordeten als jungen Mann ausfindig zu machen. Er schwankte zwischen zwei Männern im Hintergrund. Eine Menge Fotos aus verschiedenen Jahrzehnten und vor verschiedenen, teils exotischen Kulissen, zeigten Traudl zusammen mit Nives Marell. Mit sauberer Kleinmädchenschrift stand unten rechts auf jedem Foto, wann und wo es entstanden war, „Paris, 1976", „Venedig, 1982", „Hollywood, 1972", „Rom, 1985" etc.

Eine letzte Tür gab es noch zu öffnen. Dahinter lag ein kleines Zimmer, mehr eine Kammer. Ein Krankenhausbett füllte fast den ganzen Raum aus. Darin lag in Bergen von Decken und

Kissen ein Mann, dessen Hautfarbe sich kaum von der Farbe des Bettzeugs unterschied. Dunkel glühende Augen fixierten Pfeffer. Rissige Lippen öffneten sich, ein Krächzen hing im Raum. Der Geruch von Desinfektionsmittel und Kot füllte die Luft. Auf der Fensterbank stapelten sich Medikamentenschachteln, auf denen zu oberst eine offene, halbleere Schachtel Alkoholpralinen lag.

„Entschuldigen Sie, ich wusste nicht …" Pfeffer trat verlegen einen Schritt zurück und stieß gegen die kleine Kommode neben der Tür, auf der ein Fernseher stand. Eine Vorabendserie lief ohne Ton.

„Mein Mann, Rudi." Traudl Sonnenbichl kam hinzu. Sie trocknete sich die Hände an einem karierten Küchenhandtuch ab und quetschte sich an Pfeffer vorbei neben das Bett. „Rudi, das ist Kriminalrat Pfeffer. Es geht um den Mord an Sepp. Weißt schon. Ich hab dir davon erzählt."

Der Mann nickte kaum merklich schwach.

„Erst Zungenkrebs, dann können Sie es sich aussuchen. Darm, Leber, Lunge, Lymphen, Metastasen in fast allen Organen und in den Knochen, restlos austherapiert", sagte die Frau nüchtern und sachlich. „Er kann nicht mehr sprechen, die Zunge. Er kann kaum noch schmecken, aber die liebt er." Sie nahm eine Alkoholpraline aus der Schachtel auf dem Fensterbrett und schob sie dem Kranken vorsichtig in den Mund. „Schön langsam lutschen, Rudi." Sie drehte sich zu Pfeffer. „Er liebt Weinbrandbohnen. Er lutscht sie, nein, das kann er eigentlich nicht mehr. Er lässt sie langsam im Mund zergehen. Er kann sich noch ein wenig bewegen. Sie haben ihn zum Sterben nach Hause geschickt. Zu mir. Sie haben gemeint, es könnte noch Stunden, Tage oder höchstens eine Woche dauern. Nun dauert es schon drei Wochen."

„Das tut mir leid", sagte Pfeffer leise. „Das wusste ich nicht."

„Das weiß fast niemand. In der Arbeit sowieso nicht. Na, außer Sebastian und vielleicht Rocco. Zweimal am Tag kommt eine Pflegekraft. Zum Glück ist Rudi noch verhältnismäßig mobil. Er kann manchmal kurz aufstehen." Sie tätschelte dem Liegenden den Arm. In Rudis Armbeuge steckte ein Kanülenzugang, festgeklebt mit einem milchigen Pflaster, durch das das

Blauviolett der Venen schimmerte. Mit der Hand hielt er eine Fernbedienung fest. In seinem Schoß lag das Mobilteil eines Telefons. „Gleich gibt's Essen, Rudi. Ich hab dir Cevapcici gemacht, das magst du doch." Wie von Fernem hörte man das Bing der Mikrowelle. „Entschuldigen Sie, Herr Pfeffer, ich muss meinen Mann füttern. Schauen Sie sich ruhig weiter um. Was immer Sie auch suchen." Sie drängte wieder an Pfeffer vorbei und lief den Flur hinunter Richtung Küche.

Pfeffer ging rückwärts aus dem Raum. Die glühenden Augen folgten jeder Bewegung. Rudi versuchte eine Art Lächeln. Im benachbarten Wohnzimmer zündete Pfeffer sich eine Zigarette an und stand eine Weile ruhig rauchend da. Die wilden Tapetenmuster in Braun und Beige irritierten ihn, so konnte er keinen klaren Gedanken fassen. Als Kind der Siebziger hasste er die Siebziger. Von der Küche her hörte er eine Küchenmaschine aufjaulen, die etwas rührte oder zerkleinerte. Keine Bilder an den Wohnzimmerwänden, bis auf ein Pin-up-Poster von Nives Marell im Bikini, das vermutlich aus den Sechzigern stammte und die handschriftliche Widmung trug: „Traudl, du spinnst echt! Nives, eine die's wissen muss …" Auf der wuchtigen Kommode stand eine kleine Türkeiflagge. Auf dem niedrigen Glastisch vor der monströsen Couch türmten sich goldene Stoffbänder, zum Teil mit bunten geschliffenen Glassteinen verziert. Aus einer offenen Papiertüte quollen rote und blaue Glassteine. Das Geräusch aus der Küche verstummte.

„Bitte nicht in der Wohnung!", rief Traudl Sonnenbichl vom Flur her. „Gehen Sie in die Küche oder auf den Balkon." Sie trug einen Teller in der Hand, auf dem eine bräunlich breiige Masse lag. Daraus ragte ein Löffelstiel.

„Wie bitte?", fragte Pfeffer.

„Die Zigarette. Küche oder Balkon. Anderswo wird in dieser Wohnung nicht mehr geraucht."

„Entschuldigung." Pfeffer sah sich um und entdeckte die Tür, die nach draußen führte. Umso besser. Das war es sowieso, was er suchte. Auf dem Balkon fand Pfeffer die Pflanzen, die der Herbst noch übrig gelassen hatte. Astern, Dahlien. An der Wand rankte Wein hoch, der sich rot färbte. Das ließ sich selbst bei dem fahlen Licht, das von einer Straßenlaterne stammte, erkennen. Pfeffer beugte sich vor und sah hinunter zur Straße. Unten wuchs kein Wein. Der Rebstock kam aus einem großen Kübel neben der Tür. Verdeckt von zwei Terracottatöpfen, in denen roter Oleander blühte. Pfeffer hatte gefunden, wonach er gesucht hatte. Er beugte sich zu den Lorbeergewächsen und suchte nach Schnittstellen. Die Blätter, die er berührte, fühlten sich erstaunlich kräftig an. Das Licht reichte nicht aus. Er suchte sein Feuerzeug.

„Gefällt Ihnen mein Oleander?" Traudl Sonnenbichl hatte die Balkontür geöffnet und trat zu Pfeffer hinaus ins Freie. „Hu, frisch", sagte sie und zog ihre Strickjacke enger. Sie hielt eine glühende Zigarette in der Hand.

„Da ist ein Aschenbecher", sagte sie und deutete auf ein selbstgetöpfertes Objekt voller Kippen zwischen den Blumenkübeln. „Er hat keinen richtigen Hunger. Das heißt, er hat schon Hunger, aber er will warten, bis Sie weg sind." Sie lehnte sich gegen die Brüstung. „Fremde irritieren ihn."

„Ich bin gleich weg", antwortete Pfeffer und holte sein Diktiergerät heraus. „Es stört Sie nicht, dass ich unser Gespräch aufnehme?"

Sie reagierte nicht. Es war ohnehin nur eine rhetorische Frage.

„Zweimal am Tag kommt eine Pflegerin. Zum Waschen und für das Allernötigste." Sie rauchte schweigend drei Züge. „Die erste Woche habe ich mir frei genommen. Überstunden abbauen. Für ihn da sein. Dann habe ich es nicht mehr ausgehalten. Ich musste raus hier. Jetzt gehe ich jeden Tag um sieben zur Arbeit und komme um vier heim. Die Pflegerin kommt um neun und um zwei." Weitere drei Züge. Pfeffer wartete. „Ich werde dieses Jahr einundsechzig. Ich werde dann vorzeitig in Rente gehen. Wenn alles vorbei ist." Ein tiefer Zug. „Wissen Sie, Kriminalrat Pfeffer, ich wollte immer einen Mann, mit dem man leben kann. Keinen Spinner, keinen Idioten, keinen Aufschneider. Einfach einen Mann zum Leben. Einer, der auch da ist, wenn man nach Luft schnappt. Das hatte ich, ich kann mich also nicht beschweren." Zwei Züge. Sie sah prüfend ihre Zigarettenspitze an. Noch ein Zug. „Leider konnten wir keine Kinder bekommen. Nein, das ist falsch. Leider konnte ICH keine Kinder bekommen. Ich glaube, das hat ihm zugesetzt. Mir hat es jedenfalls zugesetzt. Haben Sie Kinder, Herr Pfeffer?"

„Ja, zwei Söhne."

„Schön für Sie."

„Nicht immer."

Traudl Sonnenbichl lachte trocken. „Sie halten mich für eine Barbarin, weil ich ihn in diese Kammer sperre, nicht wahr?"

Pfeffer schüttelte den Kopf.

„Er will es so. So stört er mich nachts nicht, sagt er. Beziehungsweise schreibt er. Wenn er aufstehen kann, dann kann er sich da direkt an der Wand entlanghangeln. Wenn er stürzen sollte, fällt er mit großer Wahrscheinlichkeit ins Bett." Neue Zigarette, zwei Züge. „Gut, ich gebe es zu. Ich bin keine gute Pflegerin. Ich kann das nicht, verstehen Sie?" Endlich sah sie Pfeffer ins Gesicht. Tränen wollten überquellen und ihr Make-up verschmieren. „Ich bemühe mich, so gut es geht. Natürlich mache ich alles, säubere ihn, wasche ihn – aber es ekelt mich an. Verstehen Sie. Ich liebe ihn immer noch. Er ist mein Mann, aber DAS DA EKELT mich an. Ich kann es nicht." Sie kaute auf ihrer Unterlippe. „Ich muss arbeiten, sonst werde ich verrückt. Auch auf die Gefahr hin, dass ich eines Tages heimkomme und er tot ist." Sie schniefte und tupfte vorsichtig ihre Tränen mit dem Ärmel ihrer Jacke weg. „Gut, Sie sind nicht hier, um mein Geheule anzuhören. Zurück zu meiner Frage. Haben Sie gefunden, was Sie gesucht haben?"

„Ja." Pfeffer deutete auf die Oleander.

„Und? Was ist so verdächtig an Oleander?"

„Prinzipiell nichts, solange man ihn nicht als Mordwerkzeug benutzt."

Traudl Sonnenbichl hustete überrascht und ließ die Zigarette fallen. „Wie bitte?"

„Unser Labor hat das Gift analysiert, mit dem Joseph Bloch ermordet wurde." Pfeffer dachte an das Telefonat, das er im maisgelben Flur des Residenztheaters mit Doktor Gerda Pettenkofer geführt hatte.

„Wie ich bereits vermutet habe, ein herzwirksames Glykosid", so hatte die Rechtsmedizinerin gesagt. „Eins vom Cardenolid-Typ. Cardenolide sind eng verwandt mit den Bufadienoliden, also den giftigen Sekreten von Kröten, und kommen vor allem in den Pflanzenfamilien der Scrophulariaceen, Liliaceen, Ranunculaceen ..."

„Gerda, bitte!"

„Erwähnte ich bereits, dass es manchmal keinen Spaß mit dir macht, Maxl? Lass mir doch ein paar Fachworte. Na gut, als Glykosid konnten wir Neriifolin nachweisen, als Zucker Oleandrose. Da bleibt als Genin nur das Oleandrigenin."

„Ich verstehe immer nur Oleander."

„Richtig, Maxl. Nerium Oleander, ein Hundsgiftgewächs, das in Italien als simple Autobahnmittelstreifenbegrünung dient und bei uns gehätschelt und getätschelt wird, als sei es blühendes Gold. Meine Oma sagte auch Rosenlorbeer dazu. Oleander ist in allen Teilen hochgiftig. Noch giftiger als hochgiftig ist angeblich der rote Oleander während der Blüte. Da wir bisher einen so milden Herbst hatten, blüht überall noch der Oleander. Das Problem mit Oleandervergiftungen ist, dass sie höchst selten vorkommen und daher kaum erforscht oder in der Literatur erfasst sind. Angeblich hat man mit Tierversuchen nachgewiesen, dass fünf bis sechs Gramm Extrakt aus Blättern, Holz und Rinde für den Menschen tödlich sind. Man weiß deshalb so wenig darüber, weil Oleander widerlich bitter schmeckt. Das schluckt keiner freiwillig und wenn, übergibt er sich sofort."

„Außer man mischt es in Getränke, die von sich aus schon bitter sind."

„Joseph Bloch muss grausam verendet sein. Zu den Symptomen gehören Übelkeit, Sehstörungen, Halluzinationen, Delirium, eine Bandbreite kardialer Rhythmusstörungen wie Bradykardie, Vorhoftachykardie mit intermittierender AV-Blockierung und so weiter. Bei vordigitalisierten Patienten wie unserem Herrn hier sind bereits geringe Dosen gefährlich. Beim großen Jacobus Theodorus Tabernaemontanus heißt es blumig: ‚Wann man mit diesem Kraut der Feldmäus Löcher zustopffet, so müssen sie sterben. Die Jäger schmieren auch die Pfeil mit dessen Saft die wilden Thier damit zu erlegen und töten.'"

„Wie poetisch und gleichzeitig morbide."

„Tabernae ..."

„Danke, Gerda, das interessiert mich nun wirklich nicht."

„Banause. 1520 bis 1590. Legendäres Kräuterbuch. So jetzt weißt du's trotzdem. Okay, deine Fakten. Man kolportiert noch eine nette Geschichte über mehrere Soldaten Napoleons, die gestorben sein sollen, weil sie Oleanderzweige als Bratspieße für ihr Schaschlik benutzt haben sollen. Du siehst, extrem toxisch. So wie ich den Fall sehe, und so wie ich die Unterlagen von Joseph Blochs Hausarzt und der zahllosen Fachärzte, die er aufgesucht hat, lese, hat Bloch schon beinahe eineinhalb Wochen über massives Unwohlsein, Bitterschmecken und Übelkeit geklagt. Er muss also *peu-à-peu* vergiftet worden sein. Der Täter hat sich quasi an die tödliche Menge herangetastet."

„Und wie hat er das Oleandergift gewonnen?"

„Keine Ahnung, durch ein Destillat? Oder einfach die Milch gesammelt, die aus den Schnittwunden der Pflanze austritt? Oder Blüten und Blätter in Alkohol eingelegt? Oder ausgekocht? Das musst du den Täter fragen. Oder die Täterin. Mein Tipp bei Gift, Maxl: *Cherchez la femme*."

„Dann müssen wir uns also die Balkone und Gärten der Verdächtigen ansehen."

„Und die Parkanlagen, Maxl. Überall stehen Oleanderkübel in Italiens nördlichster Stadt. Unser Täter brauchte nur irgendwo ein paar Triebe abknipsen."

„Da hast du wieder recht, Gerda."

„Besteht nicht die Möglichkeit, dass wir eine ganz bestimmte Pflanze als Quelle ermitteln können?"

„Ach, wie süß naiv, Maxl. Da kommen mir fast die Tränen."

„Danke, Gerda!"

„Oleander", sagte Traudl Sonnenbichl tonlos und zündete sich eine neue Zigarette an. „Nur zu, Kriminalrat Pfeffer, untersuchen Sie meinen Oleander!" Sie lachte trocken.

Max Pfeffer nahm sein Feuerzeug und rieb im warmen Licht der Flamme an einem Blatt. Es fühlte sich hart an. Beim näheren Hinschauen konnte Pfeffer keine Schnittstellen entdecken. Die rosa Blüten leuchteten. Pfeffer kam mit dem Feuerzeug so nahe, dass eine Blüte Feuer fing und mit einem zischenden Laut verschmurgelte. Der Geruch von verbranntem Plastik stach in die Nase.

„Tut mir leid, Sie enttäuschen zu müssen, Herr Pfeffer", sagte Traudl Sonnenbichl. „Aber aus dem Oleander könnte ich höchstens einen Plastiksud kochen."

„Wozu stellen Sie künstliche Pflanzen auf den Balkon?" Der Kriminalrat nahm den Daumen vom Gashebel des Feuerzeugs und richtete sich wieder auf. Enttäuscht, frustriert.

„Sehen schön aus und machen keine Arbeit." Die Frau zuckte mit den Schultern. „Nicht alles ist künstlich hier. Der Wein ist zum Beispiel echt und die Blumen da vorne." Sie deutete ins Dunkel. „Bin ich nun immer noch verdächtig?"

Pfeffer schwieg eine Weile. „Ja. Sie müssen nicht Oleander selbst züchten, um Zugang zu Oleander zu haben. Überall stehen welche. Sie hatten Zugang zu Sepps Alkoholverstecken und zu seiner Thermoskanne für den Kaffee. Übrigens haben wir daran unter anderem Ihre Fingerabdrücke nachgewiesen."

„Unter anderem?"

„Es gab noch andere."

„Ich …" Sie kniff die Augen zusammen und kaute wieder auf ihrer Unterlippe. „Ich habe ihm seine Kanne nachgetragen. Gestern Mittag. Da hat er sich in die Damentoilette verirrt und sich übergeben. Dabei hat er seine Thermoskanne stehen lassen. Die habe ich ihm hinterhergetragen. Daher meine Fingerabdrücke."

„Das könnte eine Erklärung sein."

„Das ist eine Erklärung."

„Ich habe überall die Fotos von Ihnen und Nives Marell hängen sehen", wechselte Pfeffer das Thema. „Sie scheinen gut befreundet zu sein."

„Das scheint nicht nur so. Wir sind es. Wir sind Freundinnen aus Kindertagen. Haben zusammen die Schulbank gedrückt und gemeinsam die Schneiderlehre bei ihrem Vater gemacht. Wir haben alles gemeinsam gemacht."

„Aber Nives ist alleine nach München abgehauen ..."

„Ich sollte mit, aber ich war zu feige. Ich bin bis heute feige. Sie hätten ihre Eltern erleben müssen!" Traudl Sonnenbichl lachte hustend. „Nives war ja noch nicht volljährig. Damals wurde man das erst mit einundzwanzig. Aber so war Nives nun mal. Sie wollte einfach weg aus der Provinz. Später, als sie mit Fritz und den anderen zusammen war, hat sie mich auch nach München geholt. Und als sie ein Star wurde, sind ihre Eltern vor Stolz schier geplatzt. Ich auch. Ich habe ihr so viel zu verdanken."

„Zum Beispiel?"

„Meine Arbeit für Fritz Roloff, die schönen Reisen nach Hollywood, Paris, Rom, Tokio – sie hat mich immer eingeladen. Na, und die Stelle beim Resi verdanke ich auch ihr. Das war noch, bevor Hannes Wachsmuth Intendant wurde. Nives kannte jemanden in der Personalabteilung. Sie kannte immer jemanden irgendwoher. Sie hat auch ihren Sohn Rocco dort untergebracht. Der arme Kerl. Behindert."

„Da Sie offenkundig auch aus Zacherlkirchen stammen, kennen Sie bestimmt die Geschichte vom Leitmayr Toni."

Traudl Sonnenbichl atmete scharf ein. „Leitmayr Toni?" Sie nestelte an ihrer Jacke herum und zog sie enger um die Schultern. „Lassen Sie mich nachdenken. Der hat den Hof bewirtschaftet, den Nives später kaufte. Ein furchtbarer Kerl, niemand konnte ihn wirklich leiden. Na, außer dem Pfarrer, aber das war auch sein Bruder. Der Leitmayr Rupert war damals nämlich unser Pfarrer. Genau das Gegenteil von seinem Bruder Anton. Ein Lieber, Netter. Tja, eines schönen Tages ist der Toni verschwunden. Den Hof hat auch mein Vater für einige Jahre gepachtet, dann wurde er von verschiedenen Pächtern immer weiter runtergewirtschaftet, bis er irgendwann in den Siebzigern ganz aufgegeben wurde und verfiel. Das Anwesen stand leer, bis Nives es gekauft hat."

„Von wem?"

„Der Kirche. Der Leitmayr Toni war nur Pächter. Das Gelände gehörte der Kirche. Wie so vieles in Zacherlkirchen."

„Sie kannten also den Leitmayr Toni persönlich?"

„Flüchtig. Man ging ihm besser aus dem Weg. Besonders als junges Mädchen. Es gab Gerüchte. Sie verstehen."

„Hat Ihnen Ihre Freundin Nives Marell von einem gewissen Fund auf ihrem Grundstück erzählt?"

„Das Skelett? Sicher." Ihre Stimme bebte ein wenig, doch Traudl Sonnenbichl gab sich auffällig entspannt. Pfeffer wartete. „Sie glauben ... Nein, das kann nicht sein. Man sagt, es sei ein keltischer Krieger, den sie da gefunden haben. Nein, wenn Sie mich fragen, ist es bestimmt nicht der Leitmayr Toni. Der soll zur Fremdenlegion gegangen sein, weil erboste Väter ihn sonst mit den Mistgabeln aufgespießt hätten."

„Weil er die Mädels verführt hat."

„Er hat nicht verführt, Herr Pfeffer."

Plastikoleander – es sollte ihn nicht wirklich stören und es entlastete Traudl Sonnenbichl nicht wirklich. Dennoch schien sie für ihn nun aus dem engsten Kreis der Verdächtigen hinauskatapultiert. Pfeffer ließ sein Auto stehen. Zwei der anderen Verdächtigen wohnten nicht weit entfernt, Roecklplatz und Wittelsbacherstraße, und auf dem Diktafon gab es noch genug Platz. Er würde eine Runde laufen. Er kannte die Gegend wie seine Westentasche. Drüben in der Au, auf der anderen Isarseite, hatte er seine Kindheit verbracht, seine Jugend dann hier im Schlachthofviertel. Als er den Roecklplatz mit den prunkvollen Gründerzeitgebäuden erreichte und ihm die vier grauen Hochhäuser auf der anderen Seite hinter dem kleinen Grüngürtel wie eine bedrohliche Trotzburg schienen, fiel sein Blick auf eine kleine Eisdiele. Er beschloss, sich eine Kugel Eis zu gönnen. Das würden seine Hüften verkraften.

Er löste vorsichtig mit den Lippen ein Schokoladenplättchen aus der Stracciatella, als er bei Androsch klingelte. Der Schauspieler wohnte im zweiten Hochhaus. Lange tat sich nichts, Pfeffer klingelte noch drei Mal und wollte schon aufgeben, als endlich die verzerrte Stimme des Schauspielers aus der Gegensprechanlage „Ja, bitte?“ fragte.

Das Treppenhaus schien relativ gepflegt. Der Aufzug stank nicht allzu stark nach Urin. Dennoch war Pfeffer froh, als er den siebten Stock, das oberste Geschoss, erreicht hatte und den Lift verlassen konnte. Er schluckte schnell den Rest Waffel hinunter und ging auf die offene Wohnungstür zu, in der Werner Androsch mit eingezogenem Kopf wartete. Die Wohnung des Schauspielers überraschte Pfeffer. Alles war zweifelsohne sauber. Zwar fehlte nichts an Möbeln – Sofa, Sessel, Tisch, Stühle und natürlich ein Bett im Schlafzimmer –, es gab sogar Schränke, doch überall standen Umzugskisten herum, die offensichtlich nicht leer waren. Sie stapelten sich an den Flurwänden und im Wohnzimmer.

Werner Androsch bemerkte Pfeffers Blick und setzte an, etwas zu sagen. Mehr als ein „Pfffh" kam nicht heraus. Er zuckte mit den Schultern. Dann, als hätte er seine Sprache gefunden: „Ich bin noch nicht dazu gekommen, alles auszupacken."

„Seit wann wohnen Sie denn hier?"

„Seit … seit die Häuser hier gebaut wurden."

„Oh. Fünfundsiebzig?"

„Sechsundsiebzig." Androsch senkte verlegen seinen Blick, eine Strähne seines pomadigen Haares löste sich vom Kopf und fiel ihm ins Gesicht. „Die Wohnung gehört mir. Normalerweise habe ich nicht viel Besuch. Ich muss mal ein paar Sachen in den Keller bringen."

„Ich möchte Sie nicht lange stören, Herr Androsch", sagte Pfeffer. „Ich möchte kurz Ihren Balkon sehen."

„Loggia", sagte Androsch. „Ich habe eine Loggia. Bitte hier entlang. Ich habe nichts zu verbergen."

Draußen ließ der Kriminaler seinen Blick über die beleuchtete Giesinger Kirche und dunklen Isarauen schweifen. Ein Zug fuhr ratternd über die Isarbrücke, der Schall verfing sich in der Loggia. Pfeffer entdeckte sofort den Oleander und begutachtete ihn im Licht, das vom Wohnzimmer kam.

„Danke", sagte er dann. „Das war es schon."

„Sie wollten nur meinen Oleander sehen?"

„Ja. Joseph Bloch wurde mit Oleander vergiftet. Ihre Pflanze wurde beschnitten."

„Das … jeder hat doch heutzutage einen Oleander!" Androschs Stimme überschlug sich in Panik.

„Stimmt, das erleichtert uns die Arbeit auch nicht gerade. Aber es sind nicht von jedem Fingerabdrücke auf einer der Schnapsflaschen, die Joseph Bloch versteckt hatte."

„Das … kann nicht sein." Die Finger der rechten Hand begannen zu flattern, der Schauspieler nahm die Rechte fest in die linke Hand und rieb sie. „Ich sagte doch, dass ich von seinem Schnapsversteck nichts wusste. War es Jägermeister? Ja? Dann ist es wahrscheinlich die Flasche gewesen, die ich neulich der Herrenwerkstatt zur freien Verfügung überlassen habe. Wissen Sie, die Flasche habe ich mal geschenkt bekommen, ewig her. Und ich hasse das Zeug. Da habe ich es den Herren in der Schneiderei gegeben."

„Das werden wir überprüfen", sagte Pfeffer. „Interessant ist auch, dass Sie meiner Kollegin gesagt haben, wir sollten uns mal mit Traudl Sonnenbichl auseinandersetzen, denn die hätte Herrn Bloch gehasst. Nun sagte mir Frau Sonnenbichl, dass Sie Herrn Bloch noch viel mehr gehasst hätten. Darf ich fragen, warum?"

Der Schauspieler kaute auf seiner Unterlippe herum und steckte seinen linken Daumen in ein Knopfloch seiner grauschwarz gemusterten Strickjacke. „Die Traudl und der Sepp … die waren einmal ein Liebespaar. So, das hat sie Ihnen bestimmt nicht erzählt, die verlogene Kuh. Seitdem hat sie ihn gehasst wie die Pest. Das wusste jeder aus der alten Blase. Sie können ihr ruhig sagen, dass Sie das von mir wissen. Stört mich gar nicht. Gar nicht!"

„Zweifelsohne interessant", antwortete Pfeffer. Erneut fuhr ein Zug über die Brücke unten im Isartal. „Ich würde dennoch gerne wissen, warum Sie ihn gehasst haben. War Traudl Sonnenbichl, oder damals hieß sie vermutlich noch Kropfhamer, Ihre Freundin? Hat er sie Ihnen ausgespannt?"

„Bah!" Werner Androsch machte eine wegwerfende Handbewegung. „Die Traudl, der Bauerntrampel. So was hatte ich gar nicht nötig. Ich habe sie mir aussuchen können, die Mädels."

„Was war es dann?"

„Wie ich Ihrer Kollegin heute schon sagte, ich mochte ihn einfach nicht. Ich konnte ihn nicht riechen. Sepp Bloch war ein Idiot, ein hinterfotziges kleines Schwein. Alles kein Grund für mich, jemanden zu ermorden."

„Warum glaube ich Ihnen nicht?"

„Weil Sie möchten, dass ich schuldig bin."

„Ach, bitte, Herr Androsch, jetzt werden wir ein wenig trivial." Max Pfeffer ließ den Schauspieler auf der Loggia stehen und ging zurück ins Wohnzimmer. „Überlegen Sie es sich. Wir werden früher oder später sowieso herausfinden, was zwischen Ihnen und dem Ermordeten vorgefallen ist. Besser Sie erzählen es gleich."

„Ich habe nichts zu erzählen." Werner Androsch folgte dem Polizisten und zog die Balkontür hinter sich zu. Er drehte den Hebel dreimal auf und zu, bevor er ihn los ließ.

„Herr Androsch. Ich ermittle in einem Mordfall. Sie müssen sich natürlich nicht selbst belasten …"

„Ich habe ihn nicht ermordet, Herr Kriminalrat", unterbrach ihn der Schauspieler. „Egal, wie oft Sie das aus mir herauspressen wollen. Ich war es nicht. Und mehr habe ich dazu nicht zu sagen."

„Wie Sie meinen. Schönen Abend noch." Pfeffer verließ die Wohnung, ohne sich umzudrehen.

Werner Androsch stand da, kaute seine Unterlippe blutig und versuchte das Gedankenkarussell in seinem Kopf zu stoppen. Sein Trotz schien ihm plötzlich so unendlich dumm. Es würde die Polizei keinen halben Tag kosten, herauszufinden, warum er den Toten so gehasst hatte. Er rannte aus der Wohnung, doch der Kriminalrat befand sich längst im Lift abwärts. Androsch kehrte mit schleppendem Schritt in die Wohnung zurück.

Den Weg an der Isar entlang schlenderte Max Pfeffer mit den Händen in den Hosentaschen. Der Gründerzeitbau in der Wittelsbacherstraße, in dem Sebastian Oßwald wohnte, schien erst vor Kurzem neu gestrichen worden zu sein, so saubergeschleckt glänzte er im gelben Licht der Straßenlaternen. Anders als im Altbau, in dem Traudl Sonnenbichl lebte, erwartete den Eintretenden ein großzügiges Entree mit Jugendstilornamenten und einem breiten Treppenhaus, dessen Holz nicht mit strapazierfähigem Belag beklebt worden war. Ein nachträglich eingebauter Glaslift wartete. Pfeffer nahm die Treppen.

Im dritten Stock stand Sebastian Oßwald barfuß in T-Shirt und Jogginghose in der Tür. Als er Pfeffer erkannte, lachte er verlegen. „Entschuldigung, normalerweise mache ich so nicht die Tür auf. Aber ich komme gerade vom Sport und wollte duschen und habe außerdem jemand anderen erwartet." Er schüttelte Pfeffers Hand und zog ihn gleichzeitig in die Wohnung. „In solchen Klamotten bringe ich nicht mal den Müll runter."

Max Pfeffer grinste. „Macht nichts. Tut mir auch leid, dass ich Sie so spät noch störe, aber ich mache gerade eine botanische Tour durch das Viertel."

„Muss ich das verstehen?"

„Nein. Duschen Sie ruhig erst."

„Macht es Ihnen nichts aus? Ich ziehe mich ungern in diesen Umkleidekabinen von Sportstudios aus. Und die Massenduschen kann ich nicht ab. Überall die glotzenden alten Säcke." Sebastian Oßwald zog sein verschwitztes Leiberl aus und ließ die Jogginghose herunter. Beides warf er lässig auf einen alten Kinosessel, der im Flur stand. Nur mit der Unterhose bekleidet verschwand er im Bad. Sahneschnitte. Annabella Scholz hatte es in jener Nacht auf den Punkt gebracht. Pfeffer überkam eine verzehrende Lust, einfach ins Bad zu folgen. Er unterließ es.

„Wenn Sie was trinken möchten, bedienen Sie sich!", rief der Gewandmeister aus dem Bad. „Es gibt allerdings nur Wasser. Aus der Leitung. Komme in zwei Minuten."

Während Sebastian Oßwald duschte, zapfte sich Pfeffer ein frisches Glas Leitungswasser und sah sich in der geräumigen Altbauwohnung um. Schlafzimmer, Wohnzimmer, Esszimmer und ein Arbeitszimmer – alles geschmackvoll und schlicht eingerichtet. Welch Kontrast zu den beiden anderen Wohnungen des Abends. Viel Naturweiß, nur echte Kunst an den Wänden, Radierungen, Zeichnungen, abstrakte Malerei, ein Männerakt. Pfeffer verstand wenig bis nichts von Kunst, aber dass es sich um gute Arbeiten handelte, meinte er eindeutig erkennen zu können. Im Arbeitszimmer standen zwei Nähmaschinen und eine Schneiderpuppe für Herrenmaße. Pfeffer fiel nun erst auf, dass er bei Traudl Sonnenbichl nichts dergleichen gesehen hatte. Weder eine Nähmaschine noch eine Schneiderpuppe. Nichts, was auf ihren Beruf hingewiesen hätte – bis auf die Goldbänder mit den Glassteinen auf dem Wohnzimmertisch.

Vom Wohnzimmer aus führte eine Doppelflügeltür auf einen Balkon. Als Pfeffer die Tür öffnete, kam Sebastian Oßwald herein. Um die Hüften trug er ein lässig gebundenes, beinah schamlos tief sitzendes Handtuch, mit einem anderen rubbelte er seine blonden, kurzen Haare. „Frische Luft, Herr Kriminalrat?“

Pfeffer schluckte und nickte. Schnell wegsehen. Es sind nur feucht glänzende, gut durchblutete Muskeln.

Er betrat den Balkon.

Sebastian Oßwald folgte ihm und legte sich das Rubbeltuch über die Schultern. „Doch ziemlich frisch geworden“, sagte er. „Leider geht mein Balkon auf die Straße raus. Ist ganz schön laut bei Rushhour. Aber dafür kann man die Isar sehen und hat Bäume vor der Nase.“ Er stand so nah an Max Pfeffer, dass Pfeffer nervös wurde und sich gezwungen sah, ihn irgendwie zu berühren, wenn er sich bewegen wollte. Er wollte.

„Tut mir leid“, sagte Pfeffer, als er sich hinüber zum Oleander drehte und dabei mit seiner Lederjacke an der linke Brust seines Gegenübers entlang streifte. Gänsehaut bei Sebastian. Die Brustwarzen schwollen verhärtet an.

„Nichts passiert“, meinte der Gewandmeister und hielt sein Hüfthandtuch gerade noch fest, das sich löste. Er wickelte es nicht wieder fest, sondern hielt es nachlässig vor sein Geschlecht.

Sebastian sah Pfeffer an und hielt die Luft an.

Pfeffer sah Sebastian an und hielt die Luft an.

Es vibrierte, die Temperatur stieg ins Fiebrige. Das Geräusch der vorbeifahrenden Autos verpuffte in Schweigen. Jenes kleine Zeitfenster öffnete sich, das sich höchst selten auftat, jener Bruchteil einer Sekunde, der absolutes Einverständnis bedeutete. Ihre Münder näherten sich. Man musste nun entweder sofort ohne ein Wort übereinander herfallen und nach Stunden schweißgebadet in einer völlig verwüsteten Wohnung zu sich kommen – oder durch Plattitüden wie „Ich muss bald gehen“ oder „Möchtest du etwas trinken“ panisch fliehen und das Zeitfenster unwiderruflich schließen.

Ihre Lippen berührten sich fast. Das Handtuch fiel geräuschlos.

Pfeffer sagte heiser: „Ich muss bald gehen.“

Sebastian flüsterte gleichzeitig: „Möchtest du etwas trinken?“

Beim Sprechen berührten sich ihre Lippen für Sekundenbruchteile. Beide atmeten aus und zogen wie in Zeitlupe ihre Köpfe zurück. Die Temperatur sank. Sie lächelten verlegen und vermieden Blickkontakt. Autos fuhren laut vorbei.

„Möchtest du … etwas trinken, ich habe in Wahrheit nicht nur Wasser." Sebastian Oßwald bückte sich, hob das Handtuch auf und band es sich wieder um die Hüften. „Wein? Schnaps?"

„Danke, ich muss noch fahren. Wasser ist okay."

„Gut. Ich zieh mir dann mal was an. Ist echt kühl." Er machte keine Anstalten, den Balkon zu verlassen.

Der Kriminalrat drehte sich zum Oleander hin. „Bin gleich weg, Sebastian. Mir geht es nur um den Oleander."

„Der Oleander?"

„Richtig. Ich sagte doch, dass ich auf einer botanischen Tour bin."

„Den habe ich als kleinen Setzling aus Griechenland mitgebracht. Santorini. Vor drei Jahren. Habe einfach einen Trieb abgeknipst und Wurzeln schlagen lassen. Prompt ist dieses Monster daraus geworden."

„Müsstest du mal zurückschneiden."

„Hab ich schon."

„Willst du gar nicht wissen, weshalb ich mich für deinen Oleander interessiere?"

„Du wirst es mir gleich sagen."

Der Kriminalrat erklärte es ihm. Sebastian kniff die Augen zusammen und sagte eine Weile nichts. „Das ist hart", meinte er dann. „Der arme Sepp."

„Deine Fingerabdrücke waren auf seiner Thermoskanne. Und auf den Schnapsflaschen im Versteck."

„Bei den Schnapsflaschen warst du selbst dabei. Und seine Thermoskanne habe ich ihm so oft hinterhergeräumt, dass es mich wundern würde, wenn überhaupt noch von anderen Fingerabdrücke drauf sind als von mir."

„Stimmt es, dass Werner Androsch euch neulich mal eine Flasche Jägermeister geschenkt hat?"

„Glaube schon. Ist aber eine Weile her. Wir bekommen öfter von Schauspielern oder Kostümbildnern Wein oder Sekt geschenkt. Den Schnaps wollte keiner. Vermutlich hat sich Sepp gleich die Flasche gekrallt."

„Was zahlst du hier?" Pfeffer deutete in die Wohnung.

„Genug! In Berlin hätte ich mir für das Geld ein Zweihundert-Quadratmeter-Loft mit Dachterrasse in Mitte leisten können. Aber wir sind eben in München."

„Wie kannst du dir so eine große Wohnung mitten im Glockenbachviertel leisten? Ich weiß, was man im öffentlichen Dienst so verdient."

„Ich werde nicht nach BAT bezahlt. Ich habe einen Künstlervertrag, der von Spielzeit zu Spielzeit verlängert wird. Ich habe von Anfang an mehr verdient als Sepp. Erheblich mehr. Außerdem, wer sagt, dass ich hier alleine wohne?"

„Ich dachte, weil …"

Sebastian legte Pfeffer den Zeigefinger auf die Lippen. „Nein, ich bin der Liebe wegen nach München gekommen. Wir wohnen hier zusammen."

„Ich sollte nun wirklich gehen", sagte Pfeffer leise.

„Ja." Sebastian blickte zu Boden. „Du verdächtigst mich also wirklich."

„Wundert dich das?"

„Nein."

Die beiden verließen den Balkon. Sebastian Oßwald suchte sich einen Zettel und schrieb einen Namen sowie eine Telefonnummer darauf. „Hier, das ist die Nummer unserer Personalabteilung. Ruf dort morgen mal an und frag, welche personellen Veränderungen dieser Tage stattfinden, beziehungsweise hätten auf jeden Fall stattfinden sollen."

Pfeffer zog fragend die Augenbrauen hoch. „Willst du mir das nicht selbst sagen?"

„Frag lieber gleich die Personalabteilung. Das würdest du ohnehin machen, um alles zu verifizieren, wenn ich dir etwas über mich und meine Zukunft am Resi erzählen würde, oder?"

„Stimmt." Max Pfeffer steckte den Zettel ein. „Bis die Tage."

„Servus, Bulle." Sebastian zwinkerte Pfeffer frech zu.

16

Die Wände vibrierten unter der Wucht der Bässe. Schon als Pfeffer die Garage hinter sich schloss und sich über den Kiesweg dem Haus im Stadtteil Obermenzing näherte, in dem er mit seiner Familie lebte, hörte er den dumpfen Rhythmus.

„Was ist denn nun schon wieder los?", rief Pfeffer, als er die Einganstür passiert hatte und von Lärm umtost wurde.

„Bist reichlich spät", antwortete Tim, der aus der Küche kam, und gab ihm einen flüchtigen Begrüßungskuss. „Die Jungs haben schon gegessen. Ich habe auf dich gewartet."

„Danke. Aber seit wann ist unser Haus eine Disko?" Pfeffer zog sich die Lederjacke aus und rief im Treppenhaus „Cosmas! Es reicht!"

Keine Reaktion, die Wände wackelten weiter.

„Cosmas! Verdammt! Oder ist es Flo?"

„Flo ist wieder mal bei Kevin drüben. Lass Cosmo." Tim de Fries schnappte sich den Arm seines Lebensgefährten, der im Begriff war, die Treppe hinaufzustürzen und bei seinem ältesten Sohn für Ruhe zu sorgen.

„Was ist denn?"

„Was wohl, Maxl? Liebeskummer."

„Oh. Lilly?"

Tim nickte.

„Warum redet er dann nicht mit uns darüber?"

„Hat er mit uns darüber geredet, als mit Nathalie Schluss war? Oder mit Simone? Hättest du mit deinen Eltern über Liebeskummer geredet?"

„Nein, natürlich nicht. Ich hätte es aber tun sollen, ihnen stecken, dass ich mit siebzehn heimlich und unglücklich in Roland Burger aus der Dreizehnten verknallt war. Die Gesichter hätte ich eigentlich gerne gesehen. Vielleicht hätte mein Vater da schon einen Schlaganfall bekommen?"

Die Bässe verstummten plötzlich. Sekunden später dröhnte in Livekonzertlautstärke „Fallin'" von Alicia Keys durch die Räume.

„Das war ihr Lied", seufzte Tim und verdrehte die Augen.

„Du weißt, was ihr Lied war?", wunderte sich Pfeffer.

Tim schwieg.

Dreimal wiederholte Alicia Keys ohrenbetäubend „Fallin'". Tim und Max aßen in der Küche unterdessen das Couscous, das Tim vorbereitet hatte. Als längere Zeit keine Musik zu hören war, sagte Pfeffer: „Sind ihm nun die Trommelfelle geplatzt?"

„Witzig, Dad!" Cosmo kam betont lässig in die Küche und holte sich Orangensaft aus dem Kühlschrank. Seine langen, wilden Locken wippten bei jedem Schritt. Er war ein sportlicher Kerl mit gut geschnittenem Gesicht.

„Tut mir leid, das mit Lilly", sagte Pfeffer.

„Was ist mit Lilly?"

„Na, ich dachte …" Pfeffer sah fragend zu Tim. „Ihr habt euch getrennt …"

„Olle Kamellen", winkte sein ältester Sohn ab. „Ist schon ewig her."

„Wart ihr nicht vor Kurzem noch gemeinsam auf dem Massive-Attack-Konzert? Erst gestern oder vorgestern?"

„Nein."

Die beiden Männer am Küchentisch sahen sich verwundert an und zuckten synchron mit den Schultern.

„Du, Dad, jetzt mal zu wirklich wichtigen Dingen." Cosmo setzte sich mit an den Tisch und sah seinem Vater fest in die Augen. „Schenkst du mir zum Abitur ein Auto?"

Pfeffer musste lachen. „Das ist doch wohl ein Scherz."

„Gut, vielleicht nicht du allein, aber Tim und du …"

„Vergiss es, Cosmo."

„Alle bekommen ein Auto zum Achtzehnten! Da habe ich schon in die Röhre geguckt. Dann sollte das wenigstens zum Abi drin sein! Wir wohnen hier am Arsch der Welt. Obermenzing! Warum sind wir nicht gleich nach Augsburg gezogen?"

„Bedank dich bei deiner Mutter, die dir und deinem Bruder dieses Haus am Arsch der Welt vererbt hat", sagte Pfeffer lakonisch. Die Stadtvilla aus den 1930ern gehörte tatsächlich den beiden Pfeffer-Buben. Die früh verstorbenen Großeltern mütterlicherseits hatten es einst gebaut. Als dann Pfeffers Ex-Frau an Krebs starb, wurden Florian und Cosmas Pfeffer minderjährige Hausbesitzer. Pfeffer und Tim hatten damals noch getrennt gelebt und ihre Wohnungen aufgegeben, um gemeinsam für die Kinder zu sorgen.

„Lass Mama aus dem Spiel. Ich brauche einfach ein Auto!"

„Du hast dein Moped und die S-Bahn ist keine zehn Minuten entfernt. Ich habe dir den Führerschein bezahlt, Cosmas. Und du kannst unsere Autos nutzen, wenn es passt. Aber wenn du ein eigenes Auto willst, musst du es dir selbst kaufen. Wenn du das Abi schaffst, zahl ich dir schließlich auch noch ein Studium."

„Mann, danke, dass du mich wieder mal gesellschaftlich bloßstellst." Cosmo Pfeffer sprang auf und ballte wütend die Fäuste. Er war großgewachsen, schon seit einigen Jahren überragte er seinen Vater um mindestens einen Kopf. „Alle kriegen ein Auto!"

„Hast du nicht gesagt, dass du nach dem Abi deinen Zivildienst als ... wie heißt das doch gleich ... anderen Dienst im Ausland ableisten willst? Hast du nicht schon eine Stelle bei der Caritas in Mosambik? Wie soll da dein Auto hinkommen?"

„Mosambik ist gestorben, weil ich da Portugiesisch können müsste! Ich gehe als Streetworker nach Madagaskar. Da reicht mein Französisch."

„Auch schön, dass man das mal erfährt."

„Gerade da brauche ich ja wohl ein Auto!"

„Aber keins, das ich dir hier kaufe. Und dann am Ende noch die Überführung nach Afrika zahle." Pfeffer tippte sich an die Stirn. „Vergiss es."

„Nein, vergiss du es! Echt, Dad!"

„Lass deine schlechte Laune nicht an mir aus", sagte Pfeffer streng. „Nur weil du und Lilly ..."

„Lilly interessiert mich einen Dreck. Kapiert?" Cosmo schnappte sich die Flasche Orangensaft und lief aus der Küche. „Ich muss noch für die Klausur morgen lernen. Sonst schaff ich am Ende das Abi nicht und muss es in diesem Haushalt noch ein weiteres Jahr aushalten!"

„Kapierst du das?", fragte Pfeffer seinen Lebensgefährten.

„Nein, aber lass ihn einfach." Tim blickte nachdenklich ins Leere. Pfeffer betrachtete das Profil seines Freundes und verspürte das Verlangen, dessen Sommersprossen zu berühren. Er zog seine Hand zurück, noch bevor er sie ausgestreckt hatte, weil Tim sich ihm zuwendete. „Ehrlich gesagt, mache ich mir ein wenig mehr Sorgen um Flo. Ich habe ihn neulich abends mit Kevin und anderen Jungs an der S-Bahn rumlungern sehen."

„Und?"

„Sie haben geraucht und Bier getrunken."

„Bist du sicher, dass das Flo war?" Pfeffer konnte es nicht glauben, dass sein Jüngster, der immer so brav und angepasst war, dass Pfeffer sich schon Sorgen darüber machte, Alkohol trank und rauchte.

„Ich erkenne wohl noch meine Kinder", sagte Tim. „Er ist jetzt fast jeden Abend bei Kevin drüben. Ich finde nicht, dass Kevin der beste Umgang ist. Vor allem seit sein Vater abgehauen ist. Seine Mutter hat, um es mal vorsichtig zu formulieren, ein gewaltiges Autoritätsproblem. Und Kevin hat morgen Geburtstag. Da findet am Wochenende eine Party statt. Und ich bin ausgerechnet dieses Wochenende zum Seminar in Düsseldorf. Freitagabend geht's los. Ich muss Samstag früh um neun dort sein."

„Na, hör mal, ich bin auch noch da", sagte Pfeffer mit nur halb gespielter Beleidigung. „Die werden sich ja wohl nicht gleich tot saufen."

„Bist du dir da so sicher?"

„Siehst du da nicht ein bisschen arg schwarz, Timmy?" Pfeffer streichelte Tims Wange mit dem Daumen. „Ich hatte meinen ersten Vollrausch auch mit vierzehn und meine Eltern sind im Dreieck gehüpft."

„Klasse Argument. Außerdem sind deine Eltern ununterbrochen und immer im Dreieck gehüpft."

„Tut mir leid. Ich werde mit Kevins Mutter sprechen."

17

Dass er mit Kevins Mutter sprechen wollte, hatte Pfeffer am nächsten Morgen längst vergessen. Nach dem gemeinsamen Joggen mit Tim, dem Duschen und dem üblichen Frühstück-Cancelling saß er schon vor den meisten anderen Kollegen im Büro, trank seinen zweiten Espresso, rauchte die dritte Zigarette – von wegen fünf am Tag –, und ging die Unterlagen durch, die Annabella Scholz ihm am Vortag vorbereitet hatte. Die Kommissarin hatte gute Arbeit geleistet und das Sekretariat auf Trab gehalten. Die Aussagen der Mitarbeiter der Herrenwerkstatt lagen sauber ausgedruckt und unterschrieben vor. Die genaue Analyse des Gifts überflog Pfeffer nur schnell. Doktor Gerda Pettenkofer hatte ihm alles gesagt, was er wissen musste. Man hatte es in allen Getränken nachgewiesen, die Sepp Bloch zu sich genommen hatte. Auch im Bier. Also musste jemand, der sich unauffällig in der Herrenwerkstatt bewegen konnte, der Mörder sein.

Plastikoleander. Es ließ ihn nicht los. Sollte er Traudl Sonnenbichl gleich von der Liste der Verdächtigen streichen? Es würde weniger Arbeit bedeuten.

Pfeffer ließ die Akte sinken. Sebastian Oßwald hatte ihm mehr als bereitwillig verraten, wo Joseph Bloch seinen Alkohol versteckte. Kalkül? Pfeffer zog den Zettel mit der Telefonnummer hervor, den ihm der Gewandmeister am Vorabend gegeben hatte. Er wählte die Nummer. Niemand hob ab. Er blickte auf die Uhr. Zwanzig vor acht. Zu früh.

Der Kriminalrat nahm sich die Unterlagen der Kollegen, die die Wohnung des Toten untersucht hatten. Es handelte sich nur um den Bericht. Zu dürftig, zu nichtssagend, befand Pfeffer und beschloss, später am Tag selbst in die Wohnung zu gehen. Allerdings konnte er schon jetzt dem Bericht entnehmen, dass Joseph Bloch offensichtlich einen recht gehobenen Lebensstil pflegte.

Dann überflog er den Bericht der Kollegen, die den Garten der einstigen Filmdiva rings um die Skelettfundstelle untersucht hatten. Nichts. Keine Spuren von keltischen Grabbeigaben und kein Hinweis auf einen Mord.

„Morgen, Chef." Annabella Scholz betrat das Büro. Sie sah übernächtigt und abgekämpft aus.

„Morgen, Bella."

Sie deutete seinen Blick richtig. „Sag bitte nichts." Sie hängte ihre Jacke auf die Rücklehne ihres Schreibtischstuhls und steuerte auf die Kaffeemaschine zu. „Ich habe schlecht geschlafen." Sie atmete schwer aus. „Wegen Levent. Arschloch."

„Zoff?"

„Der spinnt. Lass uns bitte nicht darüber reden, okay?"

„Okay." Pfeffer musterte seine Kollegin, die mit dem Rücken zu ihm stand, von oben bis unten.

„Nur etwas Stress." Die Kommissarin setzte die Espressomaschine in Gang.

Pfeffer schwieg und zog den nächsten Aktenordner hervor, den Annabella vorbereitet hatte. Die Vermisstenfälle aus Zacherlkirchen und Umgebung.

„Ich habe alles, was ich auftreiben konnte, für dich zusammengestellt", sagte Annabella und trat mit ihrem dampfenden Caffè Latte neben Pfeffer. Sie schielte über seine Schulter. Während er blätterte, kommentierte sie: „Ist chronologisch. Oben ist Stefanie Baumgart, achtzehn, vor fünf Jahren spurlos verschwunden. Dann geht's weiter mit Irmentraud Schweyk, zweiundsiebzig, seit acht Jahren vermisst. Dann kommt lange nichts, sehr lange nichts. Niemand ist den Zacherlkirchnern abhanden gekommen. Vor neunzehn Jahren aber ist Thomas Kästner, sechsunddreißig, nicht mehr nach Hause gekommen, geschweige denn irgendwo gesehen worden. Vom Alter her könnte er zu unserem Skelett passen. Allerdings kaum von der Größe her, er war einszweiundneunzig. Und zuletzt habe ich noch Peter Moosbach, zweiundvierzig, eigentlich schon vor fünfundzwanzig Jahren verschollen, aber die Kollegen hatten den Fall noch nicht gelöscht. Der war um die einssiebzig. Könnte also zur Not zu unserem Skelett passen."

„Gute Arbeit, Bella", sagte Pfeffer. „Ich habe allerdings auch einen Namen, Anton Leitmayr."

„Der Leitmayr Toni“, antwortete die Kommissarin. „Wenn Sie hier mal bitte schauen wollen, Herr Chef.“ Sie nahm Pfeffer das Blatt mit den Angaben zu Peter Moosbach aus der Hand und zog die Angaben zu Anton Leitmayr hervor. „Der erste große Vermisstenfall nach dem Krieg. Lange nach dem Krieg, aber gewissermaßen eine Dorflegende.“

„Wie hast du ...“

„Ach, Chef, so viel passiert auf dem Land auch wieder nicht, als dass sich die Alten nicht an alle Begebenheiten erinnern würden. Ich habe den ehemaligen leitenden Kommissar der Dienststelle von Zacherlkirchen ausfindig gemacht, ein sehr netter alter Herr. Natürlich existieren keine Unterlagen mehr zum Fall Leitmayr Toni, aber er hat mir alles erzählt, was er noch darüber wusste. Demnach war der Leitmayr sechsunddreißig und ungefähr einsfünfundsechzig groß. Er würde bestens zu dem Skelettfund passen. Er wurde zuletzt am 17. Juli 1962 gesehen, als er beim Dorfkrämer eine Dose Erbsen gekauft hat. Am 18. Juli hat ihn dann sein Bruder Rupert, damals Pfarrer in St. Zachäus, als vermisst gemeldet.“

„Und das hat der Kollege alles so detailliert all die Jahre im Kopf behalten?“

„Der besagte Kollege heißt Gustav Leitmayr. Alles klar? Toni war ein Cousin zweiten Grades. Wie so viele andere im Dorf, darunter der Bürgermeister, irgendwelche Verwandtschaftsverhältnisse zu ihm pflegen. Er hat uns übrigens den Tipp gegeben, dass wir mal seine alten Tanten befragen könnten. Die wüssten alles an Klatsch und Tratsch aus den letzten hundert Jahren. Apollonia und Notburga Leitmayr. Wir wollten die beiden neulich schon mal sprechen, falls du dich erinnerst, Chef. Sie wohnen neben Nives Marell.“

„Dann lass uns doch heute mal eine Landpartie machen.“ Pfeffer griff zum Telefon und wählte eine Nummer. „Gerda? Hör zu, mach bitte mal Druck wegen der Radiocarbonanalyse unseres angeblichen Kelten, damit wir die Ergebnisse am besten schon gestern bekommen. Danke!“ Er wartete keine Antwort der Rechtsmedizinerin ab, legte kurz auf und wählte erneut die Nummer, die ihm Sebastian Oßwald aufgeschrieben hatte.

„Pfeffer, Mordkommission München. Können Sie mir bitte eine Auskunft über einen Ihrer Angestellten geben. Sebastian Oßwald."

„Äh, nein", antwortete die Dame von der Personalabteilung am anderen Ende der Leitung. „Das darf ich aus Datenschutzgründen natürlich nicht."

Pfeffer seufzte. „Okay, ich komme gleich bei Ihnen vorbei. Halten Sie bitte die Informationen über Sebastian Oßwald bereit." Nachdem er aufgelegt hatte, sagte er zu Bella Scholz: „Vor der Landpartie kommt ein Theaterbesuch."

„Gab oder gibt es irgendwelche Veränderungen in seinem Angestelltenverhältnis? Wird sein Vertrag über die laufende Spielzeit hinaus vielleicht nicht verlängert? So etwas in der Art", fragte Pfeffer bei seiner Stippvisite im Personalbüro des Resi.

„Herr Oßwalds Vertrag wird selbstverständlich verlängert", antwortete die brünette Dame. Sie saß kerzengerade in ihrem Bürostuhl. „Auch seinen jüngsten Gehaltforderungen wurde in vollem Umfang entsprochen. Die Intendanz ist heilfroh, dass wir ihn haben. Seit er da ist, hat sich das Betriebsklima in der Herrenwerkstatt entscheidend verbessert."

„Das ist sicher schön für ihn, hilft mir aber nicht wirklich weiter."

„Vielleicht sollte ich auch erwähnen, dass Herr Oßwald seit gestern die Herrenwerkstatt leitet."

„Das ist mir nicht neu. Wir ermitteln schließlich im Mord an seinem Kollegen oder Vorgesetzten."

„Nein, so meinte ich das nicht", antwortete die Dame mit pikiertem Unterton. „Herr Oßwald wäre so oder so mit sofortiger Wirkung Erster Gewandmeister und Chef der Herrenwerkstatt geworden. Eigentlich wollte das die Geschäftsleitung gestern bekannt geben … aber dann … Es gab massive Beschwerden über die Arbeitsweise von Joseph Bloch, dazu noch die Menge an Fehlzeiten durch Krankschreibungen. Letztlich konnten die Kostümbildner nicht mehr vernünftig mit der Werkstatt arbeiten."

„Sie hätten Joseph Bloch also quasi degradiert?"

„Herr Bloch war durch Gespräche mit der Geschäftsleitung auf diesen Schritt vorbereitet und er hat sich damit einverstanden erklärt. Und selbst wenn er nicht einverstanden gewesen wäre, Herr Oßwald wäre auf jeden Fall Leiter der Werkstatt geworden."

„Also hätte eher Joseph Bloch ein Mordmotiv gehabt", sagte Pfeffer leise.

„Bitte?"

„Nichts. Danke Ihnen."

18

Das milde Herbstwetter, das noch am Vortag für einen goldenen Oktober gesorgt hatte, legte an diesem Tag eine Pause ein. Gelegentliche Regenschauer ließen den Asphalt glänzen. Graue Wolken schoben sich über den Himmel und tauchten das schmucke Wallfahrtsörtchen Zacherlkirchen in düsteres Licht. Diesen Eindruck verstärkte die eingerüstete und mit grauen Planen abgehängte Kirche des Heiligen Zachäus von Palmyra oben auf dem kleinen Hügel, auf dem Pfeffer und seine Kollegin standen.

„Fängt wieder zu regnen an." Annabella Scholz sah missmutig zum Himmel und suchte Schutz unter dem Baugerüst. „Da kommt dein Doktor Stink übrigens." Sie deutete den Hügel hinunter auf den Archäologen Doktor Jens-Uwe Keppler, dessen rot-verblichenes „McGyver"-Käppi aus dem Grau von Kopfsteinpflaster und Regenpfützen herausstach.

„Da haben Sie aber Glück gehabt, dass Sie mich noch erwischt haben", keuchte er, als er die Polizisten erreichte, und schüttelte ihre Hände. An seinem fusseligen Schnurrbart hingen Regentropfen. „Zwei Minuten später wäre ich aus dem Haus gewesen und in der S-Bahn nach München. Was kann ich für Sie tun?" Sein Aroma drang langsam in die Nasenwege.

„Sie können uns ein wenig über den Ort erzählen. Hintergrundwissen ist für uns nie verkehrt", sagte Max Pfeffer. „Schließlich haben wir ein Skelett bei Zacherlkirchens prominentester Bürgerin im Garten gefunden. Und wer, wenn nicht Sie als Mensch der Geschichte, könnte uns behilflich sein."

„Sie haben sich in der Tat an den richtigen gewandt!", rief der Doktor mit erhobener Stimme. „Es wird Sie freuen zu hören, dass auch ich mir natürlich meine Gedanken zu dem Fund gemacht habe, und die will ich Ihnen gerne beizeiten mitteilen."

„Gerne." Pfeffer lächelte verbindlich und machte zwei Schritte von Doktor Keppler weg, um frische Luft zu schnappen. Der Historiker missdeutete die Bewegung.

„Sie haben absolut recht, Herr Kriminalrat, wir sollten erst einmal die Kirche besichtigen. Schließlich kommen die Menschen ja hauptsächlich deshalb ins wunderschöne Zacherlkirchen. Nur hinein, die Tür ist offen, auch wenn renoviert wird."

Die drei betraten die Kirche durch das Haupttor.

„Man könnte es sich gar nicht leisten, dass die Kirche während der Renovierung geschlossen wird. Wo sollen denn die ganzen Pilger hin?"

„Ich sehe wenig bis gar keine Pilger", warf Pfeffer ein. Die drei standen allein in der Kirche, die nichts an üppiger barocker Pracht vermissen ließ, so weit nicht Gerüste und Planen den Blick versperrten. Einige Bereiche der Kirche waren abgesperrt. Nun merkte Pfeffer, dass sie doch nicht allein waren. Auf und hinter manchen Planen bewegten sich Restauratoren und Handwerker.

„Nun ja." Doktor Keppler lächelte verbindlich. „Seien wir mal ehrlich. Zacherlkirchen ist nicht Altötting. Und der Heilige Zachäus von Palmyra ist nicht der populärste aller Heiligen."

„Bis vor kurzem kannte ich ihn überhaupt nicht", sagte Annabella Scholz und starrte hinauf zu der bemalten Kuppel hoch über ihnen. Tuffige Wolken trieben auf dem leuchtenden Himmelsblau und zwischen den Wolken tummelte sich eine Menge Engel, eigentlich fast erwachsene, kräftige Burschen, denen wie zufällig von irgendwoher jeweils ein Stofffetzen vors Gemächt wehte.

„Ah, der Himmel!", rief Doktor Keppler aus. „Eine der beeindruckendsten Fresken, die Clemens Nepomuk Matti der Jüngere 1726 für die Kirche gestaltet hat. Es geht die Legende, dass ihm damals die Burschen aus dem Ort für die Engel Modell gestanden haben. Daher haben alle so individuelle Gesichter. Die alten Familien haben noch heute alle ihren Engel, den sie als Ahnen beanspruchen und mit Namen kennen. Da, sehen Sie den Pausbäckigen dort mit den schwarzen Locken und dem grünen Stofffetzen? Das soll der Urururur, so viele Urs Sie wollen, also ein Uropa, ein Vorfahr meiner Frau sein. Der Loisl." Er kicherte albern. „Aber machen Sie sich bitte hier nicht darüber lustig. Das nimmt man im Ort sehr ernst."

„Sie nicht?"

„Ich bin eingeheiratet. Und von Natur aus Skeptiker. Passen Sie auf, ich gebe Ihnen das hier." Er kramte umständlich in der

Innentasche seines khakifarbenen Parkas und beförderte ein dünnes Taschenbuch zutage. „Hier, da steht alles drin, was Sie über die Kirche und den Heiligen Zachäus wissen müssen."

Pfeffer nahm das Büchlein. „Dr. Jens-Uwe Keppler: Sankt Zacherl" stand darauf. Darunter ein Ausschnitt aus dem Engel-Himmel. Pfeffer zückte wider Willen seinen Geldbeutel.

„Nein, nein", der Historiker legte seine Hand auf Pfeffers Arm und kam so nahe, dass Pfeffer die Luft anhielt. „Das schenke ich Ihnen." Er zwinkerte gönnerhaft. „Sankt Zacherl! Das war meine Idee, das Buch so zu nennen, denn im Volksmund sagt man so. Und ich wollte die Hemmschwelle niedrig setzen." Er sah sich um und tat geheimnisvoll. „Wenn gewisse Menschen wüssten, dass ich dieses Teufelzeug hier in der Kirche verteile …" Er kicherte wie ein Lausbub.

Max Pfeffer und Annabella Scholz tauschten einen fragenden Blick. Der Kriminalrat blätterte in der Broschüre und blieb bei den wenigen Bildseiten hängen. Schlecht reproduzierte Schwarzweißfotos von der Apsis, vom Engel-Himmel, Heiligen- und Madonnendarstellungen – und mehrere Aufnahmen eines Skeletts. Das Gerippe stützte sich seitlich liegend mit dem rechten Ellebogen auf ein aufwändig besticktes Kissen. Auf dem Schädel trug das Skelett einen barock-verspielten, juwelenbesetzten Lorbeerkranz, den eine Gloriole aus Blitzen bekrönte. Feine Gaze überzog den Körper, edelsteinfunkelnde Samtbänder schlangen sich um die Langknochen an Armen und Beinen. Ein samtenes Röckchen im Stil römischer Soldaten, ebenfalls mit üppigem Juwelenbesatz, bedeckte die Körpermitte bis zu den Knien. Der Oberkörper steckte in einem engen Wams. Bestickte Schnürsandalen verbargen die Füße. In der linken Hand, die locker ausgestreckt auf dem Schoß ruhte, hielt der Knochenmann einen großen goldenen Palmwedel. Über jeder Augenhöhle schwebte an der Gaze befestigt ein kostbares künstliches Auge: ein großer dunkler Edelstein, gerahmt von goldgefassten Brillanten.

„Der Heilige Zachäus von Palmyra", sagte Doktor Keppler fröhlich. „Da haben Sie ihn in voller Pracht. Hergerichtet wie ein römischer Feldherr."

Annabella Scholz verzog das Gesicht. „Das ist ja ein Knochenmann.“ Sie hatte Leichen und Skelettierte in allen möglichen Stadien der Verwesung gesehen und es machte ihr längst nichts mehr aus. Aber das Prunkskelett berührte sie unangenehm, ohne dass sie es in Worte fassen konnte.

„Sicher. Kommen Sie, meine Herrschaften, kommen Sie mit.“ Der Doktor eilte das Mittelschiff hinunter voraus, direkt auf den dreiflügeligen Altar zu, den Clemens Nepomuk Matti der Ältere gestaltet hatte. Keppler bog kurz vor der Querung links ab. Vor einem eingerüsteten, komplett mit Folie verbarrikadierten Seitenaltar blieb er stehen. Auf der weißen Folie prangte in Augenhöhe ein lebensgroßes Farbplakat des Heiligen Zachäus. Nun, in Farbe, konnte man den ganzen Detailreichtum an Edelsteinen und Goldbändern erkennen. „Sehen Sie. Hier ist normalerweise der Altar mit unserem Heiligen. Aber da nächstes Jahr die Siebzehnhundertjahrfeier zum Tode des Zacherl begangen wird, werden nicht nur große Teile der Kirche renoviert.“ Er drehte sich mit ausgestrecktem Arm deutend um die eigene Achse, als hätten die Polizisten bisher die Baustellen nicht bemerkt. „Die braven Gläubigen aus Zacherlkirchen haben auch die längst fällige Restaurierung ihres Heiligen selbst in Auftrag gegeben. Ein Risiko, sicher.“

„Haben sie Angst, dass er die Restaurierung nicht übersteht?“, fragte Pfeffer schmunzelnd.

„Nein, man musste die Verärgerung der Pilger billigend in Kauf nehmen.“

Pfeffer verkniff sich einen erneuten Hinweis auf fehlende Pilger.

„Herbst und Winter sind die besten Jahreszeiten für Renovierung und Restaurierung“, beeilte sich Doktor Keppler zu erklären. „Und ich betone, dass unser Zacherl nicht zu den Top Ten der Anbetungswürdigen zählt. Man hat die wichtigsten Gemeinden, aus denen regelmäßig Wallfahrer kommen, über die vorübergehenden Unannehmlichkeiten informiert. Zufällige Besucher haben Pech. Hauptsache Ende April des kommenden Jahres erstrahlt alles in neuem Glanz für unsere große Feier, die alle dem Zacherl bereiten wollen.“

„Außer Ihnen", sagte Pfeffer.

„Hört man mir das an?"

„Kaum."

Annabella Scholz unterdrückte ein Lachen und fragte: „Wofür oder wogegen hilft der Zacherl?"

„Ursprünglich ist er der Schutzpatron der ledigen Mütter und gefallenen Mädchen."

Die Kommissarin prustete los und tarnte ihr Lachen mit einem Hustenanfall.

„Ein Pfefferminz?", fragte Doktor Keppler besorgt. „Nicht, dass Sie sich noch was holen, bei dem Sauwetter." Annabella Scholz winkte ab und beruhigte sich. „Natürlich kommen die Menschen längst mit allen möglichen Anliegen zu ihm", fuhr ihr Führer fort.

„Kann ich Ihnen vielleicht weiterhelfen?", drängte sich da eine Stimme dazwischen. Beinahe lautlos näherte sich der Pfarrer der kleinen Gruppe. „Oh, unser Doktor Keppler. Gott sei mit dir, Jens-Uwe." Der Pfarrer hielt wie eine Karikatur seines Berufsstands den Kopf leicht schräg und die Hände vor dem Nabel gefaltet. Das salbungsvolle Lächeln machte Pfeffer schon beim ersten Blickkontakt so aggressiv, dass er instinktiv die Fäuste ballte.

„Unser Pfarrer, Franz-Ferdinand Straub." Doktor Keppler stellte die Polizisten vor.

„Kriminalpolizei, so so", war der ganze Kommentar des Pfarrers, dann schwieg er milde lächelnd. Abwartend sah er von einem zum andern und blinzelte.

„Kommen Sie, ich zeige Ihnen den Rundgang mit den Votivtafeln." Doktor Keppler erlöste alle aus der Situation und eilte durch einen Seitenausgang hinaus in einen Vorraum. „Früher haben die Menschen ihre Votivtafeln in der Kirche angebracht. Doch das ging irgendwann nicht mehr. Da wurde hier an- und ausgebaut." Er zeigte auf den Flur, dessen Wände von oben bis unten mit Votivtafeln, jenen kleinen Gemälden, die Wallfahrer aus Dank gestiftet hatten, bedeckt waren. „Es geht einmal um die ganze Kirche herum."

„Hl. Zachäus hat geholfen" oder „Zacherl sei Dank" oder „Hl. Zacherl vergelts Gott" stand auf vielen der kleinen Bildtafeln, die meist in naiver Malerei die Situation darstellten, in denen der Heilige geholfen hat. Etliche Bilder zeigten tatsächlich schwangere Mädchen. Pfeffer fragte sich, wie der Zacherl den unglücklichen, ledigen, werdenden Müttern wohl geholfen haben mag. Durch einen rechtzeitigen Abgang? Durch eine arrangierte Ehe, in die ein Kuckuckskind eingebracht wurde? Durch eine umherziehende, zur rechten Zeit vorbeikommende Engelmacherin?

Als hätte er die Gedanken des Kriminalrats gelesen, sagte der Pfarrer: „Viele bedanken sich beim Heiligen Zachäus, wenn sie eine Komplikation in der Schwangerschaft überstanden haben. Oder nach einer Frühgeburt."

„Verstehe."

„Wollen Sie den ganzen Gang sehen?", fragte Doktor Keppler.

„Danke, vorerst nicht", antwortete Pfeffer.

„Dann geht es hier raus."

Sie verließen den Votivtafelgang und standen nach wenigen Schritten auf dem Friedhof im Regen. Die Gräber reihten sich dicht an dicht den Hügel hinunter. Unten ragte eine hohe Mauer empor. Dahinter kamen Felder und der Bach, in der Ferne der Wald. Etwas links davon konnte man die alten Höfe sehen, die zwischen Bach und Straße standen. Der vorderste, der unmittelbar an den Friedhof und die Nebengebäude der Kirche angrenzte, gehörte Nives Marell. Wegen der Obstbäume konnte man nur die Dächer der Gebäude erkennen. Auch die Fundstelle des Skeletts lag außerhalb des Sichtbereichs.

„Sehen Sie, von hier aus kann man gut erkennen, wie der Ort angelegt wurde. Auf dem Hügel die Kirche und gen Osten, Süden, Westen das Dorf. Hinter der Kirche, also nach Norden, kommen nur Wiesen und Felder und Wälder. Da wurde schon im Mittelalter die Bebauung verboten, das ist noch heute so."

Pfeffer nickte, tatsächlich endete die Bebauung in einer Achse mit der Kirche.

„Doktor Keppler macht immer so schöne Führungen für Interessierte", sagte der Pfarrer unvermittelt, ohne seine Kopf- oder Handstellung zu ändern. Alle sahen ihn überrascht an. „Ist doch so. Nicht wahr, Jens-Uwe? Oh, ich sehe, er hat Ihnen sein schönes Büchlein über unseren Heiligen Zachäus zukommen lassen." Er deutete auf die Broschüre, die Pfeffer noch in der Hand hielt. Regentropfen liefen daran hinunter.

„Ja." Der Kriminalrat steckte das Büchlein in die Innentasche seiner Lederjacke. „Wenn die Herren nun bitte so freundlich wären, mit uns unter das Baugerüst zu kommen, damit wir nicht alle patschnass werden."

„Sie müssen wissen, unser lieber Jens-Uwe Keppler ist kein Freund unseres Zacherl", sagte Pfarrer Franz-Ferdinand Straub mit festbetonierter Milde im Gesicht, während sich die Gruppe ein trockenes Plätzchen suchte. „Er forscht und forscht und schreibt Pamphlete über Pamphlete. Eines davon hat er Ihnen freundlicherweise überlassen."

„Franz-Ferdinand, du weißt wie ich, dass ich recht habe", warf Doktor Keppler ein.

„Wenn es nach dir ginge, wäre unser Zacherl längst unter der Erde."

„Da gehören Tote auch hin!"

„Tote ja, aber nicht wundertätige Heilige!" Selbst als er sich aufregte, blieb das Lächeln im Gesicht des Pfarrers wie ein unheimlicher Schatten.

„Langsam, meine Herren", sagte Max Pfeffer. „Wenn Sie meiner Kollegin und mir eine extrem kurze und knappe Zusammenfassung Ihrer sicherlich schon Jahre, wenn nicht Jahrzehnte schwelenden Meinungsverschiedenheit geben könnten, wären wir Ihnen mehr als dankbar." Der Regen verstärkte sich.

„1578", sagte der Pfarrer, hob die Hände verzweifelt zum Himmel und schwieg dann wieder.

„Richtig", ergriff Doktor Keppler das Wort. „Genauer gesagt am 31. März des Jahres 1578 brach an der Via Salaria in Rom ein Weinberg ein und gab eine Katakombe frei. Einen frühchristlichen, unterirdischen Friedhof. Einen von zahlreichen in der Ewigen Stadt. Als man in den Gräbern Symbole von Kreuzen und Tauben fand, glaubte man, die Gräber von frühen Märtyrern gefunden zu haben. Man barg die Gebeine und taufte sie gleichsam, indem man ihnen Namen verpasste, die an Tugenden oder andere Heilige erinnerten. Man erfand quasi neue Heilige."

„Nun mal halblang, Jens-Uwe“, sagte der Pfarrer.

„Ist doch so, oder? Zur Ehrenrettung der Kirche muss man sagen, dass der Heilige Stuhl anfangs dagegen war. Doch welcher Papst konnte sich je den Verlockungen des Mammons verwehren? Kurz zuvor war nämlich im Konzil von Trient 1545 die Zahl der offiziellen Heiligen radikal zusammengekürzt worden, weil jedes Kaff seinen eigenen Heiligen verehrte. Das konnte sich die Kirche in Rom nicht bieten lassen. Sie wollte wieder allein bestimmen, wer heilig war und wer nicht. Da saßen sie nun, die armen Menschen in aller Welt und hatten keinen Lokalheiligen, keinen Patron mehr. Und eine Kirche konnte nur geweiht werden, wenn eine Reliquie des Namenspatrons vor Ort war. Da gab es nur einen Weg: Man besorgte sich in Rom einen der unzähligen Märtyrer aus den Katakomben, deren Verehrung nun der Papst als angeblich alten Brauch zuließ. Gegen gutes Geld, versteht sich. Jeder buddelte, alles, was ein Menschenknochen war, konnte zu Gold gemacht werden. Man taufte die Gebeine nicht nur, man erklärte sie zu Heiligen, ohne dass sie den nötigen vorgeschriebenen kirchlichen Prozess zur Heiligsprechung durchlaufen mussten. Kein Katakombenheiliger konnte Wunder vorweisen. Wie auch. In Süddeutschland, Österreich und der Schweiz wurden sie regelrecht modern. Wir stehen schließlich mitten in der Zeit der Gegenreformation, die sicht- und fassbare Heilige forderte. Jede Kirche, die etwas auf sich hielt, musste einen Katakombenheiligen haben. Der Handel florierte. Die Preise explodierten, denn die Transporte über die unwegsamen Alpen waren gefährlich und teuer. Reliquien wurden gestohlen, Boten überfallen und beraubt. Eine Kriminalgeschichte. Wohltätige Spender, reiche Landesfürsten kauften die Gebeine en gros ein und statteten die Kirchen ihrer Region damit aus. Die Klöster hatten dann die Hauptarbeit, denn selten handelte es sich um so komplette Skelette wie bei unserem Zacherl. Wenn Sie mal die zerbröselten Knochenfragmente in einem Ossuarium gesehen haben, dann wissen Sie, was die Klosterschwestern an Kunstfertigkeit aufbringen mussten, um daraus repräsentative Katakombenheilige zu machen. Man fügte gern das eine Knöchlein von hier zum anderen von da. Sie können sicher sein, dass da auch Männlein und Weiblein beim bunten Skelettpuzzle vermischt worden sind. Die Wohltäterin von Zacherlkirchen war übrigens Renata von Lothringen, die Gemahlin des bayrischen Herzogs Wilhelm V. dem Frommen."

Der Pfarrer seufzte und schüttelte den Kopf. „Ich unterbreche deine Ausführungen nur ungern, Jens-Uwe, aber die Dame hier friert." Er deutete auf Annabella Scholz, die von einem Bein auf das andere schwankte und ihr Bibbern zu unterdrücken versuchte.

„Geht schon", sagte die Kommissarin mit zusammengebissenen Zähnen.

„Ich würde vorschlagen, wir verlagern diese Geschichtsstunde nach innen", sagte der Pfarrer und deutete auf das der Kirche nächstgelegene Wirtshaus „Zum Zacherl".

„Gute Idee", pflichtete Max Pfeffer bei, weniger, weil ihn die Geschichtsstunde faszinierte, sondern weil auch er sich gerne aufwärmen wollte.

Während sie zur Wirtschaft gingen, raunte Doktor Keppler dem Kriminalrat zu: „Denken Sie sich nichts wegen seinem salbungsvollen Dauergrinsen. Eine Nervenlähmung."

Im Wirtshaus saßen nur zwei Wanderer in durchnässter Kleidung bei einer Jause mit heißem Tee. Pfeffer wählte den am weitesten von der Theke und den Wanderern entfernten Tisch, um ungestört zu sein.

Nachdem sie ihre Getränke serviert bekommen hatten, nahm Pfarrer Franz-Ferdinand Straub den Faden wieder auf. „Mit dem, was Ihnen Doktor Keppler eben erzählt hat, liegt er im Wesentlichen nicht so falsch. Nur unterläuft ihm immer wieder ein kleiner Lapsus! Unser Zacherl ist eben KEIN Katakombenheiliger. Er war angeblich ein Sohn der legendären Königin Zenobia und kam 302 aus Palmyra, das liegt in Syrien, über Rom nach Augsburg, wo er das Christentum verbreiten wollte. Was sicher keine so einfache Sache war, denn noch gab es die Christenverfolgung im Römischen Reich, die erst durch die Toleranzedikte von 311 und 313 endete. Wenn wir so wollen, war Zachäus von Palmyra einer der letzten, die es erwischt hat. In Augsburg gehörte Riguberta, die Tochter des römischen Stadthalters, zu seinen heimlichen Schülerinnen. Sie war einem hochrangigen Würdenträger als Frau versprochen, doch die gute Riguberta hatte sich in einen anderen verliebt und war in ihrer Liebe zu weit gegangen. Die Folgen ließen sich nicht mehr übersehen. Der wütende Vater durchbohrte daraufhin seine Tochter mit einem Speer. Zachäus eilte herbei und betete gemeinsam mit der Verwundeten. Und siehe da, Riguberta starb nicht. Sie genas, ihr Bauch schwoll sogar so weit ab, dass die Hochzeit mit dem Würdenträger stattfinden konnte. Als sie später das Kind gebar, war sie eine ehrenhafte Frau und der Mann liebte das Kind wie sein eigenes."

„Weil er ja nicht wusste, dass es ein Kuckuckskind war", warf Doktor Keppler ein. Er behielt auch in der Gaststube seine rote „MacGyver"-Kappe auf. Wie bei einem nassen Hund, förderte das Regenwasser seine Ausdünstungen aufs Ungünstigste.

„Das ist nicht überliefert. Jedenfalls vermuteten die Eltern der Riguberta hinter dem Gebet einen bösen Zauber und ließen Zachäus heimlich im Schlaf ermorden und vor den Toren der Stadt verscharren."

„Um es kurz zu machen", unterbrach Doktor Keppler und sah dabei nicht von seiner Tätigkeit auf, denn er stopfte sich eine Pfeife, „die bösen Eltern verfielen dem Wahnsinn, ließen sich dann aber sicherheitshalber taufen, die gute Riguberta missionierte eifrig weiter im Namen des Zachäus, zog aus Augsburg fort, nachdem ihr Mann früh verstorben war, und gründete angeblich ein Kloster in Zacherlkirchen, beziehungsweise gründete sie damit überhaupt erst Zacherlkirchen. In ihrem Gepäck sollen sich auch die Gebeine unseres Zacherls befunden haben."

„Womit bewiesen wäre, dass der Zacherl kein Katakombenheiliger ist", sagte der Pfarrer zufrieden und trank vorsichtig von seinem dampfenden Jagatee. „Denn Renata von Lothringen hat 1589 dem Zacherl ein neues Gewand gestiftet, nichts weiter. Sie hat die Gebeine aus dem Ossuarium holen und kostbar fassen lassen. Dann erst wurde er ausgestellt und ist bis heute so erhalten."

„Humbug. Und warum gibt es bis 1589 keinerlei urkundliche Erwähnung des Zacherls?" Der Doktor zündete umständlich und schmatzend paffend seine Pfeife an. „Dass Renata 1589 die kostbare Fassung gestiftet haben soll, ist jedenfalls nur durch einen Brief aus ihrem Nachlass belegt. Mit sehr schwammiger Formulierung. Ach, was rede ich, der Zacherl ist sowieso erstmals 1691 schriftlich erwähnt!"

„Weil, wie du weißt, die Kirche während der Bauernkriege mehrfach gebrannt hat und alle Unterlagen aus früherer Zeit leider vernichtet sind."

„Und du weißt, dass das Schwachsinn ist, weil die Bauernkriege nie die Haustür von München erreicht haben."

„Dann der Dreißigjährige Krieg. Wie auch immer, die Kirche hat gebrannt!"

„Praktisch, Franz-Ferdinand. Es ist ohnehin ein Wunder, dass Zachäus die Säkularisation überstanden hat. Eigentlich hätte er ja spätestens nach dem Zweiten Vatikanischen Konzil 1965 verschwinden müssen, als die Anbetung von menschlichen Überresten endgültig verboten wurde."

„Können wir nun doch noch zu dem für uns vielleicht interessanten Teil der Geschichte kommen", sagte Max Pfeffer und hielt seinen heißen Teepott mit beiden Händen, um die Wärme aufzusaugen. „Was hat das Skelett im Garten von Frau Marell damit zu tun?"

„Gute Frage", pflichtete Bella bei.

„Nichts, wieso?", antwortete der Historiker.

„Der Kelte?", fragte der Pfarrer.

„Kelte oder doch eher jemand anderes." Pfeffer sah die Männer aufmerksam an. „Beispielsweise der Leitmayr Toni."

Der Pfarrer lachte kurz und sah zur Decke. „Alle Jahre wieder tauchen Geschichten zum Leitmayr Toni auf. Bestimmt taucht irgendwann auch noch der Toni selbst auf und lacht sich kaputt über die Geschichten."

19

„Da Toni is a schlechter Mensch g'wen", sagte die Greisin und klopfte mit einem ihrer beiden Stöcke auf den Holzfußboden. Staub wirbelte auf. „Gell, Loni?"

„Hoit dei Klappn, Burgi!" Die zweite Greisin schlug mit der flachen Hand auf den Küchentisch, an dem sie saßen. „Entschuldigens, Herr Kriminalrat, aber mei Schwester Notburga is nimmer ganz richtig im Kopf." Apollonia Leitmayr machte ein Vogel-Zeichen und rückte ihre riesige Brille mit den dicken Gläsern zurecht. Sie saß, bedingt durch ihren Buckel, weit vornübergebeugt. „Es war unser Neffe, Burgi, oiso hoit dei Klappn."

„Jawohl! A schlechter Mensch", wiederholte Notburga Leitmayr. Wie bei ihrer Schwester zeichneten zahllose Falten die Spur des Lebens in ihr Gesicht, gleichzeitig glänzten die Wangen rot.

Die beiden greisen Schwestern hatten den Kriminalern erst nach langem Läuten geöffnet. Apollonia, nach eigener Auskunft die ältere, aber trotz Buckel die agilere der beiden, wollte die Beamten zunächst an der Tür abfertigen, aber dann hatte sie sie doch hereingebeten und in der altmodischen, stark nach Kohl riechenden Küche einen lauwarmen Kaffee serviert. Eine gelbgemusterte Plastiktischdecke zierte den Tisch. Auf dem Herd stand ein großer ramponierter Emailletopf, aus dem es dampfte. Im Gegensatz zum benachbarten Marell-Hof, bei dem ein Vorhof das Haus von der Straße trennte, ging die Küche direkt zur Straße.

„Er is da Sohn von unserm ältesten Bruder g'wen, Herr Rat", sagte Apollonia und sortierte eine weiße Haarsträhne, die sich aus ihrem Dutt befreit hatte, wieder ordentlich ein. Sie bemühte sich wie ihre Schwester, nicht zu sehr Dialekt zu sprechen, doch scheiterte beim Hochdeutsch meist. Pfeffer musste schmunzeln, wenn er das derbe Bairisch mit eingestreutem „sauberen" Deutsch seiner Kindheit hörte. „Anton und Rupert, des warn die Söhne von unserm Bruder. Der Rupert is Pfarrer worn, der Anton Bauer. Er hod an Hof nebeno g'habt."

„Das wissen wir bereits, Frau Leitmayr", sagte Pfeffer, der Kohlgeruch verursachte ihm Übelkeit. „Uns interessiert viel mehr, ob Sie uns zu seinem Verschwinden etwas sagen können."

„Gell, Sie ham an g'fundn, drübn bei da Unterluggauer Kreszenz?", rief Notburga. „Die Boandl, i moan de Knocha – die Knochen! Des is der Toni g'wen?"

„Hoit dei Klappn, Burgi. Außerdem hoast die Zenzi jetzt Nives Marell."

„Nives Marell", echote Notburga affektiert. „Wos soll des denn bittschön für a Nama sei! Den hod ihr da damische Fritz verpasst. D'Zenzi wars und d'Zenzi bleibts!"

„Mei Schwester und i ham der Nives an Haushalt g'führt, wenns unterwegs war. Und a bis heit gema ihr zur Hand, wenns uns braucht."

„Da Fritz is a koa gouda Mensch g'wen!" rief Notburga und pochte mit ihrem Gehstock auf den Fußboden. „Von wegen a großa Künstler. Schlecht behandelt hod er's, d'Zenzi und an armen Buam! Nur weil da Bua koa Begabung ned hod!"

„Des g'hört nicht daher, Burgi!"

„Da Herrgott hod eam zum Glück g'straft und as große Wasser g'schickt und jetzt vermoderda drunten. D'Sintflut fürn Sünder!"

„Gnua, Burgi." Apollonia Leitmayr schlug wieder mit der flachen Hand auf den Tisch und schielte von unten strafend durch ihre dicken Brillengläser. Notburga ließ den Kopf sinken und schwieg. „Mei Schwester mog die Nives. Der Fritz Roloff is a Hallodri g'wen. Moi is er mit ihr zam g'wen, moi ned. Amoi sans sogar verheirad g'wen, verheiratet. Aber wia ea an armen Rocco behandelt hod! Immerhin war des sei Sohn. Na, des war ned nett. Bloß wei da Bua taub auf d'Welt kumma is."

„Gar nicht nett soll ja auch Ihr Neffe Toni mit den Mädchen hier im Ort umgegangen sein", kam Annabella Scholz zum Thema zurück.

„Da hod eam aber sei Bruda g'hörig ins G'wissen g'red, des kennas ma glaum. Fast jeden Dog is da Rupert beim Toni g'wen. Erst hod a bei uns Kaffee drunga, dann is a nüber zum Toni, um eam ins G'wissen zum reden."

„Do bin i imma in Stoi grennt, wenn sa sie dann g'strittn ham, gell, Loni?", sagte Notburga und sah ihre Schwester nach Lob heischend an.

„Ja, do bist imma in Stoi zu de Vicha, Burgi. Mei Schwester und i ham zu dera Zeit am Hof mit unsera Muada, Gott hobs selig, g'lebt und ham am Toni im Haushoid und im Stoi g'holfn. Wissens, Herr Rat, de Höfe da san ned sehr groß. Sie ham da Kircha g'hört und de hods an Leut wia uns verpachtet, Leut, de ned vui g'habt ham. Auf jedn Foi ham ma quasi d'Höf mitananda betrieben. Na, mia ham eh nur a boa Viecha und a boa Henna g'habt. Koa Land wie da Toni. Des hod mei Muada, Gott hobs selig, weidaverpachtet. D'Burgi is immer in Stoi und zu mia rüberkumma, wenn se de zwoa Buam g'strittn ham."

Notburga kicherte. „Gell, Loni. I bin schnell wie a Silberfischerl durch d'Tür zwischen de Ställe."

„Es hod nämlich a Verbindungstür zwischen de Höf gem. Von Stoi zu Stoi. Da hod ma ned hinten rum über d'Wiesn oder vorn rum über d'Straß miassen."

„Und können Sie sich noch an den Tag erinnern, als Ihr Neffe verschwand?", fragte Pfeffer und rieb sich die Augen. Lange würde er den Kohlgeruch nicht mehr aushalten können.

„Da Rupert is verschwunden?", kreischte Notburga.

„Na, Burgi, da Toni", korrigierte Apollonia. „Der Anton!"

„Ach, der Toni." Notburga Leitmayr nickte. „Wissens, werter Herr Rat, da Toni is nämlich verschwunden."

„Davon redt da Herr Rat doch!", rief ihre Schwester ungeduldig.

„In d'Fremdenlegion isser, da Toni. An dem Dog, des woaß i no ganz genau, woar i mitm Stoi zeitig fertig und bin hoamkumma, um beim Erdbeereneinkocha zum helfa. Des is unser Marmeladendog g'wen. D'Mama hod d'Erdbeeren g'waschn, d'Apollonia hods g'schnittn und i hob an Topf umg'rührt. Des is schee g'wen, gell, Loni?" Sie lachte ihre Schwester an. „So schee is des immer g'wen! Und do, am nächsten Dog is da Toni fort g'wen. Einfach so. Husch, husch, zum Franzos in d'Legion."

„Haben Sie jemand gesehen? Haben Sie ihn gesehen, wie er fortgegangen ist? Oder hatte er Besuch?"

„Ja, i hobs g'sehn, d'Kropfhamer Traudl und d'Unterluggauer Zenzi. Wias davog'rennt san!", sagte Notburga und klopfte mit dem Stock auf den Fußboden. „Wegg'rennt sans, ois war da Deifi hinter eana her!"

„Hörns ned auf sie, Herr Rat", beschwichtigte die ältere Schwester und stand mühsam auf. Sie schlurfte gebeugt zum Herd, nahm den Deckel vom Topf und rührte mit einem großen Holzlöffel um. Aufgrund ihrer Verwachsung konnte sie nicht richtig in den Topf gucken. Beißender Kohlgeruch füllte den Raum. Pfeffer würgte. „Du hoast ja a an Fritz g'sehn, ned woahr, Burgi!" Sie schlurfte zum Tisch zurück.

Notburga nickt. „Ja, den hab i a g'sehn. Zwoa Monat, nachdem a von da Welle verschluckt worn is. Do is a in da Nacht vorm Haus g'standn. An ganz wuiden Bart hod a g'habt. Wia a Pirat hod a ausg'schaut. Aber i hobn trotzdem erkannt!"

„Und wo is a dann hie, da Fritz?", fragte Apollonia und verdrehte die Augen.

„Weg war a mit oam Moi. I bin oben in meina Stubm am Fenster g'sessn, do hobi ihn genau g'sehn. I sitz manchmoi oben im Dunkeln, wenn i ned schlafa ko und schau auf d'Straß. Ganz anders is ma g'wordn. G'fürcht hob i mi. Jetzt kummt a d'Zenzi hoin, weil a ned alloa aufm Meeresboden liegn mog. Und wenn a mi g'sehn hätt, hätt a mi a mitg'numma. Mitgenommen! Wenn a raufg'schaut hätt zu mir … I bin zwar im Dunkeln g'sessn, aber wer woaß! Da hob i mi schnei versteckt. Ois i dann glei drauf wieder runterg'schaut hob, do is er weg g'wen, da Fritz."

„Sengs, Herr Rat." Apollonia tippte sich mit dem Finger an die Stirn und lächelte entschuldigend. Dann flüsterte sie halblaut: „Und unsern Voda, den Vater selig, sigts heit no manchmoi. De spinnerde Goaß de."

„Freilich seh i an Voda. Freilich."

„Sind Sie wirklich sicher, Frau Leitmayr, dass Sie am Tag, als der Toni verschwand, die beiden Mädchen aus dem Haus haben kommen sehen?" Annabella Scholz beugte sich vor, um den gesenkten Blick der Greisin zu erhaschen. „Am 17. Juli 1962. Ganz sicher?"

„Sicher, Fräulein, sicher. Wegg'rannt sans, als wenn da Leibhaftige hinter earna her g'wen war!"

„Burgi, jetz is aber guad." Wieder ein Schlag mit der flachen Hand auf den Küchentisch. „D'Madeln san richtige Wildfänge g'wen und san immer 'zammklebt. De warn erst zwelfe oder vierzehn. De ham oft da g'spuit und uns beim Melken g'holfn oder drübn in da Scheune beim Neffen Verstecken g'spuit. De san immer irgendwo da rumg'rennt, wenns aus da Schui kumma san. Manchmoi is a d'kloa Afra mit dabei g'wen."

„D'Afra!" Notburga schlug sich mit der Hand vor die Stirn. „D'Afra. Freilich! Wie hob i des nur vergessen kenna! Ja, de is a dabei g'wen. Traudl, Zenzi und d'Afra. Ja, olle drei san g'rannt. Und an Rupert hob i a g'sehen."

„Und an Babba", seufzte Apollonia.

„Na, an Babba ned. Der war do ja scho dod. Du bist senil, Loni."

„Haben Sie das damals nicht der Polizei gemeldet, als Ihr Neffe vermisst wurde?", fragte Pfeffer.

„Na, es hat mi ja a nia jemand g'fragt", antwortete Notburga Leitmayr trocken.

„Weil du a nix g'sehn host, Burgi. Goar nix. Du mit deine G'schichtn!"

„Freilich. Woahr is!"

„Haben Sie es denn irgendjemandem mal erzählt?", hakte Pfeffer nach. „Außer Ihrer Schwester."

„Na, des interessiert doch neamand. Und d'Loni sogt imma, dass ich nix g'sehn hob. Aber i hobs g'sehn. Is aber ganz wurscht, weil da Toni is eh in de Fremdenlegion. Oiso hod ausm Haus renna kenna, wer wui. Da Gustl, oiso der is damois Polizist do im Dorf g'wen, der hod a g'sagt, dass da Toni a schlechta Mensch woar, um dens ned schod is und dass so ana in da Fremdenlegion am besten aufg'hobn is, weil er do koan Schadn orichten ko."

„Was passierte dann mit dem Hof? Wer hat ihn gepachtet?"

„Der is erstamoi fast a hoiberts Joahr leerg'standn", sagte Notburga sofort. „Da Rupert, da Pfarrer, hod d'Viecher verkaft, und mia ham uns a bisserl um an Rest kümmert. Nachhert hods da Vada von da kloana Traudl pachtet. Da Kropfhamer

Hias. Aber der hod si übernumma. Hod nach guad sechs oder siebn Joahr aufgem miassn. Dann is no kurz da Brunner Lois kumma. Als da Lois dann doud vom Trecker g'fallen is …"

„Doudg'suffa hod si der!", rief die Apollonia Leitmayr dazwischen.

„Totgesoffen, genau", fuhr ihre Schwester fort. „Danach is wieder leergstandn. Des war bestimmt scho Anfang der Siebzger. Da hods die Landflucht gem. Des Dorf hod si gleert! Bis dann d'Zenz, oiso d'Nives, aus Hollywood zruckkumma is und an Hof von da Kirch kafft hod. Na, Schmarrn, aus Paris is zurückkumma. Aus Paris! An Eiffelturm im Schneegestöber hods ma mitbroacht. Woaßt no, Loni, da scheene Eiffelturm im Schneegestöber!"

Pfeffer wechselte einen Blick mit Annabella Scholz, dann sah er Apollonia Leitmayr an. „Ihre Schwester scheint mir doch nicht so verwirrt zu sein."

Die Angesprochene zuckte mit den Schultern. „De spinnt. Aber manche Sacha woaß einfach no."

„Wissen Sie auch noch, ob es größere Überschwemmungen gegeben hat, seit der Toni weg ist?"

„Ach, hearns auf, Herr Rat." Die alte Notburga klopfte zweimal mit dem Stock auf den Holzboden. „1967, da hod des Wasser fui Schoden og'richt, dann no amoi 1973. Do hods an großen Misthaufa nebeno fortg'spuilt. Do is des Wasser fast bis an Stoi kumma! Und drei Joahr späta hamas sogar im Stoi g'habt. Im Stall. Des is schlimm g'wen. Dann hods no 1831 gem, oder na, wann is des g'wen?" Sie sah verwirrt umher. „Hochwasser? Des werd jeds Moi schlimmer! Früher woar des ned so arg. Vor zwoa Joahr, ja, do is ganz schlimm g'wen! Do is des Wasser bis zu de Häuser kumma und hod ois fortg'spuid."

„Des stimmt", bestätigte Apollonia.

„Do woar ois in de Gärten kaputt. Ois, alles. De arme Nives, die hod vui Arbeit im Garten g'habt …"

„Der große Misthaufen, von dem Sie eben gesprochen haben", hakte Pfeffer nach, „wo stand der?"

„Vorn, vor de Obstbäum", sagte Notburga.

„Da, wo Frau Marell ein Gemüsebeet angelegt hat?"

„De Nives hat do a Gemiasbeet og'legt?", fragte Apollonia verwundert.

„Freilich", sagte Notburga. „Freilich. Genau do, wo früher da große Misthaufen g'standn is. Aber i bin senil, ha?"

„Ach wos." Apollonia winkte müde ab.

„Na, jetz groams ois auf und dann derfma de Gärten wieder herrichten. Und de Hehna miassma eisperren, sonst lafas zu de Nachbarn", sagte Notburga.

Apollonia stand ächzend auf, schlurfte zum Herd und rührte im Kohl. Pfeffer schloss angeekelt die Augen.

„Ihren Neffen, den Pfarrer Rupert Leitmayr", sagte der Kriminalrat dann, als er sich gesammelt hatte, „wo können wir den finden?"

„Drobn", antwortete Notburga. „Drobn aufm Zacherlberg."

„Nein, Frau Leitmayr", sagte Annabella Scholz, beugte sich vor und tätschelte der Alten die Hand. „Der Pfarrer heißt jetzt Franz-Ferdinand Straub. Ihr Neffe ist nicht mehr der Pfarrer …"

„Des woaß i doch!", rief Notburga empört und zog ihre Hand weg. „Hoitens mi für deppert, Fräulein? Da Rupert is längst doud. Der liegt aufm Friedhof, drobn bei da Kirch. Der is doch … Was woar des glei, Loni?"

„Des Herz", antwortete Apollonia, setzte den Deckel wieder auf den Topf und kam zum Tisch zurück. „Alt is er net g'wordn."

„Gut, dann bedanken wir uns." Pfeffer stand auf. „Ach, eine Frage noch. Ich weiß, es ist schon viele Jahre her, aber haben Sie vielleicht noch irgendetwas an persönlichen Sachen von Toni? Einen Kamm, Rasierzeug oder so etwas?"

„Für woas brauchas denn so wos?", fragte Apollonia überrascht.

„Weils an DNS-Test macha wolln mit de Boandl, i moan Knochen. Stimmts, Herr Rat", quietschte Notburga fröhlich. „Des kenn i ausm Fernsehen!"

„Richtig, Frau Leitmayr."

„Na, Herr Rat", sagte Notburga. „Da ham ma goar nix mehr."

„Freilich! Liag doch ned", rief Apollonia. „Drobn am Dachbodn steht no de Kistn, in der mia seine Sacha aufg'hobn ham. Falls a doch zruckkummt. I zoags eana, Herr Rat."

„Ach ja, stimmt." Die jüngere Schwester nickte. „D'Kisten drobn. Zoags am Herrn Rat, Loni."

Apollonia Leitmayr stieg mit den Beamten im Gefolge die steilen Holzstiegen zum ersten Stock und dann zum Dachboden hinauf. Dort herrschte zur Überraschung der Polizisten beinah gähnende Leere. Nur wenige Kisten und ein paar Kleinmöbel standen sauber aufgeräumt in einer Ecke.

„Leer hier, wenn man bedenkt, wie lange Sie schon hier wohnen", sagte Annabella Scholz ein bisschen enttäuscht, weil sie sich ein Paradies aus alten Bauernmöbeln vorgestellt hatte.

„Ach, des war a moi ganz voll. Lauter oids, unpraktischs G'lump. De Schränk und de Truhen und de Buidl und des ganze G'rümpel, des koaner mehr braucha ko. Des hod zum Glück vor a paar Joahr a sehr netter junga Mo mitg'numma. Sogar de uroide Uhr von meim Großvoda, de schon lang ned mehr ganga is. Und a bisserl a Marie ham ma dafür a no krieagt." Sie lächelte verschmitzt. „Mia san oid, mia braucha nix mehr. Für wos ois aufhem? Weil ma ois noamoi braucha ko? So a Schmarrn! Nix braucht ma auf seim letzten Gang. Und wenn ma moi sterben, dann soin se de Kinder ned mitm oidn G'lump rumschlong miassen. Do, do san de Kistn, die no do san." Sie deutete auf drei übereinander gestapelte Umzugskartons.

Pfeffer hob den obersten herunter.

„Naaa, der is ned." Die Greisin sah kurz hinein und schüttelte den Kopf. Beim zweiten hingegen, die ihr Pfeffer vor die Füße stellte, sagte sie: „Do, des san de Sacha vom Toni." Sie zog eine Arbeitshose heraus.

„Darf ich?" Pfeffer nahm ihr die Hose aus der Hand und hockte sich vor die Kiste, um geeignetes Material zu finden. Drei Hemden, zwei Hosen, ein Paar Schuhe und dann doch noch der Glücksfund: der Kulturbeutel von Toni Leitmayr. Pfeffer öffnete den Reißverschluss und sah hinein. Zahnbürste, Rasierzeug, Kamm – alles mit deutlichen Gebrauchsspuren.

„Bestens." Der Kriminalrat stand auf. „Mehr brauchen wir nicht, Frau Leitmayr." Er räumte die Kisten wieder an ihren Platz.

„Passen Sie auf, Frau Leitmayr, dass Sie nicht stürzen“, sagte Annabella Scholz, als sie die steilen Treppen hinabstiegen.

„Ach, Fräulein, i hob zwar an Buckel, aber i ko no besser geh ois mei Schwester.“ Die Alte klammerte sich an das Geländer und tastete sich mühsam Stufe für Stufe hinunter.

„Was hob i g'sagt!“, rief Notburga, die auf ihre beiden Stöcke gestützt am unteren Treppenabsatz stand.

„Ja, du host recht g'habt, Burgi“, antwortete Apollonia.

„I hob recht g'habt.“ Notburga lächelte zufrieden, dann sah sie erschrocken auf. „Mit wos, Loni?“

„Egal, Sie hatten recht.“ Pfeffer schüttelte den Schwestern nacheinander die Hände. „Auf Wiedersehen, Frau Leitmayr und Frau Leitmayr.“

Während Apollonia die Haustür öffnete, hielt Notburga die Kommissarin am Ärmel fest. „Sie, Fräulein“, flüsterte sie verschwörerisch. „Wenns wissen woin, wos i wirklich g'sehn hab, kummas am Montag in da Fria noamoi. Dann is d'Schwester beim Arzt.“

„Wos?“, rief Apollonia von der Tür her. „Wos sogst, Burgi?“

„Nix! Pfiat eana, Herr Rat. Fräulein.“

20

Max Pfeffer schnüffelte angeekelt an seiner Jacke. Er steckte die Zündschlüssel ins Schloss, startete den Wagen jedoch nicht. „Bah, den Kohlgeruch kriege ich so schnell nicht wieder raus“, sagte er. „Und dann der Doktor … Wie kann man nur so ungepflegt sein. Riecht seine Frau das nicht?“

„Dein armes Näschen, Chef.“

„Ich bin nun mal empfindlich, was das angeht.“

„Solange es nur das ist.“ Annabella Scholz starrte aus der Windschutzscheibe, auf die der Regen prasselte. Graue Suppe vor grauem Hintergrund. „Willst du nicht losfahren?“

„Was hältst du von alledem?“, antwortete Pfeffer.

„Vermutlich dasselbe wie du, Chef. Ich bin mir nicht sicher, ob diese Notburga Leitmayr wirklich so spinnt, wie es ihre Schwester uns glauben machen will. Was, wenn zum Beispiel dieser Toni sich an einem der Mädchen vergangen hat? Und dann haben die sich in ihrer Verzweiflung an den Pfarrer gewandt. Der hat seinen Bruder erschlagen und im Misthaufen verscharrt. Ein Hochwasser hat das Skelett freigelegt und der Pfarrer hat es als Bündel vergraben.“

„Da hat der Vater von der Traudl Sonnenbichl, dieser Kropfhamer Hias, also vermute ich mal, dass er Matthias hieß, den Hof bewirtschaftet.“

„Dann hat die Traudl vielleicht ihrem Vater erzählt, dass der Toni sich an ihr vergangen hat. Der Kropfhamer Hias hat den Toni erschlagen, verbuddelt et cetera. Keiner hat was gesehen.“

„Möglich.“ Pfeffer kaute auf seiner Unterlippe. „Die Traudl hat mir jedenfalls gesagt, dass man als Mädchen besser einen Bogen um den Toni machte. Aber die beiden Alten haben gesagt, dass die Mädchen hier offenbar ein und aus gegangen sind. Was nun? Ist dir aufgefallen, dass alle immer nur sagen, der Toni hätte einen schlechten Ruf gehabt, aber keiner mit konkreten Ereignissen aufwarten kann? Wir sollten Montag zurückkommen, wenn Apollonia beim Arzt ist. Bekommen wir bis Montag

Analysen, wenn wir heute noch den Kulturbeutel vom Leitmayr Toni ins Labor schicken und einen DNS-Vergleich mit dem Gerippe in Auftrag geben? Nein. Vielleicht kommen die Ergebnisse der Radiocarbonanalyse eher. Wollen wir übrigens die Zeit nutzen, wo wir schon mal hier sind, und bei Frau Marell reinschneien?"

„Die ist nicht da. Die haben heute ab zwölf Probe. Das … das weiß ich von Levent." Annabella seufzte.

„Ihr habt richtig Stress, oder?"

„Er ist ein Idiot. Warum sind Männer so?"

„Wie?"

„So arschig. So kompliziert."

„Also, letzteres hört man meist über Frauen."

„Er will mich nicht heiraten."

„Oh weh. Das dachte ich mir schon."

„Wieso dachtest du dir das schon?", brauste Annabella Scholz auf. „Wieso? Weil ich keine Frau zum Heiraten bin?"

„Nein, so meine ich das nicht …"

„Ich bin für ihn doch nur ein williges Betthäschen. Nichts weiter."

„Nach so vielen Monaten?"

„Er braucht Freiraum, sagt er. Er braucht mal eine Pause, sagt er."

„Jetzt erzähl mir nicht, dass ihr euch trennt", seufzte Pfeffer. „Nicht ihr auch noch. Das scheint gerade in der Luft zu liegen. Cosmas und Lilly haben sich getrennt."

„Wie? Cosmo? Der erste große Liebeskummer? Süß!"

„Eher der fünfte."

„Ach … Nächste Woche ist Levent für zwei Tage in Hamburg. Irgendein Promotermin für einen Film, den er im Frühjahr gedreht hat. Das dürfte vorerst als Pause reichen."

„Lange Leine, Bella, lange Leine."

„Klar, dass ihr Männer zusammenhalten müsst. Einer wie der andere."

„Es geht doch nichts über gesunde Vorurteile und Pauschalisierungen."

„Eben."

„Sollen wir nun hier im Ort noch einen ordentlichen Schweinsbraten zu Mittag essen, oder fahren wir gen München?“, fragte Pfeffer.

„Willst du wirklich das Risiko eingehen, den beiden Doppel-Vornamen noch einmal zu begegnen?“

„Auch wieder wahr.“ Der Kriminalrat ließ den Wagen an. „Wir können beim Drive-in in der Bodenseestraße vorbeifahren, wenn du willst.“

„Gute Idee. Wo fahren wir eigentlich hin?“

„Joseph Bloch.“

„Sollte ein Polizeisiegel nicht unversehrt sein?“, fragte Max Pfeffer seine Kollegin, als sie vor der Wohnung des Ermordeten standen. Er deutete auf das in der Mitte sauber durchtrennte Papier, das an Tür und Türstock klebte.

„Ach du Scheiße“, entfuhr es Annabella Scholz. Sie steckte die letzte Pommes in den Mund und wischte sich mit der Serviette die Finger ab. Dann verstaute sie Serviette und Pommes-Schachtel in der braunen Papiertüte und tippte gegen die Tür. „Irgendwie hätte ich damit gerechnet, dass die offen ist“, sagte sie.

Pfeffer holte den Schlüssel zur Wohnung hervor. Als er aufgeschlossen hatte, zogen beide Beamte ihre Waffen. Pfeffer ging voran und sicherte. Niemand zu sehen.

„Meinst du, irgendwelche Kinder aus der Nachbarschaft haben das Siegel durchgeschnitten?“, sinnierte Pfeffer. „Ruf lieber die Kollegen von der Spurensicherung, Bella. Ich schau mich schon mal um.“ Er holte ein paar Einmalhandschuhe aus der Jackentasche.

Ob die Wohnung durchsucht worden war, ließ sich auf den ersten Blick nicht feststellen, mit viel gutem Willen bestenfalls erahnen. In allen drei Räumen, in Wohn-, Schlaf- und Arbeitszimmer, selbst in Küche und Bad herrschte Ordnung. Wäsche, Kleidung, Bücher, Papiere, Stoffe, Nähnadelpäckchen, Garnsammlungen in allen Farben, Kurzwaren – alles schien an seinem Platz zu sein. Hier und da standen Schubfächer offen, aber das konnten noch Spuren von den Kollegen sein, die die Wohnung nach Papieren und Hinweisen zu Verwandten durchstöbert hatten. Im Arbeitszimmer stand neben Nähmaschinen und zwei Schneiderpuppen eine große elektrische Schreibmaschine auf dem Arbeitstisch. Im Schlafzimmer lagen unter dem Bett verteilt ein paar Sexspielzeuge, Pornoheftchen, eine nicht aufgeblasene Gummipuppe und jede Menge Wollmäuse. Aus den offenen Regalen im Wohnzimmer konnte man nur schließen, dass womöglich jemand etwas gesucht hatte, weil einige Bücher hervorstanden. Pfeffer studierte die zahlreichen Videos. Hunderte mussten es sein. Meist Selbstaufgenommenes aus dem Fernsehen wie die handgeschriebenen Etiketten vermuten ließen. Aber auch Urlaubsfilme. Und natürlich eine Sammlung Fritz-Roloff-Filme, deutsche und internationale Produktionen. Pfeffer nahm einen davon heraus. „Manchmal Zitronen" – ein Fritz-Roloff-Klassiker mit Nives Marell als Star. Pfeffer erinnerte sich daran, den Film gesehen zu haben. Damals, als er und seine Clique siebzehn oder achtzehn waren, und sich für superintellektuell und avantgardistisch hielten, kurz vor dem Abitur. Da hatten sie bunte Haare – Pfeffer hatte sogar eine Irokese – und hatten sich, wenn überhaupt, nur Filme europäischer, vornehmlich deutscher Filmemacher angeschaut und sich die Köpfe heiß geredet. Pfeffer hatte nur mitdiskutiert, weil er seinen Klassenkamerad Jürgen beeindrucken wollte, auf den er ebenso unheimlich wie klammheimlich stand. Irgendwie hatte er sich dadurch irgendwas mit Jürgen erhofft. Doch statt Jürgen hatte sich nach „Manchmal Zitronen" zunächst Simone von Pfeffer beeindruckt gezeigt. Später folgten Carina, Birgit und Andrea und er verschob das Ausleben seiner Fantasien mit Kerlen auf später. Wovon „Manchmal Zitronen" handelte, hätte Pfeffer nun beim besten Willen nicht mehr sagen können. Er stellte die Kassette zurück zwischen „Haftnotizen" und „Klarsicht von oben" – zwei weitere Roloff-Klassiker, die Pfeffer irgendwann gesehen und sofort wieder vergessen hatte –, und stöberte weiter.

„Kollegen kommen bald." Die Kommissarin gesellte sich zu ihm. „Ich habe auf die Schnelle keine Gewalteinwirkung an der Tür feststellen können. Scheint mit einem Schlüssel geöffnet worden zu sein."

„Möglich. Wurden Schlüssel bei seiner Leiche gefunden?"

„Ja, in der Jackentasche. Und übrigens noch ein zweiter in seiner Umhängetasche, die stand oben in der Werkstatt."

„Haben die Kollegen damals die Wohnung eigentlich fotografiert?

„Nein." Annabella Scholz zuckte mit den Schultern. „War ja nicht der Tatort."

„Nives Marell, wohin das Auge blickt", wechselte Pfeffer abrupt das Thema und deutete auf die Buchregale. „Bildbände über sie in mehreren Sprachen, Biographien, Magazine, Autogrammkarten. Sogar ein Hochzeitsfoto von ihr und Roloff. Und wenn du rüber ins Schlafzimmer gehst, kommst du dir vor wie bei einem Teenager. Marell-Poster überall. Das Pin-up mit Bikini habe ich schon bei Traudl Sonnenbichl gesehen."

„Ein echter Verehrer."

„Aber sie konnte ihn nicht leiden."

„Verehrung kann manchmal eine Einbahnstraße sein."

„Und ein Mordmotiv. Und was nicht über Nives Marell ist, ist über Fritz Roloff. Der hat ja ein richtiges Roloff-Marell-Archiv. Hier, Originaldrehbücher zu Roloff-Filmen. Handschriftliche Notizen von Roloff, Kostümskizzen."

„Da fehlt ein Video", sagte Annabella nachdenklich, während sie auf die Regalwand mit den Bändern starrte.

„Wie kommst du darauf?"

„Hier ist zum einen eine Lücke, wenn man die Kassetten ordentlich zusammenschiebt. Zum anderen sind die Videos nummeriert. Vierhundertachtundvierzig, Vierhundertfünfzig. Es fehlt Vierhundertneunundvierzig. Vierhundertachtundvierzig ist ... Thailand und Kenia. Urlaubsvideos. Und Vierhundertfünfzig? Aha, ‚Moulin Rouge' und ‚Der Mann, den sie Pferd nannten'. Was schließen wir daraus?"

„Dass er einfach durchnummeriert hat nach Aufnahmedatum."

„Hilft uns nicht weiter."

„Vielleicht hilft uns das weiter." Pfeffer schaltete erst den Fernseher und dann den Videorekorder an. Da er keine Fernbedienung fand, drückte er am Gerät auf „Play".

„Nein, ein freundliches Willkommen hat man mir nicht bereitet, als ich aus Hollywood zurückkam“, sagte eine junge, üppige, aber durchaus schlankere Nives Marell. Ihre blonden Haare trug sie auftoupiert, ihr Teint schimmerte transparent.

„Voll Seventies!“, rief Annabella Scholz.

„Aber ich habe Angebote aus Frankreich und Italien“, fuhr die Schauspielerin im TV-Interview fort. „Im Sommer mach ich einen Film mit Jacques Libessart und Michel Faubourg. Danach arbeite ich mit dem großartigen Giacomo Trovato. Die Italiener verteufeln meinen Amerikaaufenthalt nicht als Anbiederung an den Kommerz.“

Die nächste Einstellung zeigte einen gutaussehenden Mann, den Pfeffer erst durch die Einblendung als den Schauspieler und Moderator Dietmar Schönherr identifizieren konnte. Es handelte sich augenscheinlich um eine Folge von „Je später der Abend“, das in den frühen Siebzigern im deutschen Fernsehen die Ära der Talkshows eingeläutet hatte.

„Und Fritz Roloff?“, fragte Dietmar Schönherr. „Man sagt, Sie haben keinerlei Kontakt zu ihm? Stimmt das? Oder dürfen wir uns auf einen neuen Roloff-Marell-Film freuen?“

„Wir hatten immer Kontakt, Fritz und ich!“ Nives Marell ließ die Hände dramatisch flattern. „Aber konkrete Pläne für einen neuen Film gibt es noch nicht.“

Pfeffer spulte ein wenig vor. Nun sah man eine etwas ältere, deutlich molligere Nives Marell mit kürzerem Haar in einem Garten unter einem Olivenbaum sitzen. Sie sagte etwas in sehr melodischem Französisch mit stark rollenden R's. Pfeffer verstand nur so viel, dass es ihr augenblicklich sehr gut ginge und sie keine Ambitionen hegte, auf die große Leinwand zurückzukehren. Pfeffer spulte weiter vor. Zuletzt füllte eine enorm fette Nives Marell den Bildschirm. Sie stand vor einem diffusen Hintergrund. Sie trug Schwarz und hielt ihre Augen hinter einer riesigen Sonnenbrille verdeckt.

„Nein“, sagte sie leise. „Ich konnte wirklich nichts tun. Fritz war unten am Strand … und dann …“ Sie brach ab, hob leicht die Sonnenbrille und tupfte sich mit einem Taschentuch unter den Gläsern die Augen. „Ich vermisse ihn jede Sekunde.“

Ein harter Schnitt, dann sah man eine etwas verwackelte Strandszene. Die Kamera zoomte ruckelig auf einen untersetzten, behaarten Mann mit blauer Badehose, der auf dem Sand stand. Pixelig, wie das Bild war, konnte man den Mann nicht deutlich erkennen. Plötzlich drehte sich der Mann um und wollte weglaufen. Doch in dem Moment brach eine gewaltige schäumende Wassermasse über ihn herein. Tobendes Gurgeln füllte den Bildschirm.

Der betroffen dreinblickende Moderator eines Kulturjournals kam ins Bild. „So weit Nives Marell, Weltstar aus München, Muse und letzte Lebensgefährtin des großen Fritz Roloff, über den tragischen Tod des bedeutenden Filmemachers beim Tsunami auf Phuket, dessen Augenzeugin sie wurde. Sie sahen die Videoaufnahmen, die Frau Marell von dem Unglück drehte."

Pfeffer spulte weiter vor. Schwarzweißes Schneegestöber. Der Kriminalrat drückte „Eject". Die Kassette schob sich langsam aus dem Schlitz im Videorekorder.

„Schade", sagte Pfeffer und stand auf. „Dreihundertdreiundvierzig – ‚Nives Marell, TV-Interviews, Deutsch'." Er starrte auf das Regal mit den Kassetten. „Was würdest du tun, Bella, wenn du jemanden mit einem Video erpresst?"

„Irgendwo eine Kopie verstecken. Oder mehrere."

„Richtig. Wenn wir Glück haben, hat der Einbrecher nur das eine Band gefunden. Falls es überhaupt so ist, dass er das richtige Band gefunden hat."

„Chef, die Richtung deiner Gedankengänge gefällt mir gar nicht."

„Doch, Bella, es nützt nichts. Wenn die Kollegen kommen, sollen sie alle Bänder sicherstellen und wir haben dann einige lustige Videoabende vor uns."

„Bitte nicht."

„Du kannst dir einen Praktikanten organisieren. Die in der Sitte haben doch immer irgendwelche Chefkinder als Praktis. Schnapp dir da einen. Nur im Schnelldurchlauf checken, ob wir über irgendwas stolpern. Wenn ich wüsste, wonach wir suchen sollen, würde ich ja noch ein paar Kollegen abstellen, die die Wohnung und die Sammlung überprüfen."

„Kollegen, die wir nicht haben." Kommissarin Scholz seufzte und blätterte durch Aktenordner, die neben dem Regal standen. Nach einer Weile pfiff sie durch die Zähne. „Die Wohnung hier gehörte Joseph Bloch. Eigentum. Da schau her! Und er hatte gleich hunderttausend Euro als Grundkapital."

„Da muss er fleißig gespart haben, oder?", rief Pfeffer vom Schlafzimmer her, wo er den Kleiderschrank durchging. „Und wenn ich mir die Klamotten hier anschaue, muss er wirklich Geld gehabt haben."

„Alles selbstgenäht?"

„Von wegen. Nur gute und teure Marken. Und dort ein ganzers Schrankteil voll Klamotten, die offenbar aus Roloff-Filmen stammen oder von Roloff selbst getragen wurden." Pfeffer zog einige Teile heraus. An jedem Kleidungsstück heftete ein mit einer Nadel fixiertes Blatt, das handschriftliche Notizen über Herkunft und Verwendungszweck, meist den Filmtitel und den Schauspieler samt Rollennamen enthielt. Eine speckige, braune Lederjacke, so informierte der Zettel, hatte Fritz Roloff von „ca. 1965 bis 1987" getragen. „Haben die Kollegen seine Kontoauszüge und Bankunterlagen sichergestellt?", rief Pfeffer und hängte die Jacke zurück.

„Ja. Alles im Büro."

„Gut, würde mich doch zu sehr interessieren, woher ein Gewandmeister so viel Geld hatte." Pfeffers Blick fiel auf einen Haufen Schuhe, die am Schrankboden standen. Sorgsam nach Paaren verschnürt. Auch hier Herkunftsetiketten. Pfeffer hob ein Paar ausgelatschte Gesundheitssandalen hoch, die mit Paketschnur zusammengebunden waren und ihm am nächsten standen. Ausgerechnet an ihnen heftete kein Zettel. Pfeffer stellte die Sandalen zurück und kam ins Wohnzimmer, wo er sich neben seine Kollegin hockte, die weiterhin Aktenordner durchforstete.

Pfeffer zog an einer Kommode die Schubladen auf. Sauber gebündelte Korrespondenz. An einem Bündel hing der Zettel „Roloff". Pfeffer öffnete die Schleife und überflog die Post. Fast ausschließlich Karten mit Urlaubsgrüßen oder kurzen Informationen. Sehr viel aus den Sechzigern, viel aus den Siebzigern, wenig aus den Jahrzehnten danach. Zuoberst lag eine Karte aus Thailand. „Frohe Weihnachten aus Thailand. Fritz und Nives." Mehr stand nicht darauf. Abgestempelt am 23. Dezember 2004.

„Sieh mal einer an", sagte Anabella und hielt Pfeffer einen Ordner hin. „Wenn wir da mal nicht ein Motiv für unseren Kollegen Werner Androsch gefunden haben!"

Es klingelte, dann klopfte jemand an die Tür und rief: „Die Kollegen von der Spurensicherung!"

21

Nives Marell schüttelte den Schirm ab und stellte ihn aufgespannt in den Windfang, damit er trocknen konnte. „Gib mir deinen Schirm und geh schon mal rein, Traudl“, sagte sie zu ihrem Gast. „Sauwetter elendiges.“ Sie spannte auch den zweiten Schirm auf und stellte ihn ab. Es klingelte.

„Loni?“, rief Nives überrascht, als sie auf den kleinen Monitor der Gegensprechanlage sah. Draußen am Haupttor stand die Greisin im Regen. Nives öffnete und die alte, bucklige Frau näherte sich schlurfend über den Vorhof. Ihr ausgeblichener, vormals braunkarierter Schirm schützte nur den vorgebeugten Oberkörper vor dem Regen. Ein rotes Kopftuch hatte sie sich umgebunden.

„Komm schnell rein“, sagte Nives, „aber ich habe dir doch gesagt, dass ich euch vorerst nicht brauche. Erst wenn die Abendvorstellungen beginnen, sollt ihr für den Rocco kochen.“

„I woas doch, Nives.“ Die Alte winkte ab und blieb an der Schwelle stehen. „I geh glei wieder. I wollt da nur song … ah, griaß di, Traudl … oiso, i wollt eich zwoa bloß song, dass heit d'Polizei bei uns g'wen is. So a Herr Rat, a ganz fesches Mannsbuid, und a Fräulein.“

„Ja, und?“, fragte Traudl lauernd. Sie lehnte sich an einen Türstock.

„I wollts eich bloß wissen lassen. Nix weider. Sie ham uns nachm Toni g'fragt. Wohl wegen da Leich in deim Garten, Nives.“

„Natürlich, die machen nur ihren Job, Loni.“

„Vom Pfarrer hob i g'hört, dass a drom in da Kircha g'wen san und mitm Keppler Uwe g'sprocha ham. I wollts eich nur wissen lassa.“

„Danke, Loni, danke dir.“ Nives merkte den besorgten Blick ihrer Freundin Traudl und runzelte die Stirn. „War auch die Burgi dabei?“

„Kloar, de Burgi hod wieder ihre Schauerg'schichten verzählt.“ Apollonia Leitmayr tippte sich an die Stirn. „S'wird imma schlimmer mit ihr. Sie hod wieder verzählt, dass du und d'Traudl und d'Afra damois ausm Haus g'rennt kumma seids. Ihr wissts scho … Ihr naiste G'schicht is, dass's sogar an Fritz nach seim Dod in ana Nacht do g'sehn ham woui."

Nives Marell lachte herzlich. „Sie wird wirklich immer wunderlicher, die Gute. Die Polizei hat das hoffentlich nicht geglaubt."

„Wos mach ich bloß, wenn mas in a Heim stecken miassen?" Apollonia Leitmayr klang plötzlich ganz betrübt.

„Keine Angst, Loni, die Burgi ist nur ein wenig wirr im Kopf. Noch ist nichts Schlimmes passiert. Und du weißt, dass ich für euch beide sorgen werde." Nives Marell tätschelte der Alten den Arm. „Euch wird es an nichts fehlen."

„Du bist a guads Kind, Nives." Apollonia Leitmayr spannte ihren Schirm auf und wandte sich zum Gehen. „Behüt di Gott."

„Was machen wir jetzt?", fragte Traudl mit Panik in der Stimme, nachdem die beiden Frauen allein waren.

„Du kannst dich gleich mit Afra zusammentun, Traudl." Nives Marell schüttelte den Kopf. „Die war auch wie ein aufgescheuchtes Huhn, als die Polizei das Skelett gefunden hat."

„Nives, bitte!"

„Ich habe euch schon immer gesagt, dass ihr euch keinerlei Sorgen machen müsst, verdammt noch mal. Möchtest du einen Tee?" Sie ging in die Küche.

„Wie kannst du jetzt an Tee denken?" Traudl Sonnenbichl folgte ihr.

„Weil es kalt ist und wir einen Tee brauchen können." Sie füllte gefiltertes Wasser in den elektrischen Wasserkocher und schaltete ihn ein.

„Du … dir macht das wirklich nichts aus, oder? Dass sie den Toni gefunden haben und dass Sepp tot ist."

„Wer hat den Toni gefunden?" Nives füllte grünen Tee in eine Papierfiltertüte.

„Nives, bitte."

„Traudl, lass dieses ‚Nives, bitte'. Ich sage dir zum letzten Mal, dass du dir um nichts Sorgen machen musst. Um gar nichts. Was glaubst du eigentlich? Dass ich mich nach all den Jahren wieder in die Öffentlichkeit wage, wieder spiele und gleichzeitig riskiere, wegen uralter Geschichten in den Dreck gezogen zu werden? Meine selbstgewählte Isolation ist vorbei. Das werde ich für nichts in der Welt riskieren. Und darum garantiere ich dir, dass nichts, aber auch gar nichts, was momentan an Dreck um mich herum hochgewirbelt wird, mir schaden kann und wird!"

„Reg dich nicht auf, Nives."

„Doch, ich rege mich auf. Hör mal, Traudl, dass sie dieses Skelett gefunden haben, muss man positiv sehen. Es kann mir nur nützen. Hast du die Zeitungen gelesen? Man berichtet über mich."

„Grausiger Fund bei Ex-Diva", zitierte Traudl die Schlagzeile eines Boulevardblatts. „Wirklich ein Traum, Nives."

„Ach, die Schmierulanten mit ihren absurden Spekulationen. Aber mein Name ist wieder präsent! Nächste Woche kommt dann der Knaller, dass ich wieder auf der Bühne stehe. Interviews in allen großen Blättern. Also, freu dich mit mir, dass sie irgendein blödes Gerippe in meinem Gemüsebeet gefunden haben."

„Nein, Nives", antwortete Traudl trocken. „Ich freue mich nicht."

„Auch recht." Nives Marell musterte ihre älteste Freundin. „Du hast Angst wegen dir und Sepp, oder? Ich werde der Polizei garantiert nichts über dich und Sepp erzählen."

„Das wird sicher der Werner machen."

„Der Androsch? Was weiß der denn schon?"

„Na, immerhin weiß er, dass Sepp und ich mal ein Paar waren."

„Das ist dann aber auch alles."

„Ach, ist sowieso egal", seufzte Traudl. „Du kannst der Polizei ruhig alles über mich und Sepp erzählen, wenn sie dich fragen."

„Wenn sie mich fragen SOLLTEN."

„Ich werde es auch tun. Dieser Pfeffer hat mir gestern Abend zugesetzt. Er hat … ich habe schlecht gelogen. Es war mein Fehler."

Der Wasserkocher brodelte und schaltete sich ab. Nives goss den Tee auf. Sie achtete nie darauf, dass das Wasser für den Tee wieder ein wenig abkühlte. „Gut, sag ihnen die Wahrheit über Sepp und dich. Und sag ihnen auch die Wahrheit über Werner und Sepp. Du musst dich nicht allein verdächtig machen."

„Meinst du wirklich?"

„Sicher."

„Ich … du bist meine beste Freundin, Nives."

„Wirst du jetzt sentimental?"

Traudl nickte und wischte sich verschämt schnell eine Träne weg. „Schon vorbei. Lass uns lieber in die Werkstatt und arbeiten. Ich muss schließlich irgendwann heim zu Rudi."

Nives nahm die Teekanne und zwei Becher. „Wir wollen mal schauen, wie weit Afra heute gekommen ist. Es dürfte ja nicht so schwierig sein, mit den paar Knochen fertig zu werden."

22

„Die Nachbarn schwören, dass sie nichts gesehen oder gehört haben", resümierte Annabella Scholz ihre Arbeit. Sie setzte sich auf die Schreibtischkante in Pfeffers Büro. „Nichts. *Nada. Niente.*"

„Der Täter, was, wie du weißt, auch immer eine Täterin einschließt, muss ziemlich zielstrebig gewesen sein. Vermutlich hat er genau gewusst, was er wo suchen musste", sagte Max Pfeffer. „Und er hatte also definitiv einen Schlüssel zur Wohnung. Weiß du, was mich ein wenig stutzig macht? Wieso hat Joseph Bloch ein Video mit offensichtlich brisantem Inhalt einfach so in seiner Sammlung stehen, wo jeder sich bedienen kann? Und noch stutziger macht mich, dass er zwar seine Videos nummeriert hat, aber ohne System. Ich meine, die Bänder einfach nach Reihenfolge der Aufnahme zu nummerieren, ist doch blöd. Außer, er hat irgendwo ein Verzeichnis, in dem er die Filme alphabetisch mit den jeweiligen Bandnummern gelistet hat."

„Er hat das Video natürlich da versteckt, wo es am unauffälligsten ist – bei den anderen Videos."

„Hat er eigentlich einen Computer gehabt?"

„Nein. Hast du die Schreibmaschine auf dem Schreibtisch nicht gesehen? Der hatte übrigens auch keinen DVD-Spieler."

„Nein? Gut. Beziehungsweise schlecht, es hätte ja sein können, dass er brisantes Material auch digital gespeichert hat." Pfeffer holte seine Zigaretten hervor und zündete sich eine an. „Wer erbt eigentlich von ihm?"

„Das Originaltestament liegt beim Amtsgericht. Dort wird es erst geöffnet, wenn die Ermittlungen abgeschlossen sind und der Totenschein vorliegt."

„Und?"

„Die Kollegen haben eine Kopie des Testaments in seinen Unterlagen gefunden. Es erbt eine Fritz-Roloff-Stiftung e.V. Das ist ein Verein, der sich der Arbeit von Fritz Roloff widmet. Gegründet von Nives Marell ein halbes Jahr nach Roloffs Tod. Sitzt in München, hat ein kleines Büro in der Sonnenstraße, in dem es aber nur eine einzige Halbtagssekretärin gibt."

„Sieh mal einer an. Dann müssen die sich als Erben um die Beerdigung und alles kümmern. Wer erbte eigentlich, als Roloff gestorben ist?"

„Ich vermute mal sein Sohn Rocco, oder?"

„Du hattest irgendwie recht, als du gesagt hast, alle Spuren führen zu Nives Marell."

„Habe ich das? Ja, vermutlich habe ich das."

Pfeffer stand auf und holte sich einen Pappkarton, der auf dem Fensterbrett stand. Er enthielt sichergestellte Papiere aus der Wohnung Bloch. Pfeffer zog die Kontoauszüge hervor und blätterte darin, während er schweigend eine Zigarette rauchte. Schließlich sagte er: „Von dem Gehalt konnte er sich sicher keine so große Eigentumswohnung leisten. Wobei … schlecht war es auch nicht. Und er hat noch Kredite abbezahlt. Wäre nun gut zu wissen, woher Bloch vor zwei Jahren plötzlich die hunderttausend Euro hatte. Hier … Honorar …" Pfeffer suchte sich den Ordner mit den Bank- und Steuerunterlagen und pfiff schließlich laut durch die Zähne. „Er hat für einhunderttausend Euro ein Drehbuch mit dem Arbeitstitel ‚Genius Roloff' verkauft. Richtig mit Rechnung und Mehrwertsteuer. Und dann sind hier noch weitere Rechnungen … mal fünftausend, mal zehntausend Euro. Nicht schlecht. Beraterhonorar für Filmprojekt ‚Genius Roloff'."

„Wer hat ihm denn so viel Geld gezahlt, Chef?"

„Nivalis Filmproduktion GmbH."

„Nives Marell?"

„Kannst du Gift drauf nehmen. Joseph Bloch hat also auf seiner ollen Schreibmaschine ein Drehbuch über das Leben von Fritz Roloff geschrieben und Nives Marell verkauft. Und dann berät er sie auch noch seitdem für tausende Euro. Dabei konnte sie ihn doch angeblich nicht leiden und hatte auch fast keinen Kontakt zu ihm. Ich denke, wir sollten uns mal ausführlicher mit Frau Marell unterhalten."

„Und was machen wir nun mit Traudl Sonnenbichl? Ist die noch unter den Verdächtigen Top Five, Chef?"

„Klar. Plastikoleander hin oder her."

„Werner Androsch?" Annabella legte ihre Hand auf den Ordner, den sie in der Wohnung des Ermordeten gefunden hatte. „Ist der von der Liste der Verdächtigen gestrichen wie dein Gewandmeister Sebastian Oßwald?"

„Nein, den Androsch knöpfen wir uns morgen vor."

„Morgen? Da ist Samstag."

„Dann knöpfe ich alleine. Tim fährt heute Nacht noch nach Düsseldorf. Daher mache ich pünktlich Feierabend und kümmere mich morgen um den Androsch."

„Verstehe. Aber dann knöpf gleich im Resi. Die haben morgen ab elf Probe."

„Und du, liebe Kollegin, wirst dich bis Feierabend nun ein wenig mit der Videosammlung unseres Verstorbenen auseinandersetzen. Ich will auch nicht so sein und nehme mir ein paar Bänder mit nach Hause."

Tim de Fries stellte seinen Koffer an die Garderobe, als die Tür aufgeschlossen wurde und Max Pfeffer nach Hause kam. Sie küssten sich wortlos.

„Wann müssen wir los?", fragte Pfeffer.

„Halbe Stunde."

„Dann hätten wir ja noch Zeit."

„Du bist eine Sau, Pfeffer."

Pfeffer grinste. „Ich weiß doch, was dir gefällt." Er hängte seine Jacke auf. „Wo sind die Jungs?"

„Müssten gleich da sein. Cosmo hat mein Auto und holt Flo von der Klavierstunde ab. Cosmo will heute Abend mit seinen Freunden um die Häuser ziehen, ich glaube, er hat seinen Liebeskummer verdaut. Wenn ich das Telefonat heute Mittag richtig gedeutet habe, gibt's schon eine Neue. Lisa."

„Du hast gelauscht."

„Zufällig."

Die beiden Männer lachten. „Flo soll so gegen acht drüben bei Kevin zur Geburtstagsparty sein. Er soll bloß nicht sein Geburtstagsgeschenk vergessen. Das liegt in der Küche", fuhr Tim fort.

„Ja, Mama."

„Schnauze, Pfeffer."

„Ich werde eh nicht bis acht zurück sein. Freitagabend vom Flughafen in die Stadt wird bestimmt nicht lustig. Und ich habe noch eine Kneipentour vor mir."

„Ach? Interessant, Max Pfeffer. Kaum ist die Katze aus dem Haus …"

„Ich werde die heißesten Läden im Schlachthofviertel checken."

„Beneidenswert."

„Absolut!"

23

Es wurde eine Kneipentour. Max Pfeffer ließ keinen Stehausschank und keine Wirtschaft rings um die Schmellerstraße aus. Alle möglichen „Stüberl“ oder „Stuben“ mit schmuddeligem, klebrigem Mobiliar, ebensolchen Gästen und Wirten, riesigen Flachbildschirmen über der Theke sowie „Premiere Sport“-Werbeschild über der Eingangstür. Ungemütliche Neonlichtsäle mit griechischen oder türkischen Rummy-Spielern. Urige Boazn mit gemischtem Publikum. Pfeffer besaß nun die Mitgliedschaft in fast allen Raucherclubs des Viertels. Die neueren, schicken Bars, die sich rund um den Schlachthof breitmachten, ließ Pfeffer aus. Überall, wo er das Foto von Joseph Bloch herzeigte, kannte man ihn – zumeist von früher, denn in einigen Kneipen schuldete der Ermordete den Wirten Geld, in anderen hatte er Hausverbot, weil er rumgepöbelt hatte, in zweien gab es den Deal, dass er drei Getränke bekam und dann gehen musste. Joseph Bloch schien auch als Kneipengast nicht gut gelitten zu sein. Niemand bekannte sich dazu, mit ihm befreundet gewesen zu sein oder sein näheres Umfeld zu kennen.

In einem völlig überfüllten „Stüberl“ in der Dreimühlenstraße traute Pfeffer dann seinen Augen kaum, als er seinen Sohn Cosmo über den Weg lief.

„Mann, Dad“, rief Cosmo mehr verärgert denn überrascht über den coolen Clubsound hinweg. „Hast du dich verlaufen?“

„Das Ding heißt doch ‚Valentinstüberl‘ und sieht aus wie eine abgeranzte Stehkneipe.“

„Ja, ist das nicht geil?“ Sein Sohn strahlte und prostete ihm mit einer Flasche Bier zu. „War früher voll die Asselkneipe und die neuen Besitzer haben es original so gelassen. Ekelmöbel und Seventieslook. Total angesagt. Dazu jedes Wochenende die heißesten DeJotts. Hast Glück, dass du überhaupt reingekommen bist. Meist ist es so proppevoll, dass die den Laden zusperren.“

„Verstehe“, sagte Pfeffer und verstand nicht wirklich. „Dann bin ich falsch hier.“

„Sag ich doch.“

„Nein, ich suche eine echte Eckkneipe, da wo echte Alkis hingehen."

„Alles frisch im Köpfchen, Dad?" Cosmo sah seinen Vater besorgt an.

„Recherche."

„Klar, Dad. Erzähl das dem Papst. Wenn du schon alles abgegrast hast, dann geh doch mal in ‚Mutti's Kuchl' in der Lagerhausstraße, hinterm Schlachthof gegenüber dem Großmarkt. Wenn man noch nicht vorher breit ist, wird man es spätestens dort!"

„Danke, Cosmo." Pfeffer boxte seinem Sohn spielerisch auf die Brust und verließ den Laden. Die beschriebene Kneipe fand Pfeffer auf Anhieb, denn es gab keine weiteren in der Straße – nur dieses kleine, gelbgestrichene Häuschen mit dem schwach beleuchteten Schild „Mutti's Kuchl", das sich an einer Kreuzung gegenüber der Großmarkthalle an den Bahndamm schmiegte. Als er es betrat, verstummten die Gespräche der wenigen Gäste. Trübe Augen richteten sich auf ihn. Aus den Lautsprechern dudelte deutscher Schlager. „Barfuß im Regen und wir tanzen und tanzen und tanzen …" Pfeffer nickte der Wirtin zu. Die Gäste widmeten sich wieder ihren Gesprächen, ein alter, zahn- und haarloser Mann an der Theke sang lauthals den Schlager mit.

„Kann ich dir helfen, Süßer?", fragte die Wirtin mit telefonsextauglicher Stimme.

Pfeffer fand das extrem einstudiert. Vielleicht zog die Art der Begrüßung bei den meisten Gästen. Er überlegte, an wen ihn die Frau erinnerte. Sie war keineswegs mehr die Jüngste, fraulich üppig und musste früher mal eine echte Schönheit gewesen sein, bevor Alkohol, Nikotin und die falschen Männer ihre Spuren hinterlassen hatten. Ihre hellen Augen hatten trotz der schweren Tränensäcke etwas katzenhaft Waches.

„Kannst du mir was über diesen Mann sagen?" Pfeffer wusste, dass er hier das erste passable Frischfleisch im richtigen Alter seit Jahren sein musste. Er nutzte es aus. Er legte die Jacke ab und ließ die Wirtin kurz in dem wohligen Braun seiner Augen kuscheln, dann zeigte er ihr das Bild des Ermordeten.

„Bulle?“ Die Wirtin schnaufte und nickte dann. „Ja, der Sepp. Ich hab's in der Zeitung gelesen. Was soll ich dir sagen?“

„Alles? Und bitte ein Helles dazu. Und den Wisch mit der Raucherclubmitgliedschaft kannst du mir auch gleich geben.“ Er zwinkerte ihr zu, sie senkte den Blick, dann zwinkerte sie zurück. Pfeffer grinste, sie würde ihm alles erzählen.

Während sie zapfte, sagte sie: „Der Sepp kam oft hierher. Woanders haben sie ihn nicht mehr reingelassen. Er hat's oft übertrieben mit dem Trinken. Bei mir hat er sich immer halbwegs beherrscht.“ Sie zuckte mit den Schultern und stellte das schäumende Bier vor Pfeffer auf die Theke neben den Topf mit der halb vertrockneten Minirose, bei der eine einzige gelbe Blüte von einem Rest Leben zeugte.

„Sieht so aus, als wäre er nicht sehr beliebt gewesen, der Sepp.“

„Kaum einer mochte ihn. Er war ein Eigenbrötler. Nur ich mochte ihn. Er war gar nicht so verkehrt. Sicher, er konnte ein Arschloch vor dem Herrn sein, doch er hatte auch andere Seiten. Hast du mal seine Wohnung gesehen? Totaler Fanatiker. Sammelte alles, was mit diesem Filmfritzen zusammenhing, diesem ... na, ich komm nicht drauf ...“

„Fritz Roloff“, soufflierte Pfeffer.

„Richtig. Und dann die Nives Marell! Da hatte er fast so eine Art Fetisch.“ Die Wirtin schüttelte den Kopf. Nun wusste Pfeffer, an wen sie ihn erinnerte.

„Sie ... du hast was von ihr.“

„Das hat der Sepp auch immer gesagt. Wahrscheinlich war er deshalb nett zu mir.“ Sie wischte mit einem grauen Lappen über die Theke und zündete sich dann eine Zigarette an. Statt „Barfuß im Regen“ lief nun „Zigeunerjunge“ von Alexandra. Der alte Mann sang weiter lauthals mit. „Die Wagen so bunt, die Pferdchen so zottig ...“

Die Wirtin tupfte sich eine Träne weg und saugte an ihrer Zigarette.

„Wenn er nur deshalb nett zu dir war, weil du einer Schauspielerin ähnlich siehst, war er ein Idiot.“

„Hör zu, Bulle. Du hast verdammt breite Schultern und für deine Augen brauchst du einen Waffenschein, aber ich bin eine Runde zu alt für dich, also keine Spielchen."

„Hast du ihn geliebt?", fragte Pfeffer.

„Was heißt geliebt?" Die Wirtin presste den Rauch mit einem Zischlaut aus ihren Lungen. In ihren Katzenaugen stand immer noch das Wasser. „Wie heißt du, Bulle?"

„Pfeffer."

„Pfeffer? Wow. Passt. Ich bin Mutti. So nennen mich alle. Na, eigentlich heiße ich Marion. Weißt du, Pfeffer, Sepp war nicht so verkehrt, wie alle dachten. Wir hatten was miteinander. Ab und zu. Nichts Großartiges, nichts wirklich … Tiefes. Meine Oma hätte es ein gschlampertes Verhältnis genannt."

„Wann zuletzt?"

„Ach, das ist bestimmt schon ein halbes Jahr her. Nein, gut vier Monate. Ich wollte das beenden, weil es doch keine Zukunft hatte. Ich habe zu lange darauf gewartet, dass er unser Verhältnis ernst nimmt oder überhaupt mal dazu steht, dass wir ein Verhältnis haben. Also habe ich es beendet. Er kam aber weiterhin." Sie zapfte ein neues Bier, ohne dass jemand eins bestellt hätte, und stellte es dem zahnlosen Sänger wortlos hin. „In den letzten Tagen oder Wochen ist es ihm ziemlich schlecht gegangen, er hat über Übelkeit geklagt. Ich dachte, das ist die Mitleidstour, nun will er dich so rumkriegen."

„Hat er aber nicht?"

„Hat er nicht."

„Hast du oder hattest du einen Schlüssel zu seiner Wohnung?"

„Nein. Das wäre ihm zu nah gewesen."

„Aber du weißt, dass es seine Eigentumswohnung war."

„Ja, er wohnte da schon ewig und drei Tage. Aber gekauft hat er sie erst vor knapp zwei Jahren oder so. Da ist er irgendwie zu Geld gekommen und hat dem Hauseigentümer ein Angebot gemacht. Er hat nie groß darüber geredet. Sagte nur, das hätten ihm seine Kontakte zur Prominenz eingebracht und dass er nun einen Film über diesen Fritz Roloff machen würde und noch mehr Geld verdienen würde, als ich mir träumen könnte. Keine Ahnung, solche Sprüche halt."

„Würdest du ihm zutrauen, dass er das Geld nicht ganz … sagen wir mal … redlich gemacht hat?“

„Hör zu, Bulle mit den Schmuseaugen, ich mochte ihn, den Sepp. Also erwarte keine Antwort darauf.“

„Das ist auch eine Antwort, Marion.“

„Sagst du mir Bescheid, wenn er beerdigt wird, Pfeffer?“ Die Wirtin schob dem Kriminalrat ein Zündholzbriefchen mit Werbung für ihre Kneipe zu. „Ich möchte gerne hingehen.“

Pfeffer schlief wie ein Stein. Zehn Videos aus Joseph Blochs Wohnung hatte er noch im Schnelldurchlauf durchgescannt, alle zeigten tatsächlich die Spielfilme, die auf der Hülle angegeben waren. Dabei hatte er ununterbrochen „Zigeunerjunge“ vor sich hingesummt. Ob und wann die Kinder nach Hause gekommen waren, hatte er nicht mitbekommen.

Nach dem morgendlichen Joggen, dem Hanteltraining und dem Duschen gönnte sich Max Pfeffer einen Espresso, eine Zigarette und einen Apfel. Dazu blätterte er in der Süddeutschen vom Wochenende und lauschte Ella Fitzgerald, wie sie sich durch „Dream a Little Dream of Me“ swingte.

„Wow, gesund“, kommentierte Cosmo das Frühstück seines Vaters. Er schlurfte in Unterhose und T-Shirt mit wirren Haaren und zugeschwollenen kleinen Äuglein in die Küche und drehte den CD-Spieler leiser.

„Wow, sexy“, kommentierte Pfeffer den Zustand seines Sohnes und pfiff wie ein Klischeebauarbeiter in einer billigen Sitcom angesichts einer üppigen Blondine.

„Sexuelle Belästigung von Abhängigen und noch dazu Inzest. Da dürften ein paar Jährchen zusammenkommen, Dad. Und dann goodbye, Beamtenpension!“ Cosmo knurrte und kratzte sich seinen Dreitagebart. „Mann, ich schau aus wie ein frisch geficktes Eichhörnchen und fühl mich auch so.“

Pfeffer verbiss sich ein zustimmendes Lachen und beschloss, sich diesen Spruch zu merken.

Cosmo sah auf die Küchenuhr. „Gleich halb zehn. Ich muss zur Arbeit in den Getränkemarkt. Der Wittler versteht keinen Spaß, wenn ich zu spät komme. Hast du noch Kaffee für mich?“

Pfeffer wollte fast „Mach dir selber einen“ sagen, stand dann aber auf und ließ aus der kleinen Espressomaschine eine Tasse volllaufen.

„Danke, Dad. Ist kein Energydrink mehr da?“ Cosmo inspizierte den Kühlschrank. „Ah, da hinten. Das beste Mittel gegen Suff. Glaub's mir, Dad.“ Er trank aus der Flasche.

„Werde ich mir merken. Spät geworden?“

„Hmm, halb drei oder so. Flo ist wohl gar nicht heimgekommen, oder?“

„Geburtstagsparty bei Kevin. Vermutlich hat er dort auch geschlafen.“

Cosmo nickte müde und schlürfte seinen Espresso im Stehen, dann füllte er sich Müsli und Milch in eine Schüssel und setzte sich kauend an den Tisch.

„Ich muss heute auch zur Arbeit“, sagte Pfeffer und widmete sich wieder der Zeitung.

„Du wolltest heute mit Flo eine neue Jeans kaufen.“

„Ich weiß. Sag ihm, dass ich mich mit ihm so gegen eins am Stachus treffe.“

„Ich glaube kaum, dass ich ihn vor dir sehe, Dad. Ich muss gleich zur Arbeit, wie ich dir soeben verkündet habe.“ Cosmo verdrehte die Augen. „Erschütternd, wie du abbaust. Betreutes Wohnen, sag ich nur.“

„Okay, dann schreib ich ihm einen Zettel. Und denk dran, dass du morgen mit der Wäsche und Staubsaugen dran bist.“

„Alles klar. Heute Abend brauchst du nicht mit dem Abendessen auf mich warten, Dad. Wir haben Probe mit der Band, danach gehen wir …“ Cosmo zuckte mit den Schultern. „Keine Ahnung … irgendwohin.“

„So genau wollte ich es gar nicht wissen.“

„Nächsten Samstag haben wir übrigens einen Gig. Wäre cool, wenn du kommen würdest.“

Pfeffer sah überrascht von der Zeitung auf. Hatte er sich verhört? Sein Sohn lud ihn zu einem Hip-Hop-Konzert seiner Band ein? „Klar, gerne“, sagt er, bevor Cosmo es sich anders überlegte. Ella Fitzgerald gurrte gerade „Baby, Don't You Quit Now“.

„Echt?“ Cosmo schien von der Antwort seines Vaters überrascht. „Gut.“ Er widmete sich wieder seinem Müsli. „Hör mal, Dad. Ich hab mich entschieden, jetzt Gesangsunterricht zu nehmen.“

Pfeffer sah überrascht auf. „Ich dachte, im Sprechgesang liegt die musikalische Zukunft Deutschlands?“

„Nee, ich will auch singen können. Als Frontmann muss das sein. Ist das okay?“

„Was kostet mich das?“

„Nicht so teuer. Dreißig Euro für Schüler und Studenten.“

„Na, dann in Gottes Namen. Lern singen.“ Pfeffer widmete sich wieder der Zeitung.

„Danke, Dad.“ Cosmo trank den Rest Milch aus der Schüssel und stand auf. „Übrigens heute mein letzter Tag bei Wittler. Hab ’nen neuen Job im ‚Sündenpfuhl‘. Hat mir Lupo vermittelt, sein großer Bruder schmeißt den Laden.“

„Sündenpfuhl?“

„Zurzeit DER Club. Fange nächsten Freitag hinter der Theke an. Da kommt mehr bei rüber mit Trinkgeldern als im Getränkemarkt. So, muss duschen. Bis die Tage, Dad.“

„Bis die Tage, *freshly fucked squirrel*“, murmelte Pfeffer leise und drehte den CD-Player wieder lauter. Irgendwann rauschte Cosmo mit einem „Bye“ vorbei. Nachdem Pfeffer die Zeitung fertig durchgeblättert und einen guten Überblick über die Schlagzeilen erhascht hatte, machte er sich langsam fertig. Er schrieb seinem jüngeren Sohn Florian einen Zettel, dass man sich am Stachus um eins träfe, und klebte ihn an die Küchentür. Dann hielt er inne und entschied sich, doch kurz im Zimmer des Jungen nachzusehen. Wie erwartet, war Flo zwar nicht da, dafür herrschte ein Saustall. Pfeffer ließ die Zimmertür offen stehen und schrieb einen zweiten Zettel, den er an Florians Tür klebte: „Aufräumen!“

Der Pförtner blickte genervt von seiner Zeitung auf, als Max Pfeffer an die Scheibe klopfte und seinen Dienstausweis zeigte. Es war ein anderer als die Male zuvor.

„Wo finden die Proben zu ‚Kanakenbraut‘ heute statt?“, fragte Pfeffer.

„Nicht hier“, antwortete der Pförtner.

Pfeffer wartete, aber es kam kein Nachsatz. „Und wo dann, bitte?“

„Ausgelagerte Probebühne in der Emma-Ihrer-Straße.“ Der Pförtner sah wieder in seine Zeitung, die viel zu viele Bilder hatte, um als seriös durchzugehen.

„Ganz reizend, vielen Dank auch, der Herr“, sagte Pfeffer im Gehen und beschloss, sich nicht zu ärgern. Immerhin regnete es an diesem Samstag nicht. Der goldene Oktober gab wieder ein Gastspiel. Mildes Licht fiel auf die großen Pflanzenkübel, die im Innenhof zwischen Pforte und den Gebäuden an der Straße standen. Pfeffer durchzuckte es. Zwei prächtige Oleander blühten direkt vor dem Hintereingang des Staatsschauspiels. Traudl Sonnenbichl und jeder andere auch konnten sich nach Belieben bedienen, wenn sie wollten.

Pfeffer ging die paar Schritte zur Pforte zurück und fragte: „Sagen Sie, die beiden Oleander draußen im Innenhof, wem gehören die?“

Der Pförtner machte sich nicht die Mühe, von der Zeitung aufzusehen. „Dem Staatstheater. Im Sommer stehen sie draußen, im Winter in irgendeiner der Werkstätten.“

„Sie sind zu freundlich.“

Pfeffer genoss das Licht und die Wärme auf der Fahrt nach Norden zum Leonrodplatz. Und er genoss das Gefühl, Traudl Sonnenbichl wieder im engsten Kreis der Verdächtigen zu haben. In der Emma-Ihrer-Straße parkte er direkt vor der Wellblechbaracke, die offenkundig die ausgelagerte Probebühne des Bayrischen Staatsschauspiels war. In unmittelbarer Nachbarschaft befanden sich hauptsächlich ödes Brachland und hinter einem hohen Zaun ein Asylantenwohnheim aus gestapelten Containern. Zwei Schwarze lungerten am Zaun herum und beäugten Pfeffer aggressiv schweigend.

„*Bonjour*“, sagte Pfeffer. Ein Lachen huschte über die beiden Gesichter.

Vor der Eingangstür zur Baracke standen zwei Männer und eine Frau im Gespräch. Der eine von ihnen hatte einen schlecht sitzenden Anzug an – Werner Androsch. Der andere trug eine schlabbrige rote Trainingshose und ein Sweatshirt – Levent Demir, Schauspieler und Lebensgefährte von Kommissarin Annabella Scholz. Levent rauchte. Bei der Frau handelte es sich um Viola Bruhns.

Als sie Pfeffer näher kommen sahen, verstummte ihr Gespräch. Pfeffer grüßte.

„Servus, Levent." Pfeffer grinste und deutete auf die Zigarette. „Erwischt."

„Servus." Auch der Schauspieler grinste und zog demonstrativ an der Zigarette. „Ich bin ein freier Mann und mache, was ich will. Aber wehe du erzählst Bella, dass ich rauche."

Pfeffer verkniff sich eine Bemerkung zu dem, was er von Annabella Scholz über ihre Beziehung gehört hatte, und sagte lakonisch: „Immer gut, jemanden in der Hand zu haben, Levent."

Viola Bruhns lachte affektiert und spielte sich in den Vordergrund. „Herr Kommissar, entschuldigen Sie, ich habe Ihren Namen vergessen, haben meine Fingerabdrücke Sie weitergebracht?"

„Nein. Wir haben weder von Ihnen noch von Herrn Wachsmuth auf irgendeiner Flasche oder der Thermoskanne Fingerabdrücke gefunden."

„Das hätte ich Ihnen gleich sagen können", sagte die Schauspielerin mit übertriebenem Triumph in der Stimme. „Womit unsere Unschuld bewiesen wäre."

„Oder auch nicht, Frau Bruhns." Pfeffer lächelte sie kühl an. „Jeder Täter mit ein wenig Grips würde für einen Giftanschlag Handschuhe tragen, meinen Sie nicht?"

Viola Bruhns schwieg irritiert. Dann lächelte sie, als hätte sie einen guten Scherz gehört. „Sie sind mir ja Einer! Sagen Sie, haben Sie nicht bei meiner Freundin Nives Marell einen grausigen Fund im Garten gemacht?"

„Ich persönlich nicht direkt", antwortete Pfeffer.

„Dieses Skelett. Ist das nicht wahnsinnig mysteriös? Noch dazu, dass es ausgerechnet jetzt auftaucht."

„Da ist was dran", pflichtete Levent Demir seiner Kollegin bei. Werner Androsch schwieg weiter und sah zu Boden.

„Nicht wahr?“ Die Schauspielerin witterte Oberwasser. „Ich würde ihr ja zutrauen, dass sie das inszeniert hat, um ihr Comeback mit einem Paukenschlag einzuleiten.“

Pfeffer zog skeptisch die Augenbrauen nach oben. „Wirklich, Frau Bruhns?“

„Ich würde ihr noch ganz andere Sachen zutrauen, Herr Kommissar.“ Sie machte eine bedeutungsvolle Pause. Zu bedeutungsvoll für Pfeffer, um das Folgende ernst nehmen zu können. „Ich will wirklich niemandem etwas Böses nachsagen, aber ich glaube ja, dass Nives nicht ganz die Wahrheit gesagt hat, was den Tod von Fritz Roloff angeht.“

„Haben Sie dafür irgendwelche Beweise?“

„Nein, das nicht, Herr Pfeffer.“ Der Kriminalrat notierte im Hinterkopf, dass ihr sein Name offenbar doch wieder präsent war. „Es ist so ein Gefühl …“

„Dann würde ich an Ihrer Stelle ein wenig vorsichtig sein, Frau Bruhns.“ Pfeffer lächelte verbindlich. Die Schauspielerin verstand.

„Ich … ich gehe dann mal rein“, sagte Werner Androsch leise und sah keinen der anderen dabei an.

„Nein, Herr Androsch, bleiben Sie, ich bin hauptsächlich wegen Ihnen da.“

Der Schauspieler riss überrascht die Augen auf und beäugte den Kriminalrat misstrauisch. Er strich sich durch seine nach hinten pomadierten Haare.

Levent Demir trat seine Zigarette aus. „Schon klar. Ich gehe dann mal rein. Halt unsern Herrn Androsch nicht zu lange auf. Die Probe beginnt in fünfzehn Minuten. Bis die Tage, Pfeffer.“

„Ja, ich sollte dann auch mal“, sagte Viola Bruhns ebenso charmant wie falsch lächelnd.

Max Pfeffer wartete. Nicht nur, bis Levent Demir und Viola Bruhns in der Wellblechbaracke verschwunden waren, sondern auch bis das Schweigen unangenehm wurde und Werner Androsch sich ungeduldig räusperte.

„Ich habe nicht ewig Zeit, Herr Kriminalrat“, sagte Androsch mit kratziger Stimme.

„Sie haben mich angelogen“, sagte Pfeffer.

„Wie bitte?"

„Sie wissen, was ich meine, Herr Androsch." Pfeffers Ton verhärtete sich.

„Das … das hat nichts mit Sepps Tod zu tun!" Androsch wurde trotzig.

„Sie wollen mir allen Ernstes erzählen, dass Sie Herrn Bloch nicht grollten, obwohl er Sie für fünf Jahre ins Gefängnis gebracht hat?"

„Nein … ja." Androsch wand sich und sah endlich Pfeffer an. Er zitterte. „Es waren die schlimmsten fünf Jahre meines Lebens, Herr Pfeffer. Fünf Jahre verloren!", brach es aus ihm heraus.

„Sie hätten nicht unbedingt mit Koks dealen müssen", entgegnete Pfeffer ungerührt.

„Ich HABE NICHT mit Koks gedealt!", zischte Androsch einen Tick zu laut.

„Und warum sind Sie dann dafür verurteilt worden?"

„Weil … weil dieser kleine Bastard Joseph Bloch gegen mich ausgesagt hat." Der Schauspieler ermattete und schrumpelte zusammen, als würde die Luft aus einer Luftmatratze herausgelassen.

„Wussten Sie, dass Joseph Bloch alles über Nives Marell und Fritz Roloff gesammelt hat? Ein richtiges Archiv aufgestellt hat? Nein? Nun, dort haben wir ganze Ordner über den großen Kokain-Prozess von 1989 gegen die komplette Roloff-Clique gefunden. Zeitungsausschnitte et cetera. Das hätten Sie gleich auch mitnehmen sollen, als Sie bei ihm eingedrungen sind, um Beweise für Ihre Schuld verschwinden zu lassen."

„Ich soll was?" Androsch sah Pfeffer so ehrlich erstaunt an, dass Pfeffer ihm glaubte.

„Warum haben Sie uns nicht schon längst freiwillig über den Prozess und Ihre Haftstrafe erzählt, Herr Androsch?"

„Weil ich mich nicht selbst ans Messer liefern wollte", sagte der Schauspieler schwach.

„Bisher habe ich kein Messer gesehen." Pfeffers Mobiltelefon klingelte. Er sah auf das Display: „Flo mobil". Das musste warten. Er drückte „Anruf ablehnen". Wenn es wichtig war, konnte Flo eine Nachricht hinterlassen. „Sie haben sich durch Ihr Verhalten selbst höchst verdächtig gemacht, Herr Androsch. Außerdem haben Sie sich schuldig bekannt. Sie haben gestanden."

„Ich habe widerrufen. Ich hatte nichts zu gestehen." Werner Androsch kaute auf seiner Unterlippe. „Damals hat die Staatsanwaltschaft versucht, Fritz und seine Clique wegen Drogen dranzukriegen. Sogar Nives wurde hineingezogen. Nun ja, ich werde hier keine weiteren Angaben darüber machen, was Nives oder sonst wer tatsächlich jemals an Drogen konsumiert hat oder nicht. Ja, ich habe gestanden, dass ich gelegentlich für Fritz ein paar Gramm Kokain oder Hasch organisiert habe. Das stimmte auch. Aber dann hat Sepp ausgesagt, dass ich Fritz und alle anderen wie ein Dealer versorgt hätte. Aber das stimmte nicht! Nur wollte der Richter Sepp mehr glauben als mir."

„Hat nicht auch Roloff angegeben, das Sie ihn …"

„Hat er, hat er. Aber das war okay, denn …"

„Für Roloff wollten Sie ins Gefängnis gehen, stimmt's? Sie wollten die Schuld auf sich nehmen?"

Der Schauspieler nickte. „Besser ich im Knast als ein Genie wie Fritz. Der wäre da drin draufgegangen! Der war kein Jean Genet, der …"

„Erst die Aussage von Sepp Bloch hat Sie richtig reingeritten. Dadurch, dass Sie als Dealer dastanden …"

„Es war so nicht abgesprochen, verstehen Sie, Herr Pfeffer?", brach es aus Androsch heraus. „Wir hatten einen Deal, Fritz und ich. Ich sollte gestehen, dann eine kurze Haftstrafe absitzen, während er und Nives und die anderen mit einer Geldstrafe davonkommen. Nach meiner Freilassung sollten wir einen neuen Film drehen. Mit mir in der Hauptrolle. Und dann hat Sepp alles zerstört, indem er mich ausgeliefert hat!"

„Und weder Roloff noch sonst jemand hat das richtiggestellt." Pfeffers Handy klingelte erneut. Diesmal „Cosmas mobil". Pfeffer steckte das Telefon in die Tasche.

„Nein", flüsterte Androsch.

„Ist Ihnen nie der Gedanke gekommen, dass womöglich Roloff und Bloch eine Absprache hatten, von der Sie nichts wussten?"

„Wie?"

„Dass Roloff mit der Aussage von Sepp einverstanden war?"

„Was? Wie? Nein. Nie." Androsch zitterte wieder. „Unmöglich. Fritz hätte so etwas nie …" Die Erkenntnis, das sichere Wissen, dass Fritz so etwas jederzeit gemacht hätte, ließ ihn verstummen. Der Polizist hatte all die Fragen und Zweifel, die Androsch seit Jahren plagten, in wenige Worte gefasst.

„Haben Sie mit Herrn Roloff nach der Haftentlassung noch einen Film gedreht?"

„Nein."

Pfeffer schwieg und zog die Augenbrauen hoch.

„Das Projekt hat leider nicht geklappt. Aber vor drei Jahren, da hat Fritz mich als Hauptdarsteller für seinen neuesten Film engagieren wollen. Glauben Sie es mir, er hat mich nicht vergessen. Ha, sehen Sie!" Triumph lag in seiner Stimme. „Sehen Sie, Herr Pfeffer. Sie haben sich geirrt. Gut, dass mir das einfällt. Vor drei Jahren wollte Fritz mich als Titelheld verpflichten. Nives sollte die weibliche Hauptrolle spielen. Er hatte sogar schon einen Produzenten gefunden. Leider ist er ja vor der Verwirklichung bei dem Tsunami ums Leben gekommen."

„Wovon haben Sie seit der Haftentlassung gelebt, Herr Androsch?"

„Ein paar kleine Rollen – meist Fernsehen – hier, Synchronisation da. Ja, ich habe es ihrer Kollegin schon erzählt, ich habe auch Pornos synchronisiert. Die Wohnung, in der ich wohne, gehört mir. Und ich habe aus Zeiten, als ich gut im Geschäft war, einiges gespart. Ich habe all die Jahre bei der Künstlersozialkasse eingezahlt und werde bald Rente beziehen. Ich kann bescheiden leben."

„Den Unterlagen konnte ich entnehmen, dass Sie eine Tochter haben. Sabine, richtig? Aus einer kurzen Ehe mit einer gewissen Petra Verhoeven."

Androsch nickte geknickt. „Die Sabine. Ja. Sie war immer ein gutes Kind. Ich … kann ihr nicht zum Vorwurf machen, dass sie nichts mehr mit mir zu tun haben will. Das ist es doch, worauf Sie hinauswollen, oder?"

Pfeffer schwieg und sah Androsch aufmerksam an. Er wusste nicht, dass die Tochter Sabine nichts mehr mit Werner Androsch zu tun haben wollte.

„Ja, die Sabine hat den Kontakt zu mir abgebrochen, als ich ins Gefängnis kam. Aber ich habe ihr Briefe geschrieben. Sie … sie hat meine Adresse und meine Telefonnummer. Ich bin sicher, irgendwann ruft sie mich an."

„Ich fasse mal zusammen. Sie saßen fünf Jahre im Gefängnis, für etwas, das Sie angeblich nicht getan haben, und schuld daran ist einzig und allein Joseph Bloch. Seitdem sind Sie mehr oder weniger arbeitslos und am Rande der Pleite. Zudem hat Ihre Tochter den Kontakt zu Ihnen abgebrochen. Dann würfelt Sie das Schicksal wieder mit dem verhassten Sepp Bloch zusammen und nun sehen Sie die Chance für eine Rache gekommen. Und das, Herr Androsch, nennen Sie kein ausgezeichnetes bis hervorragendes Tatmotiv?"

Der Schauspieler wischte sich fahrig über das Gesicht. „Nennen Sie es, wie Sie wollen", grummelte er. „Ich habe damit nichts zu tun."

Pfeffers Mobiltelefon klingelte erneut. Diesmal gab er sich nicht die Mühe, nachzuschauen, wer es war. „Vielleicht wollten Sie ihn ja nicht umbringen. Vielleicht wollten Sie nur, dass es ihm mal richtig dreckig geht. Kaum jemand weiß, wie Oleander wirkt. Also haben Sie es auf gut Glück probiert."

„Sie reden Unsinn."

„Ansichtssache. Wie sind Sie an den Schlüssel von Joseph Blochs Wohnung gekommen?"

„Was? Gar nicht! Ich habe keinen Schlüssel zu seiner Wohnung!"

„Kennen Sie ‚Mutti's Kuchl' in der Lagerhausstraße?"

„Ja. Aber da gehe ich nie hin."

„Warum nicht? Es gehört doch quasi zu Ihrer Nachbarschaft."

„Weil der Sepp dort immer hingegangen ist."

„Ach, das wissen Sie also."

„Ich wollte mal rein, da hab ich ihn dort sitzen gesehen. Warum hacken Sie auf mir herum?", echauffierte sich Werner Androsch plötzlich. „Warum? Kümmern Sie sich mal lieber um Traudl Sonnenbichl."

„Frau Sonnenbichl taucht in Herrn Blochs Archiv zu dem Drogenprozess aber nicht auf."

„Da vielleicht nicht. Die Traudl." Werner Androsch lachte bitter. „Die steckt viel tiefer drin, als sie zugeben will. Sie war mal mit Sepp ein Paar. Enttäuschte Liebe, Herr Kriminalrat, ist ein viel stärkeres Motiv, als im Gefängnis der Fußabstreifer für Psychopathen zu sein."

Die Tür der Wellblechbaracke öffnete sich und Levent Demir kam heraus. „Sorry, Leute, aber die Probe verzögert sich noch um zehn Minuten. Herr Wachsmuth steht angeblich irgendwo im Stau. Wenn ich störe, gehe ich vor zur Straße und rauche da."

„Schon okay, Levent", sagte Max Pfeffer. „Herr Androsch und ich sind fertig."

„Ja?" Androsch klang so hoffnungsfroh, dass Pfeffer ein Lachen unterdrücken musste.

„Ja. Ach, eine Frage noch: Wussten Sie, dass Frau Marell einen Film über Fritz Roloff plant, zu dem Herr Bloch das Drehbuch geschrieben hat?"

„Wie? Nein. Das höre ich zum ersten Mal und ich kann es mir auch kaum vorstellen. Nives konnte den Sepp doch nicht ab." Werner Androsch nickte Pfeffer kurz zu und verschwand dann im Inneren des Gebäudes.

„Chaotenhaufen", stöhnte Levent Demir. „Ich habe selten so ein Ensemble von Gestörten erlebt. Die Bruhns ist zwar brillant als Schauspielerin, aber eine Zicke vor dem Herrn. Und sie will mir an die Wäsche. Die Marell hält sich für die Göttin persönlich. Okay, auch sie spielt gut. Aber der Androsch ist eine Trantüte! Total textunsicher, dabei hat er kaum Text, und er sieht immer so aus, als stünde er kurz vor einem Heulkrampf. Er war, ehrlich gesagt, schon in den Roloff-Filmen schlecht. Übrigens will mir die Bruhns immer an die Wäsche. Ach, sagte ich bereits. Dabei hat die was mit dem Wachsmuth."

„Wem würdest du denn einen Mord zutrauen?"

„Allen."

„Das hilft mir nicht wirklich weiter."

„Das hat Bella-Baby auch gesagt."

„Bella-Baby", wiederholte Pfeffer flüsternd und grinste. „Apropos, was ist mit euch? Bella scheint mir in den letzten Tagen ein wenig durch den Wind, weil du sie angeblich nicht heiraten willst."

„Was? Was erzählt die denn für einen Mist? Wir haben überhaupt nicht übers Heiraten gesprochen. Abgesehen davon, dass ich sie tatsächlich zum gegenwärtigen Zeitpunkt nicht heiraten würde. Aber das brauchst du ihr nicht zu sagen. Sie ist diejenige, die in den letzten Tagen rumgezickt hat. Angeblich nervt es sie, dass sie einen Fall hat, in dem ihr Lebensgefährte – wenn auch nur ganz am Rande – eine Rolle spielt." Levent verdrehte die Augen und hielt den Blick in den Himmel. „Frauen."

Pfeffers Handy klingelte. Entnervt wühlte er es hervor. Diesmal stand „Tim mobil" auf dem Display. Pfeffer seufzte und ging ran.

„Verdammt, Maxl, wo steckst du?", rief sein Lebensgefährte aufgebracht. „Cosmo versucht seit einer Ewigkeit vergeblich dich zu erreichen. Jetzt hat er mich angerufen ... Ich bin mitten in einem Meeting ... Hattest du keinen Empfang?"

„Doch. Was gibt es denn Dringendes?" Pfeffer wurde sauer, dass das Telefonat so begann. „Ich habe ..."

„Flo liegt im Krankenhaus!"

„Was?!"

„Frag Cosmo nach den Details und schau, dass du auf schnellstem Weg ins Rechts der Isar kommst. Ich hab jetzt gleich keinen Akku mehr! Klinikum rechts der Isar. Cosmo wartet dort."

„Aber ..."

„Sofort. Du könntest längst im Auto sitzen. Ich melde ..." Tims Akku gab auf.

24

Max Pfeffer hastete die endlosen, spiegelblanken Flure im Klinikum rechts der Isar entlang. Der süßlich-widerliche Geruch nach Desinfektionsmitteln und Kantinenessen, den Pfeffer an Krankenhäusern so hasste, entging ihm diesmal völlig. Seine Gedanken rasten um alle möglichen Katastrophen, die seinem Sohn zugestoßen sein mochten. Er sah die verschiedensten Verkehrsmittel von Bus über Auto bis zur S-Bahn den kleinen Flo überrollen, sah Küchenmesser und Heckenscheren sich verselbständigen sowie tollwütige Kampfhunde sein Gesicht zerfleischen.

Intensivstation, Zimmer 245 hatte die Dame unten am Empfang gesagt. Er sah sofort, welches Zimmer es sein musste, denn davor standen sein ältester Sohn und eine ältere, mollige Frau. Die ältere Frau trug einen schlammfarbenen Trenchcoat und darunter ein unvorteilhaft gemustertes weites Oberteil, das nach Optik und Qualität bei einem Homeshoppingsender gekauft sein musste. Pfeffer wollte die Frau unter keinen Umständen sehen. Doch eine Begegnung war unausweichlich.

„Dad!“ Cosmo hatte seinen Vater erkannt und kam auf ihn zu. Erleichterung im Gesicht. „Der Knirps hat sich ins Koma gesoffen.“

„Wie bitte?“ Pfeffer blieb abrupt stehen. Irgendwie froh, dass seine Katastrophenszenarien verpufften.

„Die haben bei Kevin die Nacht durchgemacht und heute früh fiel den Spastis dann nichts Besseres ein als Komasaufen. Wer am meisten verträgt. Sieht aus, als hätte Flo verloren.“

„Noch mal langsam, bitte. Die haben was?“

„Komasaufen. Wer zuerst umfällt …“

„Aber, warum hat dann Kevins Mutter …“

„Die hat das erst vorhin gegen Mittag gecheckt. Die dachte, die Jungs schlafen. Kevin und noch ein anderer Junge sind auch eingeliefert worden, die haben eine schwere Alkoholvergiftung, sind aber ansprechbar.“

„Und Flo?“

„Flo ist noch im Nirwana, aber er lebt."

„Bravo", sagte die ältere Frau, die langsam näher gekommen war und sich nun neben Pfeffer stellte. „Wirklich bravo. Da bist du deinen Kindern ein leuchtendes Vorbild gewesen." Jede Falte ihres welken Gesichts zog sich vorwurfsvoll zusammen. Ihre missbilligend herabhängenden Mundwinkel schienen bis zum Dekolleté zu reichen.

„Was hast du hier zu suchen?", herrschte Max Pfeffer sie an. Er wandte sich an Cosmo. „Hast du etwa?"

Cosmo schüttelte den Kopf. „Erst hat dich Kevins Mutter von Flos Handy aus zu erreichen versucht, dann ich. Dann hab ich Tim angerufen ..."

„Meine Freundin Petra ist hier Schwester auf der Station", sagte die Frau mit schneidender Stimme. „Die hat mich angerufen, dass hier ein Florian Pfeffer eingeliefert wurde. Gott sei Dank!" Die Frau verschränkte die Arme vor ihrer schweren Brust.

Ohne ein weiteres Wort ließ Pfeffer die Frau im Flur stehen und ging mit Cosmas in Flos Krankenzimmer. Sein Jüngster lag klein und zerbrechlich in dem Bett. Blass wie die Bettwäsche. In seinem Arm steckte eine Kanüle. Monitore, die die wichtigsten Lebensfunktionen anzeigten, streuten grünliches Licht. Pfeffer näherte sich dem Bett und nahm sachte die Hand seines Sohns. Obwohl der Junge schon vierzehn war und ihm der erste Bartflaum wuchs, war es immer noch sein kleiner Bub.

„Sie sind der Vater?" Ein junger Arzt mit rahmenloser Brille betrat den Raum. Pfeffer nickte.

„Ihrem Sohn geht es den Umständen entsprechend gut. Einskommasieben Promille. Da er aber schon eine Weile im Koma liegt, dürfte der Wert ursprünglich höher gewesen sein. Akute Alkoholintoxikation. Er wird aber bald aus der Bewusstlosigkeit erwachen. Da hatten wir schon erheblich schwerere Fälle. Er hat zwar Glück gehabt, ich beneide ihn trotzdem nicht um seinen Kater."

„Eine Geburtstagsparty bei einem Freund", sagte Pfeffer schwach.

„Das haben wir beinahe täglich", beschwichtigte ihn der Arzt. „Komasaufen ist eine Art Volkssport bei Jugendlichen geworden. Wir haben ihm vorsichtshalber den Magen ausgepumpt, damit nicht noch mehr Alkohol in die Blutbahn kommt, und wir haben seinen Kreislauf stabilisiert. Wir werden ihn hier unter ärztlicher Aufsicht ausnüchtern. Ich würde vorschlagen, Sie lassen Ihren Sohn ausschlafen und holen ihn morgen früh hier ab."

Max Pfeffer fühlte Tränen aufsteigen und schluckte sie runter. „Ich würde gerne bleiben und warten."

„Du kannst wirklich stolz auf dich sein, Max", sagte die ältere Frau, die sich mit dem Arzt ins Zimmer gedrängt hatte. Dabei zupfte sie hektisch an ihrem Trenchcoat herum.

„Sind Sie der leitende Stationsarzt?", fragte Pfeffer den Arzt.

„Momentan ja, warum?"

„Ich möchte … ich muss mich offiziell über eine Ihrer Krankenschwestern beschweren. Eine Schwester Petra. Sie hat eine unbefugte Person über den Gesundheitszustand meines Sohnes informiert und dieselbe unbefugte Person ins Krankenzimmer gelassen."

Cosmo zog geräuschvoll die Luft ein und hielt sie an. Die ältere Frau blickte irritiert zwischen Arzt und Max Pfeffer hin und her und begann zu brodeln.

„Dann ist es am besten, Sie beschweren sich schriftlich bei der Klinikleitung", sagte der Arzt. „Aber soweit ich weiß, hat Schwester Petra niemanden Unbefugten informiert. Die Dame ist doch die Großmutter …"

„Die Dame ist weder erziehungsberechtigt noch in sonst irgendeiner Form für die Belange oder den Gesundheitszustand meiner Söhne zuständig oder verantwortlich", antwortete Pfeffer hart. Er wandte sich der älteren Frau zu, die hochrot angelaufen war. „Bitte verlass augenblicklich das Zimmer, Mutter."

„Dein Vater hat dich ganz offensichtlich zu wenig verdroschen!", schrie die Frau und hob ihre Rechte, um Pfeffer eine Ohrfeige zu geben.

Der Kriminalrat fing die Hand ab. „Wage es", zischte er. Seine sonst so kuscheligen Augen blitzten rasiermesserscharf. „Wage es ja nicht noch einmal, gegen mich die Hand zu erheben. Du verlässt augenblicklich den Raum und lässt dich künftig nie wieder in der Nähe meiner Kinder blicken, verstanden?"

„Du hast mir nicht vorzuschreiben, was ich zu tun und zu lassen habe", keifte Pfeffers Mutter. „Man sieht ja, wo dein Lebenswandel hinführt! Der Bub ist fast tot, weil sein Vater ein perverses Schwein ist und in diesen Sündenpfuhl mit Drogen und Aids …"

„Halt verdammt noch mal die Klappe, Oma", mischte sich Cosmo ein.

„Da! Sehen Sie, Herr Doktor! Keine Umgangsformen hat er seinen Bälgern beibringen können, der feine Herr Hinterlader, der Hundertfünfundsiebziger. Dein Vater hatte vor einem halben Jahr einen Schlaganfall! Aber hat es den feinen Herrn interessiert?"

„Gibt es hier einen Sicherheitsdienst?", fragte Pfeffer den Arzt mit aller Beherrschung, die er noch aufbringen konnte. „Ja? Bitte rufen Sie ihn und lassen Sie die Dame entfernen."

„Ich glaube, das sollten Sie unter sich wie vernünftige Menschen …", weiter kam der Arzt nicht.

„Ja, es interessiert ihn einen Dreck, wenn es seinen Eltern elendig geht. Dabei haben wir dir alles geboten. Alles!" Die schrille Stimme seiner Mutter zerrte an Pfeffers Nerven. „Ich werde dir die Kinder diesmal wegnehmen! Ich gehe zum Jugendamt."

„Ich bitte Sie noch einmal, den Sicherheitsdienst zu rufen", sagte Pfeffer. „Die Dame und ihr Gatte haben vor einigen Jahren schon einmal versucht, mir das Sorgerecht für meine Kinder vor Gericht streitig zu machen, weil ich nicht ihren Lebensentwurf teile. Seitdem habe ich ihnen den Umgang mit meinen Kindern untersagt." Er presste die Zähne aufeinander, bis ihm der Kiefer schmerzte. All das erlittene Unrecht kochte hoch. Nicht nur die Prügelorgien seines Vaters und das Desinteresse der Mutter, als er noch ein Kind war. Es waren vor allem die moralinsaure Entrüstung, das wüste Geifern mit dem Stakkato an Verbalinjurien, die ihm schmerzlich gezeigt hatten, woher seine Eltern kamen – woher er selbst kam – und was ihnen ihr Sohn bedeutete, als sie erfahren hatten, dass Pfeffer mit Männern schlief. Auch die

Verzweiflung, als seine Eltern ihm damals, nachdem seine Exfrau gestorben war, das Sorgerecht für die Kinder gerichtlich entziehen lassen wollten. Wenn er Tim nicht gehabt hätte, das wusste Max Pfeffer, hätte er das nicht durchgestanden, hätte nicht jeden Eimer Dreck und jede Fuhre Mist, die sie über ihn und seine Familie kübelten, abgeschüttelt. Zum Glück hatten die Kinder selbst gesehen, wozu ihre Großeltern fähig waren, und die Konsequenzen gezogen. Da musste Pfeffer nicht erst den Umgang untersagen, Cosmo und Flo wollten gar keinen Kontakt.

„Das mit dem Umgangsrecht wird das Jugendamt entscheiden, mein Freundchen." Pfeffers Mutter erhob erneut drohend die Hand. Er roch ihr schales Billigparfum. Der Geruch seiner Kindheit und Jugend, der bei ihm Übelkeit verursachte. „Verlass dich drauf. Ich lass mir nicht von dir und deinem halbscharigen Ausländer meine Enkel kaputt machen! Wenn's nicht eh schon zu spät ist."

„Ich bin achtzehn", sagte Cosmo ruhig. „Mich kannst du niemandem wegnehmen, Großmutter. Und von Flo lässt du die Finger, kapiert?"

„Ihre Familienangelegenheiten gehen mich nichts an", sagte der Arzt scharf. „Ich muss Sie aber alle im Interesse meiner Patienten bitten, sich angemessen zu verhalten. Wenn das nicht möglich ist, Frau Pfeffer, muss ich Sie bitten zu gehen."

„Mich schmeißt hier keiner raus!", rief Pfeffers Mutter und ging auf den Mediziner los. „Wagen Sie es nicht!"

Der Arzt packte die Frau am Arm und zog sie mit zur Tür. „Frau Pfeffer, bitte. Sie verbessern Ihre Situation nicht gerade."

Die Frau riss sich los, stürmte zu ihrem Sohn und schlug ihm ins Gesicht. Pfeffers Arm zuckte, doch eine Stimme in seinem Hirn schrie: „Dann bist du wie sie!" Eine andere Stimme antwortete: „Scheißegal. Gib's ihr!"

„Jetzt reicht es, Frau Pfeffer", rief der Arzt und packte die Frau an den Handgelenken. „Verlassen Sie auf der Stelle das Zimmer und am besten auch gleich das Krankenhaus."

„Ich hab gedacht, mein Schwein pfeift, als die aufgetaucht ist", sagte Cosmo, als er und sein Vater allein mit Flo im Krankenzimmer waren. Das zweite Bett im Raum war nicht belegt. Cosmo setzte sich darauf. „Die hat so getan, als wäre Flo ihr Herzensbubi."

„Tut mir leid, dass das so eskaliert ist", sagte Pfeffer. Mit der einen Hand hielt er sich die glühende Wange, mit der anderen streichelte er Flo über die Stirn. Der Junge zuckte kurz unter der Berührung. „Wieso macht der Kleine auch so was? Hast du je Komasaufen gemacht, Cosmo?"

Cosmo schwieg und sah zu Boden.

„Verstehe."

„Ich hab nie verloren. Ist aber auch schon eine Weile her, Dad."

„Wenn die …", Pfeffer brach ab und kämpfte erneut mit den Tränen. „Wenn die wieder vor Gericht gehen … Deinen Großeltern ist wirklich alles zuzutrauen."

„Mann, Dad." Cosmo hüpfte vom Bett und legte seinem Vater unbeholfen den Arm um die Schultern. „Das machen die nicht. Nie. Und selbst wenn, dann geht der Schuss nach hinten los. Der Zwerg ist schließlich schon vierzehn und es ist das erste Mal, dass der irgendwas gemacht hat, was jenseits seiner heilen, bonbonfarbenen Hanni-und-Nanni-Welt liegt." Er drückte seinen Vater. Zu seiner eigenen Verwunderung stellte er fest, dass es ihm selbst guttat. „Wir sind dreieinhalb Männer gegen zwei Alte."

Zwei Stunden später erwachte Florian, flüsterte heiser „Papa" und flennte. Nach einer Weile stammelte er: „Bist du sauer?"

Pfeffer schüttelte traurig den Kopf. „Darüber reden wir morgen, Flo. Komm erst mal wieder auf die Beine."

Als er abends das Krankenhaus Rechts der Isar verließ, wählte er sofort Tims Nummer.

„Lass uns heiraten!", rief Pfeffer ohne lange Vorreden, als sich Tim meldete. Zwei ältere Damen, die neben dem Kriminalrat am Bürgersteig standen und auf ein Taxi warteten, stießen sich wie Schulmädchen kichernd an. Aufmerksam behielten sie Pfeffer im Visier, um an seiner Miene die Reaktion abzuwarten.

„Romantisch wie immer, Pfeffer“, antwortete Tim im fernen Düsseldorf.

„Rote Rosen gibt's nächstes Mal.“

„War es so schlimm?“

„Ja. Scheiße, irgendwann kann ich auch nicht mehr. Ich … ich vermisse dich so.“ Pfeffer spürte Selbstmitleid aufsteigen und hasste sich dafür.

Die beiden älteren Damen rempelten sich wieder gackernd an. Pfeffer bummelte langsam weiter.

„Ich dich auch.“

„Meine Mutter war da.“

„Ach du heilige Scheiße!“

Max Pfeffer berichtete seinem Freund ausführlich über die Begegnung mit seiner Mutter und den Zustand von Florian.

„Ich komme zurück, sobald ich kann“, versprach Tim. „Montagmittag. Spätestens. Und reg dich nicht auf wegen deiner Mutter. Die ist auch nur ein unglückliches Menschlein, das sein persönliches Zipfelchen vom Glück erhaschen will.“

„Ach, was täte ich ohne dich und die Milde deiner Weisheit.“

25

Nives Marell stand oben in ihrem Schlafzimmer am Fenster und beobachtete ihren Sohn, wie er die von ihr gestampfte Fläche vor der Werkstatt begutachtete. Er wollte heute mit dem Sandaufschütten und dem Plattenverlegen beginnen. Leichter Morgennebel stand über der Wiese. Nives überlegte, ob sie vielleicht doch noch in die Kirche gehen sollte. Sie würde es schaffen, wenn sie sich beeilte. Dann zog sie ihren Morgenmantel enger und blieb am Fenster stehen. Pfarrer Straub würde sie sowieso nach der Messe abfangen und wieder nach den Fortschritten beim Heiligen Zacherl fragen. Sie würde wieder lügen, dass es langsam, aber sicher voranging. Dann würde er sie um noch mehr Geld für die Renovierung bitten, wie jedes Mal. Bald könnte sie von ihrer eigenen Kirche sprechen, so viel hatte sie schon gespendet.

Nives' Blick schweifte über den Garten und über den Bach zu den Feldern. Noch hatte der Gemeinderat nichts beschlossen. Noch konnte sie hoffen, dass es keine Bebauung jenseits des Bachs geben würde. Sie überlegte, ob sie sich mit großzügigen „Spenden" das Nein des Gemeinderats erkaufen sollte. Oder ob sie sich doch lieber nach einer neuen Bleibe umsehen sollte. Die Côte d'Azur, Antibes, das kleine Restaurant … Warum nicht? Zurück nach Südfrankreich. Ihr Appartement in Nizza nutzte sie sowieso viel zu selten. Rocco kam allein zurecht, sie würde ihm eine nette Wohnung in der Stadt kaufen – auch wenn er selbst genug Geld hatte. Er würde bald wieder eine neue Freundin finden, schließlich war er trotz allem ein schmucker Kerl. Und sie hatte keinen Grund mehr, hier zu sein.

Rocco bückte sich und hob etwas auf.

Nives trat instinktiv einen Schritt vom Fenster zurück und verbarg sich hinter der Gardine.

Rocco sah zu ihrem Fenster hinauf, dann betrachtete er den kleinen Gegenstand in seiner Hand und steckte ihn in seine Hosentasche.

Nives wandte sich ab und machte sich für den Tag zurecht. Duschen, leichtes Make-up, wiegen – sie hatte weiter abgenommen –, bequeme Kleidung. Zum Frühstück unten in der Küche gab es eine Banane und eine Birne. Dazu Kaffee, schwarz ohne Zucker. Sie blätterte in einer Klatschzeitschrift, als Rocco hereinkam und „Morgen Mama" rief.

Er holte sich ein Glas Wasser und setzte sich zu seiner Mutter an den Tisch. „Ich fang heute mal mit der Terrasse an, okay? Oder soll ich euch in der Werkstatt helfen?"

„Nein, das mit der Terrasse ist schon in Ordnung. Deine Tante und Traudl kommen später und helfen mir."

„Tante Afra ist schon da."

„Ach?"

„Ja, schon seit fast einer Stunde." Rocco stand auf. Dabei wühlte er in seiner Hosentasche. „Ach, guck mal, was ich vorhin im Schotter gefunden habe." Er holte einen kleinen weißen Kiesel hervor und hielt ihn zwischen Daumen und Zeigefinger in die Höhe. „Das ist ein Zahn."

Nives kniff die Augen zusammen, um besser sehen zu können. „Stimmt."

„Wie der wohl da hinkommt?", fragte Rocco und musterte seine Mutter lauernd.

„Keine Ahnung." Nives zuckte mit den Schultern und vertiefte sich in ihre Zeitschrift.

„Hunderteins, hundertzwei ..." Pfeffer zählte halblaut mit, wie immer, wenn er seine Bauchmuskeln trainierte. Halbhohe Crunches. Aus den Boxen peitschte eine beatlastige, herzschrittmachende Utz-Utz-Musik, zu der sich normalerweise sein ältester Sohn in den Diskos Tabletten reinwarf und die Nächte durchtanzte. Pfeffer würde sie außerhalb eines Trainingsraums nie hören, aber sie trieb ihn beim Sporteln an. Davor hatte er seine sechzig Liegestützen gemacht. Er musste sich einfach körperlich abreagieren, andernfalls hätte er jemanden geschlagen. Am Ende gar seinen jüngeren Sohn.

Nach dem Schock vom Vortag, nach den langen Stunden, die Pfeffer im Krankenhaus am Bett seines Sprösslings verbracht hatte, war er in der Nacht eine Ewigkeit wachgelegen, hatte sich und vor allem Kevins Mutter Vorwürfe gemacht. Später hatte er seinen Sohn verflucht, dass er so verantwortungslos gewesen war, und sich in der Enttäuschung gesuhlt. In der Früh hatte er dann den Buben aus dem Krankenhaus abgeholt. Florian hatte vor Scham die ganze Fahrt über geheult, obwohl Pfeffer ihm gesagt hatte, dass das nun wirklich rein gar nichts besser machen würde. Durch die Tränen schwankte Pfeffer zwischen Mitleid und Wut, letztlich füllten sie die Waagschale für Wut. Als dann auch das Telefonat mit Kevins Mutter äußerst unbefriedigend verlaufen war, und Pfeffer sich nicht des Eindrucks erwehren konnte, dass die Frau heillos mit der Erziehung ihrer Kinder überfordert war, hatte Pfeffer so erbost gegen den Türrahmen im Wohnzimmer getreten, dass ihm die Zehen schmerzten.

„Geh auf dein Zimmer, Flo“, hatte er seinem Sohn gesagt, und sich dann in Straßenklamotten in den zum Minifitness-Studio ausgebauten Kellerraum begeben – dem Punchingball ein paar ordentlich reindreschen und dann sich selbst an den Rand der Erschöpfung zwingen. Seine Bauchmuskeln pulsierten auch dann noch, als Pfeffer unter die Dusche ging. Aber er fühlte sich endlich besser und wusste, dass er nun vernünftig mit seinem Sohn sprechen konnte.

26

Der Tod startet die Stoppuhr. Wenn ein Lebewesen stirbt, beginnt diese Stoppuhr zu laufen, die ihre Energie aus dem Weltraum bezieht. Das All ist erfüllt von kosmischer Strahlung, die auch in die oberen Schichten der Erdatmosphäre eindringt. Atomkerne, die von dieser Höhenstrahlung getroffen werden, zerbrechen in ihre Bestandteile.

Soweit hatte Pfeffer den Ausführungen von Doktor Gerda Pettenkofer folgen können. Fast bereute er es, dass er die Medizinerin gebeten hatte, ihm die C-14-Analyse zu erklären. „Stell dir nun vor, Maxl", sagte die Rechtsmedizinerin, „da sind also diese Bestandteile von Atomkernen, die mit irrer Geschwindigkeit auseinanderschießen und mit voller Wucht mit anderen Kernen kollidieren." Sie schlug ihre geballten Fäuste gegeneinander. „Trifft dabei ein Neutron einen Stickstoffkern, macht es ‚Zisch'! Der Stickstoffkern lässt sich das nämlich nicht einfach bieten. Er reagiert und schießt zurück! Weniger blumig gesagt, er stößt ein anderes Teilchen aus: ein positiv geladenes Proton. So wird aus Stickstoff dann Kohlenstoff. Du erinnerst dich an den Chemieunterricht?"

Pfeffer schüttelte den Kopf.

„Kohlenstoff hat normalerweise 12 Teilchen, man nennt ihn C-12. Unser Kern des verwandelten Atoms hat allerdings 14 Teilchen, nicht 12. Man nennt ihn daher Kohlenstoff-14 oder C-14."

„C-14, alles klar", nickte Pfeffer.

„Ich sehe schon, dass du mir nicht folgen kannst. Ich mach trotzdem weiter. Unser C-14-Dings ist nämlich ziemlich instabil. Es hat sich nur auf Zeit verwandelt. Die Verwandlung endet *peu-à-peu* durch radioaktiven Zerfall. Gaaaanz langsam! Das kann Tausende von Jahren dauern", fuhr Gerda Pettenkofer fort. „Stell dir nun vor, die C-14-Atome schwirren frei in der Gegend herum. Überall. Wind und Wetter verteilen sie gleichmäßig in der gesamten Biosphäre unseres Planeten. Kein Platz auf dieser Welt ohne C-14-Atome. Mit der Zeit stellt sich ein

Gleichgewicht zwischen zerfallenden und neu entstehenden Atomen ein. Da unser C-14 Bestandteil des lebensnotwendigen Kohlendioxids ist, nehmen es Pflanzen auf. Wir erinnern uns? Pflanzen brauchen Kohlendioxid zum Leben und scheiden Sauerstoff aus, was wir zum Leben brauchen. Ein Teil der Atome wird als Stoffwechselprodukt wieder ausgeschieden, ein anderer jedoch bleibt beispielsweise im Blatt der Pflanze zurück."

„Okay", Pfeffer versuchte am Ball zu bleiben. „Wenn in jedem Blatt dieser Atomteil erhalten bleibt …"

„Radioaktiver Kohlenstoff."

„Radioaktiver Kohlenstoff", wiederholte Pfeffer, „ist also in jedem Blatt oder Grashalm. Wenn ich mir nun die Nahrungskette vorstelle, dann gelangt unser C-14 früher oder später in jedes Lebewesen, oder?"

„Richtig! Egal, was wir essen, es enthält immer C-14. Wie bei den Pflanzen und Tieren wird beim Menschen ein Teil der Atome zu Bausteinen des Lebens – in einem Knochen oder im Muskelfleisch. Jetzt musst du dir das so vorstellen: Durch unseren Stoffwechsel treten ständig frische Atome an die Stelle der zerfallenen. Es herrscht ein Gleichgewicht. Das geht so lange, bis der Tod diesem Prozess ein Ende setzt."

„Verstehe. Tote nehmen am Stoffkreislauf nicht weiter teil."

„Das hast du schön gesagt, Maxl." Die Rechtsmedizinerin lachte. „Und jetzt kommt's! Kurz nach dem Tod enthält die Leiche immer noch normale und radioaktive Kohlenstoffatome im charakteristischen Verhältnis, aber der Nachschub aus der Umwelt bleibt aus! Kein frisches C-14 mehr! Nur noch die alten sind da. Und was machen sie? Das, was sie immer tun: sie lösen sich langsam in ihre Bestandteile auf. Deshalb nimmt die Anzahl der C-14-Atome im Laufe der Jahre ständig ab. Wenn eine Leiche längst vermodert und skelettiert ist, sind die C-14-Teilchen in den Knochen immer noch da und zerfallen weiter. C-14! Nicht die C-12-Atome. Verstanden? Einfach zu merken: C-12 bleibt, C-14 zerfällt."

Pfeffer nickte.

„Nach etwa 5730 Jahren ist – statistisch betrachtet – die Hälfte der C-14-Atome zerfallen. Verdammt lange Zeit, oder? Diese krumme Zahl ist aber eine feste physikalische Größe, die sogenannte Halbwertzeit. Nun die Fachfrage: Was schließen schlaue Menschen daraus?"

„Dass ...", Pfeffer kratzte sich an der Nase. „Dass es einen direkten Zusammenhang zwischen verstrichener Zeit und der Anzahl der noch vorhandenen C-14-Atome gibt. Wenn man weiß, dass nach 5730 Jahren nur noch die Hälfte aller C-14 übrig ist, kann man sich also ausrechnen, wie alt etwas ist, wenn zum Beispiel noch zwei Drittel aller Atome vorhanden sind."

„Der Kandidat hat 100 Punkte und damit eine Zigarette mit der Pathologin seines Vertrauens gewonnen!"

„Ach, ich wusste gar nicht, dass deine Kollegin auch raucht!"

„Depp!"

„Gerda-Mäuschen", Pfeffer spielte den Charmeur und sang: „Du, du, nur du allein, sollst die Pathologin meines Vertrauens sein ..."

„Das will ich dir auch geraten haben, Maxl-Mäuschen!" Die Rechtsmedizinerin gab dem Kriminalrat einen Knuff. „Und wenn du noch einmal singst, warne mich bitte vorher, damit ich die Fenster öffnen und rausspringen kann! Zurück zu unseren putzigen kleinen C-14-Atomen, die hilflos vor sich hin zerfallen."

„Also können alle organischen Reste aus grauen Vorzeiten zu einem wichtigen Element der Altersbestimmung werden?", fragte Pfeffer.

„Richtig. Im Labor wird eine Probe des Kohlenstoffs abgewogen und zur Ermittlung der Zerfallsrate in ein von äußerer Strahlung abgeschirmtes Messinstrument gesteckt. Da wuselt es von Atomen." Sie unterstrich ihre Erzählung, indem sie mit den Händen herumwuselnde Teilchen imitierte. „Einige wenige wuseln nicht lange. Sie zerfallen genau in diesem Zeitraum, in dem die Messung läuft. Sie stoßen ein Kernteilchen aus und werden wieder zu Stickstoff. Ein Zähler registriert diese Vorgänge. Aus der Anzahl dieser Zerfälle pro Zeiteinheit lässt sich der Anteil der noch unzerfallenen Atome exakt ermitteln."

„Hä? Und was sind das für Zeiteinheiten?"

„Das willst du jetzt nicht wirklich so genau wissen."

„Doch. Ich sehe schon, dass du es selbst nicht weißt", stichelte Pfeffer.

„Papperlapapp", sagte Doktor Pettenkofer hochnäsig. Dann lachte sie. „Du hast recht. Ich weiß es aber grob: Die verstrichene Zeit ergibt sich aus den bekannten Gesetzmäßigkeiten des radioaktiven Zerfalls. Die Stoppuhr ist abgelesen. Das Alter eines Knochens lässt sich so ungefähr bis fünfzigtausend Jahre zurückdatieren. Nicht auf das Jahr genau, aber bei jüngeren Funden auf einen Zeitraum zwischen 30 bis 40 Jahren. Wirklich sinnvoll wird eine Radiocarbonanalyse erst bei Objekten, die älter als 300 Jahre sind. So, nun nimm deine C-14-Analyse und geh." Sie drückte Pfeffer eine Aktenmappe in die Hand.

Max Pfeffer schwirrte noch der Kopf von Gerda Pettenkofers Ausführungen. C-12 und C-14, er hatte ihr zwar folgen können, doch schon nach fünf Minuten wusste er nicht mehr genau, wie die Methode funktionierte. Zurück in seinem Büro widmete er sich der schriftlichen Auswertung der Radiocarbonanalyse. Er ließ die Papiere sinken und blies die Backen auf. Mit diesem Ergebnis hatte er nicht gerechnet. Absolut nicht.

„Wie geht es Flo?" Annabellas Frage riss Pfeffer aus seinen Gedanken.

„Den Umständen entsprechend", antwortete er eine Spur zu aggressiv. Die Kabbelei mit der Rechtsmedizinerin hatte seine Stimmung an diesem Tag nur kurz aufgehellt. Eigentlich war er richtig mies gelaunt. Als er aufwachte, fühlte er sich schon so. „Extrem unknusprig", hatte Cosmo es kommentiert. Pfeffer erinnerte sich an einen Spruch seines Sohnes – er fühlte sich wie ein frisch gefícktes Eichhörnchen. Das Gefühl verschwand auch nicht nach dem Sport. Pfeffer verstand sowieso nie, wieso ständig alle begeistert davon redeten, dass Sport Endorphine freisetzen würde und man sich hinterher so fantastisch fühlen würde. Er sportelte jeden Tag eine Stunde und fühlte sich hinterher nie euphorisch, meist nicht mal besonders gut. Er machte es nur, um nicht zu verfetten. So hatte er sich übellaunig durch das Fitnessprogramm gequält, grummelig gefrühstückt und auf der Fahrt ins Büro mehrere dilettierende Verkehrsteilnehmer angeschrien.

„Entschuldige, dass ich frage", sagte Bella und hob abwehrend die Hände. „Ist heute Föhn?"

„Sorry." Pfeffer hob entschuldigend die Schultern und meinte es nicht wirklich entschuldigend. „Dass Flo heute zur Schule musste, obwohl er noch nicht ganz auf dem Damm ist, hat ihn wohl am meisten geärgert. Einskommasieben Promille."

„Alle Achtung. Und jetzt? Fernsehverbot und Hausarrest bis Sankt Nimmerleinstag?"

„Exakt."

„Die Klassiker funktionieren immer." Die Kommissarin zog ihre Jacke aus.

„Was hat deine Video-Durchsicht am Wochenende ergeben?", fragte Pfeffer nach einer Weile. „Alles, was ich aus Blochs Sammlung gecheckt habe, war völlig unverdächtig."

„Dito. Rund dreißig Bänder habe ich geschafft. Schnarchlangweilig."

„Zieh deine Jacke gleich wieder an, Bella", sagte Pfeffer. „Wir fahren. Zacherlkirchen. Wir haben einiges abzuarbeiten." Er griff zum Telefonhörer. „Muss nur schnell noch ein, zwei Telefonate erledigen, dann geht's los."

Als die beiden Beamten kurze Zeit später im Wagen saßen und Richtung Münchner Süden fuhren, fasste Pfeffer für seine Kollegin die wichtigsten Ergebnisse seiner Kneipentour durch den Schlachthof und der Befragung vom Samstag zusammen.

„Sieh an, da gab es also doch jemand, der den Sepp mochte", sagte Annabella Scholz.

„Ich hab's dir gleich gesagt, dass niemand nur gehasst wird."

„Schlauer Chef. Und dann der Androsch ... Tendenziell ein tolles Motiv. Reicht aber noch nicht für einen Haftbefehl. Wir haben nur einen Teilfingerabdruck von ihm auf der Thermosflasche von Sepp Bloch."

„Die, wie jeder Befragte betont hat, immer überall herumstand und immer von irgendwem weggeräumt wurde."

„Stimmt. Und was war mit der Traudl Sonnenbichl?"

„Die hat wie alle freien Zugang zu den Oleandern vorm Theater und sie hatte mal was mit dem Toten. Die steht für heute noch mal auf der Liste, denn ich lass mich nicht mit künstlichen Oleandern verarschen. Apropos wer mal was mit wem hatte: Warum hast du mir in Sachen Levent und dir hanebüchene Storys erzählt, Bella-Baby?"

„Wer sagt das?" Die Kommissarin sah ihren Chef empört an. „Und nenn mich nicht Bella-Baby!"

„Es geht mich ja im Prinzip nichts an, ist alles allein eure Sache, aber wenn du mir schon was erzählst, dann bitte nicht Nonsens. Levent hat mir am Samstag gesagt, dass ihr nie über das Thema Hochzeit gesprochen habt."

„Der ..." Sie schnaufte wütend aus und schlug sich mit der flachen Hand auf den Oberschenkel. „Das ist doch wieder typisch! Wir haben uns darüber unterhalten, dass bald seine Schwester Aische heiraten wird. Und in dem Zusammenhang habe ich ihn klipp und klar gefragt, wie er sich denn seine Zukunft vorstellt. Ich meine, wir sind nun gut ein Jahr zusammen. Und der Idiot zuckt mit den Schultern und sagt: ‚Ach, kommt Zeit, kommt Rat.' Kommt Zeit, kommt Rat! Geht's noch?"

„Ja und?" Pfeffer verstand den Zusammenhang nicht ganz. Das Gespräch driftete in eine Richtung, die seiner Laune nicht zuträglich war.

„Hör mal, Chef. Das heißt ganz eindeutig, dass er mich nicht heiraten will!"

„Aber du hast ihn doch gar nicht gefragt, ob er ..."

„Natürlich nicht so explizit. Aber selbst dieser vorderasiatische Halbprimat hätte verstehen müssen, was hinter der Frage steckte."

„Nein."

„Wie nein?"

„Nein."

„Männer. Klar, dass ihr zusammenhalten müsst."

„Hör zu, Bella. Ich schätze dich als Kollegin, die Klartext redet. Dass das nur im Beruf zutrifft, hätte ich nicht gedacht. Dass du im Privatleben dermaßen herumeierst ... Kein Mann versteht solch kryptische Andeutungen als Eheanbahnung. Keiner. Jetzt verrat mir zumindest, was wirklich hinter der Frage steckte."

„Versprichst du, dass du es niemandem weitererzählst?"

„Also hör mal."

„Ich dachte, ich bin schwanger."

„Du dachtest? Entweder man ist es, oder nicht. Weiß Levent davon?"

„Nein."

„Aha."

„Ja. Außerdem hat sich das erledigt. Falscher Alarm."

„Wärst du es denn gerne?"

Annabella Scholz schwieg.

Afra Breitsameter setzte ihre Brille auf, beugte sich vor und betrachtete eingehend die Arbeit des letzten Tages. Sie umrundete langsam den Tisch, dann fingerte sie sich ein neues Paar hauchdünner Einmalhandschuhe aus einem Spender neben dem Waschbecken am Ende des Raums, streifte sie über und trat wieder näher. „Sehr gut", sagte sie selbstzufrieden halblaut zu sich selbst, während sie zart mit der Spitze ihres kleinen Fingers knapp über die bestickten Samtbänder fuhr, die die Fußknochen umspielten. „Fantastisch." Ihre Hand wanderte weiter zu den perlenverzierten Sandalen. Nun hob sie die Hand noch ein wenig mehr, um auf keinen Fall die Kostbarkeiten zu berühren.

Afra wusste, dass sie eigentlich etwas anderes machen sollte, doch die Reliquie des Heiligen Zachäus zog sie einfach an. Schon als Kind hatte sie immer in der Kirche fasziniert davor gestanden und vor allem die aufwändigen Klosterarbeiten bewundert, die filigranen Stickereien, die Blütenarrangements aus winzigen Perlen, die sorgsam gefassten Steine auf den Samtbändern. Jetzt, wo der Zacherl in voller Pracht vor ihr auf dem Metallwagen stand, konnte sie uneingeschränkt jedes Detail unter die Lupe nehmen und das wollte sie gebührend ausnutzen. Immer, wenn es ihre Zeit erlaubte, holte sie den Heiligen aus der Sicherheitskammer in der Werkstatt ihrer Schwester. Der Pfarrer fragte ständig nach Fortschritten. Sie musste immer lügen, weil sie mit dem Zacherl noch gar nicht wirklich angefangen hatten.

Afra zog sich den Arbeitsstuhl nahe an den Tisch und beugte sich über den rechten Fuß der Reliquie. Sie schob ihre Brille zurecht, nahm einen Wattetupfer sowie eine Pinzette und zupfte prüfend ebenso zart wie vorsichtig an einer aufgestickten Perle nach der anderen auf den Samtbändern um den Knöchel. „Keine lose", murmelte sie nach einer Weile zufrieden. Sie nahm den kleinen batteriebetriebenen Staubsauger mit der extrakleinen Düse. Darüber zog sie ein Stück feines, weißes Nylongewebe, das sie mit einem Gummiring befestigte. Dann nahm sie einen Marderhaarpinsel und hielt ihn prüfend gegen das Licht. Sie stellte den Staubsauger an und saugte gründlich über die Haare. Erst als sie den Pinsel für absolut fusselfrei befunden hatte, beugte sich Afra über die Perlenstickerei und tupfte zart darüber. Jede Bewegung wurde mit der anderen Hand und der Staubsaugerdüse begleitet. Dabei schwebte die Düse immer einen Hauch über der Stickerei. Jede Berührung könnte desaströse Wirkung haben, und Nives würde erneut ein Stück der kostbaren Klosterarbeit nachsticken müssen. So wie jene eineinhalb Zentimeter brüchigen Samts, die beim ersten Reinigungsversuch gerissen waren. Nives hatte den Schaden so perfekt behoben, so fein mit Goldfaden, Haaren und den Originalperlen gearbeitet, dass selbst Afra als Fachfrau kaum einen Unterschied erkennen konnte. Jener Schaden war der Auslöser dafür gewesen, dass Nives ihrer Schwester verboten hatte, sich zum gegenwärtigen Zeitpunkt mit dem Zacherl zu befassen. Schon einmal hatte eine nicht sehr sorgfältige Restaurierung im Hause Unterluggauer an der Reliquie erheblichen Schaden angerichtet und das sollte nicht noch einmal passieren.

Seit Afra Unterluggauer-Breitsameter den väterlichen Textilverarbeitungs- und Restaurierungsbetrieb übernommen hatte, hatte sie sich als Spezialistin für sakrale Textilien, vor allem für Reliquien, einen Namen gemacht. Sie führte den alteingesessenen Familienbetrieb in der dritten Generation. Und seit der Scheidung von Peter Breitsameter, dem sie drei Kinder großgezogen hatte und sieben Affären hatte durchgehen lassen, nannte sie sich auch wieder Unterluggauer. Afra beschäftigte drei Schneider und bildete zwei Lehrlinge im klassischen Handwerk aus, denn nach wie vor gehörte neben der Textilrestaurierung die Maßanfertigung von sakralen Messgewändern und Trachten zu den Haupteinnahmequellen der Firma. Afra hatte sich über die Jahrzehnte mit einem zuverlässigen Team aus Spezialisten in der Umgebung vernetzt. Berti, der Holzrestaurator und Schreiner aus dem Nachbarort, gehörte ebenso dazu wie Susanne, die Goldschmiedin aus München, oder Franz, der ortsansässige Fassmaler – und natürlich auch ihre Schwester Kreszenz, genannt Nives, gelernte Schneiderin und Textilrestauratorin. Und über all die Jahre, in denen sie auf der Leinwand Triumphe gefeiert hatte und vor allem in den Jahren der Bedeutungslosigkeit, war Nives immer wieder für den Familienbetrieb tätig gewesen. Egal, wo sie auf der Welt weilte, ob sie drehte oder das Leben genoss – regelmäßig trafen Päckchen aus Zacherlkirchen ein, die ein nachzustickendes Fragment enthielten oder eine Bordüre, bei der sich die Perlenverzierung abgelöst hatte. Das entspannte Nives. Sticken, tüfteln, herumpusseln, handwerken, Lösungen für schier Unlösbares finden.

Nachdem Afra einige Zentimeter Stickerei abgepinselt und gesaugt hatte, legte sie ihr Arbeitsgerät beiseite und prüfte die Gaze über der Staubsaugerdüse, dann saugte sie erneut den Marderhaarpinsel ab und legte ihn weg. Sie nahm einen Wattetupfer zur Hand, stand auf und holte sich einen Plastikkanister mit destilliertem Wasser, feuchtete den Tupfer damit an und begann, die Perlen zu säubern. Immer wieder hielt sie inne, prüfte die Oberfläche des Wattebauschs, stellte zufrieden fest, dass tatsächlich ein wenig Schmutz abging.

Nives betrat die Werkstatt nicht über die Terrasse, sondern durch die Verbindungstür zum Wohnhaus. Afra zuckte überrascht zusammen und seufzte, als sie ihre Schwester sah.

„So schreckhaft, Schwester?“ Nives zog missbilligend die Stirn kraus, als sie sah, womit sich Afra beschäftigte. „Ach, Afra!“

„Lass mich. Ich wollte einfach ein wenig anfangen.“

„Wenn ich mich recht erinnere, hast du schon mal angefangen und das hat damit geendet, dass ich die Bordüre nachsticken musste. Komm, packen wir den Zacherl weg."

„Tut mir leid, dass ihr warten musstet." Traudl Sonnenbichl gesellte sich mit blassem Gesicht zu ihnen und hielt sich den Bauch. „Mein Magen. Ich glaube, ich muss gleich wieder."

Max Pfeffer wollte genau vor der Garageneinfahrt zu Nives Marells Anwesen parken. Auf der gegenüberliegenden Straßenseite stand ein dunkelblauer BMW der 5er-Reihe. Eben stieg ein leger gekleideter Mann an der Fahrerseite aus und lehnte sich rauchend an die Motorhaube. Pfeffer trat abrupt auf die Bremse, als er sah, wer aus dem Fond stieg und zielstrebig auf das Marell-Haus zuging: Sebastian Oßwald, der Gewandmeister vom Residenztheater. Er klingelte, Nives Marell öffnete kurz darauf und beide verschwanden im Haus.

„Interessant", sagte Annabella Scholz.

„Sehr interessant", pflichtete Pfeffer bei und parkte das Auto hinter dem dunklen BMW. Der Mann an der Motorhaube beachtete die Neuankömmlinge nicht einmal interessehalber.

„Hinterher?", fragte Bella beim Aussteigen.

„Wollten wir heute nicht noch zur Burgi Leitmayr?", antwortete Pfeffer.

„Stimmt. Die Apollonia ist beim Arzt."

„Dann sollten wir die Gunst der Stunde nutzen. Quetschen wir die Burgi aus. Komm. Ich habe das dumpfe Gefühl, dass uns Sebastian und die Diva nicht so schnell durch die Lappen gehen."

Die beiden Kriminaler liefen hinüber zum Haus der Leitmayr-Schwestern und betraten den kleinen Vorgarten. Auf ihr Klingeln und Klopfen tat sich nichts.

„Komisch", sagte Annabella.

„Alte Frau ist kein D-Zug." Pfeffer ging zum Küchenfenster. Er hielt die Hände schützend neben die Augen und presste die Stirn gegen die Scheibe. Nur langsam gewöhnten sich seine Augen an das Halbdunkel im Inneren und er erkannte schemenhaft den Tisch und die Stühle. „Nichts", murmelte er. „Scheint keine da zu sein.“ Er ließ die Augen weiter suchend schweifen. Die Tür zum Treppenhaus stand offen, das konnte er sehen.

„Dann lass uns wieder zur Marell gehen“, schlug Bella vor.

„Nein!“, rief Pfeffer. Er hatte Notburga Leitmayr entdeckt. Er lief zur Tür zurück und trommelte dagegen. „Scheiße.“ Er warf sich dagegen. Die schwere Holztür gab keinen Millimeter nach. Er suchte einen größeren Stein am Straßenrand – im sauberen Wallfahrtsort ein vergebliches Unterfangen. Schließlich zog er seine Dienstwaffe, packte sie am Lauf und schlug mit dem Knauf gegen die Scheibe des Küchenfensters. Einfaches Glas aus der Nachkriegszeit. Die Scheibe zerbarst klirrend.

„Chef! Alles klar bei dir?“

„Bei mir schon“, antwortete Max Pfeffer, langte durch das Loch in der Scheibe, um den Hebel zu erreichen, und öffnete das Fenster. Er schwang sich auf den Sims und kletterte hinein. Kalter Kohlgeruch umfing ihn und ließ ihn schaudern.

Die Kommissarin folgte ihm umgehend. Nun sah auch sie Notburga Leitmayr.

„Ich hätte dir schon die Tür aufgemacht, Bella“, sagte Pfeffer eher beiläufig, während er sich neben die Alte kniete. Sie lag am Fuß der Treppe auf dem Rücken wie eine Marionette, der man die Schnüre durchgeschnitten hatte. Die Gliedmaßen zeigten verdreht in die unterschiedlichsten Richtungen. Neben ihr lagen die beiden Gehstöcke. Einer davon zerbrochen.

Pfeffer fühlte nach Vitalfunktionen, legte drei Finger an die Halsschlagader der Greisin, dann eine flache Hand auf den Brustkorb und die andere Hand auf den Bauch. Nichts. Kein Pulsschlag, kein noch so schwaches Heben und Senken durch Atmung.

„Sie scheint die Treppe heruntergestürzt zu sein.“ Annabella Scholz schritt vorsichtig die Stufen hoch. „Oder gestoßen. Nichts. Hier oben ist nichts zu sehen. Keine Kampfspuren oder Ähnliches.“

„Glaubst du denn, dass es kein Unfall war?“

„Was glaubst du, Chef?“

„Das Gleiche wie du.“

„Also ruf ich die Spurensicherung.“

„Also rufst du den Arzt."
„Ich glaube, das können wir uns fast sparen." Annabella Scholz hob den Zeigefinger. „Hörst du?" Sirenengeheul näherte sich.

„Uns wurde ein Einbruch gemeldet", sagte der Uniformierte. „Jemand hat mit einem Stein eine Fensterscheibe eingeschlagen und dann sind ein Mann und eine Frau durch das Fenster eingestiegen." Er blickte misstrauisch von Pfeffer zu Annabella und wieder zurück. Er studierte erneut kritisch die Dienstausweise seiner Kollegen. „Der Chauffeur von einem gewissen …", er schielte auf seinen Notizblock und runzelte die Stirn, „… gewissen Herrn Theatergewandmeister hat uns verständigt."
„Der Mann am BMW", seufzte Pfeffer. „Und ich habe Ihnen bereits den Sachverhalt erklärt, Kollege." Pfeffer nahm die Dienstausweise an sich. „Es wäre jetzt klasse, wenn Sie einen Arzt bestellen würden, damit die Todesursache festgestellt wird. Außerdem bitte die Kollegen von der Spurensicherung. Vielen Dank."
Er drehte sich weg und gab Annabella Scholz ein Zeichen. „Schau mal, die Schnürsenkel ihres rechten Schuhs sind offen."
Annabella Scholz runzelte die Stirn. „Also doch gestolpert und die Treppe ohne fremde Nachhilfe hinuntergefallen?"
„Warten wir die Arbeit der Kollegen ab." Pfeffer gab der Kommissarin ein Zeichen, ihm zu folgen. Ihm war längst wieder übel vom Kohlgeruch, den jede Ritze des alten Gemäuers auszudünsten schien.
„Halt, nicht so schnell", sagte der Uniformierte. „Und wo wollen Sie jetzt hin, wenn ich fragen darf?"
„Sie dürfen. Nach hinten." Pfeffer deutete den Flur entlang, der in den rückwärtigen Teil des Gebäudes führte. „Wir schauen uns ein wenig um, wenn Sie nichts dagegen haben, Kollege." Pfeffer hasste es, wenn sich die Uniformierten in Kriminalfilmen von den ermittelnden Kommissaren als Grenzdebile behandeln lassen mussten. Nun machte er es selbst. Und das nicht zum ersten Mal. Pfeffers Laune besserte sich ein klein wenig.
Der Flur führte zunächst zum Wohnzimmer, im klassischen Wortsinn eine gute Stube, die kaum benutzt auf Sonntagsbesuch

wartete und aussah, als würden die Leitmayr-Schwesten sie seit Jahrzehnten allerhöchstens zum Saubermachen betreten. Das letzte Mal schien eine Weile her zu sein, eine feine Staubschicht überzog alles. Hinter der nächsten Tür befand sich eine Toilette, eine Tür weiter ein altmodisches Badezimmer. Beide Räume, den Kacheln und der Keramik nach zu urteilen, in den Sechzigern letztmals renoviert. Als die Beamten dann die Tür an der Stirnseite des Flurs öffneten, kamen sie in eine große, fast leere Halle, die früher einmal der Stall gewesen sein musste. Der Kohlgeruch verfolgte sie bis hier.

In den meisten alten Bauernhöfen kam man vom Wohntrakt direkt in den Stall. Allerdings in der Regel von der Küche aus. In der Halle standen ein paar Acker- und Gartengeräte in den Ecken, ein uralter Traktor rostete in der Mitte des Raums. Spinnenweben hingen wie Gardinen vom offenen Gebälk. Ein paar Hühner stoben aufgeregt gackernd auseinander und flüchteten sich durch die Lücke zwischen Tor und Erdboden ins Freie.

„Romantisch", kommentierte Bella sarkastisch.

„Das erklärt, warum wir neulich bei unserer Skelett-Aktion Hühnerbesuch hatten. Ob das wohl früher mal ein Durchgang zum Nebenhof war?" Pfeffer deutete auf eine schwere Eisentür an der Wand rechts von ihm. „Die alten Leitmayrinnen haben doch einen Durchgang erwähnt und wenn mich nicht alles täuscht, müsste der Marell-Hof in diese Richtung liegen."

„Vermutlich." Annabella Scholz sah sich unsicher um. Sie konnte sich nie wirklich gut orientieren. Die Erfindung des Navigationsgeräts zählte für sie zu den bedeutenden Fortschritten der letzten zehn Jahre.

Pfeffer ging zur Tür und musterte sie. Er griff zur Klinke und drückte sie nach einem kurzen Zögern hinunter. Instinktiv zog er die Klinke zu sich hin. Die Tür ließ sich öffnen. Pfeffer stand einen Augenblick lang mit zusammengekniffenen Augen vor dem Flur, der auf der anderen Seite wartete, dann ging er hinüber.

„Wow", sagte Annabella Scholz, die ihrem Chef gefolgt war. Schon der Flur und das Treppenhaus des Marell'schen Anwesens verströmten gediegene Eleganz. Zwei antike Kommoden und ein großer schellackpolierter Schrank entlockten auch Pfeffer ein bewunderndes: „Nicht schlecht."

„Biedermeier?", fragte Bella.

„Biedermeier."

„Biedermeier passt immer", sagte Nives Marell laut. Sie stand vor einer offenen Tür am hinteren Ende des Flurs, die Hände in die Hüften gestemmt.

„Stimmt", antwortete Pfeffer. Seine Laune, die sich eben ein wenig gelichtet hatte, sank wieder in den Keller. Erwischt werden, ist immer ungut.

„Helfen Sie mir bitte, Herr Kriminalrat. Manchmal lässt mich mein Gedächtnis im Stich. Ich kann mich jedenfalls nicht entsinnen, dass ich Ihnen die Tür geöffnet habe." Die Schauspielerin runzelte missbilligend die Stirn.

„Tut uns leid. Wir wollten Sie nicht überfallen. Wir sind durch die Tür vom Hof der Leitmayr-Schwestern gekommen."

„Durch die Durchgangstür? Habe ich die vorhin nicht abgeschlossen? Ist ja auch egal."

„Nein, ist nicht ganz egal", sagte Pfeffer mehrdeutig.

„Was haben Sie bei den alten Leitmayrinnen gemacht?", fragte Nives Marell und Pfeffer vermeinte eine angestrengte Unangestrengtheit in ihrem Ton zu vernehmen.

Er ignorierte ihre Frage und sagte im Plauderton: „Wozu gibt es überhaupt einen Durchgang?"

„Wozu? Keine Ahnung. Den gibt es schon ewig. Ist auch ganz praktisch, denn die Leitmayrinnen haben früher meinen Haushalt geführt, wenn ich auf Reisen war. Und auch jetzt helfen sie manchmal bei der Wäsche oder in der Küche. Aber nur ich habe einen Schlüssel. Und wenn nichts abgesprochen ist, wenn also keine der beiden hier sein muss, dann ist die Tür auch abgeschlossen. Aber vorhin waren beide auf eine Tasse Kaffee da."

„Verstehe." Pfeffer nickte und holte eine Packung Pfefferminz aus seiner Jackentasche. Er wollte rauchen, also warf er sich zwei Pastillen ein, extra stark, ohne Zucker. Die Minzschärfe brachte neuen Kampfgeist. „Die Leitmayrinnen sprachen davon, dass die Verbindung von Stall zu Stall ging, aber das ist eindeutig ein Flur."

„Früher ging es von Stall zu Stall. Ich habe hier alles umbauen lassen. Größerer Wohnbereich, ein Gästezimmer mehr. Möchten Sie eine Führung?"

„Momentan nicht, Frau Marell, stören wir Sie gerade?"

„Nun, wie man es nimmt. Ich habe viel zu tun. Wir sind hinten in der Werkstatt." Sie deutete auf die Tür am Ende des Gangs und führte die Beamten in ihre Werkstatt. „Besuch, Kinder", rief sie.

Drei Köpfe schnellten herum und sahen Pfeffer und Annabella an.

„Ich habe es gar nicht klingeln gehört", sagte Traudl Sonnenbichl, verschränkte die Arme und wich Pfeffers Blick aus, indem sie auf den Boden starrte. Sebastian Oßwald grüßte Pfeffer fröhlich und nickte Bella zu. Afra Breitsameter blieb höflich, aber reserviert.

„Die Herrschaften von der Polizei waren bei den Leitmayrinnen und sind durch die Durchgangstür gekommen", sagte Nives Marell und auch hier konnte man ihrem Ton entnehmen, dass sie darüber höchst ungehalten war.

„Oh." Traudl sah mit weit aufgerissenen Augen kurz zu Pfeffer auf, senkte dann sofort wieder den Blick und starrte auf ihre Zehenspitzen.

Max Pfeffer entging die Reaktion nicht, auch wenn sich seine Aufmerksamkeit mit Betreten der Werkstatt weniger auf die anwesenden lebenden Personen gerichtet hatte.

27

„Sie verstehen sicher, dass es angesichts dieser Situation erheblichen Erklärungsbedarf gibt, Frau Marell“, sagte Max Pfeffer scharf mit hochgezogenen Augenbrauen. Er deutete auf die beiden Skelette, zwischen denen sich die drei Frauen und der Gewandmeister scharten. „Wir finden ein Skelett bei Ihnen im Gemüsebeet und nun zwei weitere in Ihrer Werkstatt. Komplett vom Kopf bis zu den Zehen. Von einem nichtskelettierten Toten in Ihrer allem Umfeld, meine Damen und mein Herr, will ich hier gar nicht reden.“

Nives Marell lächelte maliziös. „Nun, Herr Kriminalrat, das ist schnell erklärt – und leider erheblich weniger spektakulär, als Sie vermuten.“ Sie deutete auf das prunkvoll geschmückte Skelett mit der goldenen Gloriole auf dem Kopf und dem goldenen Palmwedel in der Hand zu ihrer Rechten. „Der Heilige Zachäus von Palmyra. Wir haben die große Ehre, ihn für das kommende Jubiläumsjahr restaurieren zu dürfen. Unsere Familie hat ihn bereits einmal restauriert. Nun können wir erneut die Leistungsfähigkeit der Firma Unterluggauer unter Beweis stellen.“ Sie deutete auf das Skelett zu ihrer Linken, das in einer zartbeigen Gazehülle in derselben Position ruhte wie die Reliquie. Im direkten Vergleich wirkte es jedoch nackt. Nur um die Beine schlangen sich einige Goldbänder mit glitzernden Steinen – so wie bei der Reliquie. „Und das hier ist ebenfalls der Heilige Zachäus von Palmyra, allerdings in der Theaterversion. Es ist eine Requisite, die wir für die aktuelle Inszenierung von ‚Kanakenbraut‘ herstellen. Auch das eine Möglichkeit, die Leistungsfähigkeit der Firma Unterluggauer unter Beweis zu stellen.“

„Eine exakte Kopie“, murmelte Pfeffer und tauschte mit Annabella Scholz einen fragenden Blick. Die Kommissarin runzelte die Stirn. Sie starrte die Knochenmänner mit fasziniertem Ekel an. Wieder fragte sie sich, warum ihr skelettierte Leichenfunde nichts ausmachten, wohl aber diese kostbar inszenierten Knochenmänner.

„Sie sind Schauspielerin, Frau Marell", sagte Pfeffer scharf. „Wieso …"

„Ich sagte Ihnen bereits, dass ich das Restauriererhandwerk bei meinem Vater von der Pike auf gelernt habe", unterbrach ihn Nives mit ins Schnippische gehender Ungeduld.

„Vielleicht kann ich dazu etwas sagen", ergriff Afra Breitsameter das Wort. „Wie meine Schwester eben erklärte, haben wir vom Bayrischen Staatsschauspiel den Auftrag erhalten, eine möglichst identische Kopie der Reliquie zu produzieren, die dann im Schlussakt der Theateraufführung auf der Bühne stehen wird. Ich leite die Firma Unterluggauer." So wie sie „Bayrisches Staatsschauspiel" sagte, bedeutete dieser Auftrag für sie einen Ritterschlag, eine Art Pendant zum „königlich bayrischen Hoflieferanten".

„Verstehe." Pfeffer umrundete die Kopie und begutachtete die Arbeit. „Deshalb bist ja wohl auch du hier, Sebastian, oder?" Nun bemühte er sich um einen weniger grummeligen Tonfall.

„Richtig", antwortete der Angesprochene. „Du bist quasi das zweite Mal in eine Anprobe von mir reingeplatzt." Er lachte unbekümmert. „Bei so heiklen Kunden komme ich auch ins Haus. Wozu gibt es den Chauffeurdienst vom Resi? Ich habe den Schnitt für die Gaze gefertigt. Nicht einfach, kann ich dir sagen. Ich habe noch nie ein Schnittmuster für ein Skelett anlegen müssen. Hat aber bis auf ein paar Kleinigkeiten ganz gut geklappt. An ein paar Stellen scheine ich mich zwar ziemlich vermessen zu haben, aber das fällt nicht so ins Gewicht, weil sich das Skelett im Gegensatz zum Schauspieler nicht bewegen muss." Er deutete auf die Füße des Knochenmanns, an deren Sohlen sich die Gaze in kleinen Wülsten rollte. „Das vernäht sich." Er lachte wieder.

„Wäre noch schöner, wenn wir das Ganze noch einmal machen müssten. Wegen der paar Millimeter", murmelte Traudl Sonnenbichl, die bisher schweigend mit verschränkten Armen und gesenktem Blick beinahe teilnahmslos dagestanden hatte. Das Storchennest von Frisur saß bombenfest. Hektische Flecken standen auf ihren Wangen. Sofort kaute sie auf ihrer Unterlippe, als würde sie es bereuen, etwas gesagt zu haben.

„Ich dachte, deine Schnitte sitzen immer auf den Millimeter perfekt, Sebastian. Hört man zumindest." Pfeffer fixierte den blonden Mann.

„*Nobody's perfect*", antwortete der Gewandmeister schulterzuckend.

„Sieht so aus." Pfeffer starrte weiter auf den Knochenmann, den das Team nach Vorbild der Reliquie fabrizierte. „Und Frau Sonnenbichl ..." Nun wurde ihm klar, warum er bei Traudl Sonnenbichl auf dem Wohnzimmertisch Samtbänder und Strasssteine gesehen hatte. „Und Traudl Sonnenbichl ist als Schneiderin abgestellt, hier die Näharbeit zu machen, oder?"

„Die Näharbeit machen meine Schwester Afra und ich", sagte Nives Marell. „Wir haben den Knochenmann in Gaze genäht. Nun kommen die Verzierungen, und wir haben nicht mal mehr drei Wochen Zeit. Traudl bestickt die Gold- und Samtbänder. Rocco kümmert sich um den Wams."

„Wie hält das denn überhaupt in der seitlich liegenden Position", fragte Annabella Scholz und überwand sich, sich zu der Kopie runterzubeugen.

„Ein Holzgerüst." Afra Breitsameter ging neben der Kommissarin in die Hocke und erläuterte: „Das Holzgerüst hat unser Schreiner nach Vorbild der Reliquie gefertigt. Nives hat dann das Skelett entsprechend arrangiert und zuletzt wurde es mit der Gaze so eingenäht, dass es fest fixiert ist. Sehen Sie hier? Die ganzen kleinen Finger- oder Fußknochen werden nur durch die Gaze gehalten. Quasi wie ein Handschuh. Kein Draht zwischen den einzelnen Knöchelchen, kein Leim, nichts. Nur zarter Stoff. Genau so wie beim Heiligen Zacherl dort drüben. Den mussten wir nämlich schon einmal komplett aus der Gazehülle nehmen und restaurieren. Mein Vater, meine Schwester und ich. Damals, als der Stein in den Schrein gefallen war. Seit damals wissen wir, wie der Zacherl seine Haltung bewahrt. Natürlich hätten wir bei der Kopie einfacher und mit Draht oder Metallgerüsten arbeiten können. Aber das wollten wir nicht."

„Vor allem wollte das Staatsschauspiel das nicht", ergänzte Sebastian Oßwald mit ironischem Unterton. „Alles sollte so original wie möglich sein. Typisch Hannes Wachsmuth. Alles authentisch, alles echt. Kunst, Leute", nun äffte er den Intendanten nach. „Wir machen Kunst, Leute, und kleckern hier nicht herum. Kunst rechtfertigt ALLE Mittel!" Er fand zu seiner normalen Stimme zurück. „Und seien es Überstunden bis zum Umfallen ... Am liebsten hätte er sogar echte Perlen und Juwelen für die Stickereien verwendet."

„Alles echt?" Pfeffer hockte sich neben Annabella und berührte vorsichtig den Schädel der Kopie. Er kniff die Augen zusammen. „Ein echtes menschliches Skelett. Kein Plastik oder Gips." Er richtete sich wieder auf.

„Sicher", sagte Nives Marell. „Hannes hat ein echtes Skelett kaufen lassen. Damit es so authentisch wie möglich ist."

„Wo kann man denn echte Skelette kaufen?", fragte die Kommissarin.

„Internet. Angeblich aus Russland. Habe ich gehört", sagte Sebastian Oßwald. „Vermutlich aber aus dem Irak oder einem anderen Kriegsgebiet, wo es weniger zimperlich zugeht."

Pfeffer nickte nachdenklich. Das Skelett, das in seiner Schulzeit im Biologieraum hing, war echt gewesen. Und er erinnerte sich an einen Kunstlehrer seiner Gymnasialzeit in den Siebzigern, der einen echten menschlichen Schädel kaufen wollte und lautstark vor der Klasse lamentierte, dass es da so lange Lieferzeiten gäbe, denn der Nachschub aus Vietnam würde langsam knapp. „Angeblich und vermutlich", sagte er dann, „sind beides ebenso schlechte Beweise wie Hörensagen. Wir brauchen Belege, Quittungen et cetera. Andernfalls drängt sich mir die Vermutung auf, dass wir es mit einem weiteren Kapitalverbrechen zu tun haben, und dieses Skelett ist schneller konfisziert, als ..." Er ließ den Satz offen stehen, weil ihm kein passender Vergleich einfiel. „Natürlich auch praktisch, so ein frisch gekaufter Knochenmann, sehr praktisch. Wie leicht kann man da ein echtes Skelett gegen ein anderes vertauschen", sagte Pfeffer halblaut und sah die Anwesenden nacheinander an.

„Was wollen Sie damit sagen?", fragte Nives Marell und griff sich an die Brust. Eher beiläufig, nicht theatralisch.

„Nun, ist das nicht offensichtlich? Man buddelt ein Mordopfer aus, nutzt es für eine Requisite und vergräbt stattdessen ein gekauftes Skelett."

„Das ist doch absurd, was hätte man denn davon?" Nives Marell tippte sich an die Stirn. „Wenn schon, dann wirft man das gekaufte Skelett weg oder zerstampft es zu Staub. Wozu sollte man es vergraben?"

„Ein Punkt für Sie, das müsste man noch herausfinden." Pfeffer sah aus den bodentiefen Fenstern hinaus in den Garten. Die Oleander in ihren Kübeln bäumten sich rotblühend gegen den nahen Frost.

„Also bitte, Herr Kriminalrat, wir haben uns alle erschrocken, falls es das war, was Sie eben mit Ihrer Anspielung erreichen wollten. Aber unterlassen Sie bitte weitere Bomben dieser Art."

„Gut, beschäftigen wir uns also mit Skelett Nummer eins, das wir in Ihrem Garten gefunden haben. Unter dem Gemüsebeet, das an der Stelle angelegt wurde, an der früher einmal der Misthaufen stand."

„Sie haben recherchiert", sagte Nives beinahe amüsiert.

„So wie es aussieht", fuhr Pfeffer fort, sein Ton wurde wieder schärfer, „wird seit den frühen Sechzigern ein gewisser Anton Leitmayr vermisst. Der Leitmayr Toni, wie ihn hier heute noch alle nennen, war einseinundsechzig, passt hervorragend zur Größe des gefundenen Skeletts."

„Also doch kein Kelte?" Afra Breitsameter hauchte es mehr, denn sie fragte. Sie handelte sich einen strafenden Blick ihrer Schwester ein.

„Lassen Sie mich bitte erst ausreden", sagte Pfeffer. „Wenn auch sonst keine Unterlagen mehr von dem Vermisstenfall erhalten sind, so haben wir jedoch, dank der Leitmayr-Schwestern von nebenan, die bekanntlich seine Tanten waren, hervorragendes Material des Vermissten zur DNS-Analyse erhalten."

Annabella Scholz öffnete den Mund, Pfeffer schüttelte leicht den Kopf.

„Wir konnten also das Skelett mit dem Genmaterial von Toni vergleichen. Wir wissen außerdem, dass der Toni im Ort nicht gut gelitten war. Vor allem bei den Vätern minderjähriger

Töchter. Wir wissen ebenfalls, dass Sie, meine Damen, alle, wie Sie hier stehen, zum Zeitpunkt seines Verschwindens nicht nur minderjährig waren, sondern auch, dass Sie sich in Ihrer Freizeit hier am Hof und nebenan aufgehalten haben. Sie haben den Leitmayrinnen beim Kühemelken geholfen …" Pfeffer ging nun mit langsamen, federnden Schritten zwischen den Frauen hin und her. „Beim Beereneinkochen, vielleicht auch beim Hühnerfüttern." Er blieb neben Traudl Sonnenbichl stehen, deren hektische Flecken am Hals zu pulsieren schienen. „Sie waren alle drei gerne gesehen auf den beiden Leitmayr-Höfen. Hier wie dort. Sie waren dreizehn oder vierzehn. Jung, pubertierend, resche Madln. Vielleicht haben Sie dem Toni auch ein wenig schöne Augen gemacht? Dem Toni, der so leicht nichts anbrennen ließ."

„Herr Pfeffer, ich bitte Sie!", rief Nives Marell und zog die Augenbrauen missbilligend zusammen. „Sie haben eben selbst gesagt, dass er ein bekannter …"

„Man hat uns immer nur erzählt, dass er ein … nennen wir es mal Wüstling … gewesen sei, Frau Marell. Gerüchte, Vermutungen. Keiner hat konkrete Namen genannt. Vielleicht gab es nur einen einzigen Fall. Vielleicht mit einer der Anwesenden." Pfeffer blieb nahe Traudl. Seine schlechte Laune wich Jagdinstinkt. Er roch Angst. „Vielleicht hat sie ihn verführt. Vielleicht ist er auch zu sehr zudringlich geworden." Er blickte Afra Breitsameter an. „Sie alle drei wurden am Tag seines Verschwindens gesehen, wie Sie den Hof fluchtartig verlassen haben."

„Sagt wer?", fragte Nives ruhig.

„Sagt die Leitmayr Burgi!"

„Die sagt viel, wenn der Tag lang ist", schnaubte die Schauspielerin und warf in gespielter Resignation die Hände in die Höhe.

Pfeffer, der immer noch dicht neben Traudl Sonnenbichl stand, spürte, wie die Frau zu zittern begann. Gut, dachte er bei sich und blähte die Nasenflügel. Angstschweiß. „Zurück zu meiner Theorie. Eine von Ihnen, meine Damen, hat an diesem Tag dem Toni besonders schöne Augen gemacht. Ist ja auch toll, wenn ein erwachsener Mann Interesse an einem zeigt. Eine von

Ihnen ist kokett vor dem Toni herumscharwänzelt, sagen wir mal, hier. Genau hier. Denn das war früher der Stall. Da oben", er deutete hinauf ins offene Gebälk, „da befand sich der Heuboden, nicht wahr? Da sind der Toni und das Mädchen hinaufgeklettert. Das Mädchen hat alle Warnungen beiseite geschoben, hat vielleicht gedacht, dass die anderen beiden in Rufweite sind, falls was passieren sollte, das ihr nicht gefiel. Aber warum sollte es ihr nicht gefallen? Der Toni war ja so nett. Doch dann, oben auf dem Heuboden, da war der Toni plötzlich nicht mehr so nett. Dann hat er sie bedrängt und vielleicht mehr. Hat er ihr die Bluse geöffnet? Hat er ihr unter den Rock gefasst?"

„Sie gehen zu weit!", rief Nives mit überschnappender Stimme. „Ich lasse das in meinem Haus nicht zu."

„Hat er seine Hose geöffnet?" Pfeffer spürte Traudl so heftig zittern, dass er beinahe mitbebte. Wenn er sprach, strich sein Atem über ihre Haut. Feine Härchen an ihrem Nacken, die Ausläufer des Storchennests, stellten sich auf. „Hat er Ihr Höschen zerrissen? Und hat er Ihnen den Mund zugehalten, damit Sie nicht schreien konnten? Ihre beiden Freundinnen waren ja noch drüben bei den Leitmayrinnen, Hühner füttern. Die Zenzi und die Afra konnten Sie nicht hören. Jedenfalls nicht sofort." Eine Träne quoll wie in Zeitlupe über Traudls Gesicht. Pfeffer erwartete jede Sekunde, dass es aus ihr herausplatzte.

„Wir waren mit dem Hühnerfüttern schon fertig." Zu seiner völligen Überraschung ergriff Afra Breitsameter das Wort. „Wir haben gleich gehört, dass da oben auf dem Boden etwas nicht stimmte. Ich war zuerst oben." Sie brach ab und fing zu weinen an.

„Halt deine Klappe, Afra", sagte Nives Marell scharf und stellte sich wütend vor ihre Schwester. Dann drehte sie sich um, presste die Lippen aufeinander, als ob sie Schwung holen müsste, um sie zu öffnen. „Nichts ist passiert, gar nichts."

„Aber du hast doch geschrien", flüsterte Traudl Sonnenbichl und biss sich sofort heftig auf die Unterlippe.

Nives Marell hielt sich am Arbeitstisch mit dem echten Heiligen Zachäus fest. Eine gefühlte Ewigkeit später straffte sie die Schultern und drehte sich zu Max Pfeffer um. Mit leiser Stimme sagte sie: „Ja, ich habe geschrien, als Anton Leitmayr mich vergewaltigte. Ich hab mich gewehrt, so gut es ging, aber er war stärker. Also hab ich dann stillgehalten, damit er mich nicht totmacht. Genau dieses Wort ist mir damals in den Sinn gekommen, totmachen. Halt still, damit er dich nicht totmacht. Als die Afra endlich kam, war es schon fast vorbei. Die Afra hat ihn von mir runtergezerrt und ..."

„Er ist gestolpert", sagte Afra stockend und trocknete die letzten Tränen. „Die Hose hing ihm ja unten an den Füßen. Da ist er drüber gestolpert und hingefallen."

„Hinuntergefallen", sagte Nives knapp und weiterhin gefasst.

„Wie darf ich das verstehen?", fragte Annabella Scholz.

„Na, von oben, wo das Heu war, ist der mir direkt vor die Füße gefallen", sagte Traudl Sonnenbichl leise. „Da lag er, genau vor mir." Sie deutete mit beiden Händen vor ihre Füße, als wäre das die exakte Stelle. „Beinahe hätte er mich erschlagen."

„Und dann haben Sie ihn gemeinsam im Misthaufen vergraben", soufflierte Pfeffer. „Zu dritt."

„Nein", sagte Traudl schwach. „Der hat doch noch gelebt." Sie schielte hinüber zu Afra.

„Ja", bestätigte die. „Gelebt hat er noch."

„Der hat nicht nur noch gelebt, der war ganz munter", ergänzte Nives. „Aufrappeln wollte er sich. Nach Traudl schnappen wollte er. Da hat sie ihm in die Seite getreten und er hat sich zusammengekrümmt und die Traudl verflucht. ‚Dreckiges Balg', hat er gebrüllt. Da sind die Afra und ich schnell die Leiter heruntergeklettert. Dann sind wir weggerannt. ‚Ich krieg euch alle drei!' Das hat er uns dann hinterhergerufen. Ich krieg euch alle drei!"

„Ich krieg euch alle drei", echote Traudl. „Das hat er gerufen. Das werde ich nie vergessen."

„Wir sind gerannt. Weg, einfach nur weg. Gerannt und gerannt. Kann sein, dass uns da die Burgi von nebenan gesehen hat. Gesagt hat sie nie was."

„Und der Toni? Der hat sich dann selbst eingegraben oder in Luft aufgelöst?" Annabella Scholz tippte sich an die Schläfe. „Meine Damen, bitte."

„Wem hätte ich es denn sagen sollen?“ Ungeduld schwang in Nives' zittriger Stimme. „Meinem Vater? Meiner Mutter? Dem Pfarrer? Soll ich Ihnen sagen, wie man damals Mädchen nannte, die von Kerlen vergewaltigt wurden? Flittchen! Selbst schuld, wenn du so einen kurzen Rock anziehst. Selbst schuld, wenn du ihm schöne Augen machst. Grad hier auf dem Dorf! Nein, meine Herrschaften, nein, nein. Ich habe geschwiegen. Wir haben alle drei geschwiegen. Wir sind nur weggerannt und haben geschwiegen. Das ist kein Verbrechen! Danach ist der Leitmayr Toni nicht mehr aufgetaucht. Sein Bruder, der Pfarrer Rupert, hat als Erstes gesagt, dass er wohl in die Fremdenlegion gegangen sei. Der Gustl, der damals Polizist im Ort war, hat das bestätigt. Mehr hat uns junge Dinger nicht interessiert! Verstehen Sie nun, Herr Pfeffer, warum ich damals aus diesem Ort weg wollte? Raus aus Zacherlkirchen! Raus in die Welt. Nur weg hier!“

„Aber Sie sind wieder da. Und dann ausgerechnet hier. In diesem Haus.“

„Richtig. Aber nicht das Haus hat mir das angetan. Ich bin nicht sehr sentimental oder gefühlsduselig. Ich kann vergessen. Es ist so lange her, ich habe seitdem so viel Schönes erlebt, das alles aufwiegt. Der Hof hat mir immer gefallen. Er ist ... ein Traum. Er hat mir nichts getan. Nun, und ich habe ihn auch gründlich umgebaut.“

„Sie hat das Haus praktisch entkernt“, sagte Afra. „Ich habe es auch nie verstanden, dass sie zurückgekommen ist, ausgerechnet hierher. Aber so ist sie, meine Schwester. So war sie immer. Was war, ist vorbei für sie.“

„Wozu sich mit der Vergangenheit aufhalten?“ Nives Marell ging zu ihrer Freundin Traudl, die immer noch still vor sich hin schluchzte, und umarmte sie tröstend. „Schon gut, Traudl, schon gut. Mein Gott.“ Sie sah über das bebende Storchennest hinweg zu ihrer Schwester. „Die Vergangenheit bringt niemand weiter! Ich guck nur nach vorne. Das hat mich im Leben weitergebracht.“

„Puuhhh.“ Sebastian Oßwald, der an dem Arbeitstisch mit dem Heiligen Zacherl lehnte, ließ hörbar Luft ab. „Heftig. Das nenn ich mal starken Tobak.“ Er stieß sich vom Tisch ab und streichelte Traudl über den Rücken. Dann ging er zu Pfeffer hinüber. „Das ist echt heftig."

„Allerdings", antwortete der Kriminalrat. Annabella Scholz sah ihren Chef aufmerksam an. „Doch zurück zum Toni, der da mit heruntergelassener Hose unten an der Leiter liegt. Vor Ihren Füßen, Frau Sonnenbichl."

Traudl Sonnenbichl schluckte und vergrub ihr Gesicht in Nives' üppigem Dekolleté. „Da möchte ich nicht mehr dran denken", sagte sie dumpf.

„Weil er doch tot war?"

Traudl hob ihren Kopf.

„Er hat noch gelebt. Ich wiederhole mich ungern", sagte Nives ungehalten.

„Ja, das hat er", bestätigte Traudl. „Die Leitmayr Burgi und der Pfarrer Rupert haben gesagt, der Toni ist zur Fremdenlegion. Das weiß jeder."

„Vielleicht hat ja dann der Rupert ..." Pfeffer ließ den Satz unvollendet. Die drei Frauen hoben beinahe gleichzeitig die Köpfe und sahen ihn an. „Vielleicht sogar gemeinsam mit dem Gustl."

„Die werden ihm eine Mistgabel in die Brust gerammt haben!", sagte Afra atemlos. „Da, mittenrein!" Sie schlug sich mit der Faust gegen die Brust.

„Wo genau?", hakte Annabella Scholz nach.

Afra Breitsameter ließ die Hand sinken.

„Dann wurde der Toni im oder besser unter dem Misthaufen vergraben?"

„Sicher", sagte Nives schnell. „So wird es gewesen sein."

„Nur haben wir es, wie wir ebenfalls alle wissen, mit einer Sekundärbestattung zu tun. Das Skelett, das wir an der Stelle des alten Misthaufens gefunden haben, wurde als Bündel beerdigt." Pfeffer blieb vor dem Requisit, dem Knochenmann in Gaze, stehen.

„Die Laff wird ihn bei einem Hochwasser freigelegt haben", sagte Nives. „Dann hat er ihn neu begraben, der Rupert."

„So nah am Bach, in feuchter Erde und unter feuchtem Mist, braucht es schon sehr lange, bis eine Leiche komplett skelettiert", sagte Max Pfeffer.

„Es gab häufig Hochwasser." Die Schauspielerin zuckte mit den Schultern und ließ nun Traudl Sonnenbichl los, die sich wieder gefangen zu haben schien. „Vielleicht hat es die Leiche einmal freigelegt und dann sind die Ameisen und Maden dran. Dann geht das schneller mit dem Verwesen."

„Sie kennen sich aber gut aus, Frau Marell."

„Ich lese ab und an Krimis."

„Vielleicht hat er auch ungelöschten Kalk beigemischt oder über die Leiche gestreut", sagte Afra nachdenklich. „Ungelöschten Kalk hat hier doch jeder Bauer. Der ist ätzend. Fällt mir eben so ein, dass ich das mal gelesen habe. In einem Buch. Da hat der Mörder ..." Statt weiterzureden, stoppte sie mit einem irritierten Seufzen und massierte sich die Nasenwurzel.

„Auch ich habe immer ungelöschten Kalk hier", sagte Nives. „Der Rupert hätte ihn sich überall besorgen können."

„Einmal hat's den ganzen Misthaufen weggeschwemmt, daran erinnere ich mich noch." Traudl wischte sich mit einem zusammengeknüllten Tempo über die Augen und Lippen. „Da hat sich der Papa drum gekümmert. Und nach jedem Hochwasser ist immer der Pfarrer gekommen, um den Schaden zu besichtigen, denn da gehörte der Hof noch der Kirche. Ja, der Rupert war immer da."

„Und all die Jahre hat niemand den Toni wirklich gesucht oder Sie alle befragt oder den Misthaufen umgegraben?" Annabella Scholz verspürte mit einem Mal das Verlangen, eine Zigarette zu rauchen.

„Ich glaube, damals waren einige froh, dass der Toni verschwunden war", sagte Afra Breitsameter nüchtern. „Ein schwarzes Schaf weniger in der Gemeinde. Und sein Cousin, der Leitmayr Gustl, der damals unser Dorfpolizist war, der hat sich auch nicht wirklich für das Verschwinden von Toni interessiert. Geratscht hat man halt."

„Praktische Fremdenlegion", sagte Pfeffer.

„Wie darf ich das verstehen?", fragte Nives Marell pikiert. „Sie haben doch eben unsere Aussagen gehört!"

„So wie ich es gesagt habe, dürfen Sie es verstehen. Zweifelsohne war alles sehr interessant, was Sie uns erzählt haben und was Frau Sonnenbichl und Frau Breitsameter so beeindruckend bestätigt haben. Doch das Skelett, das wir in Ihrem Gemüsebeet gefunden haben, stammt mit Sicherheit aus dem siebzehnten Jahrhundert. Demnach müsste der Leitmayr Toni ganz schön viele Jahre auf dem Buckel gehabt haben."

Pfeffer entging nicht, dass Nives Marell sich wieder an die Brust fasste und schwer schluckte. Traudl Sonnenbichl und Afra Breitsameter starrten den Kriminalrat mit offenen Mündern an.

„Heute kam die Radiocarbonanalyse. Der Mann in Ihrem Garten ist demnach zwischen 1610 und 1630 getötet worden." Pfeffer lächelte freundlich.

„Also doch ein Kelte!", rief Afra hörbar erleichtert.

„Mein Gott, Afra", sagte Nives ungeduldig. „Das wäre dann doch ein paar Jahrhunderte früher!"

„Richtig", pflichtete Pfeffer bei. „Wir vermuten, es handelt sich um ein Opfer aus dem Dreißigjährigen Krieg."

„Das erklärt immer noch nicht die Sekundärbestattung." Nives Marell kniff die Augen zusammen.

„Vielleicht doch", sagte Pfeffer. „Leichenfledderei, Grabräuber. Vielleicht liegen die Gebeine dort schon seit Jahrhunderten, vielleicht auch erst seit Wochen. Alles möglich. Es erklärt nur nicht, warum die Damen mir hier solche Geschichten erzählen."

„Wer erzählt hier Geschichten?", fragte die Schauspielerin ungehalten. „Sie haben uns Geschichten aufgetischt und sich damit ein Geständnis erschlichen! Sie haben uns eben alle zum Narren gehalten und in eine Falle gelockt. Das hält vor keinem Gericht der Welt stand! Das wird ein Nachspiel haben, Herr Pfeffer."

„ICH habe IHNEN Geschichten aufgetischt, Frau Marell?" Pfeffers Ton war scharf, er selbst blieb ruhig.

„Es tut mir leid." Nives Marell setzte sich. „Ich hätte es vielleicht früher erzählen sollen … Aber mit solchen Geschichten geht man nicht hausieren und ich … beziehungsweise … wir haben uns nichts vorzuwerfen …"

„Denk dir nichts, Nives." Traudl nahm ihre Freundin in die Arme, behielt aber den Kriminalrat im Auge.

„Ich glaube, wir haben für heute zum Thema Skelette genug gehört", sagte Pfeffer. Die Jagd war unterbrochen, nicht vorbei. Manchmal musste man dem Wild eine Verschnaufpause gönnen, um es erlegen zu können. Er fühlte sich deutlich knuspriger als noch vor wenigen Stunden. Jagen, nicht sporteln, setzte bei ihm Endorphine frei. Pfeffer tätschelte der Theaterrequisite vor ihm den Schädel. „Den hier nehmen wir dann mal mit. Ich glaube, wir werden hier mit einem DNS-Vergleich mit Anton Leitmayr mehr Erfolg haben."

Allgemeines Schweigen.

Dann ein Durcheinander aus „Das können Sie nicht machen!", „Wieso das denn?", „Wer gibt Ihnen das Recht?!", „Wie sollen wir das zeitlich hinkriegen?".

„Die Kollegen werden ihn gleich abholen", sagte Pfeffer unbeeindruckt. „Sind ja ohnehin nebenan."

Erneut trat beunruhigendes Schweigen ein.

„Habe ich Ihnen nicht erzählt, dass Notburga Leitmayr tot aufgefunden wurde? Tut mir leid. Dann wissen Sie es jetzt."

„Oh mein Gott!", rief Afra Breitsameter und brach umgehend in Tränen aus.

„Die Burgi?", fragte Nives Marell mit bebender Unterlippe und sprang regelrecht von ihrem Stuhl auf. „Aber vorhin war sie doch noch … Ich fasse es nicht. Ich muss rüber zur Loni. Die Ärmste!"

„Apollonia Leitmayr ist beim Arzt", sagte Annabella Scholz.

„Ja, richtig." Nives sackte in sich zusammen. „Weiß man schon, wie sie gestorben ist?"

„Wir haben sie am Fuß der Treppe gefunden."

„Oh mein Gott!", schluchzte Afra erstickt. „Die arme Burgi!"

„Gestürzt. Sie war so schlecht auf den Beinen", flüsterte Nives.

„Sie sagten, vorhin sei die alte Dame noch …" Kommissarin Scholz ließ den Satz offen stehen und machte eine fragende Handbewegung.

„Sie waren vorhin noch auf einen Kaffee bei mir. Nach dem Frühstück. Afra und Traudl waren dabei, die können das bestätigen." Die Angesprochenen nickten. „Dann habe ich der Loni ein

Taxi gerufen, das sie zum Arzt bringt. Schließlich ist die Burgi allein wieder rübergegangen. Mein Gott, die arme Burgi!"

„Und seitdem hat keine von Ihnen die alte Dame mehr gesehen?"

Alle schüttelten synchron die Köpfe.

„Es war auch niemand mehr von Ihnen drüben im Haus der Schwestern? Haben Sie sich seitdem gemeinsam in diesem Raum aufgehalten?"

Wieder synchrones Kopfschütteln.

„Haben Sie sich alle seitdem gemeinsam hier in der Werkstatt aufgehalten?", wiederholte Pfeffer die Frage seiner Kollegin.

„Wollen Sie damit jetzt auch noch andeuten, dass eine von uns rübergeschlichen ist und die alte Burgi die Treppe heruntergeschubst hat?", echauffierte sich Nives Marell.

„Ich habe nichts angedeutet, Frau Marell. Ich habe nur Fakten erwähnt."

Traudl starrte unterlippekauend auf ihre Zehen. „Ich musste mal, das war's aber auch schon."

„Ich habe Kaffee geholt", sagte Afra.

„Und ich musste ebenfalls mal und habe ein kurzes Telefonat geführt", sagte Nives Marell.

„Und wie lange dauerte das jeweils?"

„So lange so was eben dauert", antwortete Nives. „Soll ich künftig Stechuhren in den verschiedenen Räumen meines Hauses einbauen?"

„Also hätte jede von Ihnen Zeit und Gelegenheit gehabt …", sagte Annabella Scholz.

„Sicher. Alte Frauen ohne Grund die Treppe herunterschubsen gehört zu meinen Lieblingshobbys", zischte Nives sarkastisch. „Dafür nutze ich jede Gelegenheit! Es ist nun wirklich Zeit, dass ich meinen Anwalt anrufe. Ich brauche mir in meinem Haus keine weiteren bodenlosen Unterstellungen gefallen zu lassen. Erst soll ich den Toni … dann auch noch die Burgi!"

„Wir werden die Ermittlungen der Kollegen abwarten, Frau Marell." Max Pfeffer tätschelte erneut dem Knochenmann den Schädel. „Ach, da fällt mir ein: Hat jemand von Ihnen einen Schlüssel zur Wohnung von Joseph Bloch? Nein? Sicher? Das dachte ich mir." Er gab Annabella Scholz einen Wink. „Wir lassen Sie nun allein, meine Herrschaften. Wenn sich Anhaltspunkte ergeben, dass Frau Leitmayr nicht von alleine in den Tod gestürzt ist, sind wir gerne wieder zu Gast hier. Die Kollegen werden sich wegen des Knochenmanns bei Ihnen melden. Schönen Tag noch."

„Das können Sie nicht tun." Nives Marell schüttelte den Kopf. „In zwei Wochen ist Premiere. Wir haben jede Menge Arbeit vor uns."

„Da muss ich Frau Marell beipflichten", sagte Sebastian Oßwald. „Herr Wachsmuth wird das sicher nicht einfach so hinnehmen."

„Das lass mal unsere Sorge sein. Sollen wir dich mit in die Stadt nehmen?" Pfeffer und Annabella Scholz verabschiedeten sich von den Frauen. Der Gewandmeister folgte den Kriminalern.

„Nein danke", antwortete Sebastian. „Mein Chauffeur wartet draußen. Traudl, kommst du mit?" Er sah seine Schneiderin, die nun wieder heftiger schluchzte, mitleidig an. „Ach, was rede ich. Nimm dir ruhig den Rest des Tages frei."

28

„Du hättest mich in deine Inszenierung vorher einweihen können“, sagte Annabella Scholz zu ihrem Chef, als sie zum Auto gingen.

„Nö. Du bist am besten, wenn du improvisierst.“

„Glaubst du der Marell?“

„Du meinst, ob ich allen drei glaube? Nein. Das heißt zum Teil. Der Leitmayr hat sich bestimmt an einer oder mehreren vergangen. Ich bin mir fast sicher, dass die Mädchen gemeinsam den Leitmayr Toni umgebracht und anschließend im Misthaufen vergraben haben. Vielleicht sogar mit Unterstützung des Pfarrers, dem Rupert Leitmayr. Praktisch, dass der tot ist. Es ist todsicher kein Zufall, dass Nives Marell ausgerechnet diesen Hof gekauft hat. Sie, der große Filmstar, kauft sich ein Anwesen mitten in einem Ort? Wo alle Welt ihr begegnen kann, wenn sie vor die Tür geht?“

„Du meinst, sie ist so eine Art Gralshüterin?“

„Schön gesagt, Bella.“

„Da könnte was dran sein. Sie wacht über den Toten, den die drei Mädchen auf dem Gewissen haben. Vermutlich stimmt die Geschichte mit dem Hochwasser.“ Die Kommissarin starrte ins Leere. „Wie gut die sich plötzlich mit verwesungsfördernden Methoden auskannten! Erst Viechzeug, dann ungelöschter Kalk.“

„Beides möglich bis sehr wahrscheinlich.“

„Stimmt, Chef. Da haben sie also mal die Wahrheit gesagt. Fragt sich nur, wie wir ihnen das nachweisen können!“

„Wenn ich recht habe und der Requisitenknochenmann unser vermisster Leitmayr ist, dann …“ Pfeffer grinste fies.

„Wenn, dann. Sonst nicht deine Art, Chef. Es erklärt auch nicht, warum ein Skelett aus dem siebzehnten Jahrhundert im Garten gefunden wurde. Noch dazu vermutlich an der Stelle, an der sie den Leitmayr Toni vergraben haben.“

„Das erklärt es nicht.“ Er blieb vor dem Auto stehen und sah hinüber zu den Kollegen von der Spurensicherung und dem Leichenwagen. Eben trugen zwei dunkel gekleidete Herren einen Zinksarg aus dem Haus. Ein paar Schaulustige verrenkten sich die Hälse.

„Komm, es ist fast Mittag, lass uns hier im Ort einen ordentlichen Schweinsbraten essen, Bella."

„Manchmal hast du wirklich gute Ideen, Chef."

„Aber erst noch die Kollegen nach den ersten Ergebnissen befragen und Bescheid sagen wegen des Knochenmanns. Nicht, dass die den Leichenwagen nur mit halber Fracht losfahren lassen."

„Was machen wir denn jetzt?", greinte Afra Breitsameter. „Was machen wir denn jetzt?"

„Reiß dich endlich zusammen", schalt Nives sie. „Was sollen wir schon groß machen? Ich rufe sofort Hannes an, dass es Probleme mit der Requisite gibt. Vielleicht kann ich die Polizei auch überreden, dass sie nur einen Knochen mitnehmen, nicht gleich das ganze Skelett."

„Das meine ich doch nicht. Ich meine wegen dem Toni … und auch wegen der Burgi. Mein Gott, die Ärmste!"

„Ist doch ein schöner Tod", sagte Traudl leise. „Schnell und schmerzlos. Einfach so die Treppe herunterfallen und sich das Genick brechen. In dem Alter! Schnell und schmerzlos."

„Aber leid tut sie mir trotzdem", schniefte Afra.

„Wenn das wirklich der Toni ist", Traudl deutete auf den Requisitenknochenmann, „dann mag ich an dem nicht mehr weiterarbeiten."

Die Schwestern schwiegen und vermieden Blickkontakt.

„Das da ist nicht der Toni, du dumme Kuh", sagte Nives schließlich scharf.

„Wie du meinst. Ich fahre jetzt heim. Zu meinem Rudi." Traudl Sonnenbichl verabschiedete sich.

„Schweinsbraten ist heute aus", sagte die Bedienung im „Schwarzen Adler".

„Noch vor Mittag?" Pfeffer konnte es nicht glauben.

„Unser Koch hat manchmal ein paar Probleme." Die Bedienung machte ungeschickt Pantomime, hob ein imaginäres Glas, warf übertrieben den Kopf in den Nacken und schluckte, wobei sie leise „Gluckgluck" sagte. „Die Schweinskopfsülze kann ich empfehlen oder Saures Lüngerl? Beuschel? Zunge? Wir haben auch frische Nierchen. Oder wenn's nur was Kleines sein soll, dann Wollwürscht mit Sauerkraut."

„Danke, jetzt ist mir schlecht", murmelte Annabella Scholz und vergrub ihr Gesicht in der Speisekarte.

„Ich nehme das Tafelspitz", sagte Pfeffer.

„Ich den Salat mit gebratenen Austernpilzen", sagte Bella und, als die Kellnerin gegangen war, fügte sie aus tiefstem Herzen angewidert hinzu: „Lunge! Nieren! Beuschel! Beuschel sind doch Kutteln, oder? Am Ende haben die noch Euter." Sie schüttelte sich.

„Klar." Pfeffer deutete auf die entsprechende Stelle in der Speisekarte. „Aber Kutteln sind Kutteln und Beuschel ist Beuschel. Sogar Herz hätten sie im Angebot und Bries. Altbayrisch, deftig. Lässt sich alles verwerten. Mei, mia ham ja nachm Kriag gar nix g'habt! Nur nix umkommen lassen."

„Apropos umkommen. Was ist mit der Leitmayr Burgi?"

„Schwer zu sagen. Warum sollte man sie die Treppe runterschubsen? Weil sie dir zugeflüstert hat, dass sie dir was sagen will? Das hat niemand außer dir gehört. Selbst wenn die Schwester, die Apollonia, das gehört haben sollte …"

„Vielleicht hat sie es ja gehört. Vielleicht wollte die Apollonia verhindern, dass die Burgi was erzählt. Oder sie hat es der Nives weitergesagt."

„Und was wollte sie uns erzählen? Wen soll die Burgi denn noch alles gesehen haben? Die drei Mädels, angeblich am Tag von Tonis Verschwinden. Angeblich! Und dann sieht sie sogar immer ihren Vater, den längst verblichenen."

„Fritz Roloff nicht zu vergessen. Nach dem Tsunami!"

„Alles mehr als wackelig. Ihre Schwester Apollonia hat keine der Geschichten bestätigt. Ich fürchte", seufzte Pfeffer, „die alte Notburga ist wirklich unglücklich gestolpert. Die Kollegen, die ich eben interviewt habe, haben bisher keine Spuren eines Kampfes oder von Gewalteinwirkung feststellen können. Wir werden mit Sicherheit Spuren von Nives Marell im Haus finden. Und was beweist das? Sie sind Nachbarn. Die Leitmayrinnen haben für sie gearbeitet."

„Hast du gehört?“ Zwei ältere Frauen betraten, lautstark in ein Gespräch vertieft, den Gastraum. Sie trugen für ihr Alter zu bunte Regenparkas. „Bei der großen Diva haben sie schon wieder eine Leiche gefunden!“

„Typisch! Die Zenz! Die hat schon als Kind immer nur Unglück über alle gebracht. Die hat nichts getaugt.“

„Ich war mit ihr in einer Klasse. Vor nichts hat der gegraust! Vor gar nichts. Einmal hat die eine halb verweste Eidechse mit in die Schule gebracht und herumgezeigt. Grauslig!“

„Erzähl mir nichts, ich war mit ihrer Schwester in der Schule. Die war nicht viel besser. Die beiden sollen ja eh den Leitmayr Toni auf dem Gewissen haben. Du weißt schon, die Knochen, die sie gefunden haben.“

„Deswegen sag ich doch: Schon wieder eine Leiche. Schon wieder! Erst den Leitmayr Toni und nun? Ja, wer ist es denn diesmal? Am Ende doch der Fritz? Den hat ja die alte Burgi angeblich noch gesehen. Nach der Welle!“

„Die Burgi hat den Fritz gesehen? Die spinnt doch eh. In ein Heim gehört die. Täte mich nicht wundern, wenn die auch was mit der ganzen Sache zu tun hätte.“

„Versündigt euch nicht, ihr elendigen Ratschkatln!“ Die Bedienung, auf dem Weg, den Kriminalern ihre Getränke zu servieren, brachte die älteren Frauen im Vorbeigehen zum Schweigen.

„Die Zenz“, sagte eine der beiden Frauen noch halblaut und schielte dabei über die Schulter in den Raum, „die spielt doch jetzt wieder Theater. Im Staatsschauspiel!“ Sie betonte das Wort, als wäre es obszön. „Natürlich muss Madame im Staatsschauspiel spielen! Da hat sie auch noch einen umgebracht.“

„Nein!“

„Wenn ich es dir doch sage! Liest du keine Zeitung? Irgendeinen Schneider hat sie vergiftet.“

„Und die Polizei unternimmt nichts?“

„Kennst du doch. Die Großkopferten kommen mit allem durch. Hollywood! Tss, da traut sich keiner ran.“ Dann flüsterten die beiden nur noch, während sie sich an den Tisch am anderen Ende des Raums zurückzogen.

29

„Was haben Sie sich dabei gedacht, Kollege Pfeffer?“ Kriminaldirektorin Jutta Staubwasser spielte erregt mit ihrem Ehering, während sie in Pfeffers Büro auf und ab ging. Es passierte so gut wie nie, dass seine Vorgesetzte in Pfeffers Büro kam.

Pfeffer genoss die Ausnahmesituation und lehnte sich im Schreibtischstuhl zurück. „Soll ich Ihnen einen Kaffee machen, Frau Staubwasser?“, fragte er unbefangen. Wenn seine Chefin in Rage war, half nur absolute Coolness weiter.

„Kaffee? Kollege Pfeffer, ich …“ Die Kriminaldirektorin musterte Pfeffer irritiert. Dann sagte sie: „Ja, warum eigentlich nicht. Ihre Kaffeemaschine und die Crema, die sie produziert, ist ja inzwischen beinahe legendär.“

Pfeffer stand auf und seine Vorgesetzte setzte sich endlich. Sie strich den Rock ihres eleganten dunkelblauen Kostüms länger glatt als nötig. „Zurück zum Thema, Kollege Pfeffer. Mein Mann und ich sind begeisterte Theatergänger. Wir schätzen die Arbeit von Hannes Wachsmuth am Residenztheater außerordentlich. Mehr noch, wir dürfen uns glücklich schätzen, dass Hannes, dass Herr Wachsmuth, des Öfteren unser Gast war und wir ein beinahe freundschaftlich zu nennendes Verhältnis pflegen.“

Max Pfeffer stand an seiner chromblitzenden Espressomaschine und verdrehte die Augen. War ja klar, was kommen musste. War auch klar, dass die Kriminaldirektorin und ihr werter Gatte Staatssekretär mit Menschen wie dem Intendanten des Bayrischen Staatsschauspiels befreundet waren.

„Nun hat Hannes mich vorhin angerufen, dass es zu einem Missverständnis mit einer Requisite für seine Neuinszenierung zu ‚Kanakenbrut‘ gekommen ist.“

„‚Kanakenbraut‘“, korrigierte Pfeffer.

„Wie bitte?“

„Das Stück heißt ‚Kanakenbraut‘ nicht ‚Kanakenbrut‘.“

„Wie auch immer. Jedenfalls von diesem Fritz Prokoff … äh, na …

„Roloff."

„... Roloff. Hannes war sehr aufgebracht. Sehr!" Jutta Staubwasser machte eine Pause, um das „Sehr" wirken zu lassen. Pfeffer servierte ihr in der Zeit den Kaffee und setzte sich wieder. Das „Sehr" verpuffte. „Mein Gott, Kollege Pfeffer, Sie können doch nicht einfach ein Skelett beschlagnahmen, das lediglich eine Theaterrequisite ist."

„Der Verdacht, dass es sich dabei um die Überreste eines Vermissten, eines Ermordeten handelt, hat sich erhärtet", antwortete Pfeffer. Er fasste kurz seine Theorie zusammen und schloss mit: „Deshalb müssen wir ..."

„Papperlapapp." Die Kriminaldirektorin schlug sich mit der flachen Hand auf den Oberschenkel. „Dieser Fall liegt weit mehr als zwanzig Jahre zurück. Nach den Aussagen aller scheint der Betreffende in der Fremdenlegion untergetaucht zu sein. Haben Sie je bei der Fremdenlegion nachgefragt?"

Pfeffer nickte. „Kollegin Scholz hat das bereits versucht zu recherchieren. Nur ist die Légion Étrangère nicht sehr kooperationswillig. Im Gegenteil. Wussten Sie, dass jedem Legionär eine komplett neue Identität zugewiesen wird? Mit neuem Namen, neuer Vita et cetera? Nein? Ich bislang auch nicht. Die Identität erlischt erst, wenn derjenige die Legion verlässt. Und nach drei Jahren Dienst darf jeder die französische Staatsbürgerschaft annehmen. Nun, suchen Sie da mal einen Anton Leitmayr. Man verweigert uns derartige Angaben, solange man dem Gesuchten kein Kapitalverbrechen wie Mord oder Kidnapping vorwirft. Wir werden es also nie erfahren."

„Nun, immerhin haben wir erfahren, woher unser Theaterskelett kommt." Jutta Staubwasser öffnete den Aktendeckel, den sie nach dem Eintreten auf Pfeffers Schreibtisch gelegt hatte, und zog ein Papier hervor. „Hier, das ist die Originalrechnung. Hier steht was auf Englisch von *human skeleton*. Hannes Wachsmuth hat es mir eben zufaxen lassen. Der Rest ist meist Kyrillisch. Sicher, ein klein wenig kann ich das lesen, dank der Russisch-Neigungsgruppe damals im Gymnasium." Sie lachte lobheischend. „Das da zum Beispiel heißt ... Gr ... Grosny. Ja, Grosny. Eindeutig Grosny."

„Grosny ist eine Stadt und die liegt in Tschetschenien, Frau Staubwasser. Vor allem liegt Grosny aber in Trümmern."

„Sicher." Die Kriminaldirektorin begriff, was das Theater da angekauft hatte. „Mein Gott, verschachern sie die Toten ihrer Kriege … Nun, das können wir Hannes Wachsmuth nicht zur Last legen. Er hat über einen legalen Weg ein menschliches Skelett gekauft und ich habe KEINERLEI Anlass, an seiner Darstellung und an seinen Absichten zu zweifeln! Ich bin sicher, wenn er wüsste, woher das Skelett stammt, hätte er unter keinen Umständen dem Ankauf zugestimmt."

„Ich bezweifle nicht, dass das Residenztheater tatsächlich ganz legal ein Skelett in Russland als Requisite angekauft hat, Frau Staubwasser", antwortete Max Pfeffer. „Ich vermute nur, dass das Skelett, das momentan von der Firma Unterluggauer als Requisite hergerichtet wird, nicht identisch mit dem ist, das für das Theater angekauft wurde. Daher müssen wir einen DNS-Test durchführen."

„Kollege Pfeffer." Die Kriminaldirektorin klang entnervt. „Ihren Verdacht in Ehren. Und ich gebe Ihnen im Prinzip recht, dass ein Fachbetrieb wie die Firma Unterluggauer theoretisch durchaus in der Lage wäre, einen Austausch der Gebeine vorzunehmen. Theoretisch! Nach Durchsicht der Akten klingt das für mich allerdings allzusehr nach Räuberpistole." Sie hob die Hand, weil Pfeffer etwas sagen wollte. „Ich denke, Sie sollten sich statt mit alten Skeletten lieber mit dem frischen Toten aus dem Residenztheater beschäftigen. Hannes beklagte, dass es da keine rechten Fortschritte gäbe und die Ermittlungen seine Arbeit behindern würde."

„Hat Herr Wachsmuth das? Er hat offenbar keine Ahnung von Polizeiarbeit, nicht wahr?"

„Bitte, Kollege Pfeffer. Ich möchte, dass Sie die Angelegenheit so schnell wie möglich und so sensibel wie nötig vom Tisch bekommen. Kümmern Sie sich um diesen ermordeten Schneider. Und was die leidige Requisiten-Sache angeht … Ich habe Hannes mein Wort gegeben, dass es wegen eines DNS-Tests zu keinerlei Verzögerungen kommen wird. Dazu benötigen wir das Skelett nun wirklich nicht. Und daher habe ich ihm das Skelett zur Weiterbearbeitung umgehend zurückgegeben. Beziehungsweise der Firma Unterluggauer in Zacherlkirchen."

„Frau Staubwasser, dagegen protestiere ich." Pfeffer stand auf, vorbei mit der Coolness. In seinen Schläfen pochte es. „Ich ..."

„Sie können protestieren, Kollege Pfeffer." Die Kriminaldirektorin erhob sich ebenfalls. „Das steht Ihnen frei. Ich wüsste allerdings nicht, warum. Ich sagte eben, dass wir für einen Test kein Skelett benötigen. Kein ganzes, jedenfalls."

Pfeffer kniff die Augen zusammen und musterte seine Chefin. Er ahnte etwas.

„Ein Fingerglied, das wir aus dem Gaze-Handschuh genommen haben, dürfte schließlich reichen", sagte Jutta Staubwasser ganz nebenbei, während sie zur Tür schlenderte. „Schönen Tag noch, Kollege Pfeffer. Ach, soll ich Ihnen auch zwei Karten für die Premiere reservieren lassen? Dann könnten mein Mann und ich und Sie und Ihr Lebensgefährte einen netten Theaterabend verbringen."

„Gerne." Da die Kriminaldirektorin sich schon umgedreht hatte, sah sie nicht, wie Pfeffer genervt die Augen zur Decke verdrehte.

Als Annabella Scholz kurze Zeit später ihr Video-Durchchecken unterbrach und ins Büro kam, fand sie ihren Chef an seinem Schreibtisch, wie er abwesend grinsend aus dem Fenster starrte.

„Hast du was eingeworfen?", fragte sie.

Pfeffer schüttelte den Kopf und riss seinen Blick vom Unendlichen los. „Nö. Big Bossy hat Angst um ihre Premierekarten für ‚Kanakenbraut'."

30

Hannes Wachsmuth schritt langsam, das Kinn in der rechten Hand vergraben, um Levent Demir herum. Der Schauspieler stand mit nacktem Oberkörper in der Herrenwerkstatt, zu seinen Füßen hockte Sebastian Oßwald und öffnete den Saum am rechten Bein der roten Sporthose, die Levent Demir trug.

„Da ist noch genug drin." Der Gewandmeister sah zu Wachsmuth auf, dann blickte er hinüber zu Max Pfeffer, der schon wieder mal in eine Anprobe hineingeplatzt war, und zwinkerte.

„Ich möchte, dass er die ganze Zeit mit den Fersen auf der Hose herumläuft. Verstehen Sie, Sebastian?", sagte der Intendant.

„Ich mache ihm am besten eine Verstärkung hier unten in die Ferse, dann hält es besser und läuft sich auch nicht so schnell durch. Wir könnten auch die Hose unten mit den Socken vernähen, dann ..."

„Nein", sagte da Levent Demir. „Nein, das würde mich zu sehr einschränken."

„Gut, dann einfach mit Verstärkung in der Ferse. Sehr gut, ansonsten sehr gut." Hannes Wachsmuth nickte zufrieden und tätschelte dem Gewandmeister väterlich-gönnerhaft die Schulter. „Nun noch schnell die Unterhose ..."

Levent Demir zog sich die Trainingshose aus und stand in weißer Unterhose da.

„Levent hat diese Szene in Unterhose, in der er zweimal aufstehen muss, Sebastian." Der Intendant umrundete den Schauspieler mit kleinen Schritten, während er sprach. „Dabei rutschen immer die Beine der Hose nach oben und sehen unschön aus. Außerdem betont dann der Stoff zu sehr sein Gemächt."

„Das ist Baumwolle, Herr Wachsmuth", erklärte der Gewandmeister. „Die rutscht hoch, wenn wir ein Hosenmodell mit Bein haben wollen. Ich kann Ihnen auch eine Unterhose mit höherem Beinausschnitt machen, dann ..."

„Nein, das soll schon so bleiben. Können wir die Beine nicht irgendwo am Oberschenkel festkleben? Mit doppelseitigem Klebeband?"

„Wie bitte?" Levent Demir sah seinen obersten Dienstherrn irritiert an. „Damit ich mir beim Setzen die Haare ausreiße?"

„Gut, dann lassen wir es so", grummelte Hannes Wachsmuth verärgert. „Nehmen Sie aber vorne am Gemächt was weg, Sebastian, das ist einfach zu viel. Sehen Sie, Herr Kommissar", sagte der Intendant dann an Pfeffer gewandt, der schweigend an den hohen Arbeitstisch gelehnt gewartet hatte, „schon vorbei. Jetzt gehört unser Herr Oßwald ganz Ihnen. Schönen Tag noch. Wiederschaun, die Herrschaften."

„Jetzt machen wir schon Unterhosen nach Maß." Sebastian Oßwald schüttelte resigniert den Kopf.

„Ich hab gar nichts dagegen, wenn mein Gemächt betont wird", sagte Levent Demir und lachte. Dann tippte er sich an die Stirn. „Echt gestört. Maßgeschneiderte Unterhosen, die auch noch alt aussehen sollen. Und dann bin ich die Hälfte des Stücks sowieso nackt."

Pfeffer musste noch warten, bis Levent Demir sich umgezogen hatte und Sebastian Oßwald einem Schneider die Sache mit der Hose und den Fersen erklärt hatte, dann konnte er die Frage stellen.

„Doch, jetzt wo du es ansprichst ..." Sebastian Oßwald kratzte sich an der Schläfe. „Ich glaube schon, dass Sepp neulich mal was davon gemurmelt hat, dass er seinen Schlüssel verloren hatte. Aber nagel mich da bitte nicht fest, Max."

„Pfeffer reicht, Basti."

„Verstehe." Der Gewandmeister lachte und nahm einen Schluck Tee aus seinem Becher. „Grüne Mate. Gesünder geht's kaum noch. Willst du wirklich nicht?"

„Danke." Pfeffer winkte ab und ließ seinen Blick schweifen. Seit seinem letzten Besuch in der Herrenwerkstatt hatte sich der Raum verändert. Zwar standen die beiden großen Arbeitstische immer noch an ihrem Platz, ebenso die weißen Einbauschränke, doch überall stapelten sich Tierfelle und Lederstücke.

Auf drei Schneiderpuppen hingen martialisch wirkende Kostüme aus wild gemusterten Fellstreifen. Auf dem Boden tanzten bei jeder Bewegung Flusen, in den Ecken sammelten sich dicke Wollmäuse.

„Die Scheiß-Kunstfelle fusseln total aus", sagte Sebastian. „Das werden wir noch in Wochen hier herumfliegen haben."

„Alles für ‚Kanakenbraut'?", fragte Pfeffer.

„Nein." Sebastian Oßwald lachte wieder. „Für die ‚Thebanische Trilogie' von Sophokles. Kommt als nächste Premiere nach dem Roloff-Stück. Da drehen alle momentan durch. Gott sei Dank kommt morgen ein anderer Gewandmeister für die Dauer der Produktion als Aushilfe. Wie das Wort Trilogie schon vermuten lässt, sind es nämlich gleich drei Stücke. ‚Antigone', ‚König Ödipus' und ‚Ödipus auf Kolonos'. Drei Premieren an drei Abenden hintereinander. Superidee von denen da oben! Und da kommen nicht nur zahlreiche Darsteller drin vor, sondern auch jeweils ein Chor, wie es sich für griechische Tragödien gehört. Pro Stück fünfzehn Chormänner. Ich weiß momentan nicht, wann ich überhaupt Anproben für ‚Kanakenbraut' ansetzen soll, wo ich noch nicht mal mit den Zuschnitten für die Trilogie nachkomme, geschweige denn mit der Materialauswahl fertig bin. Denn diesmal haben wir einen Totalausfall als Kostümbildner, der absolut keine Peilung hat, nicht mal vernünftige Kostümentwürfe skizzieren kann und außer Aussagen wie ‚Da brauchen wir was mit ganz viel Fell' keine vernünftigen Beiträge bringt. Wie du dir denken kannst, ist der Typ aber in der Branche ein absoluter Star. Brauchst du mehr Details?"

„Danke. Reicht." Pfeffer lehnte sich an den Arbeitstisch. Weil die Tür zur benachbarten Werkstatt geschlossen war, drang das Surren der Nähmaschinen und das zischende „Pfffftttt" der großen Bügelmaschine nur gedämpft zu ihnen. „Zurück zu Joseph Bloch. Theoretisch hätte also jemand seinen Schlüssel entwenden und einen Nachschlüssel machen lassen können?"

„Klar. Seine Jacke hing immer hier hinten an der Garderobe. Und diese Umhängetasche, die er meist dabei hatte, ebenfalls."

„Wer kommt hier herein?"

„Jeder, der will. In der Mittagspause kann man mit etwas Glück auch alleine sein und alles in Ruhe durchwühlen, stehlen oder jemand Gift in die Getränke schütten."

„Also auch weibliche Angestellte und Ensemblemitglieder?"

„Logisch."

Traudl Sonnenbichl vergrub sich hinter dem getigerten Kunstfellwust, der sich auf ihrem Arbeitstisch türmte und sogar die Nähmaschine unter sich begrub. „Ich bin fast nie oben in der Werkstatt", murmelte sie. „Ich hab mich mit Sepp nicht gut verstanden, das wissen Sie ja. Ich habe hier seit Jahren mein kleines Extrazimmer, in dem ich in Ruhe arbeiten kann. Warum sollte ich also nach oben, seinen Schlüssel klauen, ihn mir nachmachen lassen und dann wieder in seine Tasche zurückstecken?" Sie sah nicht auf, sondern tat so, als arbeitete sie konzentriert weiter. In Wahrheit zitterten ihre Hände viel zu stark. Um sie zu beruhigen, zupfte sie lose Flusen von den Schnittkanten der Fellstücke. „Furchtbar, das Zeug fliegt überall hier herum."

„Sollten Sie nicht für den Zacherl den goldenen Wams oder so etwas machen?"

„Schon fertig. Den Feinschliff besorgt Rocco oben."

Pfeffer beobachtete das wackelnde Storchennest inmitten der Kunstfelle. Es roch nach kaltem Rauch und zu schwerem Parfüm in dem kleinen Raum. „Hat Joseph Bloch von der Sache mit Anton Leitmayr gewusst, Frau Sonnenbichl? Wusste er, dass Nives als junges Mädchen vergewaltigt wurde?"

„Nein!" Traudl Sonnenbichl sah kurz panisch auf. Ihr auffälliges Siebziger-Jahre-Make-up verlieh dem Blick zusätzliche Dramatik. „Nein, wusste er nicht. Woher denn?"

„Immerhin waren sie beide mal ein Liebespaar. Sie könnten es ihm also erzählt haben!"

Die Schneiderin seufzte. Ihre flatternden Hände unterbrachen das Flusenzupfen. „Das wissen Sie also. War ja klar, dass Werner Androsch das erzählt. Das mit Sepp …" Sie ließ ihre rechte Hand fahrig durch die Luft fliegen. „Das mit Sepp war nur eine kurze Liebelei. Da waren wir beide blutjung. Das war kurz, nachdem Nives mich aus Zacherlkirchen geholt hatte. Sie hat mich in ihre kleine Münchner Wohnung aufgenommen und mich in den Kreis um Fritz Roloff eingeführt. Ich habe als Schneiderin an seinen Filmkostümen gearbeitet. Damals, bei den ersten Filmen und Theaterstücken von Fritz, da hat noch der Sepp die Kostüme entworfen. Wir haben sie gemeinsam genäht. Da sind wir uns irgendwie … ach, ich weiß nicht … wir sind uns einfach nähergekommen. Über die Arbeit." Sie schwieg und zupfte wieder Flusen. „Haben Sie eine Zigarette, Herr Kriminalrat?", fragte sie dann.

Pfeffer gab ihr eine und zündete sich selbst eine an.

„Die Nives, die ist halt so. Wegen gestern meine ich. So ist sie, so war sie immer. Blick nie zurück, immer nach vorn." Da Pfeffer schwieg, redete sie nach einer kleinen Pause weiter. „Wir waren fast zwei Jahre ein Paar, der Sepp und ich. Dann ging es nicht länger gut mit uns."

„Warum? Warum wurde aus Liebe Hass? So abgrundtiefer Hass?"

Traudl Sonnenbichl saugte gierig an ihrer Zigarette und nestelte an dem künstlichen Tigerfell herum.

„Weil ich schwanger war", brach es dann aus ihr hervor.

„Das ist kein Grund, jemand zu hassen. Im Gegenteil."

Die Tür flog unvermittelt auf. Ohne Anzuklopfen rauschte Nives Marell in einem sonnengelben Ensemble in den Raum. Das kleine Zimmer, eben noch beherrscht von einem einzigen Fell- und Plüschberg, wurde schlagartig von ihrer strahlenden Präsenz erfüllt. Das Lächeln gefror Nives für Sekundenbruchteile auf den Lippen, als sie Max Pfeffer wahrnahm. Dann strahlte sie sofort wieder.

„Entschuldige, Traudl, ich wusste nicht, dass du Besuch hast", säuselte sie und gab dem Kriminalrat kokett die Hand. „Ich komme einfach später wieder, in Ordnung? Ich gehe schnell rauf in die Werkstatt und sag meinem Sohn Hallo." Ohne eine Antwort abzuwarten, machte sie auf dem Absatz kehrt und rauschte davon. Das Zimmer, in dem eben noch die Sonne glühte, versank wieder im dumpfen Flusenstaub.

„Ja, Nives. Komm später vorbei", sagte Traudl, als die Tür längst zugefallen war. „Wo waren wir stehen geblieben?" Sie sah kurz zu Pfeffer auf.

„Sie waren schwanger."

„Er wollte es nicht. Sepp Bloch wollte kein Kind mit mir. ‚Mit dir nicht! Mit dir nicht!', hat er geblökt, der Hammel." Traudl Sonnenbichl schniefte und fuhr sich mit dem Handrücken über die Nase. „Was hätte ich denn machen sollen? Damals war das nicht so einfach wie heute. Eine ledige Mutter wollte ich nicht werden. Die Schande. Und der Sepp hat mich so sehr unter Druck gesetzt, dass ich dann schließlich nachgegeben habe. Nives hat uns alles gezahlt. Den Flug nach Amsterdam und die Klinik und das alles." Sie saugte an ihrer Zigarette.

Pfeffer sah sich suchend nach einer Sitzgelegenheit um und fand keine. „Das muss sehr schmerzlich für Sie gewesen sein."

„Schmerzlich?" Sie lachte trocken. „Die Hölle war es. Die AB-SO-LU-TE Hölle. Während ich im Krankenhaus war, hat der Sepp sich einen Scheißdreck um mich gekümmert. Der hat lieber in Amsterdam die Kneipen unsicher gemacht und sich amüsiert. Fritz ist nämlich nachgekommen und die beiden sind in die schlimmsten Lokale. Für die war das eine Art Bildungsreise in Sachen sexueller Perversionen ... Männer, Frauen, was weiß ich, was noch alles. Nives hat danach das erste Mal mit Fritz Schluss gemacht. Und ich endgültig mit Sepp." Sie schüttelte den Kopf und schlug mit der rechten Handkante hart auf den Tisch.

„Und deshalb haben Sie Joseph Bloch all die Jahre so brennend gehasst?"

„Was erwarten Sie, Herr Pfeffer? Die Geschichte ist noch nicht ganz zu Ende. Ich hatte in der Klinik ein wenig Pech. Die Abtreibung verlief nicht ganz sauber. Lange Geschichte – nein, letztlich eine kurze Geschichte: Ich konnte danach keine Kinder mehr bekommen."

„Verstehe", sagte Pfeffer mitfühlend.

„Nein!", brauste Traudl Sonnenbichl wütend auf. „Nein, das verstehen Sie nicht! Ich konnte keine Kinder mehr bekommen! Nie mehr! Ich konnte mit meinem Rudi keine Kinder bekommen. Dabei wollten wir beide so gerne. Das hat meinem Rudi so arg zugesetzt ... Joseph Bloch hat mein ganzes Leben versaut. Er hat verhindert, dass ich mit meinem Rudi eine glückliche Familie gründen konnte. Ja! Das, Herr Kriminalrat, das ist ein Motiv!"

„Da kann ich Ihnen beim besten Willen nicht widersprechen."

„Und dann kommt dieser feine Herr Bloch Jahre später an dieses Theater. Nives hat mir die Stelle hier verschafft, nach der ganzen Sache, denn ich konnte natürlich nicht mehr im Umfeld von Fritz Roloff und diesem unsäglichen Sepp bleiben. Hier hatte ich meine Ruhe und mein Auskommen. Alles war weitgehend in Ordnung, bis Sepp auftauchte und auch noch mein Chef wurde."

„Klingt noch mehr nach Motiv, Frau Sonnenbichl", sagte Pfeffer und drückte seine Zigarette in einem überquellenden Aschenbecher aus. Es ekelte ihn. Wird Zeit, dass du endgültig aufhörst, sagte er sich. Einmal hatte er es schließlich schon geschafft. Die letzte Zigarette. Endgültig.

„Ja." Die Schneiderin sackte in sich zusammen und ließ die Schultern hängen. „Da gebe ich Ihnen recht." Sie richtete sich wieder ein klein wenig auf. „Aber ich war es trotzdem nicht. Ich habe ihn nicht vergiftet, den Sepp. Obwohl ich ihm den Tod an den Hals gewünscht habe."

„Letzteres glaube ich Ihnen. Ihre Unschuld jedoch ..."

„Verhaften Sie mich ruhig, Herr Pfeffer", sagte Traudl nüchtern. „Mein Oleander ist aus Plastik. Und Nives zahlt mir einen Anwalt."

„Da wette ich drauf. Keine Sorge, ich verhafte Sie nicht. Noch nicht. Das mit dem Plastikgewächs ist kein Schutz für Sie, das wissen Sie auch, Frau Sonnenbichl. Was haben Sie eigentlich bei Joseph Bloch in der Wohnung gesucht?"

„Wie bitte? Ach, Sie sind jetzt wieder bei dem Schlüssel, der mal verschwunden war. Nichts, Herr Kriminalrat. Ich habe nichts in seiner Wohnung gesucht, weil ich nicht dort war. Punkt."

„Also haben Sie nur den Schlüssel entwendet, für jemand anderen nachmachen lassen und wieder zurück in seine Umhängetasche gesteckt."

„Ach, Herr Pfeffer, darauf falle ich nun wirklich nicht herein."

„Könnte Joseph Bloch Ihre Freundin Nives Marell erpresst haben? Und wenn ja, womit?"

„Keine Ahnung."

„Sagt Ihnen das Filmprojekt ‚Genius Roloff' etwas?"

Nun sah Traudl Sonnenbichl mit verächtlichem Blick auf. „Das Projekt, das Sepp der Nives andrehen wollte?"

„Das er ihr angedreht hat."

„Naja. Ich hab die Nives von Anfang an gewarnt, die Finger davon zu lassen. Sepp als Drehbuchautor! Ein Witz!"

„Haben Sie es je gelesen?"

„Nein. Nives hat gesagt, es sei lächerlich. Nicht verfilmbar."

„Seltsam, und dennoch hat sie ihm dafür viel Geld gezahlt. Sie hat sogar deshalb eine Filmproduktionsfirma gegründet. Alles für ein nichtverfilmbares Buch."

„Was? Das kann ich mir nicht vorstellen. Nun, vielleicht hat sie das Buch nur gekauft, damit er den Schwachsinn nicht am Ende mit jemand anderem realisiert."

„Und deshalb hat sie ihm auch weiterhin ein Beraterhonorar gezahlt?"

Die Schneiderin zuckte mit den Schultern. „Was weiß denn ich, was die Nives mit ihrem Geld anstellt." Sie saß wieder da wie ein Häuflein Elend. „Was ist eigentlich mit der Burgi?"

„Was meinen Sie, Frau Sonnenbichl?"

„Die Notburga Leitmayr. Was ist bei der Untersuchung herausgekommen?"

„Sie meinen, ob es ein Unfall war?" Pfeffer nickte. Laut Bericht konnte man keinerlei Kampfspuren finden. Auf der dritten und siebten Treppenstufe fanden sich Holzsplitter des gebrochenen Gehstocks, sowie Fasern von Burgis Kleidung. Alles weitere Indizien dafür, dass die Alte unglücklich gestürzt war. „Ja, scheint so."

Traudl Sonnenbichl nickte schweigend mit trübem Blick.

31

Tim zündete zwei Räucherstäbchen an. Ihm war nach starken Aromen. Er streckte den Kopf in den aufsteigenden Rauch und atmete tief ein. Der harzige Geruch übertönte wenigstens den Gestank von Bier, der das Haus erfüllte. Vorhin, als er die Einkäufe hereingebracht hatte, war ihm ein Sechserpack aus der Hand gerutscht und im Flur zerborsten. Trotz offener Fenster in der Küche und im Bad roch es immer noch übel nach Alkohol. Beim Aufwischen hatte sich Tim auch noch an einer Scherbe geschnitten. Die Wunde blutete ein wenig durch den Verband an seiner rechten Hand.

Tim de Fries sollte eigentlich die Druckfahnen zu einem neuen Motivationsratgeber durchgehen, den er zusammen mit einer Co-Autorin verfasst hatte. Doch um sich vor der Arbeit zu drücken, hatte er alles mögliche andere in Angriff genommen. Wäsche, Gartenarbeit, einkaufen. Eigentlich könnte er auch noch im Arbeitszimmer Staub wischen, auch wenn das die Putzfrau erst vor zwei Tagen erledigt hatte. Tim nahm eine kleine, rosa Emailledose vom Regal in seinem Arbeitszimmer. Die Dose zierte ein Porträt von Imelda Marcos, der Witwe des philippinischen Diktators. Sie zählte zu Tims reichhaltiger Sammlung an Diktatorenkitsch. Seit Jahren trug der Holländer Devotionalien von Gewaltherrschern zusammen – nicht, weil ihn die Menschen interessierten oder die Gräueltaten, die auf ihre Konten gingen. Eigentlich hatte es ganz harmlos mit einem Mao aus weißem Porzellan angefangen, den er von einem Freund geschenkt bekommen hatte. Nach und nach hatten sich Freunde und Bekannte einen Spaß daraus gemacht, ihm immer neue Diktatorenobjekte zu schenken, eine Stalinbüste hier, ein Papa-Doc-Teller da, bis Tim selbst Gefallen an der Sammelidee gefunden hatte. Von Pinochet und Pol Pot über Hoxha und Honecker bis Idi Amin und Kaiser Bokassa reichten seine Schätze. Der rosa Imelda-Dose jedoch kam eine besondere Funktion zu. Tim öffnete den Deckel und schnupperte hinein. Ein zart-holziges Aroma entwich den beiden Joints darin. Geschenke seiner Schwester. Tim zögerte. Dann klappte er den Deckel wieder zu. Der Drang, sich einen herauszunehmen und anzuzünden, kribbelte in seinen Fingern. Aber er hatte es Max erst vor wenigen Tagen versprochen, dass er außer Alkohol keine Drogen mehr im Haus konsumieren würde. Er stellte die Dose ins Regal zurück. Der Geruch der Räucherstäbchen musste genügen. Er hatte die Sorte Hanf angezündet. Ungeübte hätten Kiff vermutet.

Es klingelte. Tim erwartete niemanden. Also reagierte er nicht. Wer wirklich etwas wollte, würde auch ein zweites Mal läuten. Es klingelte erneut.

Als Tim die Tür öffnete, blickte er in das sauertöpfische Gesicht einer jungen Frau mit braunen, beinahe hüftlangen Haaren, die ihr vermutlich mehr Weiblichkeit verleihen sollten, tatsächlich aber ebenso wenig standen wie ihre zu weite khakifarbene Hose. Sie hielt ihre Umhängetasche krampfhaft fest, als erwartete sie, dass Tim sie ihr entreißen und davonrennen würde.

„Mein Name ist Heidrun Münster", sagte die Frau mit kieksiger Stimme, die ihre Unscheinbarkeit noch unterstrich. „Jugendamt der Stadt München."

„Ja bitte?" Tim zog fragend die Augenbrauen zusammen.

„Maximilian Pfeffer?" Sie sah suchend in seine exotischen Mandelaugen.

„Nein, Tim de Fries."

„Aha." Etwas wie ein wissendes Lächeln huschte über ihr Gesicht. „Sie sind also der andere Herr."

„Was immer mir diese kryptischen Worte sagen sollen."

„Darf ich reinkommen, Herr de Fries?" Die Frau setzte einen Fuß in den Hausflur, bevor Tim antwortete.

„Wenn Sie mir verraten, worum es geht." Aus Höflichkeit und weil er von der Frau keine wie auch immer geartete Art der Bedrohung erwartete, gab Tim den Weg frei.

Heidrun Münster vom Jugendamt betrat das Haus und schnupperte demonstrativ.

„Mir ist ein kleines Malheur passiert", sagte Tim, dann besann er sich, dass er der Frau keine Rechenschaft schuldig war. Sollte es doch nach Alkohol und brennendem Harz stinken.

„Wo ist Herr Maximilian Pfeffer?", fragte die Frau.

„Da wo er hingehört, in der Arbeit."
„Und Florian Pfeffer?"
„Ebenfalls da, wo er hingehört. In der Schule."
„Denken Sie."
„Denke ich. Weiß ich. Überraschen Sie mich und erzählen Sie mir was anderes."

Die Frau senkte den Blick, dabei starrte sie auf den blutigen Verband an Tims Hand. „Uns wurde gemeldet, dass ein gewisser Florian Pfeffer in einem …" Sie blätterte demonstrativ in einer Kladde, die sie aus ihrer Umhängetasche gezogen hatte, und deutete auf eine Stelle, als müsste sie aus Textunsicherheit ablesen. „… verwahrlosten Haushalt aufwächst."

„Wie bitte?", platzte Tim heraus.

„Ich möchte mir ein Bild über seine Lebensumstände machen. Dazu sind wir vom Jugendamt da." Sie schlug die Kladde zu.

„Wer hat Ihnen … Oh, verstehe. Natürlich. Die liebende Oma! Hat Roswitha Pfeffer Sie informiert?"

„Darüber kann ich Ihnen keine Auskunft geben. Darf ich mich ein wenig umschauen, Herr de Fries? Sie haben sicher nichts dagegen." Trotz ihrer Mausgräue verfügte Heidrun Münster über ein Durchsetzungsvermögen, das Tim de Fries erstaunte und gleichzeitig ärgerte.

„Bitte." Tim deutete in die Küche. „Die Küche."

Die Frau vom Jugendamt betrat vorsichtig jeden Raum, als erwartete sie Tretminen. Tim schwieg im Wesentlichen und verkündete nur an jeder Zimmertür wie ein Majordomus, welchem Zweck das Zimmer diente. In Florians Zimmer hielt sich Heidrun Münster besonders lange auf, bückte sich, studierte das Regal und die Spielzeugkiste, ohne jedoch etwas anzufassen. Flo hatte der Anweisung seines Vaters Folge geleistet und sein Zimmer aufgeräumt.

Als sie wieder vor der Einganstür standen, sagte Tim mit unverhohlener Ironie: „Ich hoffe, es war alles zu Ihrer Zufriedenheit."

„Nun ja", antwortete die Frau vom Jugendamt kalt. „Ich will ehrlich zu Ihnen sein, Herr de Fries. Ihr Haushalt sieht sehr gepflegt aus. Aber der Junge fiel durch Komasaufen auf und hier im Haus riecht es stark nach Alkohol sowie Cannabis."

„Das liegt an der Schnapsbrennerei im Keller und dem Marihuanafeld hinten im Garten."

„Witzig." Die Frau sah Tim direkt in die Augen.

„Habe ich Ihnen eigentlich auch unseren SM-Keller gezeigt? Nein?"

Tims Sarkasmus entlockte Heidrun Münster ein müdes Lächeln. „Sie sollten aufpassen, dass Sie sich nicht selbst bezichtigen ..."

„Hören Sie, Frau Münster. Tut mir leid." Tim schloss die Augen und besann sich auf das, was er beruflich machte. Konfliktbewältigung, Konfliktvermeidung. Allerhöchste Zeit, die Strategie zu wechseln und die Frau ernst zu nehmen. Wie lächerlich er ihre Anschuldigungen auch finden mochte. „Florian ist ein braver Junge, er ist vierzehn und hat einen Fehler begangen."

„Wir urteilen nicht über die Kinder!"

„Gut. Das freut mich. Dann darf ich Ihnen vielleicht etwas zu trinken anbieten und Sie erzählen mir, was genau Sie uns vorwerfen." Tim lächelte die Frau verbindlich an und legte etwas Lausbübisches in die Mundwinkel. „Tee? Kaffee? Oder einen Saft? Ich kann Ihnen auch einen kleinen Piccolo ..."

„Oh." Heidrun Münster sah Tim an und spielte für Sekunden verlegen mit einer Haarsträhne. Man sah ihr an, wie es in ihr arbeitete. „Nun, es spricht nichts dagegen ... Aber nur einen klitzekleinen Saft. Danke."

„Gehen wir am besten ins Wohnzimmer, Frau Münster. Nach Ihnen."

„Danke. Sie sind ... Indianer, Herr de Fries?" Sie fragte nur etwas, weil sie die Situation entkrampfen wollte.

„Nein, na, auch, ein klein wenig." Tim grinste zufrieden hinter dem Rücken der Frau vom Jugendamt. „Wussten Sie, dass ich auf Curaçao geboren wurde? Mitten in der Karibik. Einer meiner Vorfahren war passenderweise auch ein waschechter Pirat."

Das Maisgelb des Linoleumbodens und der Wand im Flur des Werkstatttrakts verstärkte die Wirkung von Nives Marells gelbem Ensemble. Als Pfeffer auf sie zuging und sie einholte, kniff er geblendet die Augen zusammen.

„Sie besuchen öfter Ihren Sohn in der Arbeit, Frau Marell?"

„Sicher. Vor allem, seit ich auch ein Engagement in diesem Haus habe."

„Aber auch vorher."

„Sicher. Die Firma meiner Schwester …"

„Ich habe mich erkundigt, Frau Marell. Ihre Schwester ist zwar offiziell die Geschäftsführerin, aber die Firma gehört Ihnen."

„Gut, also dann eben meine Firma. Die Firma Unterluggauer ist seit Ewigkeiten für das Staatstheater tätig. Wir haben in den letzten Jahren immer wieder kostbare Kostüme restaurieren dürfen." Sie blieb stehen und holte aus einer Plastiktüte, die in ihrer geräumigen Handtasche zuoberst lag, eine Herrenweste hervor. Das Kleidungsstück leuchtete in dem erotischsten Rot, das Pfeffer je gesehen hatte. Unwillkürlich musste er den Stoff berühren.

„Ein Traum, nicht wahr?" Auch Nives Marell streichelte sanft die mit einem einfarbigen Muster bestickte Oberfläche. „Aus der aktuellen ‚Kaufmann von Venedig'-Inszenierung. Die Weste hat die Werkstatt aus einer zweihundert Jahre alten indischen Brokatdecke gefertigt. Fragen Sie nicht, was allein das Material gekostet hat. Und fragen Sie nicht, was ich davon halte, kostbare, antike Decken zu zerschneiden. Aber sehen Sie hier." Ihr Finger kreiste über eine Stelle neben der Knopfleiste. „Hier ist die Originalstickerei kaum noch vorhanden. Das wird die Firma Unterluggauer nachsticken."

„Also Sie."

„Also ich. Sobald wir mit dem falschen Zacherl fertig sind." Die Schauspielerin verstaute die Weste vorsichtig in ihrer Tasche und setzte ihren Weg Richtung Lift fort. „Sie haben schon gehört, dass wir an dem falschen Zacherl weiterarbeiten können, Herr Pfeffer?" Den sarkastischen Unterton setzte sie bewusst auf ein Minimum reduziert ein.

„Sicher. Ein Finger reicht uns."

„Wozu also die ganze Hand, nicht wahr, Herr Pfeffer? Ich glaube, Sie verrennen sich da in etwas."

„Warum haben Sie Nivelis Film gegründet?", fragte Pfeffer im beiläufigen Plauderton.

„Für ‚Genius Roloff', ein Filmprojekt über Fritz Roloff." Ebenfalls Plauderton.

„Und wofür haben Sie Joseph Bloch so viel Geld gezahlt?"

„Für sein Drehbuch zu ‚Genius Roloff'."

Die beiden hatten den maisgelben Gang hinter sich gelassen und standen nun vor der Aufzugstür. Pfeffer drückte den Knopf und sagte: „Kann ich das mal sehen?"

„Sicher, ich bringe es Ihnen morgen mit."

„Es heißt, Sie fänden es schrecklich und unverfilmbar."

„So, heißt es das? Nun, es ist schrecklich und unverfilmbar, aber es überzeugt durch Detailkenntnis. Man kann was draus machen. Man kann aus allem etwas machen."

„Hat Joseph Bloch Sie nicht zufälligerweise doch erpresst?"

„Womit?"

„Das ist meine Frage, Frau Marell."

„Sie vermuten, ich habe mir irgendwie, vielleicht durch meinen Sohn, vielleicht durch Traudl oder vielleicht gar selbst, den Wohnungsschlüssel von Joseph Bloch verschafft, nicht wahr?" Der Lift kam, die Tür öffnete sich langsam. Pfeffer und die Schauspielerin betraten die Kabine.

„Sie haben Zutritt zur Werkstatt – als Chefin der Firma Unterluggauer, die Textilrestaurierungen übernimmt, als Ensemblemitglied und als Mutter eines Angestellten. Ich habe mich umgehört. Man sah und sieht Sie des Öfteren in der Werkstatt."

„Was könnte ich dann aus seiner Wohnung entfernt haben, nachdem ich ihn vergiftet habe? Etwas, das mit mir zu tun hat? Wo anfangen? Er hatte alles über mich! Da hätte ich die ganze Wohnung leerräumen müssen." Sie drückte den „E"-Knopf. Wie in Zeitlupe schlossen sich die Türen, der Fahrstuhl setzte sich in Bewegung. „Sepp verfügte über eine Roloff-Marell-Devotionaliensammlung erster Güte."

„Die praktischerweise Ihre Stiftung zum Gedenken an Fritz Roloff erbt."

„Richtig. Die Sekretärin unserer Stiftung hat mich informiert, dass eine Erbschaft ins Haus steht. Wenn die Staatsanwaltschaft endlich mal die Wohnung freigeben würde, könnte meine Stiftung mit der Sichtung beginnen. Wir verhandeln bereits mit dem Filmmuseum der Stadt München."

„Sie müssen noch die offizielle Testamentseröffnung durch das Amtsgericht abwarten, Frau Marell."

„Behörden! Sicher, noch sind wir nicht offizielle Erben, aber wir dürfen uns schon mal um Sepps Beerdigung kümmern. Das ja! Geld ausgeben dürfen wir."

„Als künftige Erben sind sie dazu verpflichtet."

„Nein, sind wir nicht, aber wir fühlen uns dazu verpflichtet. Natürlich bekommt Sepp seine Beerdigung von der Fritz-Roloff-Stiftung, so wie er es sich gewünscht hat. Wann wird sein Leichnam eigentlich endlich freigegeben? Ich meine, wir müssen uns schließlich kümmern und vorbereiten."

Pfeffer zuckte ahnungslos mit den Schultern. „Sie werden rechtzeitig informiert."

„Gut."

„Wie man es dreht und wendet, alle Wege führen zu Ihnen, Nives Marell."

„Bin ich etwa Rom?"

Der Lift kam zum Stehen, die Tür öffnete sich langsam. Pfeffer ließ der Schauspielerin den Vortritt.

„Vielleicht sind Sie die Wölfin, die Romulus und Remus gesäugt hat."

„Sie Poet, Sie düsterer Poet, Maximilian Pfeffer. Und wer sind mein Romulus und Remus?"

„Vielleicht nur eine einzige Person. Fritz Roloff."

„Treffer."

„Oder viele, darunter auch Traudl Sonnenbichl und Werner Androsch. Werner hat sich damals geopfert, als Fritz Roloffs Drogenkonsum aufzufliegen drohte."

„Sein Drogenkonsum IST aufgeflogen. Werner war sein Dealer. Das wissen Sie. Mehr habe ich dazu nicht zu sagen."

„Hauptsächlich die Aussage von Joseph Bloch brachte Werner Androsch hinter Gitter."

„Ich weiß. Ich war im Gerichtssaal. Meine Aussage ist aktenkundig und dazu habe ich nichts hinzuzufügen. Es ging alles in geregelten Bahnen."

„Sie haben einen guten Panzer, Frau Marell."

Die Schauspielerin reagierte nicht. Die beiden passierten die Pforte und traten hinaus in den Innenhof. Drei Bühnenarbeiter standen rauchend und über Fußball fachsimpelnd beieinander. Im langen, düsteren Gang hinaus zur Straße lagerten dicht an dicht riesige Kulissenteile. Nur ein schmaler Pfad blieb für Fußgänger frei.

„Wie war es, Frau Marell, den Mann, mit dem Sie drei Lebensabschnitte verbrachten, sterben zu sehen?"

Nives Marell blieb abrupt stehen. Pfeffer prallte fast mit ihr zusammen. Ohne sich umzudrehen sagte sie: „Diese Frage hat mir seltsamerweise kein Journalist damals gestellt. Keiner. Dabei ist sie doch so naheliegend." Sie drehte den Kopf seitlich zu Pfeffer und schielte ihn aus ihren türkisen Katzenaugen an. „Es war … eine Befreiung. Aus seinem Kosmos. In einem Moment beherrschte er noch mein Leben, im nächsten war er weg. Zisch. Weg. Haben Sie je das Video gesehen, das ich zufällig von der Welle gemacht habe?"

„Habe ich. Ich würde es mir aber gerne noch einmal anschauen. Da haben Sie übrigens kein Wort von Befreiung gesagt."

Sie wich unelegant aus. „Ich bringe Ihnen eine Kopie des Videos mit. Beizeiten."

„Fritz Roloff hat mein Leben bestimmt. In weiten Teilen", sagte Nives Marell über die Schulter hinweg. „Sein Tod hat mich befreit. Aber nun bin ich so etwas wie seine Nachlassverwalterin. Auch wenn das gewissen Flittchen wie Viola Bruhns nicht gefallen mag."

Sie hatten den dunklen, vollgestellten Gang hinter sich gelassen und standen unter den Kolonnaden am Marstallplatz. Die Herbstsonne strahlte auf das von zahllosen Autoreifen blankgescheuerte Kopfsteinpflaster. Maximilianstraßenpublikum bummelte vereinzelt umher, Kaschmirepullover und Seidenhemden in Rosa oder Flieder, Burberry-Mäntel und Steppjacken in gedeckten Tönen, handgenähte Schuhe und Gesichter.

„Ich habe ihn geliebt und gehasst", fuhr Nives Marell fort. „Ich habe Ihnen damals gesagt, dass er mein erster Mann war. Ja, das war er! Trotz Leitmayr Toni. Ich habe unter Fritz gelitten wie ein Hund und die größten Triumphe gefeiert. Ich entkomme ihm nicht. Ich habe es versucht. Habe mich ihm, der Filmerei, dem Theater entzogen, verweigert. Vergebens. Also kehre ich jetzt zurück, wo er mich nicht mehr quälen kann. Wenn Sie so wollen, gebe ich auf, indem ich zurück ins Rampenlicht kehre. Was hätte ich tun sollen? Gastrollen im ‚Traumschiff'? Als aufgeschwemmte Diseuse oder Chansonnière durch die Lande tingeln wie die anderen *Has-Beens*, die nicht loslassen können?"

„Zum Beispiel. Warum nicht?"

„Weil ich zum Beispiel nicht singen kann. Ich kann nur spielen, also kehre ich auf die Bühnen und vielleicht auf die Leinwand zurück. Also sorge ich weiterhin dafür, dass das Werk von Fritz Roloff unvergessen bleibt."

„Erstaunlich, Frau Marell. Warum machen Sie sich so klein?"

„Niemand, der unter vierzig ist, kennt mich heute noch."

„Roloff auch nicht."

„Ich war, ich bin nur eine Interpretin, keine Schöpferin. Kein kreatives Genie wie Roloff. Ja, ich sehe mich durchaus in der Serie der großen Diven-Regisseure-Symbiose. Mauritz Stiller und Greta Garbo, Josef von Sternberg und Marlene Dietrich ..."

„Fritz Roloff und Nives Marell."

„Exakt."

„Und alle haben ohne ihre Mentoren weiterhin große Filme und große Karrieren gemacht. Auch Sie, Frau Marell."

„Danke. Das ändert aber nichts an meiner Sicht der Dinge. Ich werde Fritz Roloff auf die Bühne des Residenztheaters bringen! Was auch immer Sie mir andichten wollen, Kriminalrat Max Pfeffer."

32

„Loni, du musst dich doch nicht damit abmühen!" Nives Marell stellte ihre Tasche im Flur auf den Boden und ging ihrer greisen Nachbarin zur Hand, die krumm und bucklig einen schweren Wäschekorb trug. „Die Wäsche kann ich machen."

„Ach, Nives, guads Kind", keuchte Apollonia Leitmayr. „Lass nur. I muas was macha. Sonst sitz i doch bloß daham umanand und frog mi, warum da liebe Gott de Burgi vor mir zu sich g'rufn hod." Sie nestelte ein verkrumpeltes Stofftaschentuch aus ihrer Kittelschürzentasche und schneuzte sich hörbar. „I muas einfach irgendwos doa, Nives, i hob mei ganzes Lebn wos do."

„Freilich, Loni." Die Schauspielerin stemmte sich den Wäschekorb in die Hüfte. „Geh und koch mir was."

„Ach, du wuist doch eh bloß wieder wos mit G'mias."

„Stimmt, Loni, aber auch Gemüse muss gekocht werden. Ich habe in nicht mal eineinhalb Wochen eine wichtige Premiere und möchte bis dahin noch ein bis zwei Kilo mehr abnehmen."

„Du bist doch a blitzsaubers, resches Frauenzimmer. War doch schad um jeds Pfund an dir."

„Für dich bin ich resch, für München bin ich fett und für die Welt ein Wal." Nives Marell ließ die Greisin stehen und trug den Wäschekorb in den Wirtschaftsraum hinter der Küche. Jeans, dunkle T-Shirts, dunkle Sweatshirts. Das meiste von Rocco. Nives durchwühlte die Taschen der Hosen. Fehlanzeige in der ersten, ebenso in der zweiten. Dann endlich wurde sie in der rechten Hosentasche der dritten Jeans fündig. Ihre Faust schloss sich um den Zahn, den ihr Sohn neulich auf dem Terrassenvorplatz gefunden hatte. Sie drückte die Faust erleichtert gegen ihre Brust und lehnte sich mit geschlossenen Augen an die Waschmaschine. Dann ging sie in die Küche, in der die alte Apollonia gebückt am Tisch saß und Karotten schälte. Nives riss ein Stück Alufolie von der Rolle, wickelte darin den Zahn ein und warf ihn in den Mülleimer.

„Kaugummi", sagte sie zu Apollonia Leitmayr, die freundlich lächelte und sich wieder den Karotten widmete.

„Muast as ma bloß song, wenn i da auf'd Nervn geh, gell, Nives."

„Die Tür zwischen unseren Häusern lass ich von jetzt an immer offen, Loni. Keine Sorge. Ich habe euch beiden versprochen, dass ich mich um euch kümmere, als ihr mir euren Hof überschrieben habt."

„Du bist a guads Kind."

Auf den vier Monitoren flimmerten zappelnde Bilder. Sie hatten bei allen die Suchvorlauf-Tasten betätigt. Annabella Scholz und der Praktikant, den sie bei den Kollegen von der Sitte ausgeliehen hatte, ein schlaksiger Bursche namens Patrick, hatten sich die Monitore und Videorekorder im Multimediaraum aufgeteilt. Jeder behielt zwei im Auge. Stapelweise Videos, die man bei Joseph Bloch sichergestellt hatte, galt es noch zu sichten. Die Kollegen hatten nicht nur in dem großen Regal Bänder gefunden, sondern auch im Schlafzimmer. Bei Patrick liefen „Ben Hur" und eine Dokumentation über Fritz Roloff aus den Neunzigern im Zeitraffer. Der Bursche knabberte gelangweilt an einem Schokokeks und schielte immer wieder auf die Monitore, die Annabella beobachtete. Die Kommissarin schlürfte einen Pappbecherkaffee.

„Da!", rief Patrick und stoppte einen seiner Videorekorder auf Standbild.

„Was?" Bella setzte ihren Kaffee ab und starrte auf das zitternde Bild, auf dem man hauptsächlich einen Arm sah.

„Da, das ist die berühmte Szene aus ‚Ben Hur', in der man eine Armbanduhr sieht!" Er kicherte amüsiert. „Römer mit Armbanduhren!" Er kicherte albern weiter.

„Witzig", sagte die Kommissarin trocken und widmete sich wieder ihren Monitoren. „Erstaunlich, dass du die Szene überhaupt gefunden hast, so wie du rüberschielst."

„Wenn du auch die heißen Streifen hast!" Patrick deutete auf den unteren Monitor, auf dem ein Porno lief. Bisher hatten sie fünf Pornos gefunden. In allen kamen mehr Männer als Frauen vor, immer mindestens zwei Männer pro Frau, wobei sich die Herren nicht immer nur mit der Dame beschäftigten.

„Ich hab's mir nicht ausgesucht, Herr Praktikant. Den nächsten kriegst ganz alleine du."

„Versprochen, Frau Oberinskeptor?"

„Klar, aber nur im Schnelldurchlauf. Wusste gar nicht, dass du auf so was stehst."

„Bisschen bi schadet nie. Und die Miezen sind alle heiß. Gib doch zu, dass dir der Typ da gefällt, Frau Kommissar." Er deutete auf den behaarten Latinotyp, der eben einen Blowjob von einem Mann und einer Frau gleichzeitig bekam. An den Frisuren der Protagonisten konnte man erkennen, dass der Streifen aus der Frühzeit des Videos stammen musste.

„Okay, Praktikant, du hast gewonnen." Bella stand auf. „Platztausch. Du guckst hier weiter und ich zähle Armbanduhren bei den Römern." Es war genau der Latinotyp, der sie zum Platztausch bewegt hatte. Er erinnerte sie viel zu sehr an ihren Levent, fast konnte man sagen, dass sie sich ähnlich sahen. Bella ertrug die Sexakrobatik unter diesen Umständen nicht, auch wenn sie im Schnelldurchlauf vorbeizappelte. „Aber du guckst dir auch das an." Sie deutete auf den oberen Bildschirm. Dort sah man selbstgedrehte Urlaubsbilder aus China.

Das Mobiltelefon der Kommissarin klingelte. „Scholz ... Oh, Herr Leitmayr, das ist nett, dass Sie zurückrufen. Ich hätte da noch ein paar Fragen zum Verschwinden Ihres ... äh ... na, von Toni ... Ihr Vetter, richtig ... Aha, verstehe ... Aber haben Sie nie die Nachbarn, die Apollonia, die Notburga oder die Mutter vernommen? ... Warum nicht? ... Ja, ich weiß, dass die Notburga gerne Geschichten erzählt. ... Damals auch schon, so so." Längst hatte Annabella Scholz durch das Telefonat mit dem pensionierten Dorfpolizisten Gustl Leitmayr ihre beiden Monitore nicht mehr konzentriert im Blick. Sie merkte, dass sie es nun war, die gelegentlich zu dem Bildschirm mit dem Porno hinüberschielte. Levent.

„Wir haben mehrfach gehört, dass der Bruder des Vermissten, Pfarrer Rupert Leitmayr, ebenfalls ein Vetter von Ihnen, ständig auf dem Hof des Verschwundenen anzutreffen war und besagter Rupert Leitmayr sofort nach dem Verschwinden die Geschichte mit der Fremdenlegion aufgebracht hat … Sicher? … Ach so, Tante Notburga hat das mit der Fremdenlegion … Verstehe. Klar, warum sollten Sie den Worten Ihres Cousins misstrauen. Kann es sein, Herr Leitmayr, dass verschiedene Personen in Zacherlkirchen kein wirkliches Interesse am Schicksal von Toni hatten? … Gut … Ja … Entschuldigen Sie bitte, aber mein Kollege …"

Sie sah Patrick, der seit einigen Momenten aufgeregt vor ihrer Nase herumfuchtelte, strafend an. Der Bursche deutete auf den Monitor, auf dem eben noch der Porno gezappelt hatte. Nun lief das Band in Normalgeschwindigkeit. Bella erkannte Nives Marell, wie sie sich die Haare bürstete. Die Schauspielerin war nackt, kühles, frontales Licht fiel auf sie. Es musste sich um eine Aufnahme von vor wenigen Jahren handeln, denn sie schien deutlich dicker als heute. Die Kamera zoomte ein wenig zurück. Man erkannte ein dunkles Gebäude mit nur einem erleuchteten Fenster. Das Fenster, in dem man Nives beim Kämmen sah.

„Der Marell-Hof", entfuhr es Bella. „Der Kerl hat sie heimlich gefilmt!"

„Wie bitte?", schallte es deutlich vernehmlich aus ihrem Handy, das sie mit ihrer Hand auf den Schoß hatte sinken lassen.

„Herr Leitmayr." Die Kommissarin riss das Telefon ans Ohr. „Danke für Ihre Auskünfte. Falls sich noch Fragen ergeben … Schönen Tag noch." Sie legte auf.

„Das ging mitten im Cumshot von dem Latino los", sagte Patrick und Annabella verkniff sich die Frage, was ein Cumshot sein soll, weil sie die Antwort zu kennen fürchtete. „Während du deine Aufmerksamkeit noch dem Telefonat gewidmet hast, kamen schon kurze Szenen, wie die Dicke im Liegestuhl schläft und wie sie Zwetschgen erntet."

„Schreib alles auf, was sie macht. Stichpunktartig. Unser kleiner Spanner hat also Nives Marell beobachtet. Ich glaube, das wird den Chef interessieren." Sie schnappte sich ihre Jacke. „Behalt ein Auge auf die anderen Monitore. Da, der Urlaubsfilm von China ist zu Ende. Leg ein neues Band ein. Vielleicht haben wir ja wieder Glück."

Annabella Scholz kam zehn Minuten später alleine in den Multimediaraum zurück. Sie hatte ihren Chef im Büro nicht finden können.

„Bestens, dass du da bist, Frau Kriminalrätin, jetzt wird es nämlich ganz heiß", begrüßte sie der Praktikant. Er deutete auf zwei Bildschirme. Beide zeigten Nives Marell in privaten Momenten.

„Wow", sagte die Kommissarin. „Du hast noch ein Band des Spanners gefunden. Zufall?"

„Nicht ganz." Patrick grinste selbstzufrieden. „Auf unserem ersten Fundstück waren ziemlich genau zehn Minuten Schweinkram, just bis zum ersten Cumshot, dann kamen die Privataufnahmen. Mitten rein in die Fontäne. Geile Tarnung."

„Aber die anderen Pornos, die wir gesichtet haben, waren vollständig."

„Richtig, Frau Oberwachtmeisterinspektorin. Aber die waren auch alle recht neu. Du erinnerst dich: Keine Minipli, Silikon, weniger Urwald, einfach alles frischer im Schritt. Nicht so bei dem Fundstück. Der Sepp hat uralte Sexfilme überspielt! Wir können froh sein, dass das VHS ist und nicht Beta. Also, ich nicht dumm, hab gezielt nach anderen alten Sexfilmchen gesucht. Und siehe da, kaum präsentiert ein Herr in diesem Uraltfummelfilm das spritzige Ergebnis der harten Vorarbeiten in Großaufnahme – Schnitt –, haben wir die Dicke im Urlaub." Er deutete auf den Monitor. Nives Marell an einem tropischen Strand voller Unrat. „Ich bin übrigens sicher, dass der Schnitt von Orgasmus zur Dicken einen ganz bestimmten Hintergrund hat."

„Kann ich mir schon denken."

Die Schauspielerin stand bis zu den Knöcheln im Wasser und schrubbte an einem kleinen roten Elefant herum.

„Voll surreal, oder?" Patrick grinste.

„Allerdings. Wer macht an so einem zugemüllten Strand Urlaub?"

Der Praktikant schaltete seinen Videorekorder mit den Aufnahmen von Nives Marell beim Duschen, Kämmen, Gärtnern auf Schnellsuchlauf. „Das muss man sich nicht detailliert ansehen, oder? Reicht, wenn irgendwas dabei ist, was sich für Erpressung eignet, oder?"

„Richtig." Annabella Scholz ließ nun auch den Film mit den Strandszenen schneller laufen. „Ist aber nicht sehr clever, Voyeurfilme oder so, als Filme, die man verstecken will, auf Pornokassetten zu überspielen. Ich meine, auf die Pornos stürzen sich doch alle als Erstes, oder?"

„Alle?", fragte der Praktikant zurück.

„Na, ihr Kerle sowieso."

„Eben. Wir Kerle. Aber vielleicht wollte der Sepp etwas vor einer Frau verstecken." Er schielte hinüber zum Strandvideo. „Heftig. Da liegen ja nur Trümmer rum. Und die Dicke mit dem Elefanten. Führt die den Gassi in Chaosland? Ist das ein Film von John Waters? Ist die Dicke in Wahrheit Divine? Hör mal, Frau Kriminalrätin, weißt du, wie es da aussieht?"

Annabella Scholz starrte auf den Monitor und stoppte den Schnelldurchlauf, der Film lief normal weiter. Nives Marell kam mit dem roten Elefäntchen auf die Kamera zu. „Wie nach einem Tsunami", sagte Bella leise.

„Exakt, wie nach dem Tsunami."

33

„Ja, die Gebeine aus Zacherlkirchen.“ Rechtsmedizinerin Doktor Gerda Pettenkofer legte die nierenförmige Metallschale, die die Leber des vor ihr liegenden Leichnams enthielt, beiseite und stützte sich auf den Metalltisch. „Ja, genau, unser Kelte, der kein Kelte ist, und auch kein vermisster Leuthuber oder wie auch immer der hieß. Maxl, was erwartest du denn von mir? Sollte ich mich der Staatsanwaltschaft widersetzen? Warum?“ Sie sah kurz zu ihrem Sektionsassistenten, der offenbar auf Anweisungen wartete. „Öffnen Sie schon mal die Schädeldecke, werter Herr Prosekturgehilfe. Ich muss mich kurz mit dem Kollegen Kriminalrat unter vier Augen unterhalten.“ Die schwergewichtige Doktorin gab Pfeffer einen Wink und ging in den Aufenthaltsraum. Der Sektionsassistent setzte die elektrische Knochensäge an.

„Er ist Österreicher, der werte Herr Prosekturgehilfe, darum besteht er auf diesen Titel. Egal.“ Sie zündete sich eine Zigarette an. „Du auch eine? Nein, wieder mal beim Abgewöhnen? Ach, Pfeffer, du bist so unglaublich süß in deinem Scheitern. Zurück zum Thema. Die Staatsanwaltschaft hat entschieden, dass die Gebeine, die wir auf dem Grundstück von Nives Marell gefunden haben, zur Bestattung freigegeben werden. Alternativ dazu den Vor- und Frühgeschichtlern oder Denkmalpflegern überstellt werden. Ich habe unseren neuen Freund Doktor Keppler angerufen und der hat mir klipp und klar gesagt, dass das Gerippe irgendwo in einem Regal vergammeln würde, bis mal ein Student im Jahr 2070 sich damit beschäftigen würde, und wir könnten von seiner Warte aus nach Belieben darüber verfügen.“

„Auf einmal haben es alle so eilig?“ Pfeffer war ungehalten. „Warum weiß ich nichts davon?“

„Weil die Aktennotiz vermutlich irgendwo mit dem Büroboten durch die Gänge des Polizeipräsidiums gondelt oder ungelesen auf deinem Schreibtisch verschimmelt, Maxl. Gib mir nicht die Schuld! Immerhin habe ich dich informiert.“

„Es wäre noch besser gewesen, wenn du mich informiert hättest, bevor du die Kiste zumachst und dem Totengräber übergibst, Gerda."

„Undank ist der Welten Lohn. Hör zu, Maxl. Die Analyse, die du gewollt und durchgeboxt hast, hat eindeutig einen Todeszeitraum im siebzehnten Jahrhundert ergeben. Vielleicht ein Opfer des Dreißigjährigen Kriegs, vielleicht ein Mordopfer, warum nicht. Aber: nicht unser Bier, absolut nicht! Weil viel zu alt! Und viel zu jung und vor allem viel zu beliebig, um für Denkmalschützer interessant zu sein. Also kommt der Gute wieder unter die Erde. Punkt. Ich kann der Staatsanwaltschaft in dieser Entscheidung nur recht geben. Der Pfarrer von Zacherlkirchen wird ihn auf dem anonymen Teil des Friedhofs christlich bestatten. Fertig."

„Hast du dir die Gebeine wenigstens noch mal genauer anschauen können?"

„Maxl, was auch immer. Er ist kein Mordopfer, das deinen Beistand braucht." Die Rechtsmedizinerin ließ sich schwer auf einen Stuhl fallen. Der weiße Kittel spannte über ihrem enormen Busen. „Ja, ich habe ihn mir ein wenig genauer angesehen, bevor die Radiocarbonanalyse kam. Ein paar kleine Tests. Spielereien, die ich zum Großteil dem Herrn Prosekturgehilfen überlassen habe. Ich kann dir jedenfalls sagen, dass die Gebeine bearbeitet wurden. Irgendwie. Wir konnten Spuren von Lösungsmittel nachweisen. Terpentin. Außerdem eine relativ erstaunliche Bleikonzentration."

„Was bedeutet das?"

„Keine Ahnung. Absolut keine Ahnung. Ich vermute, dass die Gebeine gereinigt wurden, bevor sie in die Erde kamen. Wieder ein Beweis mehr, dass es eine Sekundärbestattung war. Ich kann dir aber nicht sagen, wann diese Reinigung stattfand. Ob in jüngerer Vergangenheit oder schon vor Jahrhunderten. Da aber die Knochen eine leichte Karamellfärbung aufwiesen, die sie von der umgebenden Erde angenommen haben, ist klar, dass die Knochen schon länger in der Erde liegen. Finito. Maxl, lass diesen Toten ruhen. Der hat nichts mit diesem Leben zu tun."

„Das sehe ich anders."

34

„Mein Gott, du siehst irgendwie ziemlich fertig aus", sagte Tim. Klaviermusik klimperte durch das Haus.

Max Pfeffer ging in die Küche und holte sich ein Glas Leitungswasser. „Und du hast eine Fahne. Du hast also doch beschlossen, Alkoholiker zu werden?"

„Danke, Pfeffer, ich habe ja nur Komasaufen mit einer Frau vom Jugendamt veranstalten müssen, um unsere Familie und deinen durchaus süßen Arsch zu retten." Tim de Fries klopfte Pfeffer auf den Hintern.

„Wie bitte?"

„Ach, halb so wild. Ich habe mit ihr ein oder zwei Sekt Aperol gezischt. Vielleicht drei. Okay, lass es vier sein." Tim berichtete seinem Lebensgefährten von dem Besuch des Jugendamts. Begleitet von Florians dissonanten Klavierübungen. Der Junge traf besonders häufig daneben und zerrte an den Nerven der beiden Männer.

„Ist er jetzt bei der Zwölftonmusik gelandet?", fragte Pfeffer mit gequälter Miene und setzte sich an den Küchentisch.

„Nein, angeblich irgendwelche leichten Übungsstücke von Bartók. Lass ihn."

„Scheiße", zischte Pfeffer. „Hast du ein Bier für mich?

„Klar." Tim holte Bier aus dem Kühlschrank.

„Die Alte hat also ernst gemacht. Was jetzt?"

„Reg dich nicht auf, Maxl. Es klingt viel schlimmer, als es ist. Das Amt hat kaum eine Möglichkeit, uns den kleinen Flo wegzunehmen. Ich habe auch schon mit unserem Anwalt telefoniert. Sieht so aus, als wäre es das gewesen. Die Alten können uns nichts."

„Können wir den Alten was?"

„Denk nicht an Rache, das zieht runter, Maxl."

„Rache reinigt manchmal die Seele, oh, große Seele, weiser Mahatma. Hoffentlich werden sie bald Pflegefälle und krepieren elendig in ihrer eigenen Scheiße."

„Hui, Maxl. So böse. Hoffentlich werden sie keine Pflegefälle, weil du sonst noch für sie zahlen kannst."

„Dafür zahle ich gerne. Und wenn ich das Haus verkaufen muss. Ich stecke sie ins mieseste Heim Deutschlands, das nur durch Skandale und ungeklärte Todesfälle auffällt."

„Das Haus kannst du nicht verkaufen, weil es deinen Söhnen gehört."

„Weißt du, warum es in der Bibel heißt, du sollst Vater und Mutter ehren?"

„Weil sonst viele Vater und Mutter erschlagen würden."

„Richtig. Die haben sich bei den Zehn Geboten schon was gedacht."

„Ich habe übrigens mit Florian geredet."

„Ich auch."

„Hat er dir das mit England gesagt?"

„Ja. Was hältst du davon?"

„Wenn er es wirklich will – und ich hatte den Eindruck, dass er es wirklich will –, sollten wir es in Erwägung ziehen."

„Das denke ich auch." Pfeffer stand auf und ging ins Wohnzimmer, wo Florian am Klavier saß. „Flo, hör bitte mal kurz auf. Komm zu uns in die Küche." Der Junge hatte in letzter Zeit größere Wachstumsschübe hinter sich gebracht und überragte seinen Vater. Nun, als er aufstand und seine langen Glieder unbeholfen wie ein Fohlen streckte, schien er Pfeffer noch einmal gewachsen.

Als alle drei am Tisch saßen, sagte Pfeffer: „Tim und ich haben uns darüber unterhalten, dass du nach England auf ein Internat möchtest. Möchtest du das wirklich, Florian?"

„Ja." Der Junge sah auf seine schlanken Finger und kaute auf der Wangeninnenseite. Im Gegensatz zu Cosmo, der seinem Vater unglaublich ähnlich sah, kam Florian eher nach seiner Mutter. Nur die dunkelsamtenen Augen erinnerten an Max Pfeffer.

„Flo, schau mich an."

Der Junge sah auf, kurz zu Tim, dann zu seinem Vater. „Ja. Ich will auf ein College gehen." Er pulte sich mit dem rechten Daumennagel tatsächlichen oder imaginären Dreck unter dem linken Daumennagel hervor.

„Bis zum Abitur?"

Flo nickte. Er war zwar erst einmal auf der Insel zum Schüleraustausch gewesen, aber England hatte ihm gut gefallen. Natürlich hatte er vor seiner eigenen Courage Bammel, doch in der Situation schien ihm das der geeignetste Ausweg.

„Gut, das halte ich zwar für weit vorgegriffen, aber dann erkundige dich, was es für Möglichkeiten gibt. Ich möchte, dass du dich selbst damit beschäftigst. Du recherchierst alles, was für einen Collegebesuch wichtig und nötig ist. Und in zwei Wochen reden wir noch mal darüber."

„Hab ich längst", sagte der Junge. „Hab schon alles zusammengesucht."

„Dann ist es dir wirklich ernst?", fragte Tim.

„Sag ich doch. Ich will das schon lange. Nicht erst seit ..." Der Junge sah wieder auf seine Hände und schwieg.

„Du weißt, dass deine Großeltern wieder enorme Schwierigkeiten machen und dich uns wegnehmen wollen."

„Ja, tut mir echt leid, Papa. Das wollte ich nicht. Aber wenn ich in England bin ..."

„Flucht ist keine Lösung. Sag mir definitiv, ob du nur deshalb oder ob du unabhängig davon auf ein College willst."

„Ich will schon lange. Das hat nichts mit Oma und Opa zu tun."

„Gut." Pfeffer seufzte und strich seinem Jüngsten über den Kopf. „Geh weiter üben. Ach, und sag deinem Klavierlehrer, dass du doch lieber Mozart oder Bach lernen willst."

„Will ich aber nicht. Ich finde die moderneren viel spannender."

„Ich glaube, der Tagesbedarf an Spannung ist bei deinem Vater nach Feierabend gedeckt, Flo", sagte Tim.

Als Florian die Küche verlassen hatte, stöhnte Pfeffer: „Jetzt werden sie beide endgültig erwachsen. Wird verdammt einsam werden, wenn die ab nächstem Jahr im Ausland sind. Cosmas auf Madagaskar und Flo in England."

Tim streichelte ihm den Unterarm. „Das ist wohl jetzt nicht der richtige Augenblick, um dir zu sagen, dass Siemens mich für ein halbes Jahr buchen und ebenfalls ins Ausland schicken will."

„Wie bitte?“ Pfeffer sah seinen Freund verzweifelt an und hoffte auf einen Scherz.

„Schanghai, sechs Monate ab Juni nächsten Jahres. Kein Scherz.“

„Und du willst das wirklich machen?“ Pfeffer hatte plötzlich dieses trockene Gefühl in der Kehle, als würde er innerlich verdörren.

„Es wäre eine Chance für mich, Maxl. Einerseits wollte ich schon immer mal nach China …“

„Okay, dann haut doch einfach alle ab und lasst mich alleine hier.“ Pfeffers Kopf fuhr langsam Karussell.

„Ich habe noch nicht zugesagt. Ich wollte erst mit dir reden.“

„Und ich möchte, dass du bleibst. Falls das irgendwen noch interessiert!“

„Gut.“

„Wie, gut?“ Pfeffer sah seinen Freund fragend an, sein Kopfkarussell verlangsamte sich. Tims Sommersprossen tanzten.

„Gut. Ich bleibe.“

„Bist du blöd? Das wäre doch eine super Chance …“

„Max Pfeffer, halt einfach deine hübsche Fresse, steh dekorativ in der Gegend rum und lass mich mein Leben so regeln, wie ich das für richtig halte, okay? Ich gehe nicht nach Schanghai. Es stand nie wirklich zur Debatte. Damals, vor noch gar nicht zu langer Zeit, als ich in diesem Kellerloch fast verrottet wäre, als dieses kranke Hirn mich entführt hat, da habe ich geschworen, dass ich, so ich denn überleben sollte, nie wieder länger als unbedingt nötig ohne dich sein will. Ohne deine Nähe. Nur der Gedanke an uns hat mich in diesem Verließ nicht verrückt werden lassen. Glaubst du denn, ich könnte es sechs Monate am anderen Ende der Welt ohne meinen endgestörten Bullen mit den sanftesten Augen der Welt aushalten?“

„Ich habe halt meine Vorzüge.“ Pfeffer grinste verlegen. „Und wovon sollen wir jetzt noch ein College bezahlen?“, fragte er dann.

„Von dem Geld, das wir sparen, weil deine Eltern keine Pflegefälle werden. Komm, wir bestellen uns was beim Pizzaservice und dann gucken wir noch zehn bis zwölf Zappelvideos im Schnelldurchlauf. Vielleicht ist ja auch ein Klassiker wie ‚Manchmal Zitronen' dabei. Den würde ich gerne mal wieder sehen. Wusstest du, dass man munkelt, die Sexszene zwischen Nives Marell und Werner Androsch sei echt? Also so richtig echt?"

„Nein, das wusste ich nicht. Ich habe dir doch schon gesagt, dass du die Videos nicht mit angucken musst, Tim."

„Und ich habe dir gesagt, dass wir uns aufteilen können und daher mehr schaffen. Du guckst im Wohnzimmer, ich in meinem Arbeitszimmer. Wenn ich irgendwas Verdächtiges finde, melde ich es. Abgesehen davon liebe ich Nives Marell. Also lass mich unanständige Privatvideos von ihr entdecken!"

35

„Dieses Schwein! Wenn er nicht schon tot wäre ...“ Nives Marell schlug mit beiden Fäusten auf die Armlehnen des Sessels, in dem sie saß. Dann nahm sie wieder Haltung an. Mit beiden Zeigefingern wischte sie sich elegant und damenhaft Tränen von den Wangen. Auf ihrem Schoß lagen die erotischrote Weste aus der indischen Brokatdecke, die sie neulich zur Restaurierung abgeholt hatte, sowie eine Brille. „Wie konnte er! Ich danke Ihnen, Herr Kriminalrat, dass Sie mir diese Aufnahmen gezeigt haben.“

Max Pfeffer gab Annabella Scholz ein Zeichen. Die Kommissarin drückte „Pause“ auf der Fernbedienung. Das Bild auf dem Plasma-Flachbildschirm mit mehr als eineinhalb Metern Bildschirmdiagonale, der an der gegenüberliegenden Wand neben dem offenen Kamin hing, fror ein. Er zeigte Nives Marell halbnackt auf einer Sonnenliege in ihrem Garten, eingedöst.

„Er muss bei mir eingedrungen sein, als ich ... Von drüben, über den Bach muss er gekommen sein. Oder er hat drüben am anderen Bachufer im Gebüsch gelauert und mich herangezoomt. Joseph Bloch, mögest du in der Hölle schmoren.“ Die Schauspielerin schüttelte die Faust, legte Weste, Stickzeug und Brille auf die Sessellehne und stand auf.

Vorhin, als die beiden Kriminalbeamten bei ihr geklingelt hatten, war sie überrascht und ungehalten gewesen, weil sie erst ein wenig an der Weste hatte arbeiten wollen, sozusagen zum Aufwärmen, und sich dann der Nachbildung des Heiligen Zacherl widmen wollte. Nun wogte ihr Busen aufgewühlt. Sie holte sich von einem kleinen Abstelltisch ihre Zigarettenspitze, befüllte sie und setze sich wieder hin. Sie ließ sich von Max Pfeffer Feuer geben. Der Kriminalrat hatte tatsächlich seit dem überfüllten Aschenbecher in der kleinen Werkstatt von Traudl Sonnenbichl keine Zigarette mehr angerührt. Nun stieg ihm der frische Rauch in die Nase und er verspürte zur eigenen Verwunderung keinerlei Verlangen.

„Herr Bloch hat Sie offenkundig über Jahre hinweg in privaten Situationen gefilmt ...“, sagte Annabella Scholz.

„Der Freak!“, fauchte Nives Marell. Dann zog sie die Stirn kraus. „Das kann er erst gemacht haben, nachdem meine Sichtschutzhecke zum Bach hin nach einigen schweren Hochwassern nicht mehr gestanden hat. Also in den letzten Jahren. Das erklärt so manches.“

„Was zum Beispiel?“, fragte Pfeffer. Er saß breitbeinig auf dem eleganten grauen Sofa, das eigentlich riesig war, aber in dem äußerst geräumigen Wohnzimmer der Diva beinahe verloren wirkte.

„Nichts. Das sagt man doch so. Nun, es erklärt zumindest, warum er mich, wenn wir uns im Theater begegneten, immer so anzüglich angegrinst hat, dieser Freak!“ Sie spuckte das letzte Wort wütend aus.

„Wir haben hier noch etwas, das Sie sich ansehen sollten.“ Die Kommissarin wechselte die Kassetten aus und startete das zweite Band. Ein tropischer Strand, von oben gefilmt. Am Strand ein kleiner Mensch. Die Kamera zoomte heran. Man konnte zwar die Gesichtszüge des Mannes nicht genau erkennen, dafür reichten die Qualität des Objektivs und des Zooms nicht, doch man sah, dass er eine blaue Badehose trug und Richtung Meer schaute.

„Nicht“, sagte Nives Marell leise und bedeckte ihre Augen mit der linken Hand. „Das muss ich nicht noch einmal sehen. Das habe ich gefilmt. Das kennen Sie auch, Herr Pfeffer. Ich habe für Sie schon eine DVD mit der Kopie des Films bereit gelegt.“

„Das da kenne ich in der Tat“, antwortete Pfeffer. Er nickte seiner Kollegin zu. Die betätigte den Schnellsuchlauf, das Meer verschlang zappelnd den Mann. Wassermassen tobten. Die Kommissarin ließ den Film wieder normal laufen. Nun sah man die Verwüstung, die der Tsunami am Strand hinterlassen hatte. Mönche in orangen Roben und Soldaten in olivgrünen Uniformen, die am Strand hin und her eilten. „Das kenne ich nicht.“

„Das habe ich nach dem Unglück gefilmt“, sagte Nives Marell schwach. „Ich bin stundenlang am Strand entlanggelaufen und habe einfach alles gefilmt …“ Sie starrte auf den Bildschirm. Nun kam sie selbst ins Bild. Sie trug das gebatikte Tuch als eine Art Kleid umgeschlungen. Am Rüssel führte sie einen kleinen, rotgefleckten Elefanten ins flache Wasser, in dem Trümmer trieben. Sie schrubbte den Elefanten, während unmittelbar neben ihr zwei Soldaten eine Leiche aus dem Wasser hoben und an der Kamera vorbeitrugen.

„Die Frage, die sich uns nun stellt, Frau Marell", sagte Pfeffer langsam, „ist folgende: Wer hat Sie nach der Welle gefilmt, wenn Fritz Roloff doch weggespült wurde?"

„Das ..." Die Schauspielerin zog den Kopf zwischen die Schultern und starrte weiter gebannt auf den Bildschirm. „Das ... Geoff, nein, er hieß Jim. *Jim from Philadelphia ... I remember*. Ein Fan, jemand, der mich dort erkannt hatte. Er sagte, er habe alle meine Filme gesehen und sei mein *biggest fan*." Sie lachte trocken. „Wie so viele andere auch. Ich, das heißt wir, also Fritz und ich, haben ihn in einem Restaurant kennengelernt. Nach der Katastrophe trafen Jim und ich uns zufällig am Strand und er hat dann mit der Kamera herumgefilmt, bis ich sie ihm weggenommen habe. Ich fand das ziemlich geschmacklos."

„Wo ist die Kamera heute?"

„Keine Ahnung! Zum einen war es gar nicht meine, sie gehörte Fritz. Zum anderen habe ich sie irgendwo irgendwann verlegt. Das dachte ich zumindest!"

„Wie kommt nun Joseph Bloch an diese Aufnahmen?", fragte Annabella Scholz.

„Er hat sie wohl gestohlen. Eine andere Erklärung finde ich nicht." Nives Marell sah die Kommissarin mit großen Augen an. „Es war keine besonders hochwertige Kamera. Veraltet. Deshalb habe ich Fritz zu Weihnachten eine neue Hightech-Kamera geschenkt. Mit der konnte ich nicht umgehen. Ich bin technisch keine große Leuchte. Mit dem alten Ding kam ich dagegen irgendwie zurecht. Als ich zurück in Deutschland war, habe ich den Film heruntergeladen. Und dann habe ich sie irgendwo verstaut und, ehrlich gesagt, bis heute nicht wirklich vermisst."

„Eine Videokamera?"

Nives Marell zog den Kopf theatralisch ein. „Vermissen Sie Dinge, die Sie nicht brauchen, ja, nicht einmal verstehen?"

„Es ist also eine reine Digitalkamera?"

„Ja. Wie das Herunterladen und auf den Computer speichern geht, hat mir mein Sohn Rocco vor Urzeiten gezeigt. Ich habe die Szene mit Fritz auf DVDs gezogen, als die Fernsehsender Bilder vom Sterben des großen Mannes wollten. So viel technisches Verständnis habe ich dann doch. Ich habe damit kein Geld verdient! Alle Tantiemen sind als Spende den Tsunami-Opfern zugekommen. Nur deshalb habe ich überhaupt die Bilder an die Öffentlichkeit gegeben."

„Wie nobel", sagte Bella sarkastisch.

„Wenn es eine Digitalkamera war, wie kommt Joseph Bloch dann in den Besitz eines VHS-Videobands?", fragte Pfeffer.

„Moment, Moment!", rief Nives Marell und schnippte aufgeregt wie eine Schülerin, die sich melden will, mit den Fingern. „Jetzt fällt mir etwas ein. Ich habe Sepp für sein Archiv oder seine Sammlung, nennen Sie es, wie Sie es wollen, ein paar Objekte von Fritz gegeben. Nach der Katastrophe. Ich habe ein paar Kleidungsstücke und Notizbücher und Kleinkram, also hauptsächlich Sachen, die Fritz in Thailand dabei hatte, in einen Karton geworfen. Ich musste ja sein Gepäck auch mit zurück nach Deutschland nehmen. Die Sachen habe ich Sepp gebracht. Da wird wohl die Kamera dazwischen gekommen sein."

„Das wäre eine Erklärung."

„Andererseits", die Schauspielerin lehnte sich im Sessel zurück, „traue ich es ihm nach wie vor eher zu, dass er hier irgendwie eingebrochen ist und sich selbst bedient hat. Einmal war er zu Besuch, ein heuchlerischer Kondolenzbesuch ... stimmt, da habe ich ihn sicher auch mal eine Zeitlang allein gelassen. Da könnte er ohne weiteres ..."

„Bevor Ihnen noch mehr Möglichkeiten einfallen, wie er an die Kamera gekommen sein könnte, Frau Marell, beenden wir das besser."

„Es waren nur zwei Möglichkeiten und beide sind wahrscheinlich."

„Ich will jetzt auch nicht weiter darauf eingehen, dass Sie bei Ihrer ersten Vernehmung aussagten, Sie hätten so gut wie keinen Kontakt zu Joseph Bloch ..."

„Das haben Sie in meine Worte hineininterpretiert, Herr Pfeffer. Und im Übrigen hatte ich kaum Kontakt zu ihm! So war es." Eine zarte blaue Rauchsäule stieg von ihrer Zigarette auf.

„Seltsam, dass wir bei ihm keine Kamera gefunden haben. Herr Bloch hätte damit auch wenig anfangen können, er hatte nämlich weder Computer noch DVD-Player." Pfeffer beobachtete die Frau im Sessel von oben herab. Sie regte sich nicht, nur der Rauch bewegte sich. Pfeffer vergrub die Hände in den Taschen seiner dunkelblauen Leinenhose.

„Das muss ich Ihnen sicher nicht erklären." Nives Marell nahm die Zigarette aus der Spitze und drückte sie in einem kleinen Kristallaschenbecher aus.

„Probieren Sie es bitte", sagte Annabella Scholz.

„Die Kamera hat er natürlich verkauft. Privat. Auf dem Flohmarkt. So was geht auch ohne Computer. Keine Frage. Und da er am Theater arbeitete, hat er zuvor einem Kumpel in der Technik das Ding gegeben und ihn gebeten, den Film auf VHS zu überspielen. Ganz einfach, ganz logisch und sicher das, was Sie bei weiteren Recherchen herausfinden werden." Nives Marell nahm die wolllustrote Weste aus indischem Brokat von der Sessellehne, stülpte einen Nähring, eine Art Fingerhut ohne Deckel, über den rechten Mittelfinger und setzte sich ihre Brille auf die Nasenspitze. Sie begann konzentriert das komplizierte Muster mit rotem Faden nachzusticken. Sie drehte den Kopf leicht zu Pfeffer. „Und ich möchte Sie wirklich bitten, Herr Kriminalrat, mir nicht so im Nacken zu stehen. Danke." Sie drehte sich wieder nach vorne. „Haben Sie noch weitere Aufnahmen mit mir gefunden, die Sie mir zeigen möchten?"

„Ich denke, das reicht fürs Erste", antwortete Pfeffer und lief hinter der Schauspielerin auf und ab.

„Es tut mir leid, dass da offenkundig nichts dabei ist, was Sie für Ihre Erpressungstheorie nutzen könnten. Mit Bildern, in denen ich nackt und fett wie ein Walross vor dem Spiegel stehe und mich kämme, lasse ich mich von niemandem erpressen. Ich stehe in vielen Filmen, die für jeden zugänglich sind, nackt vor Spiegeln oder Betten mit nackten Männern drin. Es gibt viele, die halten die Sexszene mit Werner Androsch in ‚Manchmal Zitronen' für echt, weil man so viel sieht. Glauben Sie mir, sie ist natürlich nicht echt. Aber, pssst, nicht weitersagen, das würde einen Mythos zerstören. Und dennoch – gegen das, was ich schon gespielt habe, sind Ihre Aufnahmen kiki!" Sie wandte erneut den Kopf Richtung Kriminalrat, ohne dabei die Augen von ihrer Arbeit zu heben. „Herr Pfeffer, ich verstehe, dass Sie angesichts dieser mageren Ausbeute nervös sind und Ihrer Nervosität durch körperliche Aktivität Luft verschaffen wollen, aber bitte nicht hinter mir. Das macht mich nervös."

„Ach? Vielleicht möchte ich das ja?"

„Es ist nicht die Art Nervosität, die Sie wollen oder die Sie zu dem Ergebnis führt, dass ich zusammenbreche und irgendwas gestehe."

„Schade."

Nives Marell lachte. „Sie sind mir einer."

„Sagen Sie, Frau Marell." Pfeffer stützte sich auf die Rückenlehne des Sofas und beugte sich so weit vor, dass er das Profil der Schauspielerin sehen konnte. „Welche technische Ausrüstung haben Sie? Video und DVD?"

„Sicher, beides."

„Darf ich dann mal Ihre Videosammlung sehen. Alle Videokassetten, die hier im Haus sind?"

„Auch die meines Sohnes?"

„Wenn es möglich ist."

„Sie bitten mich darum. Wenn ich Sie recht verstehe, bräuchten Sie für so etwas normalerweise einen Durchsuchungsbefehl, oder? Aber ich habe nichts zu verbergen, Herr Pfeffer." Sie nahm die Brille herunter, legte ihre Arbeit beiseite, erhob sich und strich ihren Rock zurecht. „Hier, Herr Pfeffer." Sie ging zu einem alten Bauernschrank, der laut Bemalung von 1785 stammte, und öffnete die Tür. Im Schrank stapelten sich auf den Regalböden Videokassetten. „Meine Videos. Mehr habe ich nicht. Keine Sorge, meine eigenen Filme sind nicht dabei, die interessieren mich nicht."

„Bella, schaust du bitte mal?"

Die Kommissarin nickte und widmete sich der Videosammlung. Sie wusste, was sie suchen musste und was sie ohnehin nicht finden würde.

„Das sind alle Videos in Ihrem Haus, Frau Marell?"

„Ja, und hier drüben", sie ging zu einem modernen Sideboard und zog eine Schublade auf, „sind die meines Sohnes. So weit ich weiß, alle. Er hat nicht viele, denn er ist ein moderner junger Mann und brennt alles auf DVD."

Sie richtete sich auf und nahm einen großen beigen Umschlag vom Sideboard. Sie übergab ihn dem Kriminalrat. „Das ist eine Kopie des Drehbuchs von Joseph Bloch. ‚Genius Roloff', dazu noch ein wenig Korrespondenz, Notizen, Gesprächsprotokolle. Wie versprochen. Alles Dinge, die Ihnen beweisen werden, dass ich Herrn Bloch tatsächlich für das Filmprojekt bezahlt habe. Für seine Beratertätigkeit, für seinen Input."

„Weit gediehen scheint Ihr Filmprojekt nicht zu sein", sagte Pfeffer.

„Nun, Sepps Drehbuch wies trotz aller Gründe, es anzukaufen, enorme Defizite auf. Momentan habe ich andere Dinge im Kopf, als das Filmprojekt voranzutreiben. Aber wer weiß, wenn die Theaterpremiere vorbei ist und wir außerdem endlich den Zacherl hergerichtet haben, dann ..."

„Apropos Zacherl." Max Pfeffer klopfte mit dem Umschlag leicht auf das Sideboard. „Ist Ihre Schwester hinten in der Werkstatt?"

„Ja, Traudl kommt nachher auch noch."

„Danke, ich würde mich gerne mal mit Ihrer Schwester unterhalten, Frau Marell."

Die Schauspielerin bewegte sich Richtung Tür und sagte mit einladender Geste: „Bitte, nur zu."

„Allein, Frau Marell. Sie bleiben bitte bei meiner Kollegin."

Afra Unterluggauer-Breitsameter sah kurz auf, als der Kriminalbeamte die Werkstatt betrat, und widmete sich dann wieder dem goldenen, mit bunten Glassteinen besetzten Band, das sie der Theaterrequisite mit vorsichtigen Stichen an den rechten Unterschenkel nähte. Das komplette linke Bein sowie die Füße waren bereits fertig verziert. „Entschuldigen Sie mich bitte einen Moment, gleich bin ich fertig mit dem Stück“, sagte sie und sah immer wieder vergleichend über den Rand ihrer Brille hinweg hinüber zu dem echten Heiligen Zachäus, der neben ihrem Arbeitstisch ruhte. Afra nahm die Nähnadel vorsichtig quer zwischen die Lippen und korrigierte das letzte Stückchen Goldband. Zuletzt fixierte sie es mit kurzen Stichen, versäuberte den Faden und schnitt den Rest ab.

Max Pfeffer nutzte die Zeit, um sich den Zacherl aus der Nähe anzuschauen. Die Rechtsmedizinerin schien recht zu haben, auch hier konnte man bei ganz genauem Hinsehen erkennen, dass die Knochen mit Farbe zusätzlich geweißt waren.

„Vorsicht mit dem Zacherl, bitte“, sagte Afra und lächelte Pfeffer dabei an. „Der ist zu kostbar. Und wir hatten schon Katastrophen mit ihm.“

„Zum Beispiel?“, fragte Pfeffer eher aus Höflichkeit als aus Interesse.

„Na, als damals beinahe die komplette Rocaille auf den Prunksarg gefallen ist.“

„Ro…?“

„Na, diese verschnörkelten Verzierungen über dem Seitenaltar, in dem der Zacherl steht. Da sind jede Menge Rocaillen aus Marmorstuck über dem Altar. Und, wann war das? Anfang der Siebziger, 1973, glaube ich. Nein, ziemlich sicher, denn das war das Jahr, in dem Nives den Hof gekauft hat.“

„Ihre Schwester hat den Hof bereits 1973 gekauft?“, fragte Pfeffer. „Ich dachte, erst, als sie Ende der Siebziger aus Frankreich kam.“

„Nein, das war in dem Jahr des Hochwassers, da hat die Nives den Hof gekauft, aber leerstehen lassen. Die hat immer gesagt: ‚Dann hab ich ein Standbein in der Heimat, irgendwann richte ich den her.‘ Das hat sie dann erst viel später in die Tat umgesetzt. Wo war ich? Ach ja, die Rocaille. Da ist ein ganzes Stück Mauerwerk mit dem herrlichen Stuck aus der Decke gebrochen. Die Stuckateure, die das nachbauen mussten, haben ganz schön geflucht. Und mein Vater, der hat erst recht geflucht, denn da war der Zacherl in seinem Glaskasten von den herabfallenden Teilen so schwer in Mitleidenschaft gezogen worden, dass wir eine Komplettsanierung machen sollten. Oder besser hätten machen sollen, aber dazu fehlten Zeit und Geld. Die Gaze war an vielen Stellen gerissen. Perlen hatten sich gelöst." Während sie sprach, deutete sie auf verschiedene Körperpartien des Heiligen. „Mein Vater hat die Restaurierung für Gotteslohn gemacht. Als Spende. Doch mein Vater war noch vom alten Schlag. Wissen Sie, früher haben Restaurateure gerne mal das Original in ihrem Sinn verbessert oder verändert. Heute ein Unding! Wir fügen nichts hinzu und lassen nichts weg. Wir konservieren den Status quo. Das bedeutet für uns heute, dass wir den Zacherl in den nächsten Wochen von dem, was mein Vater vielleicht nicht ganz originalgetreu gemacht hat, wieder befreien werden. Diesmal soll es eine perfekte Restaurierung werden."

„Diesmal hat die Kirche also Geld?"

„Nein, kaum. Die brauchen alles Geld für die Renovierung der Kirche. Wir bekommen eine Aufwandsentschädigung. Das Gute ist, dass wie die Kopie fürs Staatstheater anfertigen, das bringt Geld! Nein, den Zacherl restaurieren meine Schwester und ich als Spende."

„Eine mehr als großzügige Spende."

„Meine Schwester hat genug Geld. Sie hat auch damals meinem Vater geholfen. Alleine hätte er das nicht geschafft. Wir haben uns die Arbeit aufgeteilt, ich habe mich ums Alltagsgeschäft gekümmert, damit Vati und Zenzi den Zacherl schnellstmöglich herrichten konnten. Es dauerte nur etwas mehr als vier Wochen, bis sie fertig waren. Unglaublich, aber wahr, sie haben rund um die Uhr gearbeitet. Das musste zackzack gehen, weil es mitten in der Pilgersaison passierte."

„1973 sagten Sie?", fragte Max Pfeffer. „Gab es da nicht auch ein legendäres Hochwasser der Laff?"

Afra nickte.

„Und in der Zeit war Ihre Schwester ein großer Filmstar. Gefeiert in Hollywood ..."

„Gefeiert?! In Hollywood? Das überbewerten immer alle. Sie hat dort gelitten. Sie hat es gehasst, diese Oberflächlichkeit. Na, sie hat auch nur sieben Filme in Amerika gemacht. Davon waren fünf Flops, oder haben Sie schon mal von ‚Die Welt der Charlie B.' oder ‚Balkonlilien' gehört? Eben! Alle in der Versenkung verschwunden. Flops, wegen denen sie zurück nach Europa kam, bevor der Ami sie fallen ließ. Wissen Sie, meine Schwester hat letztlich nur zehn, fünfzehn Jahre Karriere gemacht. Sie ist vorzeitig verglüht. Auch wegen Fritz Roloff. Der hat sie ausgelaugt und ausgesaugt. Er war ein Vampir, er brauchte immer einen Wirt, an dem er Stärke tanken konnte. Dreimal benutzte er dazu meine Schwester."

„Sie urteilen hart."

„Ich urteile wahr. Diese ganzen Schlauköpfe, die Fritz Roloff als Genie belobhudeln, kannten ihn nicht persönlich. Ich kannte ihn! Und glauben Sie mir, ohne Nives wäre er kein großer Film- und Theatermacher geworden! Nie im Leben. Und diese blöde Kuh hat ihn dafür geliebt, gedemütigt zu werden."

„Ihre Schwester sagt selbst, dass sein Tod eine Art Befreiung für sie war."

„Stimmt. Aber nicht sofort. Als sie zurückkam, war sie eher in sich gekehrt. Nicht in Trauer, mehr nachdenklich. So ungefähr drei Monate später, da wirkte sie dann gelöst, locker, ja, befreit."

„Ich möchte doch gerne auf das berühmte Hochwasser zurückkommen, in dem Jahr, als Ihre Schwester eigentlich in Hollywood lebte und arbeitete ..."

„Sie ist immer, wenn sie konnte, zu uns nach Hause gekommen. Die Nives wusste immer, wo ihre Wurzeln waren. Damals hatte sie gerade ‚Keine Angst vor Hyänen' mit ... na, wie hieß er noch, der hübsche, markante, von dem sie so geschwärmt hat ... Egal. Das hatte sie fertiggedreht – das war einer der beiden Filme, die nicht gefloppt sind –, und wollte Urlaub auf Hawaii machen. Doch als sie hörte, was passiert ist, ist sie sofort gekommen. Ich habe sie am Abend des ersten Hochwassers angerufen und einen Tag später war sie da. Sie hat den Zacherl wieder komplett in die Gaze eingenäht und verziert. Eine Heidenarbeit. Ich war froh, dass ich das nicht machen musste. Aber ihr machte dieses Rumgepussel schon immer Spaß."

„Kurz zum besseren Verständnis, Frau Breitsameter. Sie haben Ihre Schwester angerufen wegen des Hochwassers, nicht wegen des Unglücks mit dem Zacherl."

„Richtig."

„Und einen Tag darauf kam sie?"

„Ja. Die Sache mit dem Zacherl passierte einen Tag später, als das Wasser wieder zurückgegangen war."

„Stand damals dieses Anwesen bereits leer?"

„Ja." Afra zuckte mit den Schultern. „Wir haben geholfen, die schlimmsten Wasserschäden auf dem Hofgelände zu beseitigen, die Nives und ich."

„Dabei ist nicht zufällig ein Skelett aufgetaucht? Herausgespült von der Laff?"

„Nein." Afra sagte es hart und laut. „Was wollen Sie hören? Ich kann nur wiederholen: Der Toni hat auf der Nives gelegen. Mit heruntergelassener Hose und da habe ich ihn gepackt und mit aller Kraft ..."

„Wo?"

„Oben, am Hemdkragen. Am Schlafittchen. Gepackt habe ich ihn. Ich war schon damals ein wenig kräftiger. Und der Toni war letztlich ein Krischperl. Dann ist er ... er ist über die heruntergezogene Hose gestolpert und die Leiter heruntergeflogen, direkt vor die Füße von Traudl."

„Und?"

„Der Rest war genauso, wie es die Nives erzählt hat."

„Ich würde es gerne noch mal von Ihnen hören." Max Pfeffer beugte sich vor und sah der Frau aufmunternd in die Augen. „Erzählen Sie mir mit Ihren Worten, was dann passiert ist."

„Nun." Sie wich seinem Blick aus und holte hektisch Luft. „Er hat da gelegen, der Toni. Und Nives und ich sind ganz aufgeregt die Leiter heruntergeklettert. Da hat die Traudl ihm in die Seite getreten. Dann sind wir weggerannt."

„Alle drei?"

„Alle drei. Danach haben wir den Toni nie wieder gesehen."

„Und was hat er Ihnen angeblich hinterhergerufen?"

„Euch krieg ich noch!"

„Sicher? Überlegen Sie ruhig noch einmal."
„Absolut sicher. Euch krieg ich noch!"

„Entweder sie haben sich sehr gut abgesprochen, oder es ist tatsächlich die Wahrheit."

„Du verrennst dich da in was, Chef. Echt."

„Drei feine Damen entsorgen vor aller Augen eine Leiche." Max Pfeffer warf einen Kugelschreiber auf den Stapel Akten, der vor ihm auf dem Schreibtisch lag. Kurzzeitig kam ihm in den Sinn, dass er dem Sekretariat noch verschiedene Gesprächsprotokolle zum Abtippen geben musste, die Unterlagen zu den anderen Fällen, die seine Abteilung bearbeitete, durchgehen musste und die Bewerbungsunterlagen für die freien Stellen in seiner Abteilung durchsehen sollte. Er verdrängte den Gedanken. „Die haben den Toni vergraben und dann wieder ausgegraben. Und jetzt richten sie ihn als Kopie des Zacherl her. Die Afra hat selbst gesagt, dass Nives Meisterin im Highspeed-Knocheneinnähen ist."

„Da fehlt zu viel, Chef. Lass es. Bitte!"

„Der Gewandmeister Sebastian Oßwald hat kein wirkliches Motiv für einen Mord, nicht wahr? Er wäre ohnehin Chef geworden und hätte den Bloch abgeschoben auf einen Arbeitsplatz, wo der wenig Schaden anrichten kann. Werner Androsch hat ein gutes Motiv. Ein wirklich gutes, aber er ist doch völlig gestört, oder? Der scheint nicht mal sein Leben auf die Reihe zu kriegen, geschweige denn einen Mord. Jeder, auch zum Beispiel dein Schnucki Levent sagt aus, dass die Quintessenz von Werner Androsch ein bibberndes Wrack ist. Und dann Traudl Sonnenbichl. Die hat ebenfalls ein sehr gutes Motiv, auch wenn ihr privater Oleander aus Plastik ist. Wir wissen aber, dass sie sich jederzeit entweder bei Nives oder im Theaterinnenhof an der Pflanze bedienen konnte. Doch verrate mir mal eins, Bella: Wenn ich weiß, dass man mit dem Oleander, den ich jeden Tag bei der Arbeit sehe, Menschen umbringen kann, warum töte ich dann zwar den Mann, der mir das Leben versaut hat, warum erlöse ich dann aber nicht den Mann, der vor meinen Augen elendig krepiert und dem ich weiteres Leid ersparen könnte? Niemand würde es merken!"

„Vielleicht weil sie ihn liebt?"

„Sie erträgt es nicht, ihn zu pflegen oder ihn leiden zu sehen. Rudi Sonnenbichl ist austherapiert und wird bald sterben. Sie könnte ihn mit Oleander vergiften, ohne dass es jemand merkt, weil sein Tod als Folge der Erkrankung keinerlei Verdacht erregen würde. Sie könnte ihn sogar mit dem Kissen ersticken. Sie könnte sein und ihr Leiden damit enorm verkürzen. Doch sie tut es nicht. Warum? Ganz einfach, weil sie nie jemanden umbringen würde. Sie ist keine Mörderin. Selbst ihren Mann zu erlösen, käme ihr nicht in den Sinn. Deshalb bleibt uns nur die eine Person, die angeblich keinen Umgang mit Joseph Bloch pflegte, ihn offiziell hasste und ihn trotzdem sehr großzügig mit finanziellen Mitteln ausstattete …"

„Nives Marell." Annabella Scholz zuckte resigniert mit den Schultern.

„Richtig, Kollegin. Deshalb verrenne ich mich in diese absurden Fantasien über Nives Marell. Und du bist bei den Videos in ihrer Sammlung natürlich nicht fündig geworden?"

Annabella Scholz schüttelte den Kopf. „Kein Band Nummer vierhundertneunundfünfzig, das von Sepp Bloch beschriftet worden ist. Falls sie es entwendet haben sollte, wird es längst auf irgendeiner Müllkippe verrotten."

„Gut, Bella, dann kümmerst du dich bitte um Phuket. Ich möchte alle Jims aus Philadelphia, die in der Tsunami-Zeit auf Phuket Urlaub gemacht haben."

„Chef!" Die Verzweiflung ließ sich nicht überhören. „Ich soll auch noch die Videos sichten, wir sind noch längst nicht fertig damit. Wir haben nichts gefunden, was einem Erpresser nutzen könnte …"

„Vielleicht denken wir das nur. Such nach Jim. Der Praktikant soll allein Videogucken. Oder können wir nicht studentische Hilfskräfte darauf ansetzen? Dann möchte ich noch die Passagierlisten von allen Flügen von Thailand nach Deutschland, sagen wir mal vom Zeitpunkt der Katastrophe an bis ungefähr drei Monate danach."

„Du glaubst nicht wirklich, dass der Fritz Roloff …“

„Die alte Leitmayr Burgi hat die drei Mädchen aus dem Haus rennen sehen, und sie hatte recht damit. Die Leitmayr Burgi hat den Fritz nach seinem Tod vor dem Haus gesehen, vielleicht hatte sie auch damit recht.“

„Und ihren Vater hat sie auch immer gesehen, Chef. Wir haben echt genug Arbeit, da müssen wir nicht noch Phantomen nachjagen. Verdammt noch mal.“ Annabella Scholz trat wütend gegen den Aktenschrank.

„Bella, bitte!“ Pfeffers Ton ließ keinen Widerspruch zu.

„Alles, was du willst, Chef“, knurrte die Kommissarin mürrisch und verließ das Büro.

Pfeffer rief im Auswärtigen Amt an und erfuhr nach langen Warteschleifen mit grauenhafter Dudelmusik wegen unzähliger Weiterverbindungen, dass noch vierunddreißig deutsche Staatsbürger als vermisste Tsunamiopfer galten. Darunter auch Fritz Roloff. Aber Teams von forensischen Spezialisten wären immer noch vor Ort in Thailand damit beschäftigt, die bisher nicht identifizierten Opfer zu identifizieren und zuzuordnen. Nach dem Gespräch wählte Pfeffer die Nummer der Rechtsmedizin. „Gerda, Schatz, was gibt es Neues von der Vergleichenden-Desoxyribonukleinsäure-Front?“, fragte er gut gelaunt, weil er sich kurz vor dem Ziel wähnte.

„Nichts wirklich Spannendes“, antwortete Gerda Pettenkofer. „Vor allem nichts, was dich erfreuen könnte. Sitzt du, Maxl?“

„Ja.“ Pfeffers Laune sank.

„Gut, beginnen wir beim Einfachen. Ich gehe mal davon aus, dass du mir die DNS-Proben vom Leuthuber …“

„Leitmayr!“

„… Leitmayr unter möglichst sterilen Bedingungen sichergestellt hast.“

Pfeffer räusperte sich.

„Schon gut, war ja nur ’ne Frage“, sagte Gerda Pettenkofer. „Wirklich zuverlässige DNS-Proben lassen sich immer nur dann erstellen, wenn das Material nicht kontaminiert wurde, wenn sich also nicht zufällig die DNS anderer Personen zum Material dazumischt. Selbiges gilt für Knochenproben. Aus Knochen lässt sich eh praktisch nur aus dem Knochenmark eine zuverlässige DNS-Analyse herstellen. Ganz schwierig wird es, wenn die Knochen bearbeitet wurden und vergraben waren. Dann wird es praktisch unmöglich. Wie bei unserem Knochenmann aus Zacherlkirchen, der wurde irgendwie mit Lösungsmitteln und Blei behandelt, du erinnerst dich, und lag so lange in der Erde, dass ein DNS-Nachweis absolut unmöglich ist. Erde gibt Mineralien ab, die DNS zersetzen können."

„Scheiße", seufzte Pfeffer.

„Abgesehen davon haben diese Neandertaler von Bauarbeitern und wer sonst noch alles die Knochen angefasst. Also vergiss es."

„Neandertaler? Habe ich nicht neulich irgendwo gelesen, dass Forscher es geschafft haben, die DNS eines Neandertalers zu isolieren?"

„Freut mich zu hören, dass du Zeitung liest. Ja, stimmt, das war eine Sensation, aber der Knochenfund wurde steril geborgen und sofort tiefgefroren, damit er nicht kontaminiert wird. Dann hatten die Forscher auch eine Ewigkeit Zeit und entsprechende Geldmittel zur Verfügung."

„Das bedeutet, wir werden nie wissen, ob wir den Leitmayr gefunden haben."

„Exakt. Fremdenlegion, ick hör dir trapsen."

„Lohnt es sich in dem Zusammenhang, nach dem Skelett aus Russland zu fragen, von dem wir dir einen Finger geschickt haben?"

„Dito. Gekocht, gereinigt, bearbeitet, lackiert. DNS-frei."

„Dann kann ich auch nicht mehr darauf hoffen, dir Vergleichsmaterial von Fritz Roloff zu bringen, um die Knochen mit …"

„Maxl!" Gerda wurde hörbar ungeduldig.

„Danke, Gerda, damit stehen wir im Wesentlichen wieder am Anfang." Pfeffer ließ den Kopf hängen und massierte sich die Stirn.

„Ich helfe doch immer gerne, wo ich nur kann."

36

„Kannst du nicht schlafen, Maxlmaus?" Tim de Fries richtete sich benommen auf.

„Tut mir leid", murmelte Pfeffer, das Gesicht halb ins Kopfkissen vergraben. „Ich geh ins Gästezimmer, dann wecke ich dich nicht mit meiner Rumwälzerei auf."

„Musst du nicht." Tim ließ sich zurück auf das Bett fallen. Ein Hauch fahles Mondlicht fiel durch einen Spalt in den zugezogenen Vorhängen. Er richtete sich wieder auf. „Ein Glas Rotwein?"

„Jetzt? Gehört das zu deinem Plan, dass wir Alkoholiker werden? Okay."

Tim hüpfte aus dem Bett und kehrte kurze Zeit später mit einem fränkischen Bocksbeutel und zwei Rotweingläsern zurück. „Ein Domina. Wie passend." Er schenkte ein und die beiden prosteten sich zu.

„Na, noch ein paar Minuten atmen, dann isser klasse", sagte Tim und kuschelte sich zurück ins Bett. „Ist es wegen Florian?"

„Nein." Pfeffer stopfte sich das Kopfkissen in den Rücken und lehnte sich an die Wand. „Nein. Absolut nicht. Es ist der Fall. Ich komme einfach nicht weiter. Irgendwie stimmt alles nicht."

„Erzähl."

„Interessiert dich doch eh nicht."

„Die wichtigsten Basics, mach schon."

„Okay." Max Pfeffer fasste die Hauptpunkte im Mordfall Joseph Bloch und im Vermisstenfall Anton Leitmayr zusammen. „So, jetzt weißt du's. Und nun?"

„Und nun präsentiere ich dir den Täter, Max Pfeffer!" Tim stützte sich auf die Ellbogen und schlürfte geräuschvoll Wein.

„Echt?" Pfeffer richtete sich ebenfalls auf, gespannt, weil er hoffte, dass Tim tatsächlich etwas herausgehört haben könnte, das den Fall knacken könnte.

„Nein, natürlich nicht, Kriminalrat. Träum weiter." Tim schubste Pfeffer leicht. „Alles, was wir jetzt mal machen, ist freies Assoziieren. Lass deine Gedanken schweifen. Denk das Unmögliche. Denk dir einfach eine Geschichte zu dem Fall aus.

Mach einen Krimi daraus. Ganz ohne Schere im Kopf. Kombiniere alles, nach Möglichkeit unter Berücksichtigung der Beweise und Zeugenaussagen. Und was noch offen ist und sich nicht belegen lässt – nun, da kannst du rumspinnen. Los! Deine Zeit läuft ab jetzt."

„Du spinnst, Timmyboy."

„Okay, fang ich eben an. Die göttliche Marell! Ich warte übrigens nach wie vor auf eine Autogrammkarte von ihr, die du mir mitbringst."

„Das kannst du so was von vergessen. Okay, bevor ich anfange, versprich mir, dass du mich nicht für völlig durchgeknallt hältst."

„Du weißt, dass ich dich längst für völlig durchgeknallt halte."

„Die drei Mädchen sind dreizehn oder vierzehn, als eine von ihnen, Nives, vom Leitmayr Toni vergewaltigt wird. Die beiden andern Mädchen kommen zu Hilfe, gemeinsam töten sie den Bauern. Vielleicht stoßen sie ihn den Heuschober hinunter und es ist eher ein Unfall, vielleicht rammen sie ihm auch eine Mistgabel in die Brust. Der Hof ist schlecht einsehbar. Die einzigen möglichen Zeuginnen, die Leitmayr-Schwestern, sind beschäftigt. Ideal, um die Leiche im Misthaufen zu verbuddeln. Am Ende hat sogar der damalige Pfarrer, der Bruder des Vergewaltigers, geholfen, die Leiche zu vergraben. Alles möglich. Nives, die damals noch Kreszenz hieß, hält den Druck ihrer Tat nicht mehr aus und flieht nach Abschluss ihrer Lehre nach München. Macht Karriere, nimmt Drogen et cetera. Du kennst die Biografie von Nives Marell. Sie holt sogar ihre beste Freundin Traudl aus dem Kaff, weg von dem Ort des Verbrechens."

„Warum sollten sie dann zurückkehren?"

„Hochwasser. Die Laff, dieser Bach, spült eines Tages im Jahr 1973 den Misthaufen weg und die Leiche wird freigelegt. Damals stand der Hof leer. Die Nives hat mit ihrer Schwester den Toni beziehungsweise das, was noch von ihm übrig war, wieder in aller Ruhe tiefer vergraben. Und dann hat sie nichts Besseres zu tun, als den Hof zu kaufen und leerstehen zu lassen. In den folgenden Jahren ging ihre Karriere den Bach runter, sie lebte in Frankreich und Italien, bekam ein Kind, ging Fritz Roloff erneut in die Fänge und beschloss, nun endgültig in die Heimat zurückzukehren. Sie ließ sich den Hof ausbauen und lebt seitdem als Gralshüterin ..."

„Du klebst mir zu sehr an Fakten, Maxl. Spinn endlich rum. Erspar mir die Details, die kennst du. Denk auf dieser Basis wild."

„Äh ..." Pfeffer traute sich nicht.

„Bravo! Immerhin ein Anfang! Das geht noch wilder, Max Pfeffer!"

„Okay, bitte. Die drei Mädchen ermorden den Toni, vergraben ihn."

„Wilder."

„Bei den verschiedenen Hochwassern wird das Skelett teilweise freigelegt, dadurch kommen Insekten, Ameisen et cetera an den Leichnam und die Verwesung beschleunigt sich. Die Mädchen haben sowieso mit ungelöschtem Kalk den Grundstein zur schnellen Verwesung gelegt. Beim Hochwasser '73 sieht sich Nives gezwungen zu handeln. Die Leiche ist komplett freigelegt, am Ende irgendwohin gespült worden. Was tut sie? Sie startet ein Ablenkungsmanöver. Sie geht in die Kirche, schmeißt mit einem Stein die Stuckornamente über dem Glassarg des Heiligen Zacherl ein, dann muss der Knochenmann repariert werden."

„Dürftig, Maxlmaus. Mit einem Stein? Den hätte man gefunden. Nein, sie hat eine Holzlatte oder einen Stock benutzt. Vermutlich sogar dieses Ding, mit dem in der Kirche die schlecht zugänglichen Kerzen ausgelöscht werden."

„Oder so. Auf jeden Fall nutzt Nives den Vorfall. Sie reinigt die Knochen vom Leitmayr Toni!" Pfeffer trank sein Weinglas in einem Zug leer, er war in Fahrt gekommen und alles schien plausibel. „Sie ist Meisterin im Knocheneinnähen, das hat ihre Schwester gesagt. Sie tauscht einfach ein Skelett gegen das andere aus! So beseitigt sie auch für alle Zeiten die Spuren. Wenn mal irgendwann ein altes Skelett in ihrem Garten gefunden werden sollte ... *Who cares*! Sie ist aus dem Schneider – und das als gelernte Schneiderin ..."

„Brüller! Echt ein Schenkelbrecher, Maxl."

„Gell? Und es wird gefunden, das alte Gerippe. Durch meine Radiocarbonanalyse stellt sich dann heraus, dass die Kirche jahrhundertelang einer Fälschung aufgesessen ist. Die haben in der Zeit, als die Katakombenheiligen Hochkonjunktur hatten, einfach einen Toten ausgebuddelt – nach dem Dreißigjährigen Krieg lagen genug herum –, und der frommen Renata von Lothringen als echten Katakombenheiligen aus Rom angedreht."

„Heiß, Pfeffer. Weiter so."

„Okay, großer Zeitsprung. Nives ist um die Jahrtausendwende wieder mit Fritz zusammen, aber völlig angepisst von ihm. Sie hat gemerkt, dass die einst so große Liebe nur noch nervt und ihre Kraft aussaugt. Sie machen Urlaub in Thailand."

„Ach, Thailand! Wann fliegen wir da eigentlich mal wieder hin, Maxl?"

„Bleib bei der Sache. Also, der Tsunami – und du bist an dem Folgenden schuld, denn du wolltest es absurd: Nives Marell filmt einen Mann, der Fritz ähnlich sieht, wie er von der Welle verschluckt wird. Eher zufällig. Vielleicht denkt sie sogar, dass das Fritz sei. Doch er ist es nicht. Er lebt und kehrt mit ihr nach Deutschland zurück. Dort bringt sie ihn dann um."

„Motiv?"

„Sexuelle Perversion. Er steht auf SM, er hat gerne eine Ledermaske auf. So ein Ding, bei dem alles dicht ist und nur zwei kleine Nasenlöcher zum Atmen bleiben. Die stopft Nives einfach zu. Keine Ahnung. Er geht ihr auf die Nerven und behandelt seinen Sohn Rocco schlecht. Sie tötet ihn wahrscheinlich im Streit. Das wiederum sieht, hört, erfährt dieser Sepp und erpresst sie daraufhin. Um die Erpressung zu tarnen, tun sie so, als würden sie ein Filmprojekt planen. So kann sie ganz offiziell dem Erpresser Geld zukommen lassen. Die Leiche von Fritz verbuddelt Nives Marell im Garten. Als dann dieser Auftrag kam, den Heiligen Zacherl für die Theaterinszenierung nachzubauen, bietet sie dem Pfarrer an, den Original-Zacherl zu restaurieren. Denn sie plant einen neuen Skeletttausch!"

„Manchmal erschreckt mich deine Fantasie dann doch, Max Pfeffer", sagte Tim leise.

„Zu wild?"

„Nein, mach ruhig weiter."

„Also, wo war ich? Nives lässt das vom Theater in Russland gekaufte Skelett verschwinden, zerhackt es und füllt damit ihre Kieswege auf und bastelt aus den Gebeinen von Fritz Roloff das Theaterrequisit. Auch hier haben wieder ungelöschter Kalk, gelegentliches Lüften durch Hochwasser und Insekten die Verwesung beschleunigt. Sie muss gegebenenfalls befürchten, dass nach dem Fund von Skelett eins die Polizei den ganzen Garten umgräbt. Da darf nicht zufälligerweise noch ein Skelett gefunden werden." Er lachte. „Als ob wir immer gleich alles auseinandernehmen und umgraben würden. Die Leute gucken zu viel Fernsehen! Zuletzt muss sie nur noch den Sepp, der sie erpresst, um die Ecke bringen. Oleander. Gift. Zack, bumm. Aber noch jemand hat was gesehen: Notburga Leitmayr, die alle für plemplem halten mit ihren Geschichten. Doch ich tauche auf und nun fürchtet die Marell, dass jemand die Geschichten der Verrückten glauben wird. Also schubst sie die Alte die Treppe runter."

„Bravo, Max Pfeffer. Meine hochverehrte Nives Marell, der ich so viele unvergessliche Filmstunden verdanke, ist eine skrupellose Massenmörderin."

„Du wolltest es so."

„Ist auch okay. Lass es einfach so stehen. Übrigens – wo wir bei völlig gaga sind – das sogenannte Drehbuch von Sepp Bloch über Fritz Roloff, das du mir heute zum Durchchecken gegeben hast. Mir fehlen die Worte! Schlecht ist dafür gar kein Ausdruck. Ich kenne mich mit Film zwar nicht besonders aus, aber das finde ich echt Schrott. Unverfilmbar."

„Genau das sagt auch Nives Marell und hat es trotzdem für viel Geld gekauft."

„Vielleicht ist es ja auch Kunst? Aber ich kann deine Theorie nur unterstützen, dass sie erpresst wurde und es mit dem Ankauf des Buchs tarnte. Aber zu deinen anderen Theorien: Kannst du irgendwas davon beweisen?"

„Bei der alten Leitmayr lassen die Spuren nur das Ergebnis Unfall zu. Daran gibt es nichts zu rütteln. Die Staatsanwaltschaft ermittelt nicht mehr. Vielleicht haben wir einen neuen

Ansatz, wenn wir die Passagierlisten der Flüge Bangkok-München aus der Nach-Tsunami-Zeit haben und Fritz Roloff darauf auftaucht. Oder wenn wir endlich eine Kopie von dem Video finden, das aus der Wohnung von Joseph Bloch entwendet wurde. Wobei wir ja gar nicht wissen, welchen Inhalt wir suchen!"

„Vielleicht habt ihr den schon längst gefunden. Für Nives Marell mag es schon Motiv genug sein, nackt vor dem Spiegel gefilmt zu werden." Tim ließ die Fingerknöchelchen nacheinander knacken. „Hast du schon mal daran gedacht, dass das Video vielleicht gar nicht entwendet wurde, sondern einfach deshalb fehlt, weil es kaputt gegangen ist? Kabelsalat? Materialermüdung?"

„Was soll der Einbrecher denn sonst gesucht oder mitgenommen haben?"

„Etwas anderes."

„Schlau, Sherlock de Fries."

„Vielleicht hat er nichts genommen, sondern was gebracht?"

„Das heißt nur, dass ich keinen Schritt weiter gekommen bin."

„Wieso denn? Du hast mir eine hanebüchene, aber im Kern durchaus logische Geschichte erzählt. Nun such nach Beweisen."

„Was soll ich tun? Den Heiligen Zacherl beschlagnahmen lassen?"

„Warum nicht?"

„Soll ich meinen Kopf unbedingt auf einem Silbertablett servieren?"

„Ich hätte für deinen Kopf grad eine viel interessantere Verwendung." Tim schlug die Bettdecke zurück. „Und auch hier bitte ich darum, dass du deinen wilden Fantasien keine Grenzen setzt!"

37

„Sag mal, Schneck, was ist denn da bei dir los?“ Der Bürgermeister setzte sich breitbeinig zu ihr an den Tisch. Nives Marell hatte es im Gefühl gehabt, dass es ein Fehler war, sich ausnahmsweise ein kleines Frühstück mit Müsli auf der Freiluftterrasse des „Café Zaccaria“ direkt am Dorfplatz zu gönnen, die Zeitung zu lesen und die morgendliche Herbstsonne zu genießen. Trotz des herrlichen Wetters herrschte kaum Leben auf dem Dorfplatz und im Café war Nives der einzige Gast.

„Lass mich bitte, Bäri“, sagte sie und sah an ihm vorbei hinauf zur Wallfahrtskirche.

„Gleich, gleich, Schneck.“ Der Bürgermeister rückte unangenehm näher. „Hör mal her, die Leute reden schon. Die Sache mit der Leiche in deinem Garten. Dann der Mord bei dir am Theater. Dann der tragische Tod der alten Burgi. Die Leute reden, Schneck! Und dann setzt du dich einfach so öffentlich ins Café. Das empfinden viele als ungehörig. Das schadet der Gemeinde.“

Nives Marell sah den Bürgermeister verächtlich an. „Ach, daher weht der Wind? Ich soll mich nicht mehr aus dem Haus bewegen, was?“

„Nein, Schneck, vielleicht hältst du dich nur ein wenig zurück, bis die Sache geklärt ist.“

„Ich kann dir genau sagen, was geklärt ist! Die Burgi, diese Seele von Mensch, für die ich alles auf der Welt getan hätte, ist leider unglücklich die Treppe hinabgestürzt und dabei von unserem Herrgott zu sich gerufen worden. Die Leiche aus meinem Gemüsebeet, wie du das Skelett nennst, ist ein historischer Fund, Bäri, und den Mord bei uns im Theater klärt die Kriminalpolizei.“

„Reg dich doch nicht so auf, Schneck.“

„Doch, da muss ich mich aufregen! Ich gebe Interviews, ich stehe vor einem Comeback, ich bin wieder in den Medien – auch dank dieser ungeklärten Tragödien. Jeder kennt heute das beschissene Kaff Zacherlkirchen vor den Toren Münchens! Und weshalb? Sicher nicht wegen dem Heiligen Zacherl. Ich kann gerne aus Zacherlkirchen wegziehen, wenn ihr das möchtet – du und die Leute, die reden! Ich kann gerne woanders Steuern zahlen. Ich kann auch den Betrieb der Firma Unterluggauer mitnehmen und die Arbeitsplätze. Möchtet ihr das, du und die redenden Leute? Soll ich die Gebeine des Heiligen Zacherl morgen unrestauriert der Kirche zurückgeben? Halt, bessere Idee: Ich werde für meine Arbeit zur Abwechslung einfach GELD verlangen! Ich kann auch gerne keine Überweisungen mehr für die Renovierung der Wallfahrtskirche tätigen. Also überleg dir gut, was du und die Leute, die reden, möchtet." Nives Marell stand mit solchem Schwung auf, dass der Stuhl nach hinten umkippte.

„Schschsch, Schneck, bitte." Der Bürgermeister hielt sie am Arm fest und legte sich den Zeigefinger auf die Lippen. „Die Leute schauen schon."

„Sollen sie doch! Sind das nicht auch die, die reden, die Leute, die schauen? Hör zu, ich verkaufe alles, alles, was ich hier habe, und gehe nach Frankreich. Dann habt ihr Ruhe, die Leute und du."

„Schneck, das kannst du doch nicht machen!"

„Und ob ich kann. Du kannst ja auch jenseits des Bachs plötzlich die Bebauung auf deinen Feldern erlauben …" Sie beugte sich vornüber, ihre Nasenspitze berührte fast seine.

Der Bürgermeister lachte. „Verstehe, Schneck. Jetzt verstehe ich. Setz dich wieder her. Die Bebauung jenseits des Bachs ist noch längst nicht beschlossene Sache. Du hast Angst, dass man dir in den Garten gucken kann. Verstehe ich. Kein Thema. Ich kann noch mal mit dem Gemeinderat reden. Das Einfachste für dich wäre natürlich, wenn du die Grundstücke jenseits des Bachs kaufen würdest, dann bliebe alles unbebaut."

„Du verstehst nichts. Das Einfachste wäre, wenn ihr das gesamte Gelände zum Landschaftsschutzgebiet erklären und neue Wohngebiete an der Straße Richtung München erschließen würdet, beim Kintziger Weiher."

„Landschaftsschutzgebiet?" Der Bürgermeister tippte sich mit dem Zeigefinger nachdenklich an die Lippen. „Meine Wiesen als Landschaftsschutzgebiet? Jetzt haben wir doch schon den Graben für die Versorgungsleitung … Und was habe ich davon? Das Gebiet um den Kintziger Weiher ist Landschaftsschutzgebiet. Warum sollte ich dir dann zugestehen, dass deine Grundstücke am Kintziger Weiher Bauland werden?"

„Weil du möchtest, dass ich bleibe." Nives Marell schulterte ihre Handtasche. „Zwei Quadratmeter Wiese im Landschaftsschutzgebiet pro einen Quadratmeter am Kintziger Weiher."

„Eineinhalb!"

„Zwei für einen. Plus meinen Glanz! Pfiadi, Bäri." Sie drehte sich um und schritt schnell von dannen.

„Ja, wie jetzt, Schneck? Bleib. War das jetzt dein letztes Angebot?"

„Halt!" Die Café-Bedienung lief der Schauspielerin hinterher. „Sie haben nicht gezahlt, gnä' Frau!"

„Das übernimmt der Herr Bürgermeister", rief Nives über ihre Schulter hinweg und beschleunigte ihren Schritt.

Annabella Scholz schleppte den Papierstapel zu Pfeffers Schreibtisch. „Hier, bitte", sagte sie und ließ den Stapel fallen. „Die Passagierlisten der Flüge von Bangkok nach München oder zu anderen deutschen Zielen, die ich bekommen konnte. Beginnend mit dem 26. Dezember 2004, dem Tag des Tsunami, ganze sechs Monate!" Sie nahm ein Blatt, auf dem eine Zeile mit grünem Neonstift gekennzeichnet war. „Eine Nives Marell ist am 4. Januar 2005 mit Flug LH9727 aus Bangkok zurückgekommen. Alleine. Kein Fritz Roloff weit und breit. Sie hat zwei Koffer aufgegeben, auf dem Hinflug nur einen. Also hat sie wohl sein Gepäck mitgenommen. Auf keiner Passagierliste, die ich gecheckt habe, taucht unser Fritz auf. Weder bei Lufthansa, noch bei Thai-Air, LTU oder Condor." Sie lehnte sich mit verschränkten Armen an den Schreibtisch. „Natürlich kann der gute Mann sich in Bangkok einen falschen Pass besorgt haben, oder er ist über Wien, Prag, Paris, Kopenhagen, London, Amsterdam, Nenn-irgendeine-andere-europäische-Stadt-mit-Flughafen zurückgekommen. Fest steht jedenfalls, das habe ich hundertprozentig, dass sein Rückflugticket bei Lufthansa nicht eingelöst wurde und dass kein Fritz Roloff im fraglichen Zeitraum irgendwo per Flugzeug in Deutschland eingereist ist. Zufrieden, Chef?"

Max Pfeffer grinste schief und zuckte mit den Schultern. „Einen Versuch war's wert. Danke, Bella."

„Gerne doch, Chef", antwortete die Kommissarin sarkastisch. „Ich liebe es, die Nächte durchzuarbeiten. Ich versuche ja auch nur eine Beziehung zu retten, die gerade in die Brüche geht." Sie hob abwehrend die Hand. „Sag nichts, Chef."

„Hast du auch die Taxifahrer vom Flughafen ..." Pfeffer beendete den Satz nicht. „Vergiss es. Ich bin in irgendeinem Wald."

„Irgendeinem? Ich würde sagen, DEM Wald der Wälder. Und zu deiner absoluten Beruhigung: Ich habe auch im Hotel nachgefragt. Dort bestätigte man mir, dass Frau Marell das Zimmer nach der Katastrophe allein belegt hat. Ja, ich habe nachgefragt, ob jemand Fritz Roloff nach der Flut im Hotel gesehen hat. Nein, dazu konnte mir keiner was sagen. Kommen wir nun noch zu der zweiten Baustelle, den Jims aus Philadelphia. Tja, da hat uns der Tsunami einen kleinen Strich durch die Rechnung gemacht, denn zahlreiche Hotelrezeptionen samt EDV und Gästebüchern wurden vernichtet. Und bitte verlang jetzt nicht, dass ich alle Passagierlisten von Flügen in die USA nach Jims durchsuche. Vielleicht hieß er ja auch gar nicht Jim, sondern war ein Sextourist und hat sich nur so genannt. Womit wir bei Baustelle drei wären, den Videos. Okay, erst mal Baustelle zweieinhalb. Ich habe tatsächlich einen von der Technik beim Resi aufgetrieben, der für Sepp Bloch den Film einer Digitalkamera auf VHS gezogen hat. Er hat mir bestätigt, dass es eine recht alte Kamera war. Daran konnte er sich erinnern. Der hat für Bloch öfter so was gemacht. Im Gegenzug hat Bloch ihm mal ein Hemd genäht oder so. Womit wir nun doch bei Baustelle drei wären. Der Prakti hat noch einige Bänder gefunden, in denen Privataufnahmen der Marell auftauchen. Seiner Meinung nach nichts Spektakuläres. Man sieht sie nicht morden, metzeln oder Skelette austauschen. Nichts dergleichen. Der untere Teil des Stapels sind seine Notizen zu dem, was man sieht. Natürlich ist er noch nicht durch und wird sicher weitere solch spektakuläre Erfolgslisten erstellen können."

„Etwas weniger Sarkasmus stünde dir gut, Bella", rügte Pfeffer mit gerunzelten Augenbrauen.

„Hör mal, Chef ..."

„Nein, Bella, ich bitte dich hier nur um Professionalität."

„Okay, Chef." Annabella Scholz stieß sich vom Schreibtisch ab. „Dann werde ich dich noch einmal ganz professionell darauf hinweisen, dass du dich in irgendwas verrannt hast. Ich gehe jetzt in Mittag." Sie verließ das Büro, ohne sich umzudrehen. Sie mochte ihren Chef für gewöhnlich, nun wollte sie ihm am liebsten die Espressomaschine über den Schädel schlagen.

Pfeffer schloss die Augen und wusste, dass seine Kollegin recht hatte. Eine Chance sah er noch, um den Leitmayr Toni zu finden. Selbst wenn es verrückt klang, er musste es einfach probieren und schrieb den Antrag. Dann stand er auf und schlenderte den Flur hinunter zum Multimediaraum.

„Lassen Sie sich nicht stören", sagte er zum Praktikanten Patrick, der nun auf drei Monitoren die Videos durchrauschen ließ.

„Keine Sorge, Boss. Ich hab alles im Blick. Da haben wir den Director's Cut von ‚Manchmal Zitronen', wusste gar nicht, dass es davon einen Director's Cut gibt. Dort läuft ‚Manche mögen's heiß' und hier ‚Die freudlose Gasse' mit der Garbo. Ziemliche Bandbreite, aber keine weiteren Auffälligkeiten."

„Hmm. Können Sie mir noch einmal das Video mit den Strandaufnahmen nach dem Tsunami einlegen? Hier auf den freien Monitor?" Pfeffer zog sich einen Stuhl her und setzte sich rittlings darauf. Der Praktikant tat wie gewünscht. Sekunden später flimmerte die Szene mit der Welle, die den Mann mit der blauen Badehose wegriss, über die Mattscheibe. Danach folgten die Strandbilder. Pfeffer sah auf die Uhr und stoppte beinahe dreißig Minuten. Eine halbe Stunde Verwüstung und dazwischen Nives Marell mit ihrem roten Elefanten. Nichts, was auf den ersten Blick verdächtig schien. Zuletzt kam Nives Marell auf die Kamera zu und bewegte ihre Lippen. Sie schien verärgert. Sie griff mit der Hand nach der Kamera. Das Bild kippte, kurz kamen Füße und Sandalen ins Bild. Dann Schneegestöber.

Der Praktikant sah Pfeffer abwartend an. Er stoppte seine Videos. „Lassen Sie mich raten, Chef, Sie wollen jetzt wissen, was die Dicke zum Schluss in die Kamera sagt?"

„Richtig." Pfeffer schmunzelte. „Gibt es das mit Ton?"

„Gibt es." Patrick bediente die Knöpfe am Videorekorder, spulte kurz zurück und die Szene lief nun mit Ton. Schreie, Befehlsgebell und Knarzen. Nives kam auf die Kamera zu, wütend, und sagte: „Öhmscheis dusdiwach."

„Wie bitte? Kann man das herausfiltern, was sie sagt?", fragte Pfeffer.

„Ich nicht, die Technikjungs bestimmt. Ich habe das aber auch schon ein paar Mal angehört und ich bin sicher, dass sie sagt: ‚Hör auf mit dem Scheiß, tu das Ding weg.' Klingt zumindest so."

„Sie spricht deutsch mit einem Amerikaner?"

„Der Knilch mit den hässlichen Zehen und den ollen Birkenstocks soll ein Ami sein?"

„Geben Sie das Band in die Technik, die sollen den Text von Frau Marell herausfiltern. Falls es nicht deutlich genug geht, sollen sie einen Spezialisten holen, der von den Lippen lesen kann. Und alles so schnell wie möglich. Sie sollen mich umgehend auf dem Handy anrufen."

„Okay, Chef."

Max Pfeffer stand auf, höchste Zeit für ein kleines Mittagsessen. Dann traf es ihn wie ein Schlag. „Was haben Sie gesagt?", fragte er den Praktikanten.

„Okay, Chef."

„Nein, davor. Sie sagten was mit Zehen und Birkenstocks."

„Ja, am Schluss kommen doch die Füße ins Bild und die ollen Birkenstocks."

„Zeigen Sie noch mal das Band."

„Schau dir das bitte mal an." Max Pfeffer packte Annabella Scholz am Arm und zog sie vom Kantinentisch hoch.

Die Kommissarin ließ die Gabel fallen, mit der sie den letzten Bissen zu weich gekochten Wirsinggemüses aufgespießt hatte. Das Gemüse verteilte sich auf dem Tablett, dem Tisch und auf Bellas Hose.

„Scheiße, Chef. Jetzt ist echt genug." Annabella Scholz riss ihren Arm los und widmete sich mit der Serviette dem Wirsingfleck auf der Hose.

„Sorry, Bella. Aber wir haben sie." Pfeffer nahm sie wieder am Arm, mit der anderen Hand zog er ihre Jacke vom Stuhl.

„Wo gehen wir hin?", fragte Annabella entnervt, während sie sich vor den Augen verwundert glotzender Kollegen durch die Kantine ziehen ließ.

„In die Wohnung von Joseph Bloch."

Als sie später im Wohnzimmer des Ermordeten saßen, tupfte die Kommissarin immer noch wütend an ihrer Hose herum und schenkte ihrem Chef kaum Aufmerksamkeit. Der schaltete Video und Fernseher ein, holte aus dem Schlafzimmer mehrere Schuhe, die mit Paketschnur zu Paaren gebündelt und mit Etiketten versehen waren.

Pfeffer las das erste Etikett vor: „Fritz Roloff, ca. 1970–72". Er legte das Paar auf den Couchtisch. Dann: „Fritz Roloff, ca. 1983", danach „Fritz Roloff, 1968–73". Er sah Bella triumphierend an. „Alles Schuhe von Fritz Roloff. Größe 42. Durchweg. Wenn wir mal mit den Schuhen von Joseph Bloch vergleichen", er hob einen einzelnen Turnschuh hoch, den er dem Schuhschrank im Flur entnommen hatte, „dann stellen wir fest, dass der 44 hatte."

„So weit kann ich dir folgen."

„Bei diesen Birkenstocks sind zwar die Ziffern der Größenbestimmung nicht mehr zu erkennen, aber sie sind eindeutig kleiner als 44." Er legte eine Sandale Sohle an Sohle mit dem Turnschuh. „Eher Roloffs Größe. Sie lagen auf einem Stapel mit Roloffs Schuhen, die Bloch gesammelt hat. Bloch hat genau archiviert und alles, was er von Roloff oder der Marell gesammelt hat, mit Etiketten beschriftet. Diese Birkenstocks haben als einzige kein Etikett." Pfeffer startete nun den Videorekorder. Nives Marell näherte sich wütend der Kamera, griff danach, die Kamera schwenkte zu Boden, man sah Füße und Sandalen. Pfeffer stoppte das Video auf Standbild. „Wir haben das Band bisher nie wirklich zu Ende geschaut."

„Verstehe." Nun war Annabellas Aufmerksamkeit geweckt. „Rechts die Füße von Nives Marell, links unten die Füße des Kameramanns und die Birkenstocks!"

„Die Sandalen stehen leider daneben. Er trägt sie nicht an den Füßen."

„Na und? Sie stehen jedenfalls so, dass er gleich reinschlüpfen kann. Das könnte es sein, womit Bloch die Marell erpressen konnte, Chef. Er kam, ob durch Diebstahl oder Zufall, in den Besitz der Kamera und als er die Bilder sah, hat er die richtigen Schlüsse gezogen. Denn Nives Marell hatte ihm die Klamotten, die Roloff in Thailand dabei hatte, für sein Archiv geschenkt. Auch die ollen Birkenstocks."

Pfeffer deutete auf den Bildschirm. „Diese Birkenstocks."

„Okay, ich glaube, ich kann dir folgen. Aber sehen wir nicht nur was, weil wir unbedingt was sehen wollen? Suchen wir nicht krampfhaft etwas, weil wir wollen, dass Sepp Bloch die Marell erpresst hat?"

„Das ist unsere Aufgabe, Bella, wir müssen aus dem, was wir sehen, hören, riechen, schmecken, Rückschlüsse ziehen, wenn sich niemand freiwillig meldet und sagt: Ich war's!"

„Gut, spielen wir das Spiel weiter. Bist du sicher, dass das dieselben Sandalen sind? Ich meine, das ist ein Massenprodukt."

„Hier, die Abriebspuren am linken Riemen scheinen mir gleich. Und rechts ist ein Teil der Lasche eingerissen. Bei den Sandalen im Video und bei den Sandalen hier. Es müssten dieselben sein." Pfeffer kratzte sich am Kopf. „Okay, ich bin zu voreilig. Es könnte eine Bildstörung sein, eine Pixelung, ein Wackler, der die Sandalen ähnlich aussehen lässt. Die Kamera ist einfach scheiße. Lass uns mal mutig herumspinnen: Der Einbrecher hat nicht nur das Video Nummer Vierhundertneunundvierzig mitgenommen, in der Hoffnung, dass es die einzige Kopie war. Da können wir sicher sein, dass dieses Video nirgendwo mehr auftauchen wird. Das ist längst zerschreddert. Vermutlich hat er auch die Liste mitgenommen, auf der Bloch seine Videos nach Nummer und Inhalt sortiert hatte. Der Einbrecher hat zudem das Etikett von diesen Sandalen abgerissen, damit niemand womöglich einen Zusammenhang feststellt. Das war das Wesentliche."

„Okay, klingt plausibel. Wir checken die Wohnung, zerfieseln alles, und da liegen nur ein paar Sandalen im Schrank herum. Fällt keinem auf. Aber warum hat der Einbrecher die Sandalen nicht gleich mitgenommen und komplett entsorgt?“

„Hier.“ Pfeffer legte ein Buch auf den Couchtisch. Ein Blankbook, das Bloch als Archivierungshilfe diente. „Bloch hat alles akribisch aufgelistet und archiviert. Hier drin sind unter der Überschrift ‚Letzter Urlaub, Thailand 2004‘ alle Dinge vermerkt, die Nives Marell ihm nach dem Thailandurlaub überlassen hat. Unter anderem steht da: ‚Getragene Sandalen Marke Birkenstock, braun, Größe: ?‘, dazu der Vermerk: ‚Noch mal bei N recherchieren.‘ Eine herausgerissene Seite in diesem Buch wäre ja wohl auffälliger als nur ein fehlendes Etikett.“

„Und jetzt?“

„Wir starten in aller Ruhe einen kleinen Versuchsballon.“

38

Der kühle Herbstwind ließ das bunte Laub auf den Gräbern des Ostfriedhofs tanzen. Der Himmel hatte sich zugezogen, es frischte deutlich auf. Die Trauergäste zogen beinahe synchron die Jacken und Mäntel enger, als sie dem Sarg auf dem Weg zum Grab folgten. Nives ließ sich die doppelte Anspannung nicht anmerken und hakte sich bei ihrem Sohn Rocco ein. Zum einen wollte sie dieser aufgedonnerten Person aus dem Weg gehen, die ihr auf billige Art ähnlich sah und die sich als Marion mit diesem „Sie wissen schon"-Lächeln vorgestellt hatte. Nein, Nives wusste nicht, dass es sich um die Wirtin von „Mutti's Kuchl" in der Lagerhausstraße handelte. Zum anderen hatte Nives keine Lust, Kriminalrat Pfeffer und seiner Kollegin alleine in die Arme zu laufen.

Nives ärgerte sich, dass Traudl sich beharrlich geweigert hatte, zur Beerdigung zu kommen. „Dem spuck ich höchstens noch ins Grab", hatte Traudl gesagt und dann wieder geweint, so wie sie in letzter Zeit beinahe ununterbrochen weinte, ohne zu sagen, warum. Nives tat so, als hätte sie Probleme mit ihren Schuhen und nutzte die Gelegenheit, den Schritt zu verlangsamen. Sie hatte keine Lust, als eine der Ersten in vorderer Reihe am Grab zu stehen. Das konnte diese aufgedonnerte Billigkopie machen. Oder auch der Gewandmeister Sebastian Oßwald, der als einer der wenigen vom Theater gekommen war und als Einziger mit seinem dunkelgrauen Maßanzug perfekt und stilsicher gekleidet war – abgesehen von Max Pfeffer, doch der trug, so weit Nives das erkennen konnte, keinen Maßanzug. Außer Nives' Sohn Rocco, den sie zur Anwesenheit verdonnert hatte, waren keine anderen Schneider gekommen. Ein paar ältere Männer kannte Nives vom Sehen. Handwerker aus anderen Werkstätten, Rüstmeister, Maler, Tischler, Kumpels, mit denen man kleine Gefälligkeiten austauschen konnte. Zwei Verwaltungsangestellte mit unbewegten Gesichtern vertraten Intendanz und Geschäftsleitung. Drei abgehalfterte Männer, die Nives für Stammgäste aus der Kneipe der Aufgedonnerten hielt, hielten sich etwas abseits.

Vorne gleich hinter Sarg und Pfarrer schritt energisch Almut Weißmüller, die Sekretärin und einzige Angestellte der Fritz-Roloff-Stiftung, die bislang nur von Nives Marell finanziert wurde. Das würde sich nun ändern. Da die Stiftung geerbte hatte, hatte sich die Sekretärin um die Beisetzung gekümmert, auch wenn das Testament noch nicht offiziell eröffnet war. Nives war mit Almuts Arbeit mehr als zufrieden. Niemand würde der Fritz-Roloff-Stiftung vorwerfen können, die Beerdigung von Joseph Bloch sei nicht von A bis Z würdevoll gewesen. Sie schielte hinüber zu den Reportern, die eher gelangweilt dem Trauerzug folgten. Sie hatten auf mehr Prominenz gehofft. Weitere Roloff-Stars außer Nives Marell … Naivlinge, dachte Nives und schmunzelte. Immerhin hatten sie brav fotografiert und dokumentiert, dass die einstige Diva mit ihren mittlerweile heruntergehungerten sechsundsiebzig Kilo in Schwarz hinreißend aussah, alle Gerüchte über ihre unglaubliche Fettleibigkeit erstunken und erlogen waren und sie noch immer ein Hingucker sein konnte.

Am offenen Grab dauerte die Zeremonie kürzer, als Nives befürchtet hatte. Sie warf eine Schaufel voll Erde auf den Sarg, gab die Schaufel an Rocco weiter und wollte weitergehen, froh, niemanden kondolieren zu müssen, da tauchte wie aus dem Nichts der Kriminalrat auf und nahm sie sachte am Ellbogen.

„Ich würde mich freuen, wenn Sie anschließend ein paar Minuten für mich Zeit hätten. In meinem Büro. Aber genießen Sie ruhig erst den Leichenschmaus.“ Pfeffer lächelte ihr verbindlich zu.

Sie inhalierte das Plüschig-Warme seiner Augen und wusste, dass sie verdammt auf der Hut sein musste.

„Ich soll was?“ Nives Marell kicherte wie ein Schulmädchen. „Entschuldigen Sie bitte, aber ich habe beim Leichenschmaus wohl ein bis zwei Gläschen Champagner zu viel getrunken.“ Sie bemühte sich um Haltung und setzte sich aufrecht in den Stuhl gegenüber Pfeffers Schreibtisch. „Sie bitten mich also allen Ernstes, dass ich Sandalen identifizieren soll?“

„Ich bitte Sie zunächst, dieses Videostandbild anzuschauen.“ Pfeffer legte der Schauspielerin mehrere Farbausdrucke der letzten Sekunden des Videos vor.

„Ja, das sind meine Füße und die Füße von ... na, wie hieß er noch? ... Jim, ja, *Jim from Philadelphia*, *my biggest fan*, und, hier haben Sie durchaus recht, Herr Kriminalrat, auch ein paar alte Birkenstocks."

„Diese Birkenstocks." Pfeffer holte die Sandalen aus einem Schubfach seines Schreibtischs und stellte sie auf die Farbausdrucke. „Ich bin sicher, dass dies die Sandalen aus dem Film sind."

„Wie kommen Sie darauf? Und selbst wenn?"

„Diese Sandalen haben wir im Archiv von Herrn Bloch gefunden. Sie haben Sie ihm nach dem Thailandaufenthalt überlassen – am Ende mit derselben Kiste, in die die Kamera aus Versehen geraten ist. Nun hat Herr Bloch alle Sammelstücke mit Etiketten versehen, ausgerechnet dieses nicht. Es sind aber eindeutig Schuhe Größe 42, die Größe von Fritz Roloff. Was machen nun diese Schuhe, Größe 42, auf einem Video, das nach dem Tod des Trägers aufgenommen wurde?"

„Nun ..." Nives Marell zögerte lange. Zu lange für Pfeffer, doch er behielt ein unverbindliches Pokerface bei. Schließlich zog sich Nives ihre schwarzen Pumps aus, stellte sie ordentlich nebeneinander, korrigierte noch einmal den perfekten Stand der Schuhe und räusperte sich. Dann nahm sie die Birkenstocks vom Tisch, legte sie sich zurecht und schlüpfte hinein. Würdevoll erhob sie sich. „Wenn das Video noch einige Sekunden länger dauern würde, könnten Sie sehen, dass ich in die Sandalen hineinschlüpfe. Es dürfte Ihnen aufgefallen sein, dass ich barfuß vom Wasser zurückkomme – fragen Sie mich nicht, welcher Teufel mich da ritt, barfuß in diesem Chaos herumzulaufen. Es war einfach so."

Max Pfeffer starrte auf die Füße der Schauspielerin, die perfekt in die Sandalen passten. Ihm waren noch nie ihre großen Füße aufgefallen. Wobei es für eine Frau ihrer Statur logisch war, dass sie keine 36 trug.

„Ich habe Größe 42. Manchmal reicht auch 41. Die Lösung Ihres kleinen Rätsels ist einfach, dass das meine Schuhe sind. Sepp wird vergessen haben, sie zu etikettieren. Vielleicht habe ich ihn auch nicht ausdrücklich darauf hingewiesen, dass es sich um meine, nicht um Fritzens handelt." Sie breitete die Arme aus. „War es das dann, Herr Kriminalrat? Darf ich meine anderen Schuhe wieder anziehen?"

„Bitte sehr." Max Pfeffer lächelte sie charmant an.

„Darf ich ..." Nives Marell schwankte ein wenig. „Huh, mein Kreislauf. Darf ich Sie um einen kleinen Espresso bitten, bevor ich gehe."

„Natürlich, Frau Marell." Pfeffer stand auf und startete seine Maschine. „Inzwischen wird meine Kollegin Annabella Scholz mit Ihrem Einverständnis eine Speichelprobe von Ihnen nehmen, damit wir vergleichen können, ob diese Schuhe auch wirklich Ihnen gehören und nicht doch peinlicherweise eine Verwechslung mit denen von Fritz Roloff vorliegt."

Nives Marell zuckte zusammen. Sie hatte ganz vergessen, dass sich die Kommissarin ebenfalls im Raum befand. Annabella Scholz hatte schweigend die Szene beobachtet.

„Sicher, natürlich. Eine Speichelprobe ..." Nives Marell setzte ein unbekümmertes Lächeln auf, als sie das Wattestäbchen von Annabella nahm und sich an den Wangeninnenseiten entlangstrich. „So gut? Habe ich es richtig gemacht? Bitte sehr, Frau Kommissarin. Ihre Probe."

„Und bitte sehr, Frau Marell. Ihr Espresso. Und dann noch eine Frage. In dem Video gehen Sie ganz am Schluss auf die Kamera zu und sagen ..." Pfeffer tat so, als suche er in einem Aktendeckel das entsprechende Papier, in Wahrheit konnte er den Text auswendig. Der Praktikant hatte richtig geraten, wie die Technik bestätigt hatte. „Sie sagen: ‚Hör auf mit dem Scheiß. Tu das Ding weg.'" Pfeffer blickte freundlich auf.

Nives Marell zog fragend die Augenbrauen hoch. „Ja? Ich verstehe nicht ganz."

„Sie sprechen Deutsch mit Ihrem amerikanischen Fan?"

„Nun." Sie lachte kokett. „Ich weiß nicht, ob Sie jemals in so einer Ausnahmesituation steckten, Herr Pfeffer. Ob Sie jemals den Weltuntergang erlebt haben ... Gestehen Sie mir also eine gewisse Verwirrtheit zu. Einen kleinen Lapsus aus Trauer, Wut und Verzweiflung. Ich spreche in meiner Aufregung Deutsch mit einem Amerikaner! Schuldig im Sinne der Anklage."

„Gut, Frau Marell, dann noch eine letzte Gegenüberstellung." Pfeffer zog die Vergrößerungen hervor, die die Technikjungs von dem Mann in der blauen Badehose gemacht hatten. Leider hatte sich Pfeffers Befürchtung bewahrheitet. Die mangelnde Qualität der Aufnahme ließ keine eindeutige Identifizierung zu. „Schauen Sie bitte das Bild in Ruhe an und sagen Sie mir dann, wer der Mann auf dem Bild ist."

Die Schauspielerin warf nur einen kurzen Blick darauf. „Fritz Roloff, Herr Kriminalrat. Wer sonst? Hundertprozentig Fritz Roloff."

Nachdem sie das Büro verlassen hatte, stolz erhobenen Hauptes, elegant und selbstsicher, verzeihend lächelnd, suchte sie die nächste Damentoilette auf und sperrte sich in eine Kabine ein. Nun erst erlaubte sie sich zu zittern, hektisch nach Luft zu schnappen und ein paar Tränen zu vergießen. Da sie alleine war, hörte niemand sie laut und verzweifelt aufschluchzen. Wie sie es hasste, improvisieren zu müssen!

Unterdessen saßen Annabella und Pfeffer beim Espresso wenige Türen weiter im Büro und Annabella sagte resigniert: „Schuss in den Ofen, der Versuchsballon."

„Kannst du laut sagen. Die Frau scheint teflonbeschichtet."

„Also?" Annabella schüttete noch einen Löffel Zucker in ihren Espresso und rührte geräuschvoll.

„Also wühlen wir weiter. Und wir kümmern uns noch mal um Werner Androsch oder Traudl Sonnenbichl. Was soll's. Es macht keinen richtigen Spaß, schwaches Wild zu jagen."

„Ach, Chef, mit dir macht die Jagd immer Spaß." Bella lächelte süßlich.

„Trotz allem?"

„Trotz allem. Du weißt, dass ich mich immer wieder mal in dich verlieben könnte. Gerade weil du manchmal dermaßen spinnst, dass es eine Freude ist. Nur, normalerweise hast du recht, wenn du spinnst."

„Diesmal wohl nicht." Pfeffer stellte den Bürostuhl so ein, dass er damit wippen konnte, verschränkte die Arme hinter dem Kopf und wippte munter. Trotz allem hatte er gute Laune.

39

Zum zweiten Mal innerhalb weniger Tage Besuch der Kriminaldirektorin in seinem Büro zu haben, bedeutete Pfeffers Ansicht nach nichts Gutes. Dass seine Vorgesetzte auch noch in Begleitung von Oberstaatsanwalt Bauer auftauchte, bedeutete garantiert etwas absolut nichts Gutes. Hatte er nun doch seinen Kopf auf dem Silbertablett präsentiert?

„Wie können Sie es wagen!" Oberstaatsanwalt Bauer explodierte, nachdem er die Bürotür hinter Annabella Scholz geschlossen hatte, die man gebeten hatte, den Raum zu verlassen.

„Herr Oberstaatsanwalt, bitte", versuchte Jutta Staubwasser zu beschwichtigen.

„Was meinen Sie bitte?", fragte Pfeffer und hoffte, seiner Stimme die nötige Unbefangenheit zu verleihen.

„Das wissen Sie ganz genau, Herr Pfeffer", brüllte der Oberstaatsanwalt. Sein schnelles Schielen zur Kriminaldirektorin verriet Pfeffer, dass sich der Mann unsicher fühlte. „Ich dulde es nicht, dass hier mit religiösen Gefühlen Schlitten gefahren wird!"

„Wir sollten uns um mehr Sachlichkeit bemühen, bitte", sagte die Kriminaldirektorin. Der Oberstaatsanwalt machte eine wegwerfende Handbewegung. „Es geht um Ihren Antrag hier, Kollege Pfeffer." Sie legte das Papier sorgfältig vor Pfeffer auf die Tischplatte. „Das kann nicht Ihr Ernst sein, Kollege, oder?"

„Es ist mein Ernst."

„Sehen Sie! Frau Staubwasser, genau, was ich Ihnen gesagt habe!"

„Ja, ich sehe, Herr Oberstaatsanwalt. Vielleicht sollten wir dennoch Kollegen Pfeffer erst einmal seine Motive erläutern lassen." Wieder ließ der Oberstaatsanwalt mit einer wegwerfenden Handbewegung deutlich erkennen, was er von weiteren Erläuterungen hielt.

„Danke, Frau Staubwasser", sagte Pfeffer. „Beim Stand der Ermittlungen halte ich es für gegeben, dass wir die Knochenreliquie des Heiligen Zachäus von Palmyra beschlagnahmen lassen, um sie einer genauen Analyse zu unterziehen. Alter, Herkunft et cetera. Es gibt berechtigte Anhaltspunkte, die uns vermuten lassen, dass das Skelett ausgetauscht …"

„Danke. Mir reicht es, Frau Staubwasser." Oberstaatsanwalt Bauer lockerte seine Krawatte und öffnete den obersten Hemdknopf. Pfeffer wusste, jeder wusste, dass der Oberstaatsanwalt ein erzkatholischer Konservativer war. „Mehr brauche ich nicht hören, mehr muss ich nicht hören. Ich habe ohnehin langsam den Verdacht, dass wir unseren Kollegen Pfeffer mal in einen längeren Erholungsurlaub schicken sollten! Die Reliquie des Heiligen Zachäus von Palmyra bleibt SELBSTVERSTÄNDLICH unangetastet! Ihren Phantasmagorien, Herr Pfeffer, kann niemand folgen. Diese blasphemischen … Unsittlichkeiten werde ich nicht zulassen. Sie werden sich nicht an etwas versündigen, was Millionen Menschen heilig ist!"

„Ich habe alles in dem Antrag erklärt. Natürlich verstehe ich, dass es sich für einen gläubigen Menschen ein wenig verrückt anhören muss …"

„Ein wenig?", schrie der Oberstaatsanwalt und Spucketröpfchen regneten auf Pfeffers Hemd. „Ein wenig?"

„Herr Bauer, bitte", sagte die Kriminaldirektorin. „So kommen wir nicht weiter. Ich muss zugeben, dass mir Ihre Argumente auf der einen Seite logisch erscheinen, Kollege Pfeffer. Gar nicht verrückt. Sicher hätten Mitarbeiter der Firma Unterluggauer theoretisch die Möglichkeit, die Skelette zu vertauschen. Darüber hatten wir uns bereits unterhalten. Doch leider stehe auch ich Ihrem Antrag nicht sehr wohlwollend gegenüber, Kollege Pfeffer. Ich teile die Bedenken der Staatsanwaltschaft absolut. Wenngleich ich keine derart religiöse Argumentation unterstütze. Ich sehe ebenfalls keine stichhaltige Begründung für eine Analyse der Reliquie. Ein ungeklärter Vermisstenfall aus den sechziger Jahren reicht mir jedenfalls nicht aus. Ebenso wenig die Vermutung, dass ein Tsunamiopfer gar nicht dem Tsunami zum Opfer fiel. Das reicht nicht! Und das wird auch keinem Richter reichen. Sie wissen, dass ich Ihre mitunter gewagten Theorien oft schätze, weil Sie mehr als einmal recht damit hatten. Doch in diesem Fall … Tut mir leid, Kollege Pfeffer, das …“

„Das wird ein Nachspiel haben“, rief der Oberstaatsanwalt. „Sie haben einen bislang ungeklärten Mordfall im Residenztheater, Herr Pfeffer. Kümmern Sie sich darum! Wir zerpflücken hier nicht auf Teufel komm raus irgendwelche Skelette. Und wir sehen nicht Gespenster!“ Der Oberstaatsanwalt rauschte aus dem Raum.

„Ich decke Ihre unorthodoxen Methoden, wo ich nur kann, Kollege Pfeffer“, raunte Jutta Staubwasser dem Kriminalrat zu, bevor sie Oberstaatsanwalt Bauer folgte. Es schwang durchaus ein Hauch Sympathie in ihrer Stimme mit. „Aber müssen Sie unbedingt öffentlichen Selbstmord begehen?“

40

Traudl Sonnenbichl küsste ihren Rudi auf die fahle Wange und drückte seine kalte Hand. „Keine Angst, Rudi. Alles wird gut", raunte sie ihm ins Ohr und sah die Panik in seinen rotgeäderten, fiebrig glänzenden Augen. Sie lächelte ihn an, echt und liebevoll. Langsam veränderte sich sein Ausdruck, ein Anflug von Lächeln zuckte um seine rissigen Lippen. Sie spürte, wie er schwach ihre Hand drückte. Sie gab ihm einen Kuss auf den Mund und stand dann von der Bettkante auf.

„Bis bald, mein Schatz", sagte sie fröhlich lachend und verließ den Raum. Im Flur positionierte sie die Reisetasche mit Rudis Sachen, die sie gepackt hatte, gut sichtbar neben die Garderobe. „Alles wird gut", flüsterte sie, als sie die Wohnungstür zuzog. Sie hielt die beiden Briefe in der Hand. Den einen warf sie in den nächsten Briefkasten, den anderen trug sie wie ein Schild vor sich her, während sie die Kapuzinerstraße Richtung Isar hinunterging.

Werner Androsch stand innen vor der Wohnungstür und kämpfte mit sich. Er trug den altmodischen Anzug, seinen besten Anzug, den er noch besaß. Letztlich das ideale Kostüm für seine Rolle in „Kanakenbraut", dachte er. Man bräuchte ihm gar keinen schlechtsitzenden Anzug auf den Leib zu schneidern. Man bräuchte nur in seinem Kleiderschrank nachzuschauen. Werner Androsch hob die Hand, um die Türklinke zu berühren. Diesmal, das hoffte er, würde er es schaffen. Er würde aus der Wohnung gehen können, ohne die Falten nachzumessen. Er würde einfach die Klinke niederdrücken und gehen. Seine Hand zitterte nur leicht. Er würde es schaffen! Die Hand zitterte stärker. Er näherte sich der Klinke – und erreichte sie nicht. Es hatte ihn eingeholt. Er zog die Hand zurück, fluchte über sich selbst, ging in die Küche und holte das Metermaß. Der zu enge Anzug behinderte ihn ein wenig, als er auf dem Schemel stand und die Vorhangfalten nachmaß. Die ersten drei stimmten, die vierte schon nicht mehr. Mit den Fingerspitzen und sachten Bewegungen korrigierte der Schauspieler den Stoff. Es klingelte. Werner reagierte nicht. Nach eine Weile klingelte es erneut. Entnervt stieg Werner Androsch vom Hocker und öffnete.

„Hallo, Werner."

„Traudl?" Er trat vor Überraschung einen Schritt zurück. Zu seinem Missfallen missdeutete es Traudl Sonnenbichl und fühlte sich aufgefordert, hereinzukommmmen.

„Oh, ziehst du um?", fragte Traudl und deutete mit dem Briefumschlag, den sie in der rechten Hand hielt, auf die vielen Umzugskartons, die sich im Flur und im Wohnzimmer stapelten.

„Nein. Wieso?" Werner Androsch folgte ihr.

„Aber einen traumhaften Ausblick hast du!" Traudl ließ ihren Blick mit weit aufgerissenen Augen begeistert zur Giesinger Kirche wandern, die aus dem wogenden, herbstlich bunt gefärbten Baumkronenmeer ragte. „Ein Traum." Sie trat dicht ans Fenster, schob den Vorhang ein wenig zur Seite und sah über die Isarauen. „Herrlich."

„Ja, schön", knurrte Werner, nun würde es lange dauern, bis er die Falten wieder auf die richtigen Abstände getrimmt hätte. Dabei müsste er doch einkaufen gehen.

„So hatte ich es in Erinnerung."

„Wie bitte? Du warst doch noch nie bei mir."

„Doch. Damals zur Einweihungsparty. Ich kam mit Nives."

Werner Androsch dämmerte es dunkel. Nives hatte er eingeladen, sie kam. Traudl hatte er nicht eingeladen, sie kam trotzdem.

„Damals warst du gerade frisch geschieden. Das weiß ich noch, da war deine kleine Tochter Sabine da und ich habe ein wenig mit ihr gespielt. Ja, das weiß ich noch. Wie geht es Sabine?"

Werner Androschs Unterkiefer mahlte.

„Ich will dich nicht lange aufhalten, Werner." Traudl drehte sich zu dem Schauspieler um. „Aber du bist einer von der alten Truppe. Na, außer Nives eigentlich der einzige der alten Truppe, zu dem ich Kontakt habe."

„Wir haben Kontakt?"

„Du weißt, was ich meine."

Werner Androsch schüttelte zwar den Kopf, doch Traudl Sonnenbichl reagierte nicht darauf. „Und wir haben etwas gemeinsam. Wir beide werden verdächtigt, den Sepp ermordet zu haben“, sagte sie. Sie öffnete ungefragt die Balkontür und trat hinaus auf die überdachte Loggia. Die Luft war kühl. Das Rattern eines vorbeifahrenden Zuges schallte vom Isartal hinauf. „Schön, dein Oleander.“ Sie fuhr sanft mit der linken Hand über die Pflanze. „Hier.“ Sie hielt Androsch, der in der Tür stehengeblieben war, den Briefumschlag hin. „Nimm ihn bitte. Ich möchte, dass du ihn verwahrst. Ungeöffnet bitte.“

„Ich weiß nicht, ob ich das gut finde“, sagte der Schauspieler leise und nahm den Umschlag. Er war unbeschriftet.

Traudl breitete die Arme aus, Werner Androsch fürchtete, sie würde ihn umarmen wollen. Doch die Frau dehnte sich nur und atmete tief ein. „Herrlich, die Luft!“ Traudl lachte den Mann an. „Du bist mich gleich los, Werner. Sei so gut, und hol mir bitte ein Glas Wasser. Das wäre lieb.“

„Gut.“ Androsch schlurfte langsam in die Küche. Hoffentlich ging sie endlich, damit er den Vorhang richten konnte. Er nahm ein Glas aus dem Küchenschrank, wischte es einmal im Uhrzeigersinn und einmal entgegen dem Uhrzeigersinn mit einem Küchenkrepp aus. Dann füllte er es mit Leitungswasser. Langsam schlurfte er zur Loggia zurück.

„Hier, bitte“, sagte er, doch Traudl war nicht mehr da. Androsch sah sich stirnrunzelnd um. Er ging zurück in die Wohnung, sah im Bad nach, dann im Schlafzimmer. Keine Traudl Sonnenbichl. Zuletzt öffnete er vorsichtig die Wohnungstür. Auch im Treppenhaus sah er niemand.

„Dann eben nicht.“ Er schloss wütend die Tür. Dann trank er das Glas Wasser in einem Zug aus und nahm das Metermaß.

41

Max Pfeffer gab Gerda Pettenkofer Feuer.

„Das lernt man doch als Erstes in diesen Nichtraucherseminaren, dass man keine Feuerzeuge mehr mit sich führen soll. Und ich bin Expertin, weil ich schon fünf mitgemacht habe. Du brauchst keins mehr“, stichelte die Rechtsmedizinerin.

„Doch, um attraktiven Frauen Feuer geben zu können.“ Pfeffer grinste.

„Böser Bub.“ Gerda Pettenkofer hustete rasselnd und sah hinüber zu den Kollegen, die die Leiche abdeckten und auf eine Bahre hievten.

„Weißt du übrigens, was mich in allen Fernsehserien jedes Mal aufs Neue aufregt?“, sagte sie dann. „Die falsche Terminologie. Sobald irgendwo Sanitäter ins Bild kommen, haben sie immer eine BAHRE mit sich. Kein echter Sani würde von einer BAHRE sprechen! Eine BAHRE ist nur für TOTE! Das da ist eine BAHRE. Alles andere, wo noch lebende Menschen drauf kommen, ist eine TRAGE. Verdammt noch mal.“

„Das brauchst du mir nicht erzählen, Gerda. Shit, jetzt fängt es zu regnen an.“

Der Kriminalrat und die Rechtsmedizinerin zogen sich unter einen schützenden Balkon zurück.

Die Medizinerin pulte sich ein Haar von den Lippen. „Ich brauche dir nicht groß erzählen, dass sie sofort tot war“, sagte Gerda Pettenkofer dann. „Bei einem Sturz aus dieser Höhe. Sieben Stockwerke. Bei der groben Voruntersuchung, die ich machen konnte, habe ich keine Spuren für einen Kampf gefunden. Sie scheint auch keine Medikamente oder Alkohol genommen zu haben. Ich würde meinen, sie ist freiwillig gesprungen. Selbstmord. Kann sich natürlich noch alles im Institut ändern. Dennoch sieht es ganz danach aus. Aber erstaunlich, Maxl, dass du sofort wusstest, aus welcher Wohnung sie gesprungen sein muss.“

„Ich kenne das Anwesen hier. Es hätte mich gewundert, wenn es nicht die Wohnung von Werner Androsch gewesen wäre.“

Annabella Scholz gesellte sich zu den beiden unter den Balkon. „Jetzt regnet's noch stärker", sagte sie und schlug ihren Jackenkragen zurück. „Mist." Sie hielt in der Hand eine Klarsichthülle mit dem geöffneten Brief, den Taudl Sonnenbichl Werner Androsch übergeben hatte. Sie reichte den Brief ihrem Chef. „Harte Nummer. Da hast du recht, Chef. Aber – immerhin ein geklärter Fall mehr bei unserer Hetzjagd von Erfolg zu Erfolg."

„Darf ich mal sehen?", fragte die Rechtsmedizinerin neugierig und Pfeffer gab ihr den Brief.

„Lies ruhig", sagte er.

In penibler Kleinmädchenschrift stand auf blümchenumranktem Recyclingpapier:

„Ich heiße Traudl Sonnenbichl, geborene Kropfhamer. Ich bin sechzig Jahre alt und habe Krebs im Endstadium. Ich weiß es schon lange. Schon lange vor der Diagnose wusste ich es tief in mir drin. Die kam erst vor zwei Wochen. Deshalb habe ich alles geregelt, was es zu regeln gibt und werde, wenn dieser Brief geöffnet ist, freiwillig in den Tod gegangen sein.

Um mich muss niemand weinen. Nicht mein Mann Rudi, denn den werde ich bald wiedersehen und wir werden für immer zusammenbleiben können. Nicht meine Freunde, das sind ohnehin nur sehr wenige. Nicht meine Kollegen, die mich sowieso nicht mochten. Außer Sebastian! Der wird weinen, weil er ein guter Junge mit Herz ist und mich so mochte, wie ich war. Ich vermute, dass dieser Brief Kriminalrat Pfeffer vorgelegt wird. Bitte, Herr Pfeffer, sagen Sie dem Gewandmeister am Staatsschauspiel, Herrn Sebastian Oßwald, unbedingt, dass er nicht weinen muss! Mir geht es nun besser.

Vermutlich werden einige fragen, warum ich so aus dem Leben gehe. Die Diagnose Krebs ist ein Teil davon. Heute wollte mein Arzt mich in die Klinik einweisen. Ich möchte nicht so enden. An Schläuchen. Wie Rudi.

Doch ich habe auch schwere Schuld auf mich geladen, mit der ich nicht mehr weiterleben kann. Ja, ich gestehe, dass ich meinen ehemaligen Chef, den Gewandmeister Joseph Bloch, vergiftet habe. Ich habe Oleander bei meiner Freundin Nives gepflückt und auch bei der Pflanze im Theater. Ich habe einen

Sud daraus gebraut und Sepp in seinen Kaffee, sein Bier und seinen Jägermeister gemischt. Tagelang. Es dauerte, bis ich die richtige Dosierung hatte. Ich schwöre, bei allem, was mir heilig ist, dass ich dabei keine Hilfe oder Mitwisser hatte. Ich weiß, dass die Polizei meine Freundin Nives Marell der Tat verdächtigt. Aber sie hatte gar keinen Grund, so etwas zu tun. Und sie hat keine Ahnung, dass ich es war.

Ich bereue meine Tat, weil ich einem Menschen das Leben genommen habe, was eine Anmaßung ist, denn wer bin ich, dass ich entscheide, dass jemand sterben muss? Ich bereue meine Tat aber auch nicht, denn er hat mein Leben verpfuscht! Er hat unser gemeinsames Kind getötet und meinen Unterleib gleich mit. Nun wachsen in mir Wucherungen. Sie fressen mich von innen auf. Ich spüre es.

Wenn ich die Kraft gehabt hätte, hätte ich Rudi auch befreit, auch mit Oleander gefüttert. Doch das konnte ich nicht.

Ich möchte, dass meine Freundin Nives Marell sich um meinen Mann Rudi kümmert und seine letzten Tage so angenehm wie möglich gestaltet. Sie weiß, was zu tun ist. Er soll nicht leiden müssen.

Ein gemeinsames Testament von Rudi und mir liegt beim Amtsgericht München.

Lebt wohl und vergesst mich nicht ganz."

Gerda Pettenkofer ließ den Brief langsam sinken und zog an der Zigarette. „Heftig", sagte sie dann leise.

„Du liest nicht viele Abschiedsbriefe?", fragte Pfeffer.

„Nein." Die Rechtsmedizinerin wischte verstohlen eine Träne weg. „Nein, zum Glück nicht. Und? Glaubst du ihr?"

„Es gibt vorerst keinen Grund, den Brief anzuzweifeln. Wir werden zur Sicherheit einen Schriftvergleich machen, aber ich denke, der Fall Joseph Bloch ist für uns damit erledigt."

„Irgendwie schade", sagte Annabella Scholz. „Nun ist die Jagd auf die große Diva mittendrin vorbei."

„Joseph Bloch war ein Schwein, aber offenbar kein Erpresser. Meine Theorien ließen sich nicht beweisen und sind mit diesem Schreiben eh hinfällig. Nives Marell wird ihren geliebt-gehassten Fritz Roloff nun würdig auf die Bühnen der Welt bringen können." Max Pfeffer zog den Reißverschluss seiner Lederjacke hoch. Mit dem Regen kühlte es weiter ab. „Wie schaut's aus, Mädels, gehen wir noch schnell einen Cappuccino trinken im Eiscafé am Roecklplatz?"

42

„Ach, Rudi, Rudi, Rudi." Nives Marell schluchzte auf und drückte dem Todkranken die kalte Hand.

Rudi Sonnenbichl schloss die Augen. Als er sie wieder öffnete, sah er das Gesicht der Schauspielerin dicht vor seinem.

„Ich hoffe, es ist alles recht?", fragte sie.

Er versuchte zu nicken.

„Gut. Es ist die beste Privatklinik, die ich in der Kürze der Zeit finden konnte. Es wird dir an nichts fehlen, Rudi, und wenn doch, lass es mich wissen." Nives Marell wandte sich ab und setzte sich auf einen der Designerfauteuils, die in dem Einzelkrankenzimmer den Besuchern zur Verfügung standen. Die behandelnden Ärzte hatten bei der Einlieferung in diese Klinik gesagt, dass Rudi vermutlich nur noch wenige Tage, wenn nicht gar nur Stunden vor sich hatte. Nives holte aus ihrer Handtasche den Brief, den sie per Post erhalten hatte, las ihn noch einmal und holte Luft.

„Es wird nicht einfach, Rudi. Hier drinnen darf ich nicht rauchen und ich muss mich beeilen." Nives Marell schlug die Beine übereinander. „Wusstest du, dass man nun die Rolle von Werner Androsch umbesetzen muss? Er ist in der Psychiatrie. Jetzt wird Hannes Wachsmuth die Rolle des Vaters in der Premiere und den ersten Wochen spielen. Der ist wenigstens textsicher und so viel schauspielerisches Talent wie Werner hat er allemal. Danach springt ein Kollege für den Rest der Spielzeit ein. Deine Frau hat da was angerichtet …" Sie biss sich auf die Unterlippe. „Entschuldige, Rudi. Mein Gott, die Traudl. Du darfst ihr nicht böse sein."

Rudi starrte die Schauspielerin mit seinen glühenden Augen an und schüttelte kaum merklich den Kopf. Vielleicht bildete sich Nives die Bewegung auch nur ein.

„Gut, die Traudl … Du weißt, dass sie immer meine beste Freundin war. Wir sind durch dick und dünn gegangen. Wo fange ich an? Damals in Zacherlkirchen, als der Leitmayr Toni sich an mir vergangen hat. Ja, da fange ich an. Ich gebe zu, dass ich ihm schöne Augen gemacht habe. Er hatte einen denkbar schlechten Ruf, der Toni. Und er war klein, aber er war auch fesch. Er hat mich gereizt. Dass die Situation dann so eskaliert ist, hatte ich nicht ahnen können. Jedenfalls hat er mich auf dem Heuboden vergewaltigt. Meine Schwester Afra hat ihn von mir heruntergezerrt, und er ist vom Heuboden in den Stall hinuntergefallen. Direkt vor die Traudl, die hat ihm in die Seite getreten."

Rudi verzog seinen ausgetrockneten Mund. Nives deutete es als Grinsen.

„Deine Traudl war immer eine taffe. Der Toni hatte sich nichts getan, zumindest konnte er gleich aufspringen. Er ist auf die Traudl los. Wie ein Berserker! Sie hat sich nur gewehrt. Wir haben es von oben gesehen. Sie hat ihm die Heugabel in die Brust gerammt." Nives Marell holte aus ihrer Handtasche eine kleine Flasche französisches Mineralwasser und trank daraus. „Das fällt mir alles nicht leicht, Rudi, weißt du. Jedenfalls hat deine Traudl ihn gewarnt. Doch er wollte nicht hören. Dass wir den Toni im Misthaufen begraben, war meine Idee. Traudl wollte die Polizei rufen oder den Pfarrer. Doch was wäre dann gekommen? Jugendstrafanstalt? Ewige Schande? Nein. Damals gab es noch keine Umweltverordnungen, da lag der Misthaufen einfach auf der Erde, ohne Betonbett, das das Grundwasser schützt. Wir haben eine ordentliche Fuhre Mist beiseite geschaufelt und ein Loch in den weichen Boden gegraben. Da haben wir den Toni eingebettet und den Mist zurückgeschaufelt. Die Heugabel haben wir dann in der Laff gewaschen. Uns natürlich auch. Gott, haben wir gestunken! Weißt du, was seltsam ist? Die Leitmayr Burgi hat der Polizei erst neulich erzählt, dass sie uns alle drei hat davonrennen sehen. Dabei war es schon ganz schön spät, bis wir mit allem fertig waren. Und wir sind nicht gerannt, im Gegenteil, wir wollten ganz unauffällig tun und sind gemütlich weggeschlendert. Manchmal denke ich, dass sie uns hinten im Garten mit dem toten Toni gesehen hat." Nives Marell fröstelte bei dem Gedanken. Sie rieb angespannt die Handflächen aneinander. Ein Licht der Erkenntnis flackerte in ihren türkisen Katzenaugen auf und sie schlug sich die Hand vor den Mund.

„Oh, mein Gott, Rudi. Wenn ich recht darüber nachdenke, dann hat sie uns natürlich gesehen! Sie hat als Erste die Geschichte von der Fremdenlegion erzählt, noch bevor der Pfarrer Rupert das an die große Glocke hängte. Natürlich! Der Rupert hat es von der Burgi! Sie hat dafür gesorgt, dass das Gerücht die Runde machte. Und jetzt fällt mir auch ein, dass sie beim Hochwasser 1973 ihre Schwester Apollonia daran gehindert hat, uns beim Aufräumen auf dem verlassenen Hof zu helfen. ‚Lass die Mädels', hat sie gesagt. ‚Die wissen selbst am besten, was sie machen müssen.' Das hat sie gesagt und uns so komisch zugezwinkert. Der Afra und mir sind damals Steine vom Herzen gefallen. Denn die Szenerie war genau die, die wir befürchtet hatten. Der Bach hatte den Toni komplett freigelegt … Moment, und was war bei früheren Hochwassern? Als der Hof noch bewirtschaftet war? Da hat niemand den Toni gefunden, obwohl er doch … Die Burgi muss also ein wachsames Auge auf ihn gehabt haben. Die Burgi! O mein Gott. Meine Güte. O du meine Güte. Und wenn ich eins und eins zusammenzähle, dann habe ich alles missverstanden … Weißt du, Rudi, die Loni, die Schwester von der Burgi, hat mir berichtet, dass die Burgi der Polizei so komische Andeutungen gemacht hat, dabei hätte sie der Polizei doch nie etwas verraten. Na, sie war zunehmend verwirrt. Wer weiß, vielleicht hätte sie nun was erzählt? Warum ist sie auch herumgerannt und hat überall gesagt, dass sie den Fritz gesehen hat? … Die arme Burgi …" Nives Marell schluchzte und nestelte aus ihrer Handtasche ein Taschentuch. „Sie hat uns unser Leben lang gedeckt und ich habe es ihr so gedankt."

Rudi betrachtete die weinende Frau mit flatternden Augenlidern.

„Das werde ich mir nie verzeihen. Verzeih mir, Burgi, bitte verzeih mir", flüsterte Nives Marell und stierte mit verheulten Augen aus dem Fenster. Nach einer sehr langen Pause kehrte ihr Blick in die Gegenwart zurück und sie sagte: „Der Toni ist '73 nur noch ein Skelett gewesen. Da standen wir dann, die Afra und ich. Was sollten wir tun? Ich, die Diva, die im Misthaufen eine Leiche verbergen will. Die Diva und die Leiche im

Misthaufen. Was für ein Filmtitel! Wir hätten natürlich den Toni erneut irgendwo eingraben können, doch ständig die Angst im Nacken, bei jedem Hochwasser. Nein, da musste eine endgültige Lösung her. Die Afra, die sich schon immer in Notsituationen dem Heiligen Zachäus vor die Füße geworfen hat, hat auch diesmal nichts Besseres als Beten gewusst. Doch ich habe im Knochenmann eine ganz andere Chance gesehen."

Sie trank erneut aus ihrer Mineralwasserflasche. „Da gab es diese große brüchige Stelle im Stuck über dem Seitenaltar, von der mir der Pfarrer berichtet hatte. Natürlich mit Kalkül. Ich hatte ja Geld! Er wollte, dass ich für die Renovierung spende. Ich habe mit dem Kruzifix an der langen Stange nachgeholfen. Der Stuck hat auch nicht genug Schaden angerichtet, denn das Glas hielt erstaunlich gut. Also musste ich noch ein wenig nachtarocken." Sie lächelte versonnen, als würde sie sich an einen lauen Sommerabend auf einer Blumenwiese erinnern.

„Du wirst sicher erraten, lieber Rudi, dass ich die Gelegenheit nutzte, einen kleinen Austausch an Gebeinen vorzunehmen. Vati hatte natürlich absolut keine Ahnung. Das habe ich nachts gemacht. Austauschen und einnähen. O ja, wir haben dann gehudelt, als es an die Verzierungen ging, Vati und ich. Schön haben wir es nicht gemacht. Hauptsache schnell. Heute liegt der Toni in seiner Verkleidung als Heiliger Zachäus von Palmyra wieder auf meinem Arbeitstisch und diesmal werden wir den Pfusch von damals bereinigen und eine perfekte barocke Reliquie wiederherstellen. Ist es übrigens nicht ein Witz, lieber Rudi, dass sie die Gebeine des echten Heiligen Zacherl in meinem Gemüsebeet gefunden haben? Ich habe sie dort vergraben, wo vorher der Toni lag. Nur viel tiefer! Wegen der Hochwasser. Natürlich habe ich sie vorher abgekocht und mit Terpentin gereinigt. Denn für den Fall der Fälle … Es musste ja nicht jeder gleich erkennen können, dass die Knochen mit Bleiweiß bemalt waren. Ob die Knochen wohl eine höhere Bleikonzentration aufwiesen? Ob das jemand in der Pathologie bemerkt hat? Na, egal. Wenn sie noch bemalt gewesen wären, hätte einer wie dieser Kriminalrat Pfeffer sofort seine richtigen Schlüsse gezogen. Der hat mir eh zu viele richtige Schlüsse gezogen. Ein harter

Gegner. Ständig hat er eine Finte durchschaut. Übrigens, und das musst du mir glauben, haben weder meine Schwester Afra noch deine Traudl davon gewusst, dass ich den Toni und den Zacherl vertauscht habe!"

Es klopfte sacht an die Tür. Nives zuckte erschrocken zusammen. Eine Schwester steckte den Kopf in den Raum und sagte mit einem fröhlichen Lächeln: „Mittagessen für Herrn Sonnenbichl." Sie brachte eine Infusion herein. „Kraftnahrung für Sie, Herr Sonnenbichl." Sie nahm einen alten, schlaffen Beutel vom Infusionsständer und hängte den neuen ein, dann lächelte sie Nives Marell wieder freundlich zu. „Und genügend Morphium haben Sie auch noch?" Sie kontrollierte den Apparat, der eine Art überdimensionierte Spritze steuerte, die über eine Kanüle das Schmerzmittel in regelmäßigen Dosen injizierte. „Sehr gut. Guten Appetit, Herr Sonnenbichl. Und trinken Sie auch ab und zu was. Ich komme dann nachher noch einmal vorbei, wenn Ihr Besuch weg ist, und mache Sie frisch."

„Schwester, entschuldigen Sie", sagte Nives und zog aus ihrer Handtasche eine Schachtel Alkoholpralinen. „Das sind seine Lieblingspralinen. Darf ich ihm eine oder zwei geben?"

„Alkohol sollte er eigentlich nicht …" Die Schwester verstummte und sah den Sterbenden an. „Aber sicher." Die Krankenschwester lächelte wieder. „Er wird nichts schmecken, doch wenn er sie mag …"

„Nein, er kann sie nicht schmecken. Danke, Schwester."

Als die Krankenschwester und ihre Fröhlichkeit das Zimmer verlasen hatten, steckte Nives dem Kranken eine Weinbrandbohne in den Mund und schob vorsichtig das Kinn hoch, damit sich der Mund schloss. Nun war sie sich sicher, in seinen Augen ein dankbares Glimmen erkannt zu haben. Nachdem sie sich wieder gesetzt hatte, fuhr sie fort: „Glaub mir, die Traudl wusste von nichts. Ich habe den Toni gekocht und dann mit Bleiweiß bemalt. Dann habe ich ihn in die Originalhülle des Zacherl eingenäht und mit meinem Vati die Verzierung so gut es ging restauriert. Fertig. Halt, nein, ich habe dem Zacherl noch einen Schneidezahn ausbrechen und dem Toni einsetzen müssen, denn dem fehlte einer." Sie schlug sich amüsiert auf die Schenkel.

„Und der Knüller ist ohnehin, dass sich durch diese Radiocarbonanalyse herausgestellt hat, dass der Zacherl, den alle seit Jahrhunderten als Heiligen verehren, in Wahrheit ein Toter aus dem Dreißigjährigen Krieg ist. Eine Fälschung! Und ich habe die Fälschung durch eine Fälschung ersetzt." Nives Marell kicherte anhaltend. „Ist das nicht klasse?"

Nachdem sie sich wieder gefangen hatte, räusperte sie sich vernehmlich. „Entschuldige, Rudi. Ich will dich und deine Geduld nicht übermäßig strapazieren. Du sollst und musst noch einiges erfahren. Die Traudl war ein guter Mensch und meine beste Freundin. Sie hat vielleicht den Leitmayr Toni auf dem Gewissen – mein Gott, was rede ich da –, eine Mörderin – ein guter Mensch ... Doch, das war sie! Ja. Verdammt noch mal. Und sie war sogar so gut, dass sie ein falsches Geständnis abgelegt hat. Die Geschichte mit dem Bloch Sepp lief jedenfalls anders."

Nives Marell knetete ihre Unterlippe. „Lass mich ein wenig ausholen. Wie ich weiß, hat die Traudl dir immer am Abend alles erzählt, was so vorgefallen ist. Da hat sie dir sicher erzählt, dass es Gerüchte gab, dass der Fritz in Thailand gar nicht beim Tsunami umgekommen ist. Ist er auch nicht. Aber er hatte diese verrückte Idee, seinen Tod beziehungsweise sein Verschwinden vorzutäuschen. Nur ich wusste davon. Er wollte zwei Monate in Thailand bleiben, sich neue Papiere besorgen und dann heimlich nach Deutschland zurückkehren, wo es dann um seine wundersame Auferstehung einen großen Presserummel gegeben hätte. Nur mit den Klamotten, die er trug und den dreitausend Euro, die ich ihm über meine Kreditkarte abgehoben habe, ist er abgezogen. Weg. Ließ mich mit seinem Plan zurück. Und ich habe Gefallen daran gefunden. Als er zwei Monate später eines Nachts vor meiner Tür stand, hatte ich alles vorbereiten können – für den Fall, dass ich überhaupt stark genug sein könnte, es durchzuziehen. Er hat mir ganz stolz seinen neuen Pass gezeigt, ausgestellt auf Henning Hoefler. So hieß die männliche Hauptfigur in ‚Manchmal Zitronen'. Sehr originell. Henning Hoefler. Er hat gesagt, dass er ganz vorsichtig war. Er habe nur öffentliche Verkehrsmittel bis Zacherlkirchen genommen.

Dann wurde er gleich wieder zudringlich. Als ob er in Thailand seinen Trieb nicht genug ausgelebt hätte! Wie er mich angewidert hat! Bis zu diesem Augenblick war ich noch nicht sicher, ob ich es tatsächlich tun wollte. Ich hätte nicht geglaubt, dass es so schnell gehen würde. Er hatte diese Perversion, dass er beim Sex gewürgt werden wollte. Diesmal habe ich fest und lange zugedrückt. Weißt du, Rudi, dieser Bulle hat mich gefragt, wie es gewesen sei, Fritz sterben zu sehen. Er meinte natürlich in der Flut. Aber ich habe ihn nur wenige Zentimeter entfernt durch meine Hände sterben sehen! Ich habe den Bullen jedoch nicht angelogen, denn es war eine Befreiung für mich. Du weißt, dass ich da noch fett war. Richtig fett. Es kostete mich die halbe Nacht, Fritz aus dem Haus in den Garten zu bugsieren, ohne den Buben aufzuwecken. Unten konnte ich ihn in eine Schubkarre wuchten, dann habe ich im Mondlicht eine Grube im Gemüsebeet ausgehoben und ihn reingeworfen, plus einen halben Sack ungelöschten Kalks. Es war nur eine sehr flache Grube. Keine Dauerlösung. Doch zu mehr musste ich erst einmal abnehmen! Lass sie alle denken, ich habe nur abgespeckt, weil ich mein Comeback plante …"

Sie lachte. „Als Rocco in der Früh aufstand, um zur Arbeit zu gehen, war ich gerade erst fertig. ‚Musst du mitten in der Nacht den Garten umgraben, Mama', hat er mich gefragt." Sie ahmte den unmelodiösen Tonfall ihres Sohns nach. „Ich sah aus wie ein Ferkel. Aber glücklich! Ich war frei, endgültig frei! Gibt es hier einen Kaffeeautomaten auf der Station? Ach, woher sollst du das wissen, Rudi. Ich schau mal nach. Ich brauche einen Kaffee."

Nach zehn Minuten kehrte Nives Marell mit einem dampfenden Kaffee zurück. „Entschuldige, Rudi, aber ich habe noch eine kleine Rauchpause eingelegt. Puh, schmeckt grauslig, das Zeug hier, aber besser als nichts. Wo war ich? Ach, der Fritz. Der Fritz Roloff war schlau. Ich dachte, ich hätte keine Fehler begangen, ich hätte nichts zu befürchten, denn das Meer hatte den Fritz verschlungen, keiner würde Fragen stellen. Aber der Fritz hat mir wohl misstraut. Das Schwein. Er hat sich eine Art Lebensversicherung geleistet. Eine Versicherung, die ihn vielleicht gerettet hätte, wenn er mich nicht gleich am ersten

Abend zum Sex getrieben hätte." Sie würgte mit ihren Händen die Luft.

„Fritz hat nämlich unserem Freund Joseph Bloch aus Bangkok eine Karte geschrieben. Da stand drauf: ‚Hallo Sepp, trau, schau wem. Hast du am Ende zu früh um mich geweint? Zu keinem ein Wort! Vorerst. Falls ich mich aber am 3. März bis neun Uhr früh nicht bei dir melde, melde du dich bei Nives und frag nach mir. Fritz'. Genau das stand wortwörtlich da. Ich habe es auswendig gelernt, bevor ich die Karte verbrannt habe. Um die zu kriegen, musste ich Sepps Schlüssel klauen, nachmachen lassen und dann in die Wohnung eindringen. Ich bin schon vor Sepps Tod in die Wohnung rein, wenn er saufen war. Doch ich habe diese verdammte Karte lange nicht gefunden. Letztlich lag sie zwischen den anderen Postkarten von Fritz. Da, wo ich sie am wenigsten vermutet hätte. Die besten Verstecke sind immer an der Oberfläche. Verdammte Karte, mit der Sepp gleich am Tag nach der Nacht, in der ich Fritz vergraben habe, bei mir aufgetaucht ist. Am 3. März, kurz nach halb zehn. Was hätte ich tun sollen? Ich habe natürlich geleugnet, geschrien, gezetert. Ich stand damals schon kurz davor, ihn zu töten. Er hat gedroht, zur Polizei zu gehen mit dieser Karte. Also haben wir uns auf ein Arrangement geeinigt. Ich lasse mich nicht einfach erpressen. Vor allem wäre das im Zweifelsfall zu leicht nachweisbar gewesen. Da habe ich eine Filmfirma gegründet und bei Sepp ein Drehbuch gekauft. Schrott. Schrott! Aber so konnte ich das Geld offiziell verbuchen und niemand würde mir je eine Erpressung nachweisen können. Alles wegen einer Postkarte! Beim letzten Besuch in seiner Wohnung musste ich das Polizeisiegel brechen und wäre fast den Bullen in die Arme gelaufen, aber immerhin konnte ich da nicht nur die Karte finden, ich habe auch die Sandalen austauschen können. Das war nämlich mein zweiter Fehler. Auf diesem vermaledeiten Video konnte man am Schluss die Füße von Fritz und seine Sandalen sehen. Ich habe das gar nicht realisiert, nicht bevor mich Sepp darauf ansprach. Sepp, der Säufer hat es gesehen und richtig gedeutet! Ausgerechnet. Ich hatte ihm die Sandalen für sein Archiv geschenkt. Bevor Fritz zurückkam. Ich hatte überhaupt nicht darauf geachtet! Später hat mir Sepp die Videokamera abgeschwatzt. Nein, das stimmt nicht. Ich habe sie ihm für einhundert Euro verkauft, weil ich sie nicht verschenken wollte. Er wollte sie für sein Archiv, behauptete er. Die letzte Kamera von Fritz Roloff, was ja eigentlich gar nicht stimmte. Nun, dabei hatte ich vergessen, die Aufnahmen zu löschen. Ich war froh, das Ding los zu sein. Sepp ist schon beim ersten Ansehen des Videos über die Füße gestolpert und hat dann das Video in Kombination mit der Postkarte richtig gedeutet. Da konnte ich ihn noch mit einer Geschichte beruhigen. Wie übrigens auch den Bullen ... mit diesen tollen Augen ... Ich habe jedenfalls meine Sandalen mit der Nagelfeile so bearbeitet, dass die Gebrauchsspuren denen auf dem Video möglichst ähnlich waren. Habe sie mit einem Paketband zusammengeschnürt, das ich bei Sepp gefunden habe, damit nichts auffällt, und dort platziert, wo Sepp seine Sammlung mit Fritz-Schuhen aufbewahrte. Die Sandalen von Fritz sind mit der Postkarte in meinen Kamin gewandert. Ich frage mich nur, warum die Polizei ein Video gesucht hat. Ich habe jedenfalls keins genommen. Egal."

Nives Marell stand auf und sah besorgt zu Rudi. „Ich möchte dich nicht überanstrengen, Rudi. Ich erzähle und erzähle ... Geht's noch?"

Rudis fiebrige Augen signalisierten Zustimmung.

„Wenn du willst." Sie steckte ihm noch eine Praline in den Mund, dann setzte sie sich wieder in den Fauteuil. „Nun denn, machen wir weiter. Dann kam der Tag, an dem mir der Bäri – das ist der Bürgermeister von Zacherlkirchen – von den Grabungsarbeiten erzählt hat. Dann wurde ich gefragt, ob ich nicht wieder Theaterspielen wollte und am Resi die Mutter in ‚Kanakenbraut' geben wolle. Soll ich dir was sagen? Es war, wie wenn ein Schalter umgelegt worden wäre. Ja, ich wollte spielen, ja, ich wollte auf die Bühne, ja, ich wollte, dass Fritz das miterlebt. Mein Comeback ohne ihn! Aber mit ihm, nicht als Bühnenautor, denn seien wir mal ehrlich, so gut ist das Stück nicht. Also musste ich abnehmen, also musste ich beweglich werden. Für die Bühne und um Fritz seinen Auftritt zu verschaffen. Und ich musste einen alten Parasiten loswerden! Ach, die gute Traudl.

Sie hat sich für mich geopfert. Sie muss geahnt haben, dass ich es war. Ich habe Sepp den Oleandersud in alle Flaschen getrichtert, derer ich habhaft werden konnte. Die Verstecke zu erfahren war ein Leichtes. Rocco wusste es, jeder wusste es. Ich habe darauf geachtet, dass ich nicht nur Rocco darauf anspreche, damit er nicht in Verdacht kommt – oder gar Verdacht schöpft. Ich habe Rocco oft besucht, es hat ihn total genervt, aber ich konnte Bierflaschen austauschen und Kaffee einschenken. Die Proben zu ‚Kanakenbraut' liefen an. Da konnte ich unauffällig im Theater sein. Ich weiß, du denkst bestimmt, dass ich auf die Idee mit dem Oleander durch diesen schlechten Film mit Michelle Pfeiffer gekommen bin, in dem sie irgendwelche Freunde ihrer Tochter mit Oleander tötet. Aber den kannte ich gar nicht, davon habe ich erst vor Kurzem erfahren. Ich habe einfach ein Gift gesucht, das leicht verfügbar ist. Oleander. Sieht gut aus. Steht überall herum. Ist giftig."

Nives Marell nippte an ihrem Kaffeebecher. „Bäh, kalt." Sie stellte den Becher angeekelt weg. „Was möchtest du noch wissen, Rudi? Der Fritz war nicht so appetitlich sauber wie der Toni, als ich ihn rausgeholt habe. Denn wenn sie den Graben ausheben würden, hatte ich Angst, dass sie den Fritz entdecken. Der musste raus. Der Zacherl konnte liegen bleiben, da drohte keine Gefahr. Nur die Afra und die Traudl haben einen Aufstand gemacht, als der Zacherl gefunden wurde. Aber die dachten ja auch, das sei der Toni. Da hatte ich wirklich Angst, dass sich eine verplappert. Aber sie haben sich an die Absprachen gehalten. Nun, der Fritz … Ich habe dafür gesorgt, dass er Luft bekommt, dass die Ameisen und anderen Viecher zu essen haben. Ich bin nicht zimperlich, nie gewesen … Aber das war hart. Leider hat es nicht ganz geklappt auf die natürlich Art und Weise. Es war wirklich sehr unappetitlich. Ich erspare dir die Details. Jedenfalls kannst du mir glauben, dass der Mythos, man könne Fleisch in Cola auflösen, ein Mythos ist! Ich habe mir mit einem Trick geholfen, ich habe mir vorgestellt, dass ein Film gedreht wird. Alles nur Requisite und ich in der Rolle einer psychisch gestörten Mörderin. Wie auch immer, ich habe es zuletzt geschafft und musste viele Kochtöpfe wegwerfen. Dann habe ich die Gebeine noch in ein zartes Walnussschalenbad gelegt, damit sie eine glaubhafte Karamellfärbung bekamen. Dann habe ich alles mit Weiß bemalt. Und als dann das Skelett ankam, das das Theater für die Requisite angekauft hat, musste ich das nur noch vernichten. Der arme Russe liegt nun in ganz kleinen Teilen unter meiner neuen Terrasse."

Sie sah Rudi an. „Hältst du mich für verrückt?"

Er reagierte nicht, starrte nur aus seinen glühenden Augen.

„Außer mir wusste und weiß niemand, wer nun wer ist. Ich gebe zu, ich habe mit mir gerungen, den Toni gegen den Fritz auszutauschen. Zu verlockend, die Vorstellung, dass noch in hundert Jahren Menschen von weit her kommen, um die Gebeine von Fritz Roloff anzubeten. Das hätte auch Fritz gefallen. Aber nun beten sie eben weiterhin die Gebeine eines Vergewaltigers an – als Heiligen, als Schutzpatron für gefallene Mädchen. Ausgerechnet."

Es klopfte und erneut steckte die fröhliche Krankenschwester ihren Kopf herein. „Verzeihung, wenn ich störe, Frau Marell. Aber ich denke, dass Herr Sonnenbichl nun mal einige Minuten zur Körperhygiene braucht. Ist das in Ordnung?"

„Natürlich, ich wollte sowieso gehen."

„Nein, bleiben Sie ruhig. Wenn Sie draußen warten wollen ..."

„Schon gut, Schwester. Auf bald, Rudi." Nives Marell beugte sich vor und gab dem Siechenden einen gehauchten Kuss auf die kalte Stirn und steckte ihm noch eine Praline in den Mund. „Auch eine?", fragte sie die Krankenschwester, die verneinend den Kopf schüttelte. Nives steckte die Weinbrandbohnenschachtel zurück in ihre Tasche. Im Hinausgehen las sie noch einmal den Brief, den Traudl Sonnenbichl ihr geschickt hatte. Dort stand nur: „Sag Rudi bitte einfach nur die Wahrheit. Deine Traudl"

43

„Und, wie hat's dir gefallen?", fragte Sebastian Oßwald und prostete Max Pfeffer zu.

„Ehrlich?"

„Ehrlich."

„Na, die Kostüme waren jedenfalls klasse. Der Rest …"

„Ich hab's bei den Proben schon zu oft gesehen, um noch ein objektives Bild geben zu können. Ich finde das Stück schnarchlangweilig und gewollt. Altachtundsechzigergesumse."

„Oder so." Die beiden prosteten sich erneut zu.

„Übrigens, du solltest Maßanzüge tragen, Pfeffer. Stünde dir besser als dieser Müll von der Stange."

„Hör mal, das ist …"

„Müll. Sag ich doch."

„Okay, was kostest du?"

„Für dich mache ich einen Sonderpreis. Wir müssen dich mal vermessen und dann einen Stoff aussuchen. Würde sich lohnen."

Tim gesellte sich mit einem Bier zu ihnen. „Voll geil hier." Er sah sich in der Kantine des Staatsschauspiels um. „Total verwinkelt und urig, wie so eine alte Kellerwirtschaft."

„Die Premierenfeiern finden immer hier statt", erklärte Sebastian. „Ich bin übrigens Sebastian."

Max Pfeffer stellte seinen Freund vor. „Tim geht regelmäßig ins Theater und hat bestimmt eine dezidiertere Meinung zur ‚Kanakenbraut', oder?"

„Was?" Tim war abgelenkt von den vielen Menschen, die in Grüppchen umherstanden, tranken und ratschten. Mitarbeiter der Theaterleitung, des künstlerischen Betriebsbüros, der Dramaturgie, des Ensembles, der Regie, von Bühnen- und Kostümbild, Beleuchtung, Video- und Tontechnik, der Inspizienz, der Technik, Hydraulik, Requisite, der Maler- und Tapezierwerkstatt, Theaterplastik, Schreinerei und Schlosserei, der Herren- und Damenkostümwerkstätten, der Rüstmeisterei, vom Ankleidedienst sowie Assistenten und Praktikanten aus allen Bereichen.

„Trotzdem hätte ich mir so eine Premierenfeier irgendwie glamouröser vorgestellt“, sagte Tim. „Mehr so, wie man es aus Filmen kennt. Schmucke Menschen in Abendgarderobe, huldvolle Diven mit Diademen im Blumenmeer.“

„So ist es immer“, sagte Sebastian Oßwald schulterzuckend. „Biertrinken in der muffigen Kantine und selber zahlen muss man auch noch. Deshalb gehe ich kaum auf Premierenfeiern. Die Leute sehe ich auch tagsüber in der Arbeit und besaufen tu ich mich lieber woanders.“

„Das Stück war aber ganz gut.“ Tim deutete auf den Intendanten Hannes Wachsmuth, dessen weißer Haarschopf wirr aus der Menschenmenge herausstach. „Der Wachsmuth hat passabel gespielt, dafür, dass er kein Schauspieler ist. Na, hatte auch wenig Text. Die Buhs waren jedenfalls nicht gerechtfertigt. Die Marell und die Bruhns hingegen! Was für eine Bühnenpräsenz. Wow.“

„Danke“, sagte eine Frau, die sich an den drei Männern vorbeiquetschte. Nives Marell. Sie drückte einen Strauß gelber Rosen gegen ihren Busen. Tim strahlte sie an. „Oh, Herr Kriminalrat Pfeffer. Wie schön, dass Sie kommen konnten.“

„Wenn ich Sie in Aktion sehen darf …“ Pfeffer schüttelte ihr die Hand. „Sie waren wirklich gut …“

„Gut?“, unterbrach Tim seinen Freund. „Brillant, Frau Marell, wenn ich das sagen darf. Eine sehr weise Entscheidung von Ihnen, auf die Bühne und hoffentlich auch auf die Leinwand zurückzukehren. Sie haben Fritz Roloff heute Abend zu neuem Leben erweckt. Es war, als wäre er auf der Bühne präsent gewesen.“

„Nicht wahr?“ Nives Marell lächelte Tim an und schielte dann zu Pfeffer. „Und, Herr Kriminalrat, was sagen Sie zu unserem falschen Zacherl? Hat er Ihnen gefallen? Das Fingerglied, das Sie uns stibitzt haben, haben wir übrigens erst gestern zurückbekommen und ich habe es während der Generalprobe eingenäht! Sie entschuldigen mich dann bitte? Viola, Schätzchen, warte auf mich, der Mensch von der Süddeutschen wollte uns beide noch sprechen …“ Sie packte ihre Kollegin Viola Bruhns am Arm.

„Nives, Darling.“ Die Bruhns lächelte falsch. „Du warst wirklich brillant, aber das werden dir die Herren hier sicher schon gesagt haben." Sie blickte in die Runde. „Und dann hast du auch noch so beeindruckend abgenommen! Hast du schon einen Chirurgen, der die herabhängenden Hautlappen entsorgen wird? Ab einem gewissen Alter bildet sich die Haut ja nicht mehr zurück, wenn man so viel abnimmt." Viola Bruhns sah Pfeffer in die Augen.

„Sicher, Viola, Schätzchen." Nives Marell packte ihre Kollegin so fest am Arm, dass diese schmerzhaft das Gesicht verzog. „Gibst du mir bitte die Adresse von dem Chirurgen, der deine Brüste gemacht hat? Sie entschuldigen uns nun, meine Herren, die Presse wartet." Die beiden Frauen rauschten davon.

Dann drehte Nives sich noch einmal um und kam zurück. „Ach, bevor ich es vergesse, Sebastian, die Beerdigung von Rudi Sonnenbichl ist morgen um zehn am Ostfriedhof. Wir sehen uns."

„Darf ich Sie noch einen Moment aufhalten, Frau Marell?" Max Pfeffer hielt die Diva am Ellbogen fest.

„Nun, sicher, wenn es sein muss."

„Ich möchte mich bei Ihnen entschuldigen, Frau Marell, dass ich Ihnen in der Zeit, in der Sie sich auf diese schwierige Rolle vorbereiten mussten, mit meinen Fragen bedrängt habe."

„Sie haben nur Ihren Job gemacht, Herr Pfeffer." Sie lächelte maliziös. „Nun sind Ihre Fragen hoffentlich alle beantwortet."

„Fragen wie: Wer war der Tote wirklich, den wir bei Ihnen im Gemüsebeet gefunden haben? Was wäre bei einer Analyse des Heiligen Zacherl herausgekommen? War der Mann in der blauen Badehose auf Ihrem Video wirklich Fritz Roloff? All das sind zum Beispiel Fragen, die nicht beantwortet wurden."

„Es sind überflüssige Fragen, Herr Pfeffer. Fragen, die nichts mit Ihrem Fall zu tun haben oder hatten. Fragen, deren Antwort niemanden interessieren, weil es keinen Grund für diese Fragen gibt."

„Sie bleiben trotzdem."

„Dann lassen Sie sie, wo sie sind. Kennen Sie übrigens Henning Hoefler, Herr Kriminalrat?"

„Nein, der Name sagt mir nichts."

„So heißt doch die Hauptfigur in ‚Manchmal Zitronen'", mischte sich Tim in das Gespräch ein.

„Richtig."

„Was ist mit ihm?", fragte Pfeffer.

„Nichts weiter. Ein Mann mit diesem Namen hat mich nach Fritzens Tod kontaktiert, weil er wie eine Figur aus einem Fritz-Roloff-Film hieß."

„Sachen gibt's", sagte Tim beiläufig.

„Dieser Henning Hoefler hatte mich nur einmal besucht und dennoch hatte er entscheidenden Anteil daran, dass ich mich zur Rückkehr in die Schauspielerei entschieden habe. Ja, er hat mich darin bestärkt, auf die Bühne zurückzukehren und Fritz mitzunehmen. Fritz Roloff hier auf die Bretter des Staatstheaters zu bringen."

„Nun, das haben Sie, Frau Marell." Pfeffer kniff die Augen zusammen und gab der Schauspielerin einen angedeuteten Handkuss. „Ich denke … nein, wir beide wissen sicher, dass Fritz Roloff heute auf der Bühne bei Ihnen war."

„Nicht wahr?" Nives Marell ließ ihre türkisen Augen aufleuchten und suchend ins dunkle Kuschelbraun von Pfeffers Augen tauchen. Nach einem Moment löste sie sich und drehte sich lächelnd weg. „Schönen Abend noch, die Herren."

Dank an:

Ich danke denen, die mir geholfen haben, dieses Buch zu machen. Allen voran natürlich Carsten, ohne den es keine einzige Zeile gegeben hätte und der mich in die Geheimnisse des Gewandmeisterseins, der Schneiderkunst sowie des Theaterlebens jenseits des Zuschauerraums eingeweiht hat.

Das Bairisch (bzw. Münchnerisch) der alten Leitmayrinnen hat mir Doris Wagner übersetzt.

Informationen zur Archäologie, wie Knochenfunde aufgenommen und datiert werden und was wirklich mit zahllosen vor- und frühgeschichtlichen Funden passiert, verdanke ich Tilman Mittelstraß sowie Professorin Eva Stauch. Fachkundigen Rat zu den Katakombenheiligen, auf deren Spur mich Tilman Mittelstraß überhaupt erst gebracht hat, und ihrer Restaurierung haben mir Carola Sauter und Christiane Ott-Berger gegeben – zahlreiche Internetplattformen und Fachwebseiten nicht zu vergessen … Alles, was fachlich nicht stimmen sollte, ist auf meinem Mist gewachsen und war dramaturgisch bestimmt!

In Gedenken an Irmi.

Schade, dass der Krimi zu Ende ist?

Dann lesen Sie am besten gleich weiter:
Ein Auszug aus *Tod durch Erinnern*
von Corinna Waffender

Sie hatte nur noch wenige Meter Vorsprung und ihre Beine wurden immer schwerer. Mit jedem Schritt, der sie vorantreiben sollte, kam sein keuchender Atem näher. Es hatte keinen Sinn zu schreien, niemand würde sie in diesem abgelegenen Waldstück an der Grenze zu Frankreich hören. Es war ein Fehler gewesen, mit ihm hierher zu kommen. Sie hatte es gewusst und dennoch getan. Weshalb nur? Unter ihren Füßen knackten die Zweige, die tiefer hängenden Äste schlugen ihr ins Gesicht und sie lief um ihr Leben, dessen Ende wenige Meter weiter auf sie wartete.

Kai senkte das Buch und blickte auf den kleinen See. In den letzten Wochen war sie öfter zum Lesen in den Park gekommen. Der Sommer hielt in der kleinen Hinterhauswohnung keinen Einzug. Doch es war nicht nur die deprimierende Stimmung in den schattigen Räumen mit den blutrot gestrichenen Holzböden. Sie hatte schon in schlimmeren Unterkünften gehaust, in engeren Küchen gesessen, in schlechteren Betten geschlafen. Das Bedürfnis, unter freiem Himmel zu sein, hatte mehr mit dem Gefühl zu tun, sich in ihren vier Wänden seltsam ungeschützt zu fühlen. Als ob sie hinter ihrer Wohnungstür auf ungebetene Gäste vorbereitet sein müsste. Das war der Grund gewesen, den Park als Treffpunkt vorzuschlagen. Ein Picknick, wie in alten Zeiten, sie würde Kaffee mitbringen. Später war es ihr unangemessen, fast zynisch vorgekommen, die Angelegenheit so betont locker zu verhandeln. Verhandeln? War es darum überhaupt gegangen? Das Gespräch hatte Kai viel mehr aufgewühlt, als sie erwartet hatte. Sie waren nicht laut geworden, sie hatten sich unterhalten wie zwei vernünftige, erwachsene Menschen, sogar das eine oder andere freundliche Wort war gefallen. Und doch, die Begegnung hatte Spuren hinterlassen. Natürlich. Auch wenn sie sich mit einem festen Händedruck verabschiedet hatten, war die Distanz geblieben. Sie begleiteten einander nirgendwohin, beide gingen am Ende wieder ihrer Wege, so allein, wie sie gekommen waren.

Kai war tiefer in den Park hineingelaufen, hatte ihn ziellos durchquert und sich schließlich auf die Bank gesetzt und versucht zu lesen. Sie wollte nicht nachdenken. Noch nicht. Doch immer wieder schweiften ihre Gedanken von dem Krimi ab: Sie hatten auf der Wiese gesessen, und wer auch immer sie von Weitem gesehen hatte, wäre nicht im Traum darauf gekommen, worüber sie redeten. Reden mussten. Kai hatte zuerst nicht gewollt, aber dann hatte sie ihre Chance gewittert. Die Versuchung war zu groß gewesen. Unwillkürlich griff sie jetzt in ihre Tasche und tastete nach dem Umschlag. Startkapital für ein neues Leben. Längst fällige Schulden. Sie nahm die Scheine heraus, betrachtete sie und steckte das kleine Vermögen in die Fächer ihres Portemonnaies, das sich kaum mehr schließen ließ.

Je länger sie das Buch aufgeschlagen in den Händen hielt, umso deutlicher fühlte sie ihre Erschöpfung. Als wäre der Krimi im Taschenformat aus Blei. So wie ihre Augenlider. Zweimal war sie trotz der inneren Unruhe vor Müdigkeit eingenickt und davon aufgewacht, dass sie sich nicht aufrecht halten konnte. Sie kannte das. Ihr Körper war ein Seismograf für das innere Gleichgewicht: Das schon tagelang in ihr schwelende Unbehagen vor der Verabredung, das eigenartige Wiedersehen und die aufgeräumte Unruhe danach, all das löste gerade ein Beben mittlerer Stärke in ihr aus, ließ ihre Kräfte schwinden. Sie legte das Buch neben sich auf die grün gestrichenen Holzlatten und strich sich mit den Händen über Arme und Beine, die schon zu schlafen schienen. Die eigenartige Taubheit in den Fingerspitzen und Zehen mahnte sie, wegen ihrer Kreislaufprobleme doch besser zum Arzt zu gehen, statt sich mit Notfalltropfen zu behelfen. *Rescue remedy.* Ihre Finger glitten zwischen die verstreuten Gegenstände in ihrem Rucksack, aber sie konnte das kleine Fläschchen zwischen Lippenstift und Schlüssel nicht ertasten. Mehr noch: Sie konnte nichts von dem, was sie zwischen ihren Fingern vermutete, greifen, denn ihre Hände versagten ihr den Dienst. Im selben Augenblick, in dem sie spürte, dass ihr auch die Kontrolle über ihre Arme entglitt, begann sich alles leicht zu drehen. Doch es war kein Schwindel, der sie erfasste, es war eher so, dass ihre Augen nicht mehr gehorchten. Sie wollte sich aufrichten, ihre Beine zitterten, aber sie rührten sich nicht vom Fleck. Sie saß unbeweglich, staunend und mit offenem Mund:

Ihre Schultern sanken nach vorn, der Rucksack fiel mitsamt Inhalt vor ihre Füße und das Fläschchen kullerte ins Gras. Sie erschrak. Was geschah mit ihr? Waren ihre Gliedmaßen gelähmt? Ein Kreislaufkollaps? Ein Hirnschlag? Oder hatte sie nur etwas Falsches gegessen und ihr Immunsystem rebellierte? Ihre Zunge lag schwer im Mund und schien anzuschwellen. Keine Chance, sich über die trockenen Lippen zu lecken, sie konnte nicht mehr schlucken. Sie versuchte ihre Gedanken zu ordnen und sah den Kuchen vor sich. Ihr wurde übel.

„Möchtest du noch ein Stück?"

Marmorierte Stücke, fein säuberlich aus Zellophan gewickelt und vor ihr ausgebreitet.

„Greif zu. Ich krieg nichts runter. Die Aufregung, weißt du."

Sie hatte aus Höflichkeit ein Stück gegessen. Und weil sie nichts im Magen gehabt hatte. Es war so süß gewesen, dass sie es kaum geschafft hatte.

Eine schreckliche Ahnung ließ ihr das Blut in den Adern gefrieren. Wie hatte sie nur so naiv sein können?

Sie wollte die Hand nach ihrem Handy ausstrecken, ohne zu wissen, wo es lag. Ihre Augen ließen sich nicht mehr scharf stellen, sie konnte nicht sehen, dass es unerreichbar für sie neben dem aufgeklappten Geldbeutel lag, aus dem die Tausender lugten. Sie war auf der Bank zusammengesunken, der Ausschnitt der Welt um sie herum wurde immer kleiner, zuletzt gaben ihre Augen nur noch den Blick auf einen Gedenkstein im Gebüsch frei: *Alles Land bete dich an und lobsinge dir, lobsinge deinen Namen.* Im nächsten Augenblick verschwanden wie auf Knopfdruck sämtliche Gedankenfetzen und Kai stürzte in eine Dunkelheit, die sie wirbelnd in die Tiefe zog. Auf ihrer Brust lag ein ungeheurer Druck, sie spürte, wie ihre Lungen blockierten. Ihr Atem stockte, ihr Inneres wölbte sich ohne Erfolg nach außen. Bevor sie wirklich begreifen konnte, dass bereits geschah, wogegen sie gerade noch gekämpft hatte, kippte sie haltlos zur Seite und verlor das Bewusstsein.

Maike Ebling, die mit achtzehn Jahren den ersten und letzten Buchstaben ihres Namens gestrichen und den Rest kräftig durcheinandergeschüttelt hatte, würde das Ende des Krimis, der ins Gras gefallen war, nicht mehr erfahren. Ihr Herz war stehen geblieben.

„Wer hat sie gefunden?"

„Es gab einen anonymen Anruf bei der Feuerwehr."

„Telefonnummer?"

„Telefonzelle."

„Männlich oder weiblich?"

„Ein Mann."

Den zehn Minuten später eintreffenden Sanitätern bot sich kein schöner Anblick: Das Gesicht der Frau war verfärbt, der Körper in Anspannung erstarrt, selbst die dunkelblonden Haare schienen elektrisiert. In den offenen, erschreckend hellen Augen stand noch immer jene Fassungslosigkeit, von denen Gerichtsmediziner behaupteten, sie sei Filmleichen angedichtet. Hauptkommissarin Inge Nowak hatte jedoch genügend Tote in ihrem Leben gesehen, um das Gegenteil zu glauben. Wer auch immer die Gelegenheit hatte, dem Tod ins Auge zu sehen, zwinkerte ihm nicht gerade zu.

„Wissen wir, wer sie ist?"

„Ja, sie hatte freundlicherweise ihren Personalausweis dabei. Maike Ebling, sechsunddreißig Jahre alt. Wohnt erst seit diesem Jahrtausend in Berlin. Also seit ein paar Monaten."

„Und wo hat sie vorher gewohnt?"

„Nirgends."

Inge Nowak zog verständnislos die Augenbrauen nach oben.

„Sie war", fuhr der Beamte fort, der vor ihr und Berger am Tatort eingetroffen war, „zuletzt in Köln gemeldet, hat sich dort vor acht Jahren abgemeldet und wurde hier erst wieder im März 2000 auf dem Einwohnermeldeamt vorstellig."

„Tja, in dem Alter verschwindet man eben gern von heute auf morgen."

„Wie meinst du das?", fragte Berger, der Mühe hatte, aufrecht zu stehen.

„Erfahrung."

Wolfram Berger, der an der Seite von Hauptkommissarin Nowak ermittelte, wusste zu wenig über ihre Vergangenheit, um zu ahnen, warum: Inge war kurz nach der Wende nach Berlin gezogen. Sie war gerade frisch geschieden, ihre Tochter Marit dreizehn Jahre alt, und sie selbst hatte kurz vor einem Nervenzusammenbruch gestanden. Nach ihrem vierunddreißigsten Geburtstag war ihr die Vorstellung plötzlich unerträglich geworden, ein Leben lang zwischen Hamm und Münster zu pendeln, den einen oder anderen Junkie aus dem Dortmund-Ems-Kanal zu fischen und dabei zuzusehen, wie das Leben an ihr vorüberzog, während ihr Exmann das seine in vollen Zügen genoss. Sie hatte dafür kein Talent. Sie war zwar nach der Scheidung froh gewesen, ihn los zu sein, aber in der alten Umgebung neu anzufangen, wollte ihr nicht gelingen. Deshalb hatte sie um eine Versetzung nach Berlin gebeten und in Lehrgängen nachgeholt, was nötig war, um die Laufbahn zur Kommissarin einzuschlagen. An Talent und Motivation hatte es nicht gefehlt, ihr Alter stimmte, ihre Akte war tadellos und in der neuen Hauptstadt suchte man händeringend Kriminalbeamte ohne Stasivergangenheit. Inge Nowak hatte ihre Tochter und zehn berstende Umzugskisten in den alten Passat Kombi gepackt, denn sie beabsichtigte nicht, je wieder in die Stadt ihrer Kindheit zurückzukehren.

Im Berliner Tiergarten war inzwischen die Spurensicherung eingetroffen. Die Wiese mit der Bank, auf der man die Tote gefunden hatte, war weiträumig abgesperrt, ein paar schaulustige Touristen schafften es dennoch, mit einem Boot nah genug ans Ufer zu rudern, um Fotos von dem Opfer zu machen.

„Kamera einziehen und herbringen!", ordnete Inge Nowak an und bedeutete zwei Beamten, sich darum zu kümmern. Die Sensationsgeilheit Unbeteiligter ging ihr jedesmal auf die Nerven. Pietät wurde immer mehr zum Fremdwort.

„Was sagst du?", fragte sie Berger, mit Blick auf die Tote.

„Zweimal sterben."

„Sie war schon tot, als sie gestorben ist?"

Er verzog keine Miene.

„Nein, so hieß der Krimi, den sie gelesen hatte, bevor sie von der Bank fiel."

„Und wieso fiel sie von der Bank?"

„Vergiftet. Dafür spricht ihre Haltung."

Sie nickte. „Scheint ein bisschen drastisch für einen epileptischen Anfall. Was meint der Fachmann?"

Ohne aufzuschauen antwortete der Pathologe, der neben dem leblosen Körper kniete: „Sag ich euch nach der Obduktion. Erschossen wurde sie jedenfalls nicht."

„Sonst noch was?"

Berger nickte und hielt eine durchsichtige Tüte mit zwei Geldscheinen hoch. „Außer einem Stück Kuchen hatte sie noch einen Tausender und einen Zwanziger in der Tasche."

„So viel? Na, dann fangen wir mal an. Ich fahre mit Max zu ihr nach Hause und sehe nach, ob es dort Anhang gibt. Kümmerst du dich hier um den Rest?"

Berger willigte wortlos ein. Er war Inge dankbar, dass sie ihn mit Autofahren verschonte. Sitzen war Gift für ihn. Er schaute auf die Uhr. Die nächste Ladung Schmerztabletten war frühestens in einer Stunde fällig. Bis dahin musste er es noch so schaffen. Mit der S-Bahn zurückfahren, am Fluss entlang laufen und sobald er im Büro war, die Kombi aus Kapseln und Tropfen nehmen, um zwei Stunden gnädige Ruhe zu haben. Bis zum nächsten Angriff seiner Bandscheibe auf den Nerv.

„Und sobald der Herr Doktor den Obduktionsbericht fertig hat, hätte ich ihn gern per E-Mail im Büro." Inge Nowak deutete ein Lächeln an. „Also den Bericht."

Dann gab sie Max ein Zeichen, dass sie fahren konnten, und ging zu ihrem Wagen.

19.000. Ausgebreitet in neunzehn großen braunen Scheinen vor ihm auf dem Schreibtisch. Ein kleines Vermögen, die Lösung all seiner Probleme auf einen Schlag. Ein Aufschub. Genug, um die ärgsten Schulden zu bezahlen und um ein paar Monate weniger angespannt über die Runden zu kommen. Schonfrist. Endlich nicht mehr jeden Pfennig umdrehen, nicht mehr die Luft anhalten müssen, ob es am Ende des Monats für die Miete und die Leasingraten reicht. Endlich Jasmin wieder zum Essen ausführen können. Vielleicht sogar ein kleiner Wochenendtrip an die Ostsee. Er atmete tief durch. Es war ein Risiko gewesen, aber alles war gut gegangen. Das Schicksal hatte es gut mit ihm gemeint.

Gleich danach, an der nächsten Telefonzelle, hatte er die Feuerwehr gerufen. Ohne Verzögerung, sobald er außer Sichtweite war. Minuten später hörte er das Martinshorn, der Krankenwagen fuhr direkt an ihm vorbei. Er hatte einen großen Bogen gemacht und sich von der anderen Seite des Parks wieder genähert, von Weitem alles beobachtet: Als die Sanitäter ihren Körper mit einem Tuch bedeckten und die leere Bahre wieder in das Auto schoben, war ihm fast das Herz stehen geblieben. Tot – sie war tot! Er konnte den Blick nicht von ihr abwenden, er sah sie selbst dann noch, als die Bank und der Krankenwagen längst von Schaulustigen umringt waren. Erst als die Polizei eintraf und die Wiese abriegelte, war er hastig in Richtung U-Bahn verschwunden. Niemandem fiel sein schneller Schritt auf, keiner nahm ihn zur Kenntnis, er war nur ein Spaziergänger, der unbeteiligt seines Weges ging.

Inge Nowak ließ nach mehrfachem Klingeln und Klopfen die Wohnung im dritten Stock von Max öffnen. Sie zog es vor, Angehörigen die schlechte Nachricht in Begleitung eines uniformierten Polizeibeamten zu überbringen. Je schneller sie den Ernst der Lage begriffen, umso besser. Kein langes Herumreden, am Tod eines Menschen gab es nichts zu beschönigen. Sie hatte nicht das Ausmaß des Schmerzes in der Hand, wohl aber die Möglichkeit, ihm einen verlässlichen Rahmen zu geben. Hier schien jedoch niemand auf eine Tote zu warten.

Die beinahe unmöblierte Wohnung erinnerte sie an ihre eigene, damals, vor dem Einzug: schlecht gestrichene Wände, notdürftig verlegte elektrische Leitungen, verlotterte Dielen und alte Fenster. Mit ein wenig Renovierungseifer und Geld konnte man auch hieraus ein kleines Altbaujuwel machen. Vielleicht hatte Maike Ebling das vorgehabt. Alles sah danach aus, dass sie noch nicht lange hier wohnte. In den Ecken des Schlafzimmers standen zwei aufgeklappte Koffer; einer mit Schuhen, der andere mit übereinander geworfenen Sportsachen. Hosen, Jacken und Blusen hingen an einer billigen Garderobe, zu der es auch eine passende Kommode gab. Auf einem hölzernen Bettgestell lag eine Matratze mit aufgeschlagenem Bettzeug in Rot und Orange. IKEA, dachte Inge Nowak, und dann fiel ihr auf, dass es sich bei den Möbeln um das komplette Studentenpaket des schwedischen Möbelhauses zum Angebotspreis handelte, mit dem ihre Tochter kürzlich ihr Gästezimmer für einen Sprachstudenten aus den USA ausgestattet hatte. Eigenartig für eine Frau, die gerade einmal sieben Jahre jünger war als sie selbst. War Maike Ebling arbeitslos gewesen? Hatte sie Geldprobleme gehabt? Aber wie kam es dann, dass sie einen Tausender mit sich herumtrug?

In dem größeren der beiden Zimmer standen zwei hölzerne Unterböcke mit einem Türblatt als Schreibtisch. Darauf lagen ordentlich nebeneinander mehrere Papierstapel und Bücher aus einer Bibliothek. Photovoltaik, Solarkollektoranlagen, Nachhaltige Energiewirtschaft. Schon die Inhaltsverzeichnisse brachten Inge Nowak an die Grenzen ihrer durchaus soliden Allgemeinbildung. Die Bücher stammten allesamt aus dem Bestand der Technischen Universität. War Maike Ebling Studentin? Mit sechsunddreißig? Die Wohnung passte dazu. Oder war sie Lehrerin? Sie würden es herausfinden. Es war erstaunlich, wie schnell sich das Bild eines Menschen zusammensetzen ließ, der nicht mehr lebte. Tote existierten lange weiter: Als Karteileichen, in Datensätzen, auf Fotos und Videobändern und natürlich in der Erinnerung derer, denen sie etwas bedeutet hatten. Das war allerdings nicht nur mit Verstorbenen so. Der Schreibtisch erinnerte Inge sofort an den von Bernd. Darauf hatte es genauso ausgesehen, wenn ihr – was war er eigentlich gewesen: ihr Freund? Ihr Geliebter? – die Lampe ausgeknipst und die Unterlagen für den nächsten Schultag neben seine schwarze Ledertasche gelegt hatte. Sie hatte nie verstanden, weswegen er sie nicht schon am Abend packte.

„Morgens bin ich konzentrierter. Dann vergesse ich nichts."

Beim nächtlichen Auszug, Hals über Kopf und ohne ordentliche Vorbereitung, hatte er nichts vergessen, im Gegenteil, er hatte kurzerhand alles mitgenommen, was er in der Wohnung seiner Neuen alles brauchen konnte. Eine Jurastudentin. Vielleicht war sie gar nicht so jung gewesen, wie Inge immer gedacht hatte. Vielleicht war sie ein älteres Semester, so wie Maike Ebling, wenn man von ihrer Wohnung auf sie selbst schließen konnte. Am Ende hatte Bernd Inge gar nicht für eine Jüngere verlassen, sondern einfach für eine Aufregendere. Wieso will ich das immer noch wissen?, dachte die Kommissarin und radierte sein Gesicht mit einem entschlossenen Kopfschütteln aus. Hier ging es nicht um sie und ihre Kränkungen, hier ging es darum, ein Verbrechen aufzuklären.

Die Suche nach einem Computer war vergeblich. Dabei hätte sie wetten können, dass Maike Ebling einen besaß. Alle hatten doch inzwischen eine direkte Verbindung ins Netz, nur sie weigerte sich beharrlich, das Multimediazeitalter bei sich einziehen zu lassen. Wozu auch? Um nach Feierabend noch mehr zu arbeiten? Inge holte ein kleines braunes Heftchen aus der Tasche und machte sich eine Notiz: PC? Internet? Telefonanschluss?

Bis auf einen Sessel und den Schreibtisch mit einem Hocker davor war der Raum leer. Keine Regale, keine Pflanzen, keine Bilder an den Wänden. Nur eine mit hellem Stoff überzogene kleinere Pinnwand hinter dem Schreibtisch. Daran steckte ein minutiös ausgefüllter Menstruationskalender mit dem Stempel einer gynäkologischen Praxis, die vielleicht einen Besuch wert war: Auffälligerweise hörten die Kreuze zwei Monate zuvor auf. War Maike Ebling schwanger gewesen? Die Autopsie würde darüber Aufschluss geben. Daneben hing eine Postkarte mit einer südländisch anmutenden Stadt und in der oberen linken Ecke, akkurat mit vier Nadeln angebracht, ein Foto. Es zeigte Maike Ebling inmitten einer Gruppe jüngerer Frauen und Männer ungefähr in Marits Alter.

Inge Nowak schaute auf den grauen Hinterhof. Ihre eigene Aussicht aus dem Schlafzimmer fünfzehn Gehminuten von hier war nicht viel besser. Sie aber hatte hinter Doppelglasfenstern alles aus ihrer Wohnung herausgeholt. Auch wenn sie wohl noch eine Weile der Bank gehören würde. Inge hatte sich nach und nach den Traum von einem behaglichen Zuhause erfüllt. Es kam nur zu selten jemand, um es mit ihr zu genießen. Ihr Freundeskreis hatte sich nach der Trennung von Bernd auf ein Minimum reduziert, und seit Marit in der kleineren Wohnung nebenan wohnte, waren zwei der vier Zimmer zu viel für einen Ein-Personen-Haushalt. Wann war man eigentlich Single und wann alleinstehend? Manchmal überlegte Inge, ob sie eines der Zimmer untervermieten sollte, doch dazu bestand keine finanzielle Notwendigkeit und ihre Einsamkeit wäre dadurch nur allzu offensichtlich geworden. Einsamkeit? Nein. Im Grunde wollte sie keine ständige Gesellschaft. Wenn sie abends nach Hause kam, war sie froh, ihre Ruhe zu haben. Nur an den Wochenenden hätte sie manchmal gerne jemand anderen zum Essen eingeladen als ihre Tochter und wäre danach lieber nicht alleine schlafen gegangen. Was ihr fehlte, war eine Bettgeschichte.

Schrill schepperte die Türklingel, Inge Nowak fuhr herum und sah, wie ihr Kollege sich mit gezückter Pistole filmreif an die Wand drückte. Sie winkte ab und bedeutete ihm mit einem Blick, er möge in die Küche gehen. Mechanisch schob sie die Hand unter ihre Jacke und vergewisserte sich, dass ihre eigene Waffe da war, wohin sie gehörte. Sie ging leise zur Tür und schaute durch den Spion. Draußen stand eine junge Frau, die überrascht einen halben Schritt zurückwich, als sie erkannte, dass ihr eine Fremde öffnete.

„Hallo", sagte Nowak. „Sie möchten zu Maike Ebling?"

Die junge Frau sah sie zögernd an. „Ja. Störe ich? Ich war nur gerade in der Gegend und wollte ein Buch abholen."

„Nein, Sie stören überhaupt nicht. Kommen Sie herein. Ich bin von der Kriminalpolizei, Hauptkommissarin Inge Nowak."

Noch ehe sie sich ausweisen konnte, geriet die junge Frau sichtlich aus der Fassung.

„Ist etwas passiert? Mit Kai?"

„Kai? Wen meinen Sie damit?"

„Meine Dozentin. Maike Ebling. Wir nennen sie alle Kai." Sie sah erschrocken zu dem uniformierten Beamten in der Küche. „Ist etwas mit ihr?"

Eines der Klischees über Kommissare entsprachen voll und ganz der Realität: In Augenblicken wie diesen hasste auch Inge Nowak ihren Job.

„Es tut mir leid", sagte sie möglichst ruhig und ließ die Besucherin dabei nicht aus den Augen, „aber Frau Ebling ist tot."